KNAUR

Über die Autorin:

Patrizia Zannini wurde 1965 in Stuttgart geboren. Nach dem Abitur machte sie eine Ausbildung zur Fotografin und studierte Werbung. Sie arbeitete bei einem Stuttgarter Verlag als Konzeptionerin und Texterin. Seit 1997 ist sie freie Werbetexterin, Fotografin und Autorin. Die Inspirationen für ihre ungewöhnlichen Geschichten holt sie sich beim Reisen und Kochen. Patrizia Zannini lebt mit ihrem Mann und ihren beiden Söhnen in Stuttgart und Berlin.

Patrizia Zannini

Meine Schwester, die Hummelkönigin

Roman

KNAUR

Es handelt sich bei dieser Ausgabe um eine überarbeitete Fassung von
»Meine Schwester, die Hummelkönigin«,
erschienen im Knaur eBook 2014.

Wenn Ihnen dieser Roman gefallen hat und
Sie auf der Suche sind nach ähnlichen Büchern,
schreiben Sie uns unter Angabe des Titels
»Meine Schwester, die Hummelkönigin« an:
frauen@droemer-knaur.de

Besuchen Sie uns im Internet:
www.knaur.de

FSC
www.fsc.org
MIX
Papier aus verantwortungsvollen Quellen
FSC® C083411

Vollständige überarbeitete Taschenbuchausgabe Juli 2016
Knaur Taschenbuch

Ein Imprint der Verlagsgruppe
Droemer Knaur GmbH & Co. KG, München

Redaktion: Daniela Röll
Covergestaltung: ZERO Werbeagentur, München
Coverabbildung: FinePic®, München
Illustration im Innenteil: Shutterstock/Eva Mask
Satz und Gestaltung: Nina Stein
Druck und Bindung: CPI books GmbH, Leck
ISBN 978-3-426-51900-4

2 4 5 3 1

Für meine wunderbaren Eltern,
Resitta und Argentino, die gesagt haben,
dass ich in meinem Leben erreichen kann,
was immer ich möchte.

Den einzigen Bären in der Geschichte
widme ich John Irving, der mit seinen Büchern
meine Liebe zu Maine geweckt hat.

Diese Geschichte ist frei erfunden.
Der kleine Ort Bear Isle ist fiktiv und hat dennoch ein Vorbild – eine kleine Stadt irgendwo an der Küste von Maine, wo die Menschen wortkarg sind und hauptsächlich vom Hummerfischen leben.
Auch Emma und ihre Schwester Ally sind frei erfunden, trotzdem hat mich eine Emma dazu inspiriert, diese Geschichte zu schreiben. Sie kam auf mich zu und zeigte mir ein Buch. Es war ein Buch über Hummeln.
Emma ist ein besonderes, wundervolles Mädchen, an das ich mich oft erinnere.

Prolog

Es war ein sonderbarer Anblick. Ungläubig starrte ich durchs Küchenfenster nach draußen in den Garten.

Ein Schwarm Hummeln umschwirrte Emmas schmalen Körper. Einige der Tiere hatten sich auf ihre Arme und ausgestreckten Hände gesetzt, wo sie verharrten.

Die Arme zum Himmel erhoben, drehte sich Emma langsam im Kreis. Noch mehr Hummeln ließen sich auf ihrer nackten Haut nieder.

»Beruhige dich«, sagte ich leise zu mir selbst.

Unter größter Anstrengung ging ich durch die Hintertür hinaus in den kleinen Garten, der in voller Blüte stand, zwang mich, einen Fuß vor den anderen zu setzen.

»Emma, ist alles in Ordnung?«, fragte ich leise, um die Hummeln nicht zu erschrecken, um Emma nicht zu erschrecken. Aber sie schien mich nicht zu bemerken.

Der Anblick war atemberaubend. Angst stieg in mir hoch.
»Emma!«, rief ich nun spitz, es klang fast wie ein Vorwurf.
Sie sah zu mir herüber und lachte mich an.
Dann ließ sie die Arme sinken, und wie auf ein stummes Kommando hin flogen die Hummeln davon.
»Ally«, sagte sie, als sie langsam auf mich zukam, lachte und laut rülpste.
Das ist Emma, meine Schwester.

1.

Ankunft und Abschied

Nur eine einzige Straße führte nach Bear Isle, die wie eine Brücke die Halbinsel mit dem Festland verband. Daher war Bear Isle, obwohl sie das Wort im Namen trug, keine richtige Insel und trotzdem beinahe gänzlich von Wasser umgeben. Auf beiden Seiten säumte ein schmaler Streifen Wald die holprige Straße, ähnlich einer Allee, dicht bewachsen mit den für die Gegend typischen *Weymouth*-Kiefern, die aufgrund ihres hellen Holzes *White Pines* genannt wurden und hier seit vielen Jahrhunderten wuchsen. *Baum des Friedens* wurde diese Kiefer von den Indianern genannt, die früher im Winter die innere Rinde des Baumes aßen und eine Art Tee aus den langen grünblauen Nadeln brauten. Aus den altgewachsenen Stämmen fertigten sie ihre Einbäume.

Ruckartig riss ich das Lenkrad herum, aber es war zu spät. Mit einem blechernen Geräusch fuhr ich durch eines der zahllosen Schlaglöcher, mit denen die Straße gespickt war. Sofort nahm ich den Fuß vom Gas. Ein Unfall wäre das Letzte, was ich noch brauchte. Ich öffnete das Seitenfenster, und ein würziger, erfrischender Geruch drang ins Wageninnere.

Weihnachten kam mir in den Sinn. Eine Erinnerung, die durch den harzigen Duft an die Oberfläche stieg, und mit ihr auch das Bild der geschmückten Kiefer, die jedes Jahr im Wohnzimmer vor dem Kamin stand. Darunter die bunt eingepackten Geschenke.

Wie hatte ich nur vergessen können, wie gut es hier roch?

Hinter dem Kiefernwald lagen die schroffen, steil abfallenden Felsen, die ins Meer ragten und ebenso wie die Kiefern das Bild dieser Landschaft prägten.

Den beliebten Sandstrand fand man allerdings erst, wenn man weiterfuhr und die dunkle Allee weit hinter sich gelassen hatte. Auf ihn stieß man nur, wenn man fest daran glaubte, dass dort tatsächlich noch etwas anderes kommen könnte als Wald und Wildnis.

Hierher kamen früher die Indianer in den Sommermonaten, wenn sie zum Fischen und Jagen unterwegs waren, bis man sie nach und nach Richtung Westen gedrängt hatte und sie schließlich ganz aus der Gegend verschwunden waren. Auch hatten damals zahllose Bären auf der Halbinsel gelebt, denen sie ihren Namen verdankte. Heute gab es hier nur noch wenige von ihnen.

Die Einwohner von Bear Isle waren einfache Menschen, die hauptsächlich vom Hummerfang lebten und von den Blaubeeren, die hier wild wuchsen. Blaubeeren begegnete man auf der Halbinsel überall: in den Läden in Form von Muffins, Gelee und Säften oder gedruckt auf Schürzen, Tassen und Postkarten.

Als ich endlich das Ortsschild sah, war es halb vom dichten

Blattwerk des unbändig wachsenden Efeus überwuchert, so dass nur das Wort *Isle* zu lesen war.
Schon als Kind empfand ich es als beklemmend, dass ich beinahe nur von Wasser umgeben war. Die Vorstellung, dass es nur diese eine Straße gab, die mich hier rausbrachte, wenn ich fliehen musste, ließ mich an eine Maus denken, die in der Falle saß. Dabei gab es nichts, weshalb wir Bear Isle hätten fluchtartig verlassen müssen. Selbst Tornados, die hier ab und zu im Sommer an die Küste kamen, hatten die Halbinsel nie erreicht. Und dennoch war ich irgendwann geflohen.

* * *

Es war ein Drama gewesen, das Auto am Flughafen zu mieten. Sie hätten meine Reservierung nicht erhalten, hatte die Frau am Schalter gemeint. Dabei war ich mir sicher, genau mit dieser Dame vor wenigen Stunden gesprochen zu haben, die mich nun an der Rezeption des Autovermieters fragte, ob ich tatsächlich angerufen hätte, und ganz offensichtlich versuchte, mich loszuwerden.
Ich bin schnell gereizt. Eine unschöne Eigenschaft, die ich nicht immer kontrollieren kann. Heute musste ich nett sein, ich brauchte dringend einen Wagen. Trotzdem konnte ich einen unfreundlichen Ton in meiner Stimme nicht ganz vermeiden und fragte die korpulente Dame hinter dem hölzernen Tresen, der gerade so hoch war, dass es aussah, als hätte sie ihre üppigen Brüste darauf abgelegt: »Sie haben also da draußen keinen einzigen Wagen stehen?« Dabei zeigte ich mit dem Finger durch die große Scheibe dorthin, wo aneinandergereiht zahllose frisch polierte Wagen standen, in allen Kategorien von Economy bis hin zur Luxusklasse. Ich hätte jeden Wagen genommen und fragte sie spitz: »Das kann doch nicht Ihr Ernst sein?«

Im selben Augenblick wurde mir klar, dass ich einen Fehler machte, wenn ich mich nicht bremste. Ich versuchte es anders. »Meine Mutter ist gestorben. Ich muss dringend weiter nach Bear Isle.« Wider Erwarten lief mir eine einzelne Träne über die Wange. Es auszusprechen war etwas anderes, als es still in mir zu tragen. Wenn ich es in Worte fasste, schien es mir erst bewusst zu werden, schien ich es greifen zu können.

Die dicke Frau hievte ihre Brüste vom Tresen und wandte sich ihrem Computer zu. Mit ihren unnatürlich langen, an der Spitze mit glitzerndem Lack manikürten Nägeln, tippte sie einzelne Buchstaben und Zahlen ein, die für mich keinen Sinn ergaben. Das klackernde Geräusch war nervtötend. Über den Rand ihrer schmalen Brille hinweg warf sie mir einen prüfenden Blick zu, blähte ihre Nasenflügel auf und schien in den Weiten ihres Computers einen Wagen für mich zu suchen. Schließlich wurde sie fündig, und ich mietete ihn für zweieinhalb Wochen. Länger konnte und wollte ich nicht auf Bear Isle bleiben.

Erleichtert setzte ich mich kurz darauf hinters Steuer und fuhr los. Der Wagen roch neu, obwohl der Meilenstand das Gegenteil bewies. Schon immer hatte ich die Vermutung, dass Autovermietungen ein Spray mit der Duftnote »Neues Auto« benutzten. Eine Mischung aus Leder- und Plastikaromen, um dem Fahrer vorzugaukeln, er hätte einen funkelnagelneuen Wagen gemietet. Die Uhr am Armaturenbrett zeigte, dass es bereits nach Mitternacht war, und augenblicklich überkam mich eine überwältigende Müdigkeit. Seit den frühen Morgenstunden war ich unterwegs. Gleich nachdem mir der Bote den Briefumschlag mit dem grün aufgedruckten T überreicht hatte, war ich ohne Unterlass in Hektik. Ein Telegramm. Wer schickte heute noch ein Telegramm, hatte ich mich gefragt, während ich die wenigen Worte las, die mir gleichzeitig den Atem raubten.

Gleich darauf hatte ich das Nötigste in meinen Koffer gepackt und war zum Flughafen geeilt, um den nächsten Flug nach Boston zu bekommen. Nun hatte diese Frau mich eine weitere Stunde Zeit gekostet. Mein Nacken schmerzte, und ich beschloss, heute nicht mehr die zweihundertfünfzig Meilen nach Bear Isle zu fahren.

In großen, rot blinkenden Lettern machte ein kleines Motel auf sich aufmerksam: *Peabody's Inn*. Ich nahm die Ausfahrt, parkte den Wagen vor der Rezeption und ließ mich kurze Zeit später in Unterhose und T-Shirt auf das harte Bett fallen. Das Essen, das ich im Flugzeug zu mir genommen hatte, rumorte in meinem Magen. Unruhig stand ich abermals auf und ging das Zimmer ab, in dem es viel zu warm war. Vor dem Fenster blieb ich stehen und schaute hinaus. Nur wenige Autos standen auf dem Parkplatz vor dem Hotel. Vorsorglich vergewisserte ich mich, ob ich die Tür verriegelt hatte, und zog die Vorhänge zu. Nun war es stockfinster, und ich hoffte, gleich einschlafen zu können. Aber ich täuschte mich. Kurz war ich versucht, doch weiterzufahren. Aber das war keine gute Idee. Heute würde ich es auf keinen Fall mehr nach Bear Isle schaffen. Nach kurzer Zeit knipste ich die Nachttischlampe wieder an, deren Licht das kleine Zimmer in ein schauriges Gelb tauchte, und zog die Decke bis unters Kinn. Ich hatte schon immer Angst vor Dunkelheit und engen Räumen. Hätte ich mir wenigstens noch eine Flasche Rotwein besorgt. Während ich verzweifelt zu schlafen versuchte, dachte ich an meine Kindheit, an meine Mutter und an meine Schwester, die die Dunkelheit mochte. Ich hatte keine Erinnerung daran, wann mir zum ersten Mal bewusst wurde, dass Emma anders war. Emma, meine große Schwester. Wenn wir abends in unseren Zimmern im Bett lagen und bereit für das abendliche Gebet waren, kam Mutter in unsere Zimmer. Emma bekam immer den ersten Gutenachtkuss, dann erst war ich an der Reihe. Stets mit dem gleichen Ritual. Mutter malte mit dem Zeigefinger ein kleines Kreuz über meine Stirn, dann hauchte sie mir einen Kuss auf die Nasenspitze. »Gute Nacht, Ally«, flüsterte sie stets, dann schloss sie den Rollladen, bis alles im Dunkeln lag. Aber Emma bekam nicht nur den ersten Kuss. Jeden Abend, wenn Mutter mein Zimmer verließ, hörte ich, wie Emma sie laut rief. Dann ging sie ein weiteres Mal über den Flur in Emmas Zimmer, und ich hörte sie flüstern. Ich hatte nie verstanden, was sie Emma sagte, bestimmt aber gab sie ihr einen weiteren Kuss. Ein einziges Mal nur hatte auch ich sie erneut gerufen, mit dem Ergebnis, dass Emma sie abermals rief. Es wäre wohl endlos so weitergegangen, und es hatte mir keine Befriedigung gebracht.

Besser war es, solange Emma und ich noch gemeinsam in einem Zimmer schliefen. Dann lauschte ich, nachdem Mutter das Zimmer verlassen hatte, den tiefen Atemzügen meiner Schwester, die ich zählte, bis ich selbst eingeschlafen war. Bis zu dem Tag, an dem ich unser gemeinsames Zimmer verlassen musste und mein eigenes bekam. Und obwohl es nur quer über den Flur lag, fühlte ich mich plötzlich alleine mit all meinen Ängsten. Ich wurde nicht gefragt, welches Zimmer mir lieber war. Es war klar gewesen, dass ich diejenige war, die das neue Zimmer bekam. Ich wurde nie gefragt. Immer nur sagte Mutter: »Du verstehst das doch, Ally.« Bei allem immer diese Worte: »Du verstehst das doch.« Dabei war ich doch selbst noch ein Kind. Seit diesem Tag schlich ich mich regelmäßig, wenn ich nachts in der Dunkelheit Angst hatte, hinüber in Emmas Zimmer.

»Emma, bist du wach?«, flüsterte ich in die Dunkelheit, und Emma antwortete in ihrer schroffen Art: »Ja, ich bin jetzt wach.«

»Ich habe Angst, darf ich bei dir schlafen?«, fragte ich sie, obwohl ich wusste, dass sie meine Angst vor der Dunkelheit nicht verstand. Dennoch machte sie mir Platz und ich kroch unter ihre Decke. Dann spürte ich, wie sie von mir wegrutschte, damit ich sie nicht berühren konnte.

Wie sehr hatte ich mir in all den Jahren eine Schwester gewünscht, mit der ich über alles hätte sprechen können. Geschwister stritten und versöhnten sich. Unsere Verbindung aber hatte nichts von alledem. Nur diese Nähe in den wenigen Nächten war das, was ich mir von meiner Schwester holte, auf die ich immerzu Rücksicht nehmen musste, und dann fühlte ich mich in ihrer Nähe geborgen und beschützt. Mir fiel ein, dass Emma gut roch und ich deswegen meine Nase, so weit sie es zuließ, in ihre Haare presste, um ihren unbeschreiblichen Duft einzuatmen. Dann begann ich ihre Atemzüge zu zählen, bis ich endlich einschlafen konnte.

»Du verstehst das doch«, wiederholte ich jetzt leise vor mich hin und schloss meine brennenden Augen. Ich hatte es nicht verstanden. Wie hätte ich es verstehen sollen, dass Emma ihre gewohnte Umgebung brauchte, dass sie die Veränderung hasste? Und obwohl ich es wusste, habe ich mich stets benachteiligt gefühlt.

Aber ich hatte richtig gehandelt. Nie hatte ich mich besser gefühlt als an jenem Tag, als ich die Tür laut hinter mir zuknallte und wortlos wegging. »Nein, ich habe es nie verstanden«, hatte ich meiner Mutter damit sagen wollen. Ich konnte so weit zurückdenken, wie ich wollte, schon immer zog es mich von zu Hause weg.

Tränen liefen mir die Wangen hinunter. Was hätte ich jetzt dafür gegeben, zu Hause zu sein und unter Emmas Decke zu kriechen, an ihren Haaren zu riechen und einen letzten Gutenachtkuss von Mutter zu bekommen. Wie hatte ich nur so kaltherzig sein können? Nie zuvor in all den Jahren, die ich

weit weg von zu Hause mein Leben lebte, war mir der Gedanke gekommen, dass es nicht richtig war, was ich tat. Ich hatte es wohl schlicht verdrängt. Und wenn ich eines in den zehn Jahren geworden war, dann eine Meisterin im Verdrängen.
Heulend vergrub ich mein Gesicht im Kissen, das nach Chlor roch, und versuchte, mich an den warmen Geruch meiner Schwester zu erinnern.
Am nächsten Morgen wachte ich durch das laute Klopfen an der Tür auf. Es war das Zimmermädchen. Erschrocken stellte ich fest, dass es bereits elf Uhr war, und machte mich auf den Weg nach Hause, nach Bear Isle.

* * *

Je weiter ich fuhr, desto dichter standen die Häuser und desto angespannter wurde ich. Überrascht stellte ich fest, dass sich in den letzten zehn Jahren auf Bear Isle nicht viel verändert hatte, bis ich plötzlich vor dem Haus meiner Kindheit ankam, das ich mit zwanzig Jahren verlassen hatte.
Reglos blieb ich bei laufendem Motor hinter dem Lenkrad sitzen, das ich immer noch fest umklammert hielt. Erst als am Ende des Songs im Radio die Stimme des Moderators erklang, löste ich mich aus meiner Starre und drehte den Zündschlüssel um.
Langsam ging ich die Stufen zur Veranda hoch. Es fühlte sich an wie früher. Als wäre ich gestern das letzte Mal hier gewesen. Als hätte ich gestern erst das Haus verlassen, um heute wieder zurückzukommen, als hätte ich erst vor wenigen Stunden meiner Mutter das letzte Mal zum Abschied »Bis später!« zugerufen. Aber es waren zehn Jahre vergangen, zehn Jahre, die mit einem Mal zu einem einzigen Tag zusammengeschrumpft waren. Es war das passiert, was ich nicht wahrhaben wollte. Sie hatte mich eingeholt. Die Vergangenheit.

Die letzte Stufe ließ ich aus und machte einen großen Schritt darüber. Sie hatte früher laut geknarrt, und wenn ich spät nach Hause gekommen war, hatte ich sie oft übersprungen, um nicht zu verraten, dass ich später als vereinbart dran war.
Instinktiv wollte ich in die Tasche greifen, um meinen Schlüssel hervorzuholen, als mir bewusst wurde, dass ich keinen mehr hatte. Zaghaft drückte ich auf den goldenen Knopf und hörte den vertrauten Klang der Glocke.
»Moment!«, kam es von drinnen, als sich auch schon die Tür öffnete und ich durch das Fliegengitter Mrs. Fairbanks im Türrahmen stehen sah.
»Ally«, war das Einzige, was sie zu mir sagte. »Ally.«
Vorsichtig zog ich das Fliegengitter auf, und schlagartig wurde mir bewusst, dass in diesem Haus nichts mehr wie früher war. Alles war anders, denn Mutter war gestorben.
Mrs. Fairbanks zog mich in den Flur.
»Ally«, wiederholte sie ein weiteres Mal und betrachtete mich. »Wie schön du bist, du siehst aus wie deine Mutter.«
Ich versuchte ein Lächeln, das mir kläglich misslang.
»Wenn du deine Mutter noch einmal sehen möchtest, dann müssen wir rasch zur Kirche gehen.«
»Meine Mutter?«, wiederholte ich. Die plötzliche Hoffnung, dass ich Mutter sehen konnte, dass sie lebte, wich der genauso plötzlichen Erkenntnis, dass ich sie nur noch tot sehen konnte.
»Ich habe Pastor Jaffa gebeten, den Sarg noch nicht zu schließen. Aber morgen früh wird er es tun müssen«, sprudelte es aus ihr heraus.
»Müssen wir sofort los?«, fragte ich sie. »Wo ist Emma?«
»Emma schläft schon. Es war ein anstrengender Tag für sie. Wir lassen sie besser schlafen.«
»Alleine?«

»Alleine?«, wiederholte Mrs. Fairbanks beinahe entrüstet. »Aber nein, Mr. Bellow wird kommen und aufpassen.«

»Mr. Bellow?« Ich kannte keinen Mr. Bellow.

Statt zu antworten, ging Mrs. Fairbanks zum Telefon.

Keine zwei Minuten später stand Mr. Bellow in der Tür. Er warf mir ein kurzes Hallo zu, die Hand, die er mir reichte, konnte ich nicht ergreifen, weil Mrs. Fairbanks mich schon aus dem Haus zog. Sie hatte meinen Unterarm fest gepackt. Ich verspürte den Drang, mich aus ihrem Griff zu befreien, aber das war nicht möglich. Fest drückte sie ihren Daumen in mein Fleisch, und ehe ich mich's versah, standen wir vor der Kirche, deren spitzer weißer Turm bedrohlich in den grauen Himmel ragte.

Endlich ließ sie meinen Arm los, ging vor mir die Stufen hinauf und rüttelte an der Tür.

Nichts tat sich. Sie war verriegelt.

Kurz darauf war aus dem Inneren der Kirche Gerassel zu hören, und die schwere Pforte öffnete sich.

»Guten Abend, Pastor Jaffa«, begann Mrs. Fairbanks und zog mich abermals am Arm, hinein in die Kirche.

»Das ist Ally, sie möchte ihre Mutter sehen.«

»Es tut mir sehr leid für Sie«, sagte der Pastor und reichte mir seine feuchte kleine Hand. Ich nickte und schluckte meine Beklemmung hinunter. Ich war nicht in der Lage, etwas zu sagen.

Wir folgten ihm in die Kirche, in der ich schon als Kind jeden Sonntag die Messe besucht und oft ungläubig den Kopf geschüttelt hatte. Als Jugendliche weigerte ich mich häufig, meine kostbare Freizeit dort zu verbringen. Ich empfand es als vergeudete Zeit. Aber Emma hatte immer so lange gebettelt, bis ich schließlich doch mitgegangen war. Dennoch mochte ich die Kühle in der Kirche und glaubte, dass es im Sommer der einzige Ort war, in den die Mückenschwärme nicht vordringen konnten.

Der Kirchenraum lag dunkel vor uns und ließ nichts erkennen, nur am Geruch merkte man sofort, wo man sich befand. Weihrauch, warmes Kerzenwachs und Holz vermischten sich mit der Kühle zu einem unverkennbaren Duft, den es nur in Kirchen gab.
Langsam folgte ich dem Pastor in den angrenzenden, feierlich geschmückten Raum, an dessen Ende der Sarg aufgestellt war. Pastor Jaffa führte mich durch den schmalen Gang zwischen den Stuhlreihen. Langsam näherte ich mich den flackernden Lampen, die zu beiden Seiten des offenen Sarges aufgestellt waren und den Raum in ein gespenstisches Licht tauchten. Hohe Vasen, gefüllt mit langstieligen weißen Lilien, standen auf dem Boden. Ihr intensiver Duft stieg mir in die Nase. Auf einem kleinen Tisch stand ein großes Schwarzweißfoto meiner Mutter. Den Rahmen zierte eine kleine schwarze Schleife. Mit jedem Schritt, den ich mich näherte, wurde das Bild schärfer, nahm Kontur an. Bis ich wie ein Häufchen Elend vor ihr stand. Unaufhaltsam rannen mir die Tränen über die Wangen. Ich hatte keine Macht darüber und ließ es geschehen.
»Mama«, flüsterte ich.
Ihr ebenmäßiges Gesicht war wächsern und bleich. Ich hatte erwartet, Folgen des Autounfalls sehen zu müssen, aber dem war nicht so. Ihr Gesicht war makellos. Es schien mir, als würde ich in einen Spiegel schauen. Die Ähnlichkeit zwischen uns wurde mir auf schockierende Weise bewusst. Silberstreifen zogen sich durch ihr braunes, langes Haar – das einzige Anzeichen, dass sie gealtert war. Sie trug ein schlichtes weißes Sommerkleid, und mein erster Gedanke war, dass sie frieren könnte. Wer war nur auf die Idee gekommen, ihr dieses Kleid anzuziehen? Vorsichtig berührte ich ihre Wange. Sie war kalt. Was hatte ich anderes erwartet?
Mein Gesicht brannte vom Salz der Tränen, doch der körperli-

che Schmerz fühlte sich gut an und lenkte mich von meinem Kummer ab. Warum hatte ich mich nie bei ihr gemeldet, ihr gesagt, dass es mir gutging? Was hätte ich dafür gegeben, ein letztes Mal mit ihr sprechen zu können. Mit einem Mal wurde mir schlagartig bewusst, dass es dafür nun für immer zu spät war.

Ein Windzug ging durch die Kirche. Ich fröstelte und zog meine Strickjacke enger um den Körper. Dann drehte ich mich um und sah die kleine gedrungene Gestalt von Mrs. Fairbanks in der ersten Reihe sitzen.

»Sie sieht so unverletzt aus«, sagte ich zu ihr, als ich mich neben sie setzte.

»Sie hatte kaum äußere Verletzungen.« Dann erzählte sie von dem Unfall, der meine Mutter das Leben gekostet hatte. Sie war in der Allee in einen Baum gerast. Der Airbag hatte sich geöffnet, aber ihr Genick hatte dem Aufprall nicht standgehalten.

Der Pastor erlöste mich von dieser ausführlichen Schilderung. Wie schon früher hatte ich das Bedürfnis aufzustehen, so wie man es mir beigebracht hatte, um ihm meinen Respekt zu zeigen. Aber ich blieb sitzen.

»Möchten Sie noch etwas bleiben?«, fragte er und sah mich mitfühlend an.

Ich schüttelte den Kopf. Was nicht ehrlich war. Gerne wäre ich hier geblieben, hier bei meiner Mutter, den ganzen Abend bis zum nächsten Morgen. Nein, ich war nicht bereit, meine Mutter jetzt und für immer gehen zu lassen.

Mrs. Fairbanks legte behutsam ihre kleine faltige Hand auf meinen Arm. »Sie hat nicht leiden müssen. Sie war sofort tot.«

Wieder konnte ich die Tränen nicht zurückhalten und begann hemmungslos zu schluchzen.

»Sie hat oft von dir gesprochen, Ally«, redete sie weiter auf mich ein. Kein Vorwurf lag in ihrer Stimme, warum ich mich nie bei Mutter gemeldet hatte, und ich fragte mich, ob sie wohl wusste, warum ich Bear Isle verlassen hatte. Der Singsang ihrer alten krächzenden Stimme beruhigte mich, aber meine beschämenden Gedanken verschwanden nicht. Ich wusste selbst, dass es nicht richtig gewesen war, und hatte das Gefühl, es der alten Dame erklären zu müssen.

»Mrs. Fairbanks …«, begann ich, wurde aber sogleich unterbrochen.

»Miss – Miss Fairbanks, du weißt doch, dass ich nie verheiratet war«, dabei sprach sie das Miss überdeutlich aus, und ich erinnerte mich daran, dass ich früher nur Miss zu ihr gesagt hatte.

»Es ist nur … Ich habe meine Mutter so lange nicht gesehen. Ich bereue es aufrichtig, dass es nun zu spät ist. Ich …« Wieder unterbrach sie mich.

»Ja, das ist traurig. Aber solche Dinge passieren. Leider. Manchmal ist es einfach zu spät, und man bekommt keine zweite Chance. Dann muss man versuchen, damit zu leben, Ally.«

Ihre offenen Worte taten weh. Schluchzend verbarg ich das Gesicht in den Händen.

»Komm, Ally, lass uns gehen. Ich habe das Bett in deinem alten Kinderzimmer hergerichtet. Morgen sieht alles ganz anders aus«, fügte sie tröstend hinzu und tätschelte meine Hand.

Wieder zog sie mich mit sich.

Morgen würde gar nichts besser sein. Morgen würde ich alles bei Licht betrachten müssen. Morgen würde ich mich der Vergangenheit stellen müssen.

Und morgen würde ich Emma sehen.

Ein Gefühl der Freude stieg in mir hoch. Meine Schwester Emma. Mit einem Mal bemerkte ich, wie sehr ich sie vermisst hatte.

In dieser Nacht schlief ich abermals schlecht. All die Dinge meiner Kindheit und Jugend standen in meinem Kinderzimmer genau so, wie ich sie zurückgelassen hatte. Meine Mutter hatte nichts verändert. Es war fast gespenstisch, sich mit alldem umgeben zu sehen, und ich hatte das Gefühl, dass sich etwas Schweres auf meinen Brustkorb legte und mir die Luft zum Atmen nahm. Hier zu schlafen schien mir unmöglich, aber ich war zu erschöpft, um nicht doch irgendwann einzuschlafen. Ich träumte von meiner Mutter. In ihrem weißen Kleid kam sie zu mir ans Bett und malte mit eisigen Fingern das Kreuz auf meine Stirn. Ich sah ihr ebenmäßiges Gesicht und spürte ihren kalten Atem, als sie flüsterte: »Du verstehst das doch, Ally?«
»Was soll ich verstehen?«, fragte ich.
»Emma ist anders«, antwortete sie.
»Es geht immer nur um Emma«, sagte ich zornig.
»Emma *ist* anders«, wiederholte sie sanft.
»Ich habe es nicht verstanden. Ich war zu jung. Und als ich alt genug war, wollte ich es nicht mehr verstehen. Nun ist es zu spät, Mama. Ist es zu spät?«, fragte ich weinerlich.
»Ally«, sage sie zärtlich. »Kleine Ally. Es tut mir so leid, dass ich dich nicht halten konnte.«
»Warum hast du Emma immer mehr geliebt als mich?«
»Aber das habe ich nicht. Ich dachte, das wüsstest du«, sagte sie.
Im Traum war all die Aggression, die sich aufgestaut hatte, auf einmal wie verflogen, ich verstand mich selbst nicht mehr. Was hatte ich mir dabei nur gedacht? Warum war ich so zornig gewesen? Und vor allem: Warum war ich von zu Hause fortgegangen? Ich versuchte meine Gedanken zu ordnen. Ich wusste, dass ich einen Grund gehabt hatte. Der Gedanke, der mir nicht einfallen wollte, hing wie ein dünner Faden im Raum und hatte irgendwo seinen Anfang. Ich zog an dem Faden, an dessen Ende

eine vergilbte Fotografie meines Vaters hing. Genau, das war es gewesen. »Es war wegen Vater!«, rief ich meiner Mutter entgegen, die sich mehr und mehr von mir entfernte.
»Er hat uns im Stich gelassen. Genau wie du«, sagte sie.
Weitere Enden von silbrig glänzenden Fäden wehten wie Spinnfäden vor meinem Gesicht.
»Greif zu«, forderte mich meine Mutter auf und zeigte auf die im Wind flatternden Fäden.
Aber welchen sollte ich nehmen? Umsichtig überlegte ich, als könnte ich mit einer geschickten Wahl den weiteren Verlauf der Geschichte verändern. Wenn ich nur an dem richtigen Faden zog, der vielleicht ein besseres Ende für mich versprach? Vielleicht konnte ich Geschehenes rückgängig machen? Von weitem hörte ich eine Uhr laut und unendlich langsam ticken. Jemand zählte von zehn abwärts, neun, acht … »Beeil dich«, sagte sie. »Die Zeit läuft ab.«
Ich zog vorsichtig an dem Faden, dessen Ende vor meinem rechten Auge in der Luft schwebte. Zum Vorschein kam eine Gitarre. Meine Gitarre. Ich hatte so gerne darauf gespielt, aber nur wenn Emma nicht im Haus war, da sie die falschen Töne nicht ertragen konnte. Das machte alles keinen Sinn. Unsinn. Verzweifelt suchte ich nach der Antwort, nach dem Grund, warum ich gegangen war, der mir aber nicht einfallen wollte. Ich hatte meine Mutter und Emma im Stich gelassen. Am nächsten Faden hing meine Mutter, leblos wie an einem Galgen. Tot. Ohne ein Wort war ich gegangen, ohne ihr zu sagen, wohin ich gehen würde. Und nun war es zu spät. Ich griff nach einem Faden, der leuchtend rot im Zimmer von der Decke hing. Aber ich bekam ihn nicht zu fassen. Bei jedem Versuch griff ich ins Leere.
»Es ist zu spät«, sagte Mutter genauso erbarmungslos wie Miss Fairbanks in der Kirche.

Als ich keuchend aufwachte, war es stockfinster in meinem Zimmer. Es dauerte eine Weile, bis sich meine Augen allmählich an die Dunkelheit gewöhnten. Langsam lösten sich die Umrisse der Gegenstände vom dunklen Hintergrund und nahmen Form an, wurden real und wirklich. Erschrocken stellte ich fest, dass meine Mutter in ihrem weißen Sommerkleid immer noch im Raum stand. Sie bewegte sich auf mich zu. Panisch setzte ich mich auf. Jetzt hellwach. Die Gestalt ließ sich auf meinem Bett nieder.

»Emma«, stieß ich erleichtert aus, als ich meine Schwester erkannte.

Still saß sie neben mir. Sie trug ein weißes Nachthemd, und es wunderte mich nicht, dass ich sie im ersten Moment für unsere Mutter gehalten hatte.

»Emma«, wiederholte ich und hätte sie gerne umarmt.

Nun lachte Emma. Laut und tief. So wie sie immer gelacht hatte, so wie ich ihr Lachen in Erinnerung hatte.

»Mama geht und du kommst«, stellte sie nüchtern fest.

Ich knipste die Nachttischlampe an, die einen fahlen Kegel an die Zimmerdecke warf. Im schwachen Licht betrachtete ich meine Schwester. Ihre langen blonden Haare waren zu einem dicken Zopf geflochten.

Emma hatte es immer schon gehasst, ihre Haare offen zu tragen. Anscheinend hatte sich daran nichts geändert. Als wir noch Kinder waren, hatte ich ihre Haare gerne geflochten. Es war ein abendliches Ritual, zu dem sie immer in mein Zimmer gekommen war. Bis ich abends länger wegblieb und sie bereits schlief, wenn ich mich nachts ins Haus schlich, immer ertappt von unserer Mutter, auch wenn ich die letzte, laut knarrende Stufe der Verandatreppe ausgelassen hatte.

Um Emmas Augen hatten sich feine Linien gebildet. Auf ihrer Stirn waren deutliche längs verlaufende Falten zu erkennen.

Schon immer hatte sie ihre Stirn in Falten gelegt. Eigentlich hatte sie sich nicht verändert, sie war nur einfach älter geworden. Sie kräuselte ihre kleine Himmelfahrtsnase, als würde sie etwas Besonderes riechen.
Emma war auf den Tag genau drei Jahre älter als ich. Dieses Jahr würde sie dreiunddreißig werden. Es war für mich immer schrecklich gewesen, am gleichen Tag Geburtstag zu haben wie meine Schwester, und ich war schon morgens schlecht gelaunt, wenn sie von mir die gleiche Aufmerksamkeit forderte, die sie von den anderen bekam. Immer hatte sie das erste Stück Kuchen bekommen, durfte zuerst ihre Geschenke auspacken und die Kerzen ausblasen. Alles Rituale, die meine Mutter – die wir – unfähig waren zu durchbrechen.
Ruckartig erhob sie sich von meinem Bett, und ich verscheuchte die quälenden Gedanken aus der Vergangenheit.
»Du bist wach. Dann gehen wir runter in die Küche frühstücken. Ich esse meine Flocken mit kalter Milch«, sagte sie und zog einfach meine Decke vom Bett. Erst wollte ich etwas erwidern, ließ es aber sein und stand müde auf.
»Klar, das machen wir gleich«, antwortete ich und bog ins Badezimmer ab.
Emma blieb vor der Tür stehen, die ich angelehnt ließ.
Ich schaute in den Spiegel. Wir waren vollkommen unterschiedlich. Niemand würde uns für Schwestern halten. Ich hatte braune, glatte Haare, die immer gekämmt aussahen, und braune Augen. Emma hatte blaue Augen. Ich sah aus wie Mutter und vermutete, dass Emma unserem Vater ähnlich sah.
Ich wusch mir das Gesicht mit kaltem Wasser, in der Hoffnung, wach zu werden.
Ob Emma wusste, dass Mutter heute beerdigt würde? Sicherlich wusste sie es. Aber wie würde sie reagieren?
In der Küche setzte sich Emma an den Tisch. Ich öffnete in-

stinktiv den richtigen Schrank und stellte die Schüssel vor ihr auf den Platz.
»Zuerst die Milch«, sagte Emma.
Ich goss die Milch ein.
Sie flockte aus, war sauer geworden. Emma wartete. Ich schüttete die Schale aus und fragte mich, woher ich um diese Uhrzeit Milch bekommen sollte. Erleichtert entdeckte ich eine weitere Flasche im Kühlschrank.
»Zuerst die Milch«, wiederholte sie laut.
Also die gleiche Prozedur von vorne.
Mit einem Löffel schaufelte Emma die Flocken in die kalte Milch. Sie zählte laut.
»Fünf Löffel, stimmt's?«, fragte ich und lächelte sie müde an.
Sie reagierte nicht und zählte weiter – bis fünf.
Genüsslich schöpfte sie die oben schwimmenden Flocken von der Milch. »Mag ich«, wisperte sie kaum hörbar und aß schmatzend weiter.
Ich konnte sie nicht ewig anstarren und machte mir einen Kaffee. Dann setzte ich mich ihr gegenüber an den Küchentisch.
»Du weißt, dass Mutter heute beerdigt wird?«
»Ja.«
»Wir fahren nachher gemeinsam zum Friedhof.«
»Ja.«
Emma hob nicht ein einziges Mal den Kopf. Sie tauchte den Löffel tief in die Milch und holte die aufgeweichten Haferflocken nach oben.
»Wie fühlst du dich?«, fragte ich sie.
»Gut.«
Gut?, wiederholte ich in Gedanken. Mutter war gestorben, und das Einzige, was meine Schwester sagte, war, dass sie sich gut fühlte? Mit einem Mal liefen mir die Tränen über die Wangen. Ich fühlte mich nicht gut. Ich war traurig. Ich war so unendlich

traurig, dass sie gestorben war. Dass es zu spät war, um mich mit ihr zu versöhnen.

Emma blickte auf und schaute mich an. Aber sie zeigte keinerlei Regung. Weder Mitleid noch Trauer. Aber war es mir selbst nicht ebenso ergangen, als der Bote das Telegramm gebracht hatte?

Hier aber war alles anders. Alles erinnerte mich an Mutter. Der Einkaufszettel am Kühlschrank mit der schön geschwungenen Schrift: Milch, Eier und Zucker. Die Zitronen im Korb, die sie noch gekauft und in ihren Händen gehalten hatte. Der Anblick stimmte mich derart traurig, dass ich laut seufzte. Emma hob abermals ihren Kopf, aber sie schaute mir nicht in die Augen. Es schien, als würde sie durch mich hindurchblicken,um gleich darauf ihren Kopf über ihre Schale zu beugen und weiterzulöffeln.

»Musst du nicht weinen?«, fragte ich sie.

»Weinen? Nein«, antwortete sie. »Ich mag den Friedhof, dort ist es ruhig.«

»Wenn du traurig bist, kannst du mit mir darüber reden«, versuchte ich es weiter und wischte mir die Tränen aus dem Gesicht.

»Über was soll ich mit dir reden?«, fragte Emma ernst.

»Über Mutter natürlich, weil sie tot ist!«, schrie ich plötzlich, überwältigt von meinen Emotionen.

»Wieso?«, fragte sie diesmal, ohne aufzublicken, und löffelte ihre dämlichen Flocken und zählte.

* * *

Als bald darauf die Sonne aufging, wusste ich, dass es ein warmer Tag werden würde. Trotzdem entschied ich mich für das schwarze Kleid mit den langen Ärmeln.

Kaum hatte ich mich angezogen, stand auch schon Miss Fairbanks in der Diele. Sie klingelte nicht, sondern schloss sich selbst die Tür auf. In der linken Hand hielt sie eine große Platte, die mit Plastikfolie abgedeckt war, in der rechten trug sie einen Korb, in dem sich weitere Schüsseln und Behälter stapelten.

Sie bemerkte mein fragendes Gesicht.

»Später werden wir das brauchen. Nach der Beerdigung«, erklärte sie und stellte die Platte in den Kühlschrank. Den Rest verstaute sie, während sie weitersprach. »Ich habe Emmas Kleid bereits aufgebügelt«, sagte sie und ging zu Emma, die kerzengerade im Wohnzimmer auf dem Sofa saß.

»Hast du gut geschlafen?«

Emma nickte stumm. Ihr Blick fiel auf das dunkle Kleid in Miss Fairbanks' Hand.

»Das ziehe ich nicht an, das mag ich nicht.«

»Was magst du daran nicht?«, fragte ich sie.

»Die Farbe«, antwortete Emma, »Schwarz ist eine grässliche Farbe. Ich ziehe das Sonnenkleid an.«

»Welches Sonnenkleid?«, wunderte ich mich und vermutete, dass es gelb und unpassend für eine Beerdigung war.

»Ich zeig es dir.« Emma sprang fröhlich auf und hüpfte nach oben, um kurz darauf angezogen wieder in der Küche zu erscheinen. Sie drehte sich einmal im Kreis, dann streckte sie mir die Bürste, die sie in der Hand hielt, entgegen.

»Das geht nicht«, sagte ich bestimmt.

Aber Emma schien es nicht zu hören – oder nicht hören zu wollen. »Das ist das Sonnenkleid.«

»Dieses Kleid kannst du nicht anziehen«, wiederholte ich nachdrücklich, indem ich jedes einzelne Wort betonte.

»Ich ziehe es an. Mama mag es«, antwortete Emma trotzig. Die waagerechten Falten auf ihrer Stirn vertieften sich.

»Kindchen, das geht nicht. Zu einer Beerdigung trägt man Schwarz«, säuselte nun Miss Fairbanks beschwichtigend.

»Schwarz mag ich nicht«, antwortete Emma. Sie war rückwärts in die Ecke der Küche getreten, wo sie zornig aufstampfte.
»Emma, es tut uns leid, aber du kannst dieses Kleid nicht auf Mutters Beerdigung anziehen«, sagte ich erneut.
Da begann Emma zu summen. Erst leise und kaum hörbar. Es war keine Melodie, die sie summte. Es hörte sich vielmehr an wie ein Schwarm Bienen, der immer lauter wurde und anschwoll. Meine Nackenhaare sträubten sich. Ich ging auf Emma zu. Ich konnte kaum noch schlucken. Gerade so, als wäre ich gestochen worden und hätte einen allergischen Schock. Natürlich war es nur Einbildung, denn es war nur meine Schwester, die da summte. Aber irgendwo in meinem Innern regte sich eine Erinnerung. Das Summen – Emma hatte es schon früher gemacht, wenn auch leiser. Doch heute war es eine perfekte Nachahmung.
»Hör bitte auf damit«, fuhr ich sie an, woraufhin Emma noch lauter summte. Der monotone Klang schwoll weiter an. Ich glaubte, ersticken zu müssen, und konnte nur noch leise ein weiteres Mal ihren Namen sagen und flüstern: »Emma, bitte, hör auf zu summen. Du kannst das Kleid anlassen.«
»Ally!«, fuhr mich nun Miss Fairbanks an.
»Sie soll anziehen, was sie will. Sie soll nur mit dem Summen aufhören.« Mein Gesicht fühlte sich heiß an und ich glaubte, ohnmächtig zu werden. Dann baute sich Emma vor mir auf, drückte mir die Bürste in die Hand und drehte sich um. Schweigend bürstete ich ihre Haare und flocht sie erneut zu einem dicken Zopf.

* * *

Niemand sagte etwas über das Kleid, mit dem sie in der trauernden Menge leuchtend auffiel. Nachdem Pastor Jaffa seine ergreifende Rede am offenen Grab beendet hatte, gab er dem Totengräber ein Zeichen, den Sarg hinunterzulassen. Auf Knopfdruck setzte er sich langsam und lautlos in Bewegung. Im gleichen Moment sah ich in Emmas entsetzte Augen. Sie heulte laut auf. Wie ein Klageweib, schoss es mir durch den Kopf. Bestürzt trat ich näher an sie heran und versuchte, sie zu beruhigen.

»Es ist alles in Ordnung«, sagte ich und wusste mit einem Mal, dass es aber genau das war, was ich die ganze Zeit von meiner Schwester forderte. Eine Reaktion auf Mutters Tod. Hier war sie und traf mich dennoch unvorbereitet. Was hatte ich gedacht? Dass sie leise vor sich hin weinen würde? Das hatte Emma nie getan. Sie war immer laut gewesen. Auch beim Weinen.

»Lass mich!«, schrie sie mich an und trat gegen mein Schienbein. Rotz vermischte sich mit ihren Tränen und zog einen langen Faden, der auf meine Hand tropfte. Irritiert wischte ich ihn ab und schluckte die aufkommende Übelkeit hinunter.

»Emma, beruhige dich doch.« Aber sie war mit nichts zu besänftigen. Wild schlug sie um sich und traf Miss Fairbanks an der Nase, die mir gemeinsam mit Pastor Jaffa zu Hilfe gekommen war.

»Sie müssen den Sarg wieder heraufholen«, bat ich den Pastor mit Nachdruck. Auch mir liefen nun die Tränen übers Gesicht. Miss Fairbanks nickte. »Ja, holen Sie ihn wieder hoch.« Blut tropfte aus ihrer Nase und auf ihr Kleid.

Es war schrecklich. Ein Alptraum.

Pastor Jaffas Blick ließ Entsetzen erkennen. Während ich Emmas Hände festhielt und versuchte, ihren Tritten auszuweichen, starrte ich ihn flehend an. Schließlich gab er dem Totengräber ein Zeichen, der sofort den Schalter betätigte. Der Motor stöhnte, und der Friedhof war erfüllt von ächzendem Geknatter. Ich vermutete, dass der Aufzug nie zuvor einen Sarg wieder nach oben befördert hatte.

Unterdessen spuckte, kratzte und schlug Emma wild um sich. Sie beschimpfte Miss Fairbanks und den Pastor mit den übelsten Worten. Aus dem Augenwinkel konnte ich die erstarrten Blicke der Anwesenden erkennen, die einfach nur dastanden und sich nicht von der Stelle bewegten. Zorn stieg in mir hoch. Wie konnte sie sich auf Mutters Beerdigung nur so benehmen? Sie führte sich auf wie eine Verrückte, und für einen kurzen Moment dachte ich, alle mussten denken, dass sie es auch war. Warum hat sie sich in all den Jahren nicht verändert?

Erst als der Sarg wieder ganz nach oben gefahren und das Geräusch des Motors verklungen war, beruhigte sich Emma.

Ich strich ihr die Haare aus dem Gesicht, die wirr an ihrer Stirn klebten. Mit einem Taschentuch putzte ich ihr die Nase und dabei weinte ich leise, zu erschöpft, um mein Gefühlschaos zu verbergen und noch etwas zu sagen.

»Du brauchst nicht zu weinen, Ally«, meinte sie unvermittelt, »du hast ja noch mich.«

2.
Gäste ohne Einladung

Ich schaute nicht zurück, als ich mit Emma den Friedhof verließ. Doch ich spürte die Blicke der Trauergäste in meinem Rücken. Tränen rannen mir die Wangen hinunter, die ich mit dem Handrücken abwischte. Emma hatte Mühe, mit mir Schritt zu halten, und hüpfte mehr, als dass sie ging. Es war mir egal. Ich musste hier weg.

»Langsam«, wisperte sie und stolperte neben mir die Wiese hinunter zu meinem gemieteten Wagen, der für mich in diesem Moment der einzige sichere Hafen war, um den Blicken der Anwesenden zu entkommen.

Zornig öffnete ich die Beifahrertür. »Setz dich und sei einfach still«, zischte ich meine Schwester an, obwohl sie nichts gesagt hatte. So schnell wie möglich wollte ich den Friedhof verlassen, wollte nach Hause.

Ich startete den Motor und zwang mich, langsam zu fahren und nicht, wie mir zumute war, einfach davonzurasen.
Nicht weit vor uns sah ich den großen Torbogen, über dem mit geschwungenen Lettern *White Pine Grove* stand und der das Ende des Friedhofs markierte.
»Was hast du dir dabei gedacht, so einen Aufstand zu machen?«, fuhr ich Emma an.
Sie antwortete nicht, bewegte nicht einmal den Kopf und schaute weiter stur geradeaus, ihre Stirn hatte sie in tiefe Falten gelegt.
»Bist du jetzt auch noch taub geworden?«, erhob ich meine Stimme. Im gleichen Moment bereute ich meine harten Worte. Was dachte ich mir bloß dabei, ihr Vorwürfe zu machen? Schließlich war dieser Tag auch für sie die reinste Tortur. In meiner Vorstellung umriss Emma die Bedeutung unseres Verlustes einfach noch nicht. Doch vermochte ich das etwa?

* * *

Kaum waren wir zu Hause angekommen, erschien Miss Fairbanks. Ihre Nase war von Emmas Schlag leicht angeschwollen. Wortlos rauschte sie an mir vorbei ins Esszimmer und stellte Gläser, Teller und Besteck, die sie aus dem Schrank in der Küche nahm, auf das alte Sideboard, das neben einem Tisch mit vier Stühlen das einzige Möbelstück im Raum war. Ich beobachtete wortlos ihr geschäftiges Treiben, absolut unfähig, ihr zu helfen. Gedankenverloren betrachtete ich das Zimmer, ließ meinen Blick über all die Dinge schweifen. Nichts hatte sich hier verändert, und ich fragte mich, warum ich mich trotzdem derart fremd fühlte.
Auch Miss Fairbanks hatte sich in den letzten Jahren kaum verändert. Ihre weißen Haare trug sie immer noch kurz gelockt.

Eine Frisur, die wir früher als Pudel-Look bezeichnet hatten, mit dem Unterschied, dass im Weiß ihrer Haare heute ein Hauch von Lila schimmerte. Und sie schien durch die leicht nach vorn gebeugte Haltung kleiner, als ich sie in Erinnerung hatte. Ich fragte mich, wie alt sie wohl war, und glaubte mich zu erinnern, dass ich an ihrem siebzigsten Geburtstag noch auf Bear Isle gelebt hatte. Ihre rahmenlose Brille baumelte an einer goldenen Kette über ihrem schlaffen Busen hin und her. Ab und zu setzte sie die Brille auf und begutachtete ihr Werk. In kürzester Zeit hatte sie das Esszimmer in ein nettes Buffet verwandelt. Sie nickte zufrieden mit ihrem kleinen Kopf und kam auf uns zu.
»Geht es euch gut?« Mit sorgenvoller Miene schaute sie zu Emma, die sich ebenfalls nicht von der Stelle bewegt hatte.
Natürlich ging es uns nicht gut. Die letzten beiden Stunden waren fürchterlich gewesen. Anstrengend und grauenvoll. Aber Miss Fairbanks wollte nur freundlich sein. Ich antwortete deshalb mit einer Gegenfrage: »Wie geht es Ihrer Nase?«
»Ach, das war nicht so schlimm, Ally, mach dir keine Gedanken.«
Emma sagte nichts und stand nur unbeteiligt neben uns. Seit dem Friedhof hatte sie kein Wort gesprochen. Doch mit einem Mal veränderte sich ihr Gesichtsausdruck. Sie lachte laut auf und hüpfte vergnügt, mit der Zunge schnalzend, ins Esszimmer. Dort schaute sie auf jede Platte und in jede Schüssel, die Miss Fairbanks aufgestellt hatte. Dabei gab sie jedes Mal ein »Mag ich« oder »Mag ich nicht« zum Besten.
Das kannte ich von früher. Jede Speise, sogar jeden Bissen, den sie aß, kommentierte sie. Natürlich kochte Mutter irgendwann nur noch das, was Emma mochte, und ich erinnerte mich an ein monotones »Mag ich« bei jeder Mahlzeit.

Kurz darauf kamen Bruno Bellow und Sol Stark.
»Danke noch mal fürs Aufpassen gestern, Mr. Bellow«, sagte

ich, nachdem er mich umständlich umarmt und mir laut ins Ohr geschneuzt hatte.

»Bruno, nenn mich Bruno. Es tut mir so leid. Deine Mutter war eine tolle Frau. Wir haben sie geliebt.« Mit diesen Worten zeigte er auf den gut aussehenden Mann neben ihm, wischte sich eine Träne aus dem Auge und sprach weiter. »Sol und ich wohnen schon seit fünf Jahren gegenüber.« Armreifen klimperten an seinen Handgelenken, als er sein dünnes blondes Haar mit den Fingern in die Stirn kämmte. Dann nahm er seinen seidenen Schal ab, um ihn erneut um den Hals zu legen.

Sol begrüßte mich, indem er mich an sich zog. Er drückte mich derart fest, dass mir die Luft wegblieb. »Ich kann dir gar nicht sagen, wie leid es mir tut.« Seine tiefe Stimme vibrierte gegen meinen Oberkörper.

Bruno reichte Miss Fairbanks eine Schüssel, und Sol ließ endlich von mir ab. Noch mehr Essen, dachte ich und atmete tief ein. Was, wenn ich einfach nicht mehr ausatmen, wenn ich hier einfach auf der Stelle tot umfallen würde? Aber ich hatte keine Wahl. Auch dieser Tag würde vorübergehen. Ich atmete die angehaltene Luft wieder aus und beobachtete, wie Miss Fairbanks die Schüssel ins Esszimmer trug und auf das voll beladene Sideboard stellte.

»Wer soll das denn alles essen?«, fragte ich mich.

Als Sol antwortete, bemerkte ich, dass ich laut gesprochen hatte.

»Du wirst dich noch wundern.«

Und tatsächlich.

Nach kurzer Zeit platzte das kleine Haus aus allen Nähten.

Mit ihrem festen Griff hatte mich Miss Fairbanks, kurz bevor die ersten Gäste eintrafen, an die Haustür bugsiert, um die Ankommenden zu empfangen. Gesichter, die ich von früher kannte, vermischten sich mit denen von Unbekannten und Menschen, die ich glaubte zu kennen.

»Ein trauriger Anlass zurückzukommen, oder Ally? Deine Mutter war sehr traurig, dass du dich nie gemeldet hast«, sagte Mrs. Fitzgerald, die, wie mir einfiel, in der Bücherei gearbeitet hatte.

Es war mir klar gewesen, dass ich nicht ungeschoren davonkommen würde, hatte aber gehofft, dass man mich wenigstens heute, am Tag der Beerdigung, nicht damit konfrontieren würde. Aber da hatte ich mich wohl getäuscht.

»Ja, darüber bin ich auch traurig, Mrs. Fitzgerald, aber leider kann ich daran nun nichts mehr ändern«, antwortete ich tonlos.

Sie ließ sich nicht von dem strengen Blick ihres Mannes irritieren und sprach weiter. »Du hättest dich mal melden können. Sagen können, dass es dir gutgeht. Das wäre nicht zu viel verlangt gewesen.« Das war nun Mr. Fitzgerald doch zu viel. Er mischte sich ein.

»Mimi«, redete er leise auf seine Frau ein. »Lass doch. Nicht heute.« Dann zog er sie sanft, aber bestimmt von mir fort.

Mit Mühe hielt ich die Tränen zurück. Bruno, der neben mir stand, legte seine warme fleischige Hand auf meinen Arm. »Mach dir nichts draus«, flüsterte er mir zu.

»Sie hat ja nicht unrecht.«

Außer Mrs. Fitzgerald sprach mich an diesem Abend niemand Weiteres darauf an. Aber ihre Blicke entgingen mir dennoch nicht. Ich sah sie tuscheln und ihre Köpfe zusammenstecken. Sie sprachen über mich, über die unmögliche Ally. Recht geschah es mir.

Ich schüttelte weiter unzählige Hände und bedankte mich für die nicht enden wollenden Beileidsbekundungen, bis mir der Kopf brummte.

»Wo kommen die nur alle her?«, fragte ich Bruno, der nicht

von meiner Seite wich und jedem, der das Haus betrat, ebenso die Hand schüttelte, tröstete und sich trösten ließ. Es war grotesk, und einen kurzen Moment lang hätte ich lachen können, wenn es nicht so traurig gewesen wäre.
»Deine Mutter war sehr beliebt hier auf Bear Isle. So viele Leute sind zu ihrer Beerdigung gekommen. Hast du das nicht bemerkt?«
Ich schüttelte den Kopf. Das Einzige, an das ich mich erinnern konnte, war die grauenvolle Szene mit Emma und das Ächzen des Motors, als der Sarg wieder heraufgeholt worden war. Bestimmt war Mutter nun wieder unter der Erde. Der Totengräber würde seine Arbeit getan haben, die Erde auf den Sarg geschaufelt, die Rasenplatten und den Grabstein darübergelegt haben, so dass ihr Grab nicht mehr von anderen zu unterscheiden war.
»Ihre Mutter war eine bemerkenswerte Frau.« Pastor Jaffa gesellte sich zu uns. In der Hand hielt er einen Teller mit belegten Weißbrotschnittchen. »Sie hat viel in der Gemeinde geholfen, war für jeden da, der Hilfe brauchte, und hatte immer ein offenes Ohr für die Sorgen anderer.«
»Ja, meine Mutter hat sich schon immer für die Belange anderer aufgeopfert«, antwortete ich und hätte gerne ergänzt, dass sie für jeden da war, nur nicht für mich. Stets hatte ich das Gefühl gehabt, nicht die gleiche Aufmerksamkeit von ihr zu bekommen wie Emma. Emma ging immer vor. Emma hier und Emma da. Kein Wunder, dass Emma nur das machte, was sie wollte. Aber warum hatte mich das jemals geärgert? Heute konnte ich es nicht mehr nachvollziehen. Mir musste doch bewusst gewesen sein, dass Mutter nur das machte, was richtig war. Emma hatte diese Aufmerksamkeit gebraucht und brauchte sie immer noch.
»Vor allem hat sie sich aber um Emma gekümmert«, sagte Pas-

tor Jaffa, als hätte er meine Gedanken erraten. Dann biss er in den Toast, den er in der Hand hielt und der einen Klecks Mayonnaise in seinem Mundwinkel hinterließ, auf den ich nun unentwegt starren musste.
Kein Wunder, dass er so dick war, wenn er bei jeder Beerdigung, Hochzeit, Taufe und was es sonst noch für Anlässe zum Schmausen gab, immer mit dabei war. Warum man nach Beerdigungen essen musste, war mir sowieso ein Rätsel. Mir fiel ein, dass Mutter, als sie nach der Beerdigung ihres Großvaters, der in Deutschland gelebt hatte, das deutsche Wort *Leichenschmaus* verwendet hatte. Leichenschmaus, was für ein schreckliches Wort. Warum musste man sich überhaupt im Haus des Verstorbenen versammeln?
Auf einmal wurde mir alles zu viel. Es waren zu viele Menschen im Haus. Wer hatte das hier überhaupt organisiert? Unter all den Menschen entdeckte ich schließlich Emma, wie sie am Fenster stand, alleine und mit dem Rücken zur Wand. Aus sicherer Entfernung beobachtete sie mit weit aufgerissenen Augen die vielen Menschen. Ich drängte mich an den Gästen vorbei, aber ein Durchkommen zu meiner Schwester war nicht so einfach. Immer wieder wurde ich aufgehalten. Ein paar tröstende Worte und immer wieder der Satz: »Ally, schön, dass du wieder hier bist.« Aber ihr versteckter Unterton war nicht zu überhören. Eigentlich wollten sie mir sagen, dass ich meine Familie durch mein Weggehen im Stich gelassen hatte. Sie wussten ja nicht, warum ich gegangen war. Sie wussten nicht, dass ich einen Grund gehabt hatte. Ich musste an den Traum der letzten Nacht denken und an mein verzweifeltes Suchen nach dem Grund.
Bevor ich Emma erreichte, bog ich in die Küche ab, wo ich mir ein weiteres Glas Rotwein einschenkte. Die Küchenuhr, die aussah, als wäre sie aus einer Bahnhofshalle entwendet worden,

zeigte, dass es bereits achtzehn Uhr war. Nüchtern würde ich das nicht länger ertragen. Ich war müde und hätte mich am liebsten ins Bett gelegt und die Decke über den Kopf gezogen. Keine vierundzwanzig Stunden war ich nun auf Bear Isle und wäre am liebsten auf der Stelle wieder abgereist.
In der Küche traf ich auf Miss Fairbanks, die eigentlich, wie sie meinte, nie trank und sich ebenfalls ein Glas Rotwein einschenkte, um gleich darauf wieder zu den Gästen zu gehen. Es schien mir, als sei ganz Bear Isle bei uns zu Gast. Jeder beladen mit einer Schüssel oder einer Platte, gefüllt mit Delikatessen, die ich nicht essen wollte.
Emma dagegen schon.
»Meinst du nicht, dass du genug von dem Thunfischsalat hattest?«, fragte ich mehr überrascht als besorgt, als ich mich zu Emma gesellte.
»Mag ich«, antwortete sie.
»Ja? Darf ich probieren?«
Emma schüttelte den Kopf. Natürlich durfte ich weder von ihrer Gabel noch von ihrem Teller essen.
»Dort steht die Schüssel«, antwortete sie stattdessen und zeigte mit der Gabel in Richtung Esszimmer.
Obwohl ich keinen Hunger hatte, tat ich mir etwas von dem Salat auf einen Teller und ging damit zurück zu Emma, die mich interessiert beobachtete.
»Du hast recht. Schmeckt gut«, stellte ich fest.
»Da ist etwas drin. Ich weiß nicht, was«, meinte Emma und probierte ein weiteres Mal.
»Was meinst du?« Ich schaute sie verwundert an.
»Es schmeckt nach …« Sie sprach den Satz nicht zu Ende.
»In *Tuna Salad* ist Thunfisch, Sellerie, Mayonnaise«, ich überlegte, »Paprika, Salz und Pfeffer.«
»Und Zitrone. Ein Spritzer Zitrone«, ergänzte Emma.

»Das kann sein.« Ich wusste nicht, worauf sie hinauswollte.
»Zitrone ist drin. Aber es ist noch etwas anderes drin. Das habe ich noch nie gegessen. Du musst fragen.«
»Wen soll ich fragen? Ich weiß nicht, wer den Salat gemacht hat«, erwiderte ich und wunderte mich immer mehr über meine Schwester.
Ich wusste, sie sprach nur ungern Menschen an. Das war schon früher so gewesen. Trotzdem hatte ich nicht vor, es für sie zu tun.
Kaum hatte ich das gedacht, begann sie zu summen.
»Emma, lass das bitte«, fuhr ich sie leise, aber bestimmt an.
Bruno kam auf uns zu.
»Hallo, Emma. Du summst? Was ist los?«
»Der Thunfischsalat«, unterbrach sie ihr noch leises Summen.
»Was ist damit?«
»Es ist noch etwas anderes drin. Das habe ich noch nie gegessen«, erklärte sie ihm mit exakt den gleichen Worten wie mir zuvor.
Bruno nahm mir die Gabel aus der Hand, und ehe ich etwas sagen konnte, probierte er von meinem Teller.
»Paprika, Thunfisch, Salz, Pfeffer, Sellerie, Mayonnaise«, meinte er schmatzend.
»Das hatten wir auch schon«, erwiderte ich leicht genervt.
Auch Emma nahm einen weiteren Bissen.
»Dir wird schlecht werden«, warnte ich, als im gleichen Augenblick Bruno mit meiner Gabel gegen sein Glas schlug: »Entschuldigt bitte. Ich brauche eure Aufmerksamkeit. Wer hat den Thunfischsalat gemacht?«
Ich schaute verlegen in die Runde, als eine blonde Frau auf uns zukam. Sie war sehr korpulent, hatte aber ein auffallend hübsches Gesicht, das perfekt geschminkt war. Ich kannte sie von irgendwoher, allerdings wollte es mir nicht einfallen. »Kann ich

helfen?«, fragte sie und entblößte eine Reihe strahlend weißer Zähne.
»Was haben Sie in den Thunfischsalat getan?«, fragte Bruno sogleich mit seiner nasalen, femininen Stimme.
»Schmeckt er nicht?«, entgegnete die Frau irritiert und begann alles aufzuzählen, was wir auch schon wussten. »Ach ja, und klein gehackte Kapern«, schloss sie ihre Aufzählung.
»Kapern«, wiederholte Emma. »Ich habe noch nie Kapern gegessen.« Sofort zog sie ein kleines Büchlein aus einer unsichtbaren Tasche ihres sonnengelben Kleides. Sie blätterte durch die dicht beschriebenen karierten Seiten und hielt inne, als sie zum ersten leeren Blatt gelangte. Sie zog den kurzen Stift aus der Gummischlaufe und begann zu schreiben. Zuerst vermerkte sie das heutige Datum, darunter schrieb sie, indem sie jeden Buchstaben in ein einzelnes Kästchen exakt einpasste: *KAPERN mag ich.*
Als sie das schwarze Büchlein wieder schloss und in ihrer Tasche verstaute, sagte die dicke Frau: »Dann werde ich dir morgen ein Glas Kapern vorbeibringen. Mein Großvater hat sie mir letzte Woche aus Italien mitgebracht.«
Ich überlegte krampfhaft, woher ich sie kannte.
»So wie du mich musterst, erkennst du mich wohl nicht mehr, oder Ally? Du hast dich ja all die Jahre nie gemeldet, obwohl wir mal ganz gute Freundinnen waren.« Ein Vorwurf war nicht zu überhören. Sie bemerkte es selbst und lenkte ein: »Nun ja, ich habe einige Kilo zugenommen. Ich bin es, Linda.«
»Linda, ja natürlich!«, rief ich aus und schlug mir leicht gegen die Stirn. Sie war nicht wiederzuerkennen. Sie hatte mindestens fünfzig Kilo zugenommen.
»Vier Schwangerschaften haben ihre Spuren hinterlassen«, sagte sie, dann fügte sie hinzu: »Du dagegen hast dich überhaupt nicht verändert, Ally.«
Linda war damals der Star unserer Schule gewesen. Jeder

mochte sie, und die Jungs waren alle – ohne Ausnahme – in sie verliebt. Vom Beginn der Schulzeit an bis zur Highschool gingen wir in die gleiche Klasse. Linda war immer Klassenbeste, Klassensprecherin und später Schulsprecherin gewesen. Sie hatte allen Müttern auf Bear Isle als leuchtendes Vorbild gedient, und jeder von uns hatte mindestens einmal in der Woche zu hören bekommen: »Nimm dir ein Beispiel an Linda«, oder: »Linda hat wieder dies und jenes gemacht.« Auch meine Mutter hatte es nicht verhindern können und mir hin und wieder vorgeworfen, dass Linda sich viel mehr als alle anderen Mädchen in der Gemeinde engagierte. Damit meinte sie vor allem mich. Aber sie hatte recht. Linda stand zu jedem Gemeindefest parat und backte Kuchen, den sie auf den Festen verkaufte. Aber Feste fanden auf Bear Isle beinahe wöchentlich statt, und welcher Teenager – außer Linda – hatte schon Lust, jede Woche Kuchen zu backen und sie auf einem Basar zu verkaufen? Linda war einfach der Inbegriff einer vorbildlichen Tochter. Ich hatte Linda immer gemocht. Ihr Großvater war italienischer Abstammung und hatte auf Bear Isle die erste Pizzeria eröffnet.

»Hat dein Großvater immer noch die Pizzeria?«, fragte ich sie, vor allem, um ihr zu zeigen, dass ich nicht alles vergessen hatte.

»Nein, leider nicht. Er hat dieses Jahr das Restaurant verkauft, an irgendeinen Börsenmakler aus Boston, der sich hier auf Bear Isle niedergelassen hat.«

»Wie schade«, erwiderte ich.

Unsere Wege hatten sich getrennt, als Linda mit einem Stipendium wegen außergewöhnlicher Leistungen in allen Fächern – was noch mehr Grund für die Eltern war, auf Lindas Talente zu verweisen – auf die Harvard-Universität gehen konnte und dort ein Medizinstudium begonnen hatte. Ich war auf der Insel geblieben und hatte mich in einem College in Bangor einge-

schrieben, um Journalismus zu studieren. Eine Zeitlang schrieben wir uns noch regelmäßig, bis ich dann wegzog. Auch diesen Kontakt, diese Freundschaft, hatte ich abgebrochen. Es war nicht verwunderlich, dass sie mich nicht überschwenglich begrüßte.
»Es tut mir leid wegen deiner Mutter. Was geschieht denn nun mit Emma?«, fragte Linda unerwartet.
»Mit Emma?«, fragte ich, und mit einem Schlag war mir klar, dass Probleme auf mich zukamen. Was würde nun mit Emma geschehen? Darüber hatte ich mir noch keine Gedanken gemacht.
Von diesem Moment an konnte ich mich auf nichts anderes mehr konzentrieren. Immer wieder ging mir Lindas Frage durch den Kopf: *Was geschieht nun mit meiner Schwester?*

Als der letzte Gast gegangen war, blieben nur noch Sol, Bruno und Miss Fairbanks. Letztere begann sogleich, die herumstehenden Teller in die Küche zu tragen. Keine gute Idee, wie wir augenblicklich feststellen mussten, als wir das Klirren von heruntergefallenem Porzellan hörten.
»Sie haben heute schon genug geholfen«, versuchte ich sie zu überzeugen, als ich mich nach den Scherben bückte.
»Das mach ich doch gerne«, erwiderte sie. Aber ich ließ mich nicht davon abbringen. Widerstrebend zog sie ihre Jacke an und hängte sich bei Sol ein, der sie nach Hause begleiten wollte. Dabei faselte sie etwas von »so ein schöner Mann« und kicherte unentwegt, bis ich sie nicht mehr hören konnte.
Keine fünf Minuten später war Sol wieder zurück. »Sie trinkt ja selten, aber wenn sie trinkt, dann trinkt sie zu viel«, sagte er schmunzelnd und küsste Bruno zärtlich auf die Wange.
Diese Zärtlichkeit stimmte mich traurig. Denn augenblicklich bemerkte ich, wie sehr mir Stan fehlte. Ich hatte vorgestern

nicht einmal mehr Zeit gehabt, mich von ihm zu verabschieden, hatte ihm nur einen Brief auf dem Küchentisch hinterlassen und von unterwegs eine SMS geschrieben, dass meine Mutter gestorben und ich nach Hause, nach Bear Isle, gefahren war.
Auf einmal hatte ich das dringende Bedürfnis, ihm von diesem schrecklichen Tag zu erzählen. Von der Beerdigung und wie fremd ich mich hier fühlte. Von all den Blicken, die mich anklagten. Nur von Emma würde ich ihm nichts erzählen. Denn Stan und all meine Freunde in Los Angeles wussten nicht, dass ich eine Schwester hatte. Wie jedes Mal, wenn ich daran dachte, lief mir ein heißer, unangenehmer Schauer über den Rücken. Gerade ich, die doch wusste, wie schmerzhaft es sein konnte, wenn man betrogen und belogen wurde, hatte meine Schwester verheimlicht. Alles wiederholte sich.
Ich lief nach draußen auf die Veranda und rief ihn an. Ich ließ es endlos klingeln, bis ich endlich einsah, dass er nicht zu erreichen war, und ging zurück ins Haus, wo Sol und Bruno mit dem Abräumen der überall im Haus herumstehenden Teller begonnen hatten.
»Ihr müsst mir nicht helfen. Ich werde das morgen machen«, wandte ich mich an die beiden und war froh, dass sie sich nicht abwimmeln ließen, froh, nicht mit Emma alleine sein zu müssen.
Zu dritt gingen wir in die Küche.
»Was ist das denn?«, fragte ich erschrocken.
Alle Gläser standen in einer langen Reihe auf dem Tisch, perfekt hintereinander aufgestellt.
»Wann hat sie das denn gemacht?«, wunderte sich Bruno. »Und wo ist Emma überhaupt?«
Wir fanden sie im Wohnzimmer, wo sie ausgestreckt auf dem Sofa schlief. Ihr Kleid war nach oben gerutscht und hatte ihre

nackten Beine entblößt, so dass ich ihre vernarbten Knie sehen konnte. Ich erinnerte mich daran, dass sie früher oft hingefallen war, weil sie tollpatschig und ungelenk war. In diesem Moment empfand ich tiefes Mitleid mit meiner Schwester, die sicherlich nicht ahnte, dass sich ihr Leben nun ändern würde.
»Lassen wir sie schlafen und räumen auf«, meinte Sol und deckte meine Schwester vorsichtig zu, um sie nicht aufzuwecken.

Bruno und Sol waren ein ungewöhnliches Paar. Bruno tat affektiert und trug lange Ketten um Hals und Handgelenke, seine Geheimratsecken versuchte er mit einem dünnen blonden Pony zu kaschieren, den er immer wieder nach vorne strich. Seine perfekt manikürten Fingernägel standen im krassen Gegensatz zu seinen behaarten Armen. Sol dagegen war ein atemberaubend schöner Mann. Er hatte dunkles, fast schwarzes kurz geschnittenes Haar und blaue Augen. Im Gegensatz zu Bruno, der leicht untersetzt war, war Sol groß und schlank. Immer wieder betrachtete er Bruno verliebt.
Gemeinsam verstauten wir das übrig gebliebene Essen im Kühlschrank, der sich kaum noch schließen ließ, und beschlossen, den Thunfischsalat in den Müll zu werfen, bevor Emma ihn morgen komplett aufessen würde. Mein Einwand, am besten gleich alles in die Tonne zu kippen, ignorierten sie.
Ich nahm es mir für den nächsten Tag vor.

3.

Ein Zimmer voller Hummeln

Mein Kopf schmerzte, als ich am nächsten Morgen aufwachte. Langsam kam die Erinnerung zurück.

Sol und Bruno waren noch geblieben. Längst hatten wir aufgeräumt, und es schien, als hätte hier nie ein Leichenschmaus stattgefunden. Ich hatte mich fremd im Haus gefühlt und kam mir vor wie ein Eindringling. Ich habe keine Schuld daran, hatte ich mich zu beruhigen versucht, aber es wollte mir nicht gelingen. Ich hätte mich längst wieder bei meiner Mutter melden müssen. Aber es war mir einfach nicht möglich gewesen.

Traurig und verzweifelt hatte ich mich zu Sol und Bruno gesetzt, die, da Emma schlafend das Sofa belegte, vor dem Kamin auf dem Boden saßen.

Der Geruch von kaltem verbranntem Holz hing in der Luft. Ich konnte mich nicht daran erinnern, dass Mutter den Kamin je-

mals im Sommer beheizt hätte. Diese Gewohnheit musste sie geändert haben, denn Holz und Streichhölzer lagen in dem schwarz gewordenen Korb neben dem Kamin.
Manchmal konnte es am Meer, an der rauhen Küste Maines, auch im Sommer sehr kühl werden, besonders am Abend. Vielleicht war Mutter durchgefroren von einem Strandspaziergang heimgekommen. Sie liebte ausgiebige Spaziergänge am Meer. Sie hatte stets allerlei Dinge gesammelt und sich besonders über ausgefallene Muscheln und angeschwemmtes Treibholz gefreut. Vor allem aber hatte sie Glassteine gesammelt. Jene bunten Scherben, die das Meer und die Zeit rund geschliffen hatten. Hier waren sie eine Seltenheit. Wenn Mutter dennoch einen gefunden hatte, dann hatte sie Emma und mir die wertlose Scherbe wie einen kostbaren Edelstein präsentiert. Sie hielt sie zwischen ihren schmalen Fingern ins Sonnenlicht, bis sie funkelte und zum Leben erwachte. »Die Legende besagt«, erzählte sie, »dass solche bunte Scherben Tränen unglücklicher Meerjungfrauen sind.« Eine wunderschöne Vorstellung, wie ich fand, doch Emma wusste es wie immer besser, und ihre schlichte Antwort war stets die gleiche: »Es gibt keine Meerjungfrauen.«
Mutter hatte darauf nie geantwortet und die Scherbe zu den anderen in eine schmale durchsichtige Vase auf dem Kaminsims gelegt.
Dort stand sie noch immer und war beinahe bis zum Rand gefüllt mit den bunten Glassteinen. Was würde ich dafür geben, wenn ich ihr von *Glass Beach*, jenem besonderen Strand in Nordkalifornien erzählen könnte. Um dort ans Meer zu gelangen, ging man nicht wie sonst über gewöhnlichen Sand, sondern über einen Strand, der über und über mit Glassteinen bedeckt war. Einmal war ich mit Stan dort gewesen und staunend über die geschliffenen, in allen Farben funkelnden Steine gelaufen. Es war atemberaubend gewesen. Ich hätte lieber nicht danach

gefragt, wie es dazu gekommen war, dass es dort derart viele davon gab.
Die Bewohner der kleinen Stadt Fort Bragg, die oberhalb der Klippen lag, hatten Anfang des letzten Jahrhunderts jahrzehntelang ihren Müll über die Klippen ins Meer gekippt. Von dem Müll war dort nichts mehr zu sehen, nur die Glasscherben, die die Wellen nicht ins offene Meer hatten spülen können, waren an den Strand geschwemmt worden und hatten sich dort angesammelt. Vom Wasser und der Zeit rund geschliffen. Die schimmernden Steine waren wunderschön, und ich hatte mir, obwohl es verboten war, eine Handvoll davon in die Tasche gesteckt und zu Hause eine eigene Glasvase ans Fenster gestellt, die sich, wenn auch nur langsam, allmählich füllte. Mit Steinen, die aussahen wie süße Bonbons – rubinrote, moosgrüne und karamellfarbene – und im Licht wunderschön funkelten.

Ich mochte den Geruch von ausgekühltem, abgebranntem Holz nicht. Früher war es zu Hause meine Aufgabe gewesen, den Kamin zu säubern. Einmal pro Woche hatte es im Winter auf meinem Plan gestanden. Es war ein Wochenplan, den Mutter an die Wand in meinem Zimmer gepinnt hatte. Alles, was darauf stand, war unumstößlich gewesen. Es hatte weder Aufschübe noch Ausnahmen gegeben. Auch Emma hatte einen solchen Plan gehabt. Sicherlich hatte sie den auch heute noch. Auf Emmas Plan stand sogar, wann sie puzzeln, wann sie mit ihren Figuren spielen sollte, wann sie lesen und wann sie schreiben musste. Alles war für Emma dort vermerkt. Für sie war die Übersicht unentbehrlich. Sie musste sie in ihrem Zimmer haben, um sich sicher zu fühlen, und hangelte sich tagtäglich an den Punkten entlang wie an einer Sprossenwand, und freute sich über alles, was sie darauf abhaken konnte. Ich hingegen fand meinen Plan schrecklich und überflüs-

sig. Freitagmittags nach der Schule stand *Kamin putzen* darauf.
Ich hasste den feinen Ruß, der beim Putzen in meine Nasenlöcher kroch und sich unter meinen Fingernägeln festsetzte und sich kaum noch entfernen ließ. Wie sehr ich mich auch bemühte, immer hinterließ er die gleichen Spuren auf meinem Körper. Trotzdem vermisste ich die wärmende Glut des Kaminfeuers in Los Angeles. Die gemütlichen Stunden vor dem Kamin kamen mir, fern von zu Hause, wie ein unrealistisches Erlebnis vor. Auch in unserer Wohnung in Los Angeles gab es einen Kamin. Es war einer von denen, die mit flüssigem Ethanol betrieben wurden. Ein Kaminfeuer, das ohne Holz brannte, das keine Wärme gab und nur durch das Flackern der Flamme Gemütlichkeit vorgaukelte.
Gedankenverloren hatte ich meine Finger in die kleinen Brandlöcher im Dielenboden gelegt. Wenn die Funken aus dem Kamin stoben, waren sie nicht zu vermeiden gewesen. Durch das Harz verbrannte das Kiefernholz schnell, und mit lautem Knacken ließ es Funken aus dem Feuer springen. Nun lag ein flauschiger beigefarbener Teppich darüber, auf dem wir mehr lagen als saßen. Sol hatte eine weitere Flasche Wein geöffnet. Wenn es nicht ein so trauriger Anlass gewesen wäre, hätte ich sogar sagen können, dass es gemütlich war. Sol und Bruno unterhielten mich. Sie lenkten mich von meinen verbitterten Gedanken ab. Mit gedämpften Stimmen erzählten sie über sich: Sol war ein in Boston bekannter Architekt – ein Stararchitekt, wie Bruno stolz betonte –, der sich hier auf Bear Isle mehr oder weniger zur Ruhe gesetzt hatte, obwohl beide sicherlich keine zehn Jahre älter waren als ich. Sein Architekturbüro, das er immer noch in Boston hatte, wurde von einer ganzen Horde Mitarbeitern geführt. Er selbst nahm nur wenige Aufträge an. Es waren nur die, die ihm gefielen und auf die er Lust hatte.

Bruno und Sol ergänzten sich perfekt. Bruno war Raumdesigner. Sie hatten sich auf Bear Isle kennengelernt. Ein reicher Banker aus Portland hatte hier sein Sommerhaus entwerfen lassen. Innen wie außen. Sol hatte Bruno im halb fertigen Haus zum ersten Mal getroffen.

»Das hier überlebe ich nicht. Der Architekt muss ein Dilettant sein«, hatte Bruno in dem Moment gesagt, als Sol die Baustelle betrat.

Es war Liebe auf den ersten Blick gewesen.

Sie liebten gutes Essen, Rotwein und Gesellschaftsspiele. Alle zwei Monate zog es sie in die Großstadt. Dann gingen sie nach Portland, Boston oder New York, um dort Museen, Opern und Schauspielhäuser zu besuchen. Sie gingen in Ausstellungen, sahen sich die neuesten Inszenierungen an und aßen in Restaurants Gerichte, die es auf Bear Isle nicht gab. Nach ein paar Tagen kehrten sie dann erschöpft und mit unzähligen neuen Eindrücken zurück.

»Bear Isle ist ein Zufluchtsort«, meinte Sol, der sich auf dem flauschigen Teppich ausgestreckt hatte. »Irgendetwas an diesem Ort ist mystisch. Mysteriös und rätselhaft. Es ist fast so, als würde es ihn nicht geben.«

»Immer wenn wir hierher zurückkommen, hoffen wir, dass unser Haus noch da und nicht im Nebel verschwunden ist. Bear Isle ist wie *Brigadoon*. Kennst du den Film?«, fragte mich Bruno und summte eine mir unbekannte Melodie.

Ich schüttelte den Kopf und hätte gerne gelacht, was ich nicht tat, denn eigentlich hatte es sich schön angehört. »Kenne ich trotzdem nicht.«

»Dann hast du was versäumt. Gene Kelly spielt die Hauptrolle in dem Film. Er handelt von einem kleinen Dorf namens *Brigadoon*, ein Ort, der nur alle hundert Jahre erscheint. Es ist ein Liebesfilm.«

»Ich werde dir den Film besorgen«, mischte sich Bruno ein. »Sol«, wandte er sich an seinen Freund, »erinnere mich morgen daran, du weißt, bis morgen habe ich es sicherlich wieder vergessen.«
Sol lächelte. »Bruno ist sehr vergesslich, musst du wissen.«
Sol und Bruno waren zwei wundervolle Menschen. Und ich mochte beide vom ersten Moment an.

Jedenfalls hatte ich gestern zu viel getrunken. Ich hatte fürchterliche Kopfschmerzen und war heilfroh, dass mich Emma an diesem Morgen nicht geweckt hatte. Träge schlurfte ich ins Badezimmer, wo sich im Spiegel die Folgen des vergangenen Tages offenbarten. Meine Augenlider waren geschwollen, und die Lippen zeigten einen dunkelroten, fast schwarzen Ansatz vom Rotwein. Anscheinend hatte ich mir nicht einmal mehr die Zähne geputzt, bevor ich ins Bett gegangen war.
Auf Zehenspitzen schlich ich an Emmas Zimmer vorbei und hoffte, dass sie noch eine Weile schlafen würde. Die Aussicht, ein wenig alleine zu sein, ohne mich um meine Schwester kümmern zu müssen, ließ mich die Treppen etwas schneller hinuntergehen.
Aber ich hatte mich getäuscht.
Kerzengerade saß Emma am Tisch in der Küche.
»Emma«, sprach ich leise, als ich von hinten an sie herantrat und sie nicht erschrecken wollte.
»Ich habe versucht, dich zu wecken. Du bist nicht aufgestanden«, sagte sie vorwurfsvoll, ohne sich umzudrehen.
»Seit wann bist du wach?«, fragte ich, obwohl ich die Antwort bereits kannte. Natürlich wusste ich, dass Emma immer zur gleichen Zeit aufwachte, zur gleichen Zeit aufstand, alles stets zur gleichen Zeit tat. Wie hatte ich das vergessen können?
»Seit fünf Uhr dreißig.«

Entsetzt schaute ich auf die Bahnhofsuhr, die über Emma an der hellblau gestrichenen Wand hing. Es war halb neun. Seit drei Stunden war sie schon wach.
»Was hast du denn die ganze Zeit über gemacht?« Auch die Frage hätte ich mir selbst beantworten können.
»Ich warte auf meine Schale, auf die Milch und auf meine Flocken.«
Das durfte alles nicht wahr sein. Seit drei Stunden saß sie am Küchentisch und wartete. Wartete darauf, dass ich ihr die Schale aus dem Schrank holte, die Milch eingoss und ihr die Flocken reichte.
»Du hättest es selber tun können«, warf ich ihr vor. Sie reagierte nicht. Resigniert ging ich an den Schrank und holte ihre Schale heraus, tat Milch dazu und gab ihr die Schachtel mit den Haferflocken. Sie zählte die fünf Löffel und schöpfte sogleich die oben schwimmenden Flocken ab.
»Weißt du, wo deine Schale steht?«, fragte ich sie ungewollt schnippisch.
»Ja.«
»Warum holst du sie dann nicht selbst aus dem Schrank? Du kannst das. Die Milch steht im Kühlschrank, und auch die Flocken findest du immer am gleichen Platz.«
Sie schaute mich an. Ohne einen Ausdruck, nichts war in ihrem Gesicht, das ich hätte deuten können. Gerade so, als würde sie die Frage nicht verstehen oder nicht verstehen wollen. Dann beugte sie sich über ihre Schale und murmelte vor sich hin: »Mama hat es immer für mich getan.«
Ich bin aber nicht Mama, dachte ich und machte mir, wie am Tag zuvor meinen Kaffee. Ohne dass ich etwas daran ändern konnte, drängte meine Schwester mir ihren Rhythmus, ihre Art, ihr Leben zu leben, auf. Verzweifelt und überfordert setzte ich mich zu ihr an den Tisch. Schließlich konnte ich sie nicht

alleine sitzen lassen, da sie ohnehin schon drei Stunden dort ausgeharrt hatte.
»Was möchtest du denn heute machen?«, fragte ich sie und wusste selbst nicht, wie ich dazu kam.
Aber sie antwortete nicht, zählte weiter alles, was sie aß und abschöpfte, kommentierte jeden Bissen mit »mag ich«, bis sie fertig war. Wortlos ließ sie alles stehen und ging nach oben. Ich wusste nicht, ob sie beleidigt war oder ob sie überhaupt irgendetwas dachte.
Ich stellte die Milch wieder in den übervollen Kühlschrank und erblickte all die Essensreste vom Leichenschmaus, die ordentlich verpackt in ihren Schüsseln und Schalen ruhten. Voller Zorn griff ich nach der erstbesten Schüssel und kippte den Inhalt in den Müll. Es waren die Kanapees, die Pastor Jaffa gegessen hatte. Ich war wütend. Vor allem auf mich, dass ich es nicht schaffte, mich mit meiner Schwester zu unterhalten.
Nach und nach nahm ich alle Behälter aus dem Kühlschrank und warf deren Inhalt in einen großen schwarzen Müllbeutel, der mich unangenehm an einen Leichensack erinnerte. Das passt ja, dachte ich. Dann spülte ich den Berg mit den großen Geschirrteilen. Dabei schaute ich unter jedes einzelne Teil, ob jemand seinen Namen hinterlassen hatte. Wie sollte ich wissen, wem was gehörte? Wem ich welche Platte, welche Schüssel und welchen Teller zurückgeben musste? Ich drehte eine geschmacklose Schüssel mit Blumenmuster um. Auf deren Boden stand ein schlichtes *Handmade*. Wäre es zu viel verlangt gewesen, ein Etikett mit dem Namen des Besitzers anzubringen? Ich würde hier noch wahnsinnig werden.
Als ich fertig war, ging es mir wider Erwarten besser. Meine Kopfschmerzen waren verflogen. Ich ging nach oben.
Seit ich wieder auf Bear Isle war, hatte ich Emmas Zimmer noch nicht betreten.

Leise klopfte ich an. »Emma? Darf ich reinkommen?«, fragte ich sie durch die geschlossene Tür. Ich hörte sie in ihrem Zimmer herumlaufen. Obwohl es mehr ein Trampeln war, ein wütendes Stampfen. Ich drückte den Griff der Türklinke nach unten. Bevor ich die Tür jedoch aufstieß, überlegte ich es mir anders. Emma hatte mich bestimmt gehört. Ich vermutete, dass sie doch verärgert war und mich nicht sehen wollte. Langsam ließ ich den Griff wieder nach oben gleiten und schlich an ihrer Tür vorbei, den Gang entlang, bis ich vor dem Schlafzimmer meiner Mutter stand. Auch diese Tür war geschlossen. Was würde mich erwarten, wenn ich das Zimmer betrat? Einen Moment lang wollte ich auch an diesem Zimmer vorbeigehen, aber irgendwann musste ich hineingehen. Warum nicht gleich heute?

Durch die Ritzen der geschlossenen Fensterläden drang gedämpftes Licht herein. Mutter hatte auch hier nichts verändert. Auf dem Kopfkissen lag ordentlich gefaltet ihr Nachthemd. So wie sie es früher immer gemacht hatte. So wie wir, Emma und ich, am Abend stets unsere Nachthemden auf unseren Kopfkissen ordentlich gefaltet vorgefunden hatten. Ihr Bett sah so behaglich aus, dass ich mich am liebsten daraufgelegt hätte. Aber der Gedanke, das zu berühren, was Mutter als Letztes berührt hatte, hinderte mich daran. Ich wollte nicht das zerstören, was von ihr angefasst worden war. Ich drehte mich langsam im Kreis. In ihrem Zimmer war es seltsam ruhig, kein Laut war zu hören, gerade so, als wäre alles draußen geblieben. Unschlüssig schaute ich mich um und öffnete schließlich die oberste Schublade der alten Kommode, die aus dem hellen Holz der *White Pine* gefertigt worden war. Ein Erbstück ihrer Großmutter. Der Duft von Lavendel kam mir entgegen. Ordentlich gefaltet und sortiert lag dort ihre Unterwäsche. Eine Welle der Traurigkeit erfasste mich.

Überwältigt von meinem Kummer, schloss ich die Schublade und öffnete die dunkelbraune Schatulle, die auf der Kommode vor dem Spiegel stand. Sie hatte immer schon dort gestanden. Als Kind hatte ich es geliebt, den Inhalt auf Mutters Bett zu verteilen und die einzelnen Schmuckstücke zu betrachten, anzuprobieren und ihr immer die gleichen Fragen zu stellen: »Woher hast du die goldene Kette?«, »Wann hast du den Ring bekommen?« und »Wer hat dir den Anhänger geschenkt?«. Dabei hatte ich auf ihrem Bett gesessen und ihr zugesehen, wie sie sich schminkte und ihre Haare richtete und ihren wundervollen Geschichten gelauscht.

Vorsichtig setzte ich mich auf die Bettkante. Mit den Fingerspitzen strich ich über ihr Nachthemd. Ich beugte mich hinunter und roch daran. Der Geruch meiner Mutter, wie sehr ich ihn geliebt habe.

Wie hatte ich nur all das vergessen können, als ich damals wortlos gegangen bin. Die Tür hatte ich fest hinter mir zugeknallt. Wie ein lautes Ausrufezeichen, das den Satz betonen sollte, den ich ihr als Letztes zugerufen hatte: »Mich siehst du nie wieder.« Und tatsächlich, ich hatte recht behalten. Sie hatte mich nie mehr wiedergesehen. Das war schlimm. Ich wiederholte stumm das Wort. Und ein weiteres Mal, schlimm, schlimm, schlimm. Ich hatte mich mit meinem Verhalten selbst am meisten bestraft.

»Was soll ich jetzt nur machen?«, rief ich laut und warf mich weinend auf das weiche Bett. Warum hatte ich meiner Mutter nie geschrieben? Es tat mir so leid, sie nicht noch einmal berühren zu können. Mein Herz fühlte sich an, als hätte sich ein großes Loch aufgetan, das von innen heraus schmerzte. Heulend legte ich mich auf das Kissen, und mit ihrem Nachthemd in der Hand schlief ich ein.

Ich träumte. Ich stand inmitten einer lilafarbenen Wiese. Der betörende Duft von Lavendel hing in der Luft und umhüllte alles um mich herum. Dort, wo der blaue Himmel das lila Feld berührte, sah ich eine Frau. Sie rief mir etwas zu. Obwohl ich sie gut hören konnte, verstand ich nicht, was sie mir sagen wollte. Angestrengt kniff ich die Augen zusammen, um sie erkennen zu können, stellte aber fest, dass die Frau kein Gesicht hatte. Trotzdem wusste ich, wer sie war. Ich rief nach ihr und fragte sie immer wieder: »Mama, was hast du gesagt? Ich kann dich nicht verstehen!« Aber wieder kamen nur diese seltsamen, fremden Worte über ihre Lippen, die keinen Sinn ergaben.

Bis Emma mich weckte. Sie stupste mit dem Finger gegen meine Stirn. »Linda ist da.«

Es dauerte einen Moment, ehe ich wusste, wo ich mich befand.

»Linda?«

»Mit Kapern.«

»Wo ist sie?«

»Unten.«

Ich schaute in den Spiegel über der Kommode, der vom Alter dunkle Flecken bekommen hatte. An manchen Stellen war er blind geworden. Mein Spiegelbild betrachtend, atmete ich tief durch.

»Ich komme.« Langsam ging ich die Treppen hinunter, wo Linda in der Diele auf mich wartete.

»Hallo, Ally. Ich hoffe, ich störe nicht.« Sie kam mir entgegen und umarmte mich. Diese plötzliche Berührung tat gut, und ich schluckte die aufkommenden Tränen hinunter.

»Nein, du störst nicht. Möchtest du einen Kaffee? Tee? Limonade?«, fragte ich und wollte vor allem selbst etwas trinken, um den schalen Geschmack in meinem Mund loszuwerden.

»Gerne. Ich nehme einen Kaffee.« Sie folgte mir in die Küche.

»Ach du liebe Güte«, stieß sie aus, als sie die Berge von gespül-

ten Platten und Schüsseln sah, die jeden freien Platz in der Küche belegten. »Sind die alle von gestern?«
Ich nickte. »Schlimmer ist, dass ich nicht weiß, wem was gehört.«
»Das bekommen wir hin. Ich nehme alles mit und stelle es im Gemeindesaal aus. Jeder kann dort das mitnehmen, was ihm gehört.« Sie ergriff eine der Platten. Es war die mit dem geschmacklosen Blumenmuster, auf deren Boden *Handmade* stand. »Ich kann mir nicht vorstellen, dass jemand eine mit nach Hause nimmt, die ihm nicht gehört.«
»Nein, bestimmt nicht, zumindest nicht diese.« Ich lächelte sie dankbar an. Mit einem Mal fühlte ich mich besser. Es war, als hätten diese Keramik- und Porzellanstücke zentnerschwer auf meinen Schultern gelegen, und nun war ich endlich von dieser Last befreit worden.
Emma stand schweigend neben uns und ließ Linda nicht aus den Augen. Linda bemerkte es und wandte sich an meine Schwester. »Schau, Emma, für dich habe ich, wie versprochen, die Kapern mitgebracht.« Sie gab ihr ein großes Glas mit in grobkörnigem Salz eingelegten Kapern.
»Danke!«, rief Emma aus. Sie freute sich. Ich konnte es ihr ansehen. Sofort öffnete sie das Glas, nahm sich eine Kaper und steckte sie in den Mund. »Mag ich.«
»Es ist unser letztes Glas, also nicht alle auf einmal essen«, mahnte Linda, und ich fragte mich, ob das eine Lüge war, damit Emma nicht alle Kapern auf einmal essen würde.
Emma überlegte. Dann fischte sie eine weitere Kaper aus dem Glas, aß sie laut schmatzend und verschloss es wieder.
Ich stellte Linda die Kaffeetasse auf den Küchentisch.
»Erzähl doch, wie ist es dir so ergangen?«, fragte ich Linda ehrlich interessiert. »Bist du Ärztin geworden? Du bist sicher eine hervorragende Ärztin.«
»Ich habe mein Studium abgebrochen.«

»Warum das?«, fragte ich und ärgerte mich sofort über meine Worte. »Sorry, das geht mich natürlich nichts an.«
»Doch, doch, schon gut. Ich habe es so oft erklären müssen, dass es mir mittlerweile leicht von den Lippen geht. Ich habe meinen Mann kennengelernt und das erste Mal in meinem Leben etwas getan, was man nicht von mir erwartet hatte. Und weißt du was, es hat sich toll angefühlt. Als ich das erste Mal mit ihm geschlafen habe, bin ich gleich schwanger geworden. Das war wohl Schicksal. Alle haben auf mich eingeredet, mich angemeckert, meine Eltern – ich wusste gar nicht, dass sie schimpfen konnten, da ich ja immer nur das gemacht habe, was alle gut fanden. Nur Großvater hat damals genickt und gelächelt. Mir hat es in der Stadt nicht gefallen, alles war dort groß und laut, also bin ich zurück nach Bear Isle. Philip, mein Mann, war im letzten Semester und hat noch sein Studium abgeschlossen, dann ist er nachgekommen. Auch er wollte nicht in der Stadt bleiben. Du musst wissen, dass er hier ganz in der Nähe aufgewachsen ist. Mittlerweile ist er Bürgermeister von Bear Isle. Was meine Eltern natürlich wieder besänftigt hat.« Sie lächelte und löffelte sich reichlich Zucker in den Kaffee.
»So wie es aussieht, bereust du es nicht?« Es war eine ehrlich gemeinte Frage.
»Nein, ich bereue gar nichts. Endlich habe ich das gemacht, was ich wollte. Früher war ich nur die brave Linda, die immer das getan hat, was die anderen wollten. Ich war gar nicht ich selbst. Ich war ein fremder Mensch, zusammengesetzt aus vielen fremden Wünschen und Erwartungen, Wünsche von all jenen, denen ich es recht machen wollte. Ich wollte nie nach Harvard gehen, ich wollte nie Medizin studieren. Ich wollte immer auf Bear Isle bleiben, hier habe ich mich wohl gefühlt. Im Gegensatz zu dir. Du wolltest immer weg. Seitdem ich dich kenne, hast du davon gesprochen, an die Westküste zu gehen.

Auch du hast deinen Traum verwirklicht. Als du dich nicht mehr gemeldet hast, war ich sehr traurig. Deine Mutter konnte mir nicht sagen, wo du bist. Später war ich wütend. Du hast einfach unsere Freundschaft aufgegeben. Ich habe das nie verstanden und verstehe es bis heute nicht. Aber lassen wir das. Du wirst schon deine Gründe gehabt haben.«
Linda presste ihre perfekt geschminkten Lippen aufeinander. Sie hatte recht, ich hatte nicht nur Mutter und Emma verlassen, sondern auch meine Freunde. Im Nachhinein war es mir unbegreiflich, dass ich mich nie bei Linda gemeldet hatte.
Sie unterbrach meine Gedanken. »Erzähl mir doch von dir. Bist du verheiratet? Hast du Kinder?«
»Weder noch. Ich wohne mit meinem Freund in Los Angeles. Aber ich habe einen Beruf, den ich liebe.« Konnte ich tatsächlich mein Leben in zwei Sätzen zusammenfassen? Ich überlegte, ob ich ihr von Stan erzählen sollte. Stan, den ich vor zwei Jahren kennengelernt hatte. Sie würde sich wundern, warum er nicht mit zur Beerdigung gekommen war. Ich müsste ihr erklären, dass ich ihm nie etwas von Emma gesagt hatte. Das wollte ich nicht. Sie würde es nicht verstehen, ich selbst verstand es nicht mehr.
Im gleichen Augenblick stand Emma auf, die bis zu diesem Moment stumm neben uns am Küchentisch gesessen hatte, und fragte Linda: »Kommst du mit in mein Zimmer? Ich zeige dir etwas.« Ihre Hände hielten das Glas mit den Kapern fest umklammert.
»Klar komme ich mit. Aber die Kapern müssen in den Kühlschrank.«
Emma stand unschlüssig in der Tür. Sie schien zu überlegen, ob sie das tun sollte. Ich kam ihr zu Hilfe. »Ich mag die Kapern nicht. Du kannst das Glas ruhig in den Kühlschrank stellen. Ich werde keine essen.«

Meine Worte zeigten Wirkung. Sie nahm das Glas und stellte es neben die Milch. Langsam schloss sie den Kühlschrank, öffnete ihn wieder und schob die Kapern ins hinterste Eck. Sie hoffte wohl, dass ich sie dort nicht finden würde. Noch einmal schaute sie mich besorgt an. »Du isst keine einzige?«

»Nein, ich esse keine einzige.«

»Es ist das letzte Glas, hat Linda gesagt.«

»Ich verspreche es.«

Dann ging sie mit Linda die schmale Treppe hinauf.

Ich fühlte mich ausgeschlossen. Einen kurzen Moment lang war ich versucht, ihnen zu folgen, entschied mich aber dagegen. Schließlich hatte sie nur Linda gefragt und nicht mich. Ich stützte den Kopf auf die Hände und hing meinen Gedanken nach – und dachte an Stan.

Heute Morgen endlich hatte ich ihn erreichen können. Ich musste das Handy lange klingeln lassen, schließlich hörte ich seine Stimme. Noch rauh und schlaftrunken.

»Ich hab noch geschlafen. Es ist gestern Abend spät geworden. Wie geht es dir? Das mit deiner Mutter tut mir sehr leid.«

»Gestern habe ich auch schon versucht, dich zu erreichen«, erwiderte ich.

Er sagte etwas von späten Terminen, von der Arbeit, die sich auf seinem Schreibtisch stapelte.

Stan war Inhaber einer Marketingagentur. Wir arbeiteten in der gleichen Straße in Downtown Los Angeles und hatten uns zufällig in einem kleinen Diner, das gegenüber seiner Agentur lag, kennengelernt. Dort ging ich jeden Mittag zur gleichen Zeit mit Monica und Sofia, zwei Kolleginnen, zum Lunch. Vor zwei Jahren war er das erste Mal dort aufgetaucht. Wir saßen an einem der Tische, die auf dem Gehweg unter einem ausladenden Sonnenschirm standen. Da es heiß war, waren wir draußen die Einzigen. Die anderen Gäste bevorzugten den klimatisierten Innen-

bereich des Diners. So auch Stan. Ich spürte die Blicke und wusste, dass mich jemand auf der anderen Seite der Glasscheibe betrachtete. Gerne hätte ich gewusst, wer mich beobachtete, konnte aber in der Glasscheibe nur meine eigene Spiegelung erkennen. Neugierig musterte ich jeden, der das Diner verließ. Als schließlich drei Männer in der Tür erschienen, wusste ich, dass sie es gewesen waren. Sie grinsten uns an und stellten sich an die Ampel, die im gleichen Augenblick auf Grün sprang, und überquerten die Straße. Mitten auf der Kreuzung drehte einer von ihnen um und kam an unseren Tisch. Er trat nahe an mich heran. Sofia und Monica erstarrten ebenso wie ich. »Darf ich Sie morgen zum Essen einladen? Sagen wir um dreizehn Uhr? Ich warte hier auf Sie.« Ohne eine Antwort abzuwarten, ging er über die Straße, wo seine beiden Kollegen auf ihn warteten. Er ließ mich sprachlos zurück. Als ich glaubte, dass er weit genug entfernt wäre, schaute ich ihm nach. Das Gleiche taten Monica und Sofia. Im selben Moment drehte er sich um. Lachend sah er uns an.
»Müsst ihr alle gleichzeitig schauen?«, fragte ich Monica, die einen Lachanfall bekam, was die Sache nicht besser machte.
»Das ist peinlich«, meinte Sofia, die jetzt auch nicht mehr an sich halten konnte.
»Ja, peinlich«, wiederholte ich, schaffte es aber nicht, ein Auflachen zu unterdrücken. »Hier gehe ich nie mehr zum Lunch. Das habt ihr euch selbst zuzuschreiben.«
»Ach komm, sei kein Frosch, er ist doch ein gut aussehender Mann. Blonde Haare, braun gebrannt, blaue Augen. Hast du seinen Hintern gesehen? Du hast morgen ein Date mit ihm.«
»Monica«, erwiderte ich, »bitte, das ist nicht lustig.« Aber sie hatte recht. Er sah richtig süß aus. Allerdings war ein Date das Letzte, was ich momentan brauchte. Ich hatte viel Arbeit und außerdem eine unschöne Beziehung hinter mir. Ein Sunnyboy war jetzt ganz sicher nicht der Richtige für mich.

Am nächsten Tag ließ ich die Verabredung platzen. Dabei hatte ich am Morgen eine geschlagene Stunde vor meinem übervollen Kleiderschrank gestanden, wo ich frustriert feststellen musste, dass ich nichts zum Anziehen hatte. Schließlich entschied ich mich für ein Etuikleid, zu dem Monica nur meinte, dass es zu eng sei, als ich zu spät und abgehetzt im Verlag erschien. Derart verunsichert traute ich mich nicht mehr, zu der Verabredung zu gehen. Monica und Sofia ließen sich allerdings nicht davon abhalten, ihr Mittagessen wie jeden Tag in dem Diner einzunehmen.

»Wenn du ihn nicht haben willst, dann krall ich ihn mir«, sagte Monica in ihrer vulgären Art, die man kaum ertragen konnte. »Ich hatte schon lange keinen Sex mehr. Der wäre genau der Richtige für mich. Oder kommst du doch noch mit?«

»Jetzt mach schon«, drängte mich Sofia.

Ich ließ mich nicht erweichen. Nach der Mittagspause, die ich hungrig im Büro verbrachte, aus Sorge, ich könnte ihm irgendwo auf der Straße begegnen, berichteten sie mir ausführlich von ihrem netten Lunch mit *Mister Perfect*.

»Er hat nach dir gefragt und sah ziemlich enttäuscht aus, als du nicht aufgetaucht bist. Aber dann hat er sich mit uns begnügt. Er war wirklich sehr, sehr nett.« Das zweite *sehr* zog Monica künstlich in die Länge.

»Was habt ihr gesagt, warum ich nicht gekommen bin?«, wollte ich wissen und schlang das Sandwich hinunter, das Sofia für mich mitgebracht hatte.

»Ich hab ihm gesagt, dass du auf Frauen stehst«, gluckste Monica.

»Quatsch, das hast du nicht gesagt, oder?« Ich war mir bei Monica nicht sicher. Wie so oft stellte ich fest, dass sie keine Freundin war. Wir arbeiteten zwar beide bei der *L. A. Post*, einer großen Tageszeitung in Los Angeles, und gingen mittags gemeinsam essen, aber das war auch schon alles.

»Ich hab gesagt, dass du noch arbeiten musst«, meinte Sofia und warf einen bösen Blick in Richtung Monica, die hämisch grinste, und fügte hinzu: »Er war enttäuscht, das konnte ich ihm ansehen.«

Ich ärgerte mich, dass ich nicht doch mitgegangen war. Sicherlich hatte Monica sich ihm an den Hals geworfen. Was soll's, dachte ich mir und hoffte, dass ich ihn am nächsten Tag vielleicht dort zufällig treffen würde.

Aber er kam nicht, obwohl ich meine Pause unnötig in die Länge zog. Die ganze Woche über ging er mir nicht mehr aus dem Kopf. Immer wieder musste ich an sein nettes Lachen denken, als er sich zu uns umgedreht hatte.

Es war genau eine Woche nach der verpassten Verabredung, ich bestellte mir gerade an der Theke des Diners ein Pastrami-Sandwich, als jemand seine Hand auf meine Schulter legte. Ich drehte mich um und dachte, dass es Sofia war, die nachkommen wollte.

»Ich habe eine geschlagene Woche nur an Sie gedacht. Heute entkommen Sie mir nicht«, sagte er und lächelte mich an.

Ich stand da wie vom Donner gerührt.

»Heute müssen Sie mit mir zu Mittag essen, bitte.«

Mein Gesicht wurde heiß. Ein sicheres Zeichen dafür, dass ich rot geworden war. »Es tut mir leid«, hörte ich mich stammeln, »ich kann nicht, ich habe gleich einen wichtigen Termin.«

Er verzog seinen Mund zu einem umwerfenden Lächeln. Um seine Augen kräuselten sich kleine Lachfalten.

»Ich weiß, dass Sie mir das jetzt nicht glauben werden, weil ich die letzte Verabredung habe platzen lassen, aber es stimmt wirklich.« Als Zeichen schaute ich auf meine Uhr. »Ich wollte mir nur etwas zum Essen mitnehmen.«

»Nun, wenn das so ist.«

Sicher würde er nun beleidigt abziehen, aber ich hatte mich getäuscht.

»Dann müssen Sie sich heute Abend mit mir treffen. Ganz in der Nähe hat ein neues Seafood-Restaurant eröffnet. Mögen Sie Hummer?«
Ich sagte ihm nicht, dass ich praktisch dort aufgewachsen war, wo der weltbeste Hummer herkam, und dass kein Restaurant der Welt mir einen besseren servieren konnte als den frisch gefangenen Hummer auf Bear Isle. Hummer mit zerlaufener Butter und einem Spritzer Zitrone.
Ich nickte.
»Gut. Dann haben wir jetzt ein Date«, bemerkte er ernst. »Was mir eigentlich auch viel lieber ist.«
Noch an diesem Abend warf ich all meine Grundsätze über Bord. Nach einem wunderschönen Abendessen landeten wir in seiner Wohnung – und dort in seinem Bett. Beim ersten Date mit einem Mann zu schlafen war ein nicht wiedergutzumachender Fauxpas, wie Sofia immer meinte. Aber es war geschehen. Es war um mich geschehen. Ich konnte nicht anders.
Bereits einen Monat später war ich zu ihm gezogen. Was keinen großen Aufwand darstellte, da ich seit meiner letzten Trennung, der alle meine Möbel zum Opfer gefallen waren, in einer möblierten Wohnung lebte.

Linda erschien im Türrahmen und holte mich aus den Gedanken in die Wirklichkeit zurück.
»Emma ist in ihrem Zimmer geblieben«, sagte sie lächelnd. Dann schaute sie mich an und fragte: »Wie findest du ihr Zimmer?«
»Ich habe es bisher noch nicht betreten.« Im gleichen Moment wurde mir bewusst, wie seltsam das auf Linda wirken musste.
»Du solltest es dir ansehen.«
Ich nickte.
»Wo waren wir stehen geblieben?«, fragte sie und tat, als wür-

de sie überlegen. »Ach ja. Du wolltest mir von deinem aufregenden Leben erzählen.«
»Weißt du, so spannend waren die letzten Jahre auch wieder nicht. Ach, Linda, es tut mir so leid, dass ich mich nie bei dir gemeldet habe.« Wie schal und hölzern sich das anhörte. Aber es tat mir wirklich aufrichtig leid.
»Ist schon gut. Ich habe dir doch längst verziehen.« Sie legte ihre Hand auf meinen Arm.
»Linda, du hast gestern etwas zu mir gesagt, was mir nicht mehr aus dem Kopf geht.«
Linda wusste sofort, von was ich sprach. »Es tut mir so unsagbar leid, dass ich davon angefangen habe. Es war dumm von mir.«
»Nein, war es nicht. Nur, was mache ich denn nun mit Emma? Ich kann nicht auf Bear Isle bleiben. In zwei Wochen muss ich wieder zurück nach Los Angeles. In zwei Wochen ist mein Urlaub vorbei, dann muss ich wieder arbeiten. Ich kann sie doch nicht hierlassen. Ich habe nicht das Gefühl, dass sie alleine leben kann?« Ich konnte nicht verhindern, dass sich der letzte Satz wie eine Frage anhörte.
»Nein, das kann sie nicht.«
Lindas Antwort nahm mir auch noch das letzte bisschen Hoffnung. Sie hatte das ausgesprochen, was ich nicht hören wollte, aber natürlich längst gewusst hatte.
»Aber was soll ich denn nun tun?«
»Du musst eine Wohngemeinschaft für sie finden, in der sie betreut wird.«
Lindas Worte ließen Übelkeit in mir aufsteigen. »Sie soll in ein Heim?«
»Wenn du es so nennen möchtest, ja. Sie kann jedenfalls nicht alleine leben. Ich kenne Emma gut. Sie hat oft in der Gemeinde geholfen, wenn deine Mutter im Pfarrbüro gearbeitet hat. Was

Emma macht, macht sie gut. Ach was, sie macht es perfekt, aber das reicht nicht, um alleine leben zu können.«

»Was, wenn sie hier im Haus bleiben würde? Könnte nicht abwechselnd jemand nach ihr sehen?« Eine dumme Frage, wie ich selbst wusste. Wer hatte schon Zeit und Lust, täglich nach Emma zu sehen und sich um ihr Wohlergehen zu kümmern, wenn es nicht einmal die eigene Schwester tun wollte.

Linda lächelte nachsichtig. »Nein, sicher nicht. Du würdest hier zwar viele Menschen finden, die nach ihr sehen würden, aber sie könnte trotzdem nicht hier bleiben. Jemand muss mit ihr zusammenleben. Das Beste ist, du sprichst mit ihrem Arzt. Er kann dir sagen, was zu tun ist.«

»Und wenn ich sie mitnehme?«

»Nach Los Angeles? Ist das dein Ernst?«

Ich schüttelte den Kopf. Was für eine absurde Idee. Natürlich konnte ich dort nicht mit ihr leben. Ich hatte meine Arbeit. Ich lebte mit Stan zusammen.

»Es gibt Einrichtungen, die sind für Menschen wie Emma wie geschaffen. Du musst dir ein paar anschauen. Dort wird es ihr gutgehen.«

»Hier?«

Linda lachte. »Auf Bear Isle? Hier gibt es so etwas nicht.«

»Warte, ich hole meinen Laptop, im Internet wird sich doch eine Aufstellung finden«, sagte ich.

Seitdem ich in Los Angeles weggefahren war, hatte ich meinen Computer nicht mehr aufgeklappt. Ich stutzte, als ich keinen WLAN-Zugang ausfindig machen konnte. »Hatte meine Mutter keinen Internetzugang?«

Linda lachte ihr schönes Lachen und erinnerte mich damit an die Linda von früher. Ich sah nicht mehr ihren gedrungenen Körper, nur noch ihre wunderbare Art und ihr hübsches Gesicht. Sicher war sie heute immer noch für Männer eine attraktive Frau.

»Nein, hier hast du keinen Empfang.«
»Wie komme ich nun an die Adressen?« Ich war komplett überfordert.
Linda holte ihr Handy aus der Tasche, tippte etwas ein und notierte eine Nummer: »Hier, das ist die Nummer ihres Arztes. Am besten rufst du ihn an. Oder soll ich das für dich machen?« Sicherlich hatte sie die Verzweiflung in meinen Augen gesehen.
Ich nickte stumm, als sie bereits telefonierte. Es war ein kurzes Telefonat.
»Dr. White wird dir nachher eine Liste mit in Frage kommenden Einrichtungen in den Briefkasten werfen«, sagte sie, nachdem sie aufgelegt hatte.
»Danke, Linda.«
»Ich bezweifle, dass du alles in zwei Wochen schaffen wirst. Es ist ja nicht nur, dass du ein neues Zuhause für Emma finden musst. Du musst dir auch überlegen, was du mit dem Haus machst.«
Im Stillen gab ich ihr recht. Es war wohl nicht zu schaffen.
»Arme Emma«, murmelte ich.
»Ja, das wird eine Umstellung für sie. Und sie hasst Veränderungen.« Sie stand auf und umarmte mich. »Du hast mir in all den Jahren gefehlt. Ich habe so oft an dich denken müssen«, sagte sie plötzlich mit Tränen in den Augen.
Ich musste schlucken und merkte, dass auch ich den Tränen nahe war.
»Nun muss ich aber gehen. Sonst randalieren zu Hause meine Kinder.«
»Du hast mir nichts von deinen Kindern erzählt«, stellte ich fest.
»Dazu haben wir noch genug Zeit. Du wirst sie noch kennenlernen, schließlich bist du noch eine Weile hier.«
»Zwei Wochen.«

»Ja, das meinte ich.« Sie umarmte mich noch einmal, gerade so, als würde sie spüren, dass ich diese Nähe brauchte, eine Nähe, die ich von meiner Schwester nicht bekommen konnte.

»Du solltest in Emmas Zimmer gehen«, sagte sie lächelnd. »Manchmal begreift man etwas erst, wenn man es gesehen hat. Du wirst sie danach vielleicht mit anderen Augen sehen.«

Wir verstauten die Teller und Schüsseln in ihrem Wagen, und ich schaute ihr nach, bis ihr Auto hinter der kleinen Kuppe verschwunden war. Die Pearl Avenue lag im gleißenden Licht der Mittagssonne. Alles war friedlich. Von schräg gegenüber winkte Mr. Bryant, der Inhaber eines Antiquitätenladens, zu. Ein Haus weiter stieg eine Frau in ihren frisch polierten Wagen. Der Wind wehte vom Meer. Ich konnte den salzigen Geruch riechen. Ans Meer wollte ich unbedingt. Ich ging an den Briefkasten. Eine einzelne Werbebroschüre lag darin. *Joe's General Store* bot frische Blaubeermarmelade an. Ich musste auf jeden Fall ein paar Gläser kaufen und sie mit nach Los Angeles nehmen.

Wehmütig ging ich ins Haus zurück und stieg die Treppen hinauf. Vor Emmas Zimmer blieb ich stehen. Ich klopfte, wie ich es vor ein paar Stunden schon einmal getan hatte.

»Ally«, kam es tonlos von innen.

Ich drückte die Klinke herunter und öffnete die Tür.

Das Zimmer lag im Halbdunkel.

»Darf ich reinkommen?«, fragte ich und spürte ein leichtes Kribbeln auf dem Kopf. Irgendetwas hatte sich in meinen Haaren verfangen.

»Nicht daran ziehen!«, schrie Emma schrill. Sie kam mir zu Hilfe und löste vorsichtig etwas aus meinen Haaren.

In dem Moment, als sich meine Augen an das schummrige Licht gewöhnt hatten, stellte ich erschrocken fest, dass es eine Hummel gewesen war. Für einen kurzen Moment befühlte ich meinen Kopf, um zu prüfen, ob sie mich gestochen hatte. Bis

Emma mir die Hummel zeigte. Sie war nicht echt. Es war nur eine vollkommene Nachbildung einer Hummel. Erschrocken starrte ich auf Hunderte von ihnen. Sie hingen wie ein Mobile an feinen silbernen Fäden von der Zimmerdecke. Ein ganzer Schwarm federleichter Hummeln, die durch jede meiner Bewegungen an ihrem Faden durch die Luft flogen. Vorsichtig nahm ich eine in die Hand, bemüht, den dünnen Faden nicht von der Decke zu reißen. Die Hummel war aus feinem Kunstpelz gearbeitet. Die Fühler waren aus dünnem schwarzen Draht. Fasziniert sah ich auf die Beinchen aus dickem Garn und die Flügel aus Pergamentpapier.
»Hast du die alle selbst gemacht?«, fragte ich ergriffen.
»Ich und Mama haben die gemacht.«
»Die sind wunderschön.«
Ich ging weiter ins Zimmer hinein. Dabei beugte ich mich leicht nach vorne, damit ich keine weitere Hummel von ihrem Faden riss. Das Zimmer war voll, es war von oben bis unten vollgestopft. Überall stand etwas. Jedes Regal, jeder Millimeter der Regalbretter war ausgefüllt mit Figuren, die nur eines darstellten: Hummeln. Hummeln in unterschiedlichen Größen, aus Glas, Porzellan, Papier und Holz. Manche so klein wie eine Hummel selbst. Manche viel größer.
»Darf ich?«, fragte ich und nahm eine Hummel aus gefaltetem Papier in die Hand. Sie war perfekt. »Die ist schön.«
»Leg sie wieder hin«, forderte Emma mich auf, was ich sofort tat. Ich betrachtete jedes Stück. Allesamt kleine Kunstwerke. Jedes für sich ein Meisterwerk und einmalig. An die sonnengelbe Wand waren kleine Hummeln mit langen, kaum sichtbaren Nadeln gepinnt. Wenn man sie mit Abstand betrachtete, sahen sie aus, als würde ein ganzer Schwarm Hummeln dort verharren. Mich fröstelte, und trotzdem war ich fasziniert.
Je näher ich an ihr Bett kam, desto stärker wurde ein Geruch,

den ich nicht einordnen konnte. Tief sog ich die Luft ein. Es roch süßlich und mild. Roch es hier nach Honig?

Ich trat näher zu meiner Schwester, die mit dem Rücken zum Fenster stand. Auf dem Fenstersims befand sich eine gläserne Schale. Einige Hummeln lagen darin und eine welke Sonnenblume.

»Sie sind tot. Tot wie Mama«, sagte Emma, als sie meinen Blick bemerkte. »Mama kommt nicht wieder zurück«, fügte sie hinzu.

»Nein, sie kommt nicht zurück«, antwortete ich, obwohl Emma keine Frage gestellt hatte. Vielleicht war jetzt der passende Augenblick, um mit ihr darüber zu sprechen. Vielleicht kam ich jetzt an sie heran und konnte sie trösten? Sie darauf vorbereiten, dass sich nun auch für sie etwas ändern würde.

»Es tut mir leid, dass Mutter gestorben ist. Auch ich bin sehr traurig darüber«, sagte ich.

»Ich will nicht darüber reden«, erwiderte sie barsch und drehte sich von mir weg.

Ich schluckte meine aufsteigenden Tränen hinunter und betrachtete die Schale. Die Hummeln waren ebenso vertrocknet wie die Sonnenblume. Von draußen hörte ich ein schwaches Summen. »Hörst du das auch?«

»Was?«

»Das Summen.«

»Ja.«

»Vielleicht hast du im Fensterladen ein Wespennest?«

»Das sind Hummeln. Keine Wespen.«

Ich nickte und ging nicht näher darauf ein. Ich brauchte mich nicht mehr um ein Wespennest zu kümmern. Bald würde hier niemand mehr wohnen.

Was sollte ich mit dem Haus machen? Würde ich es verkaufen müssen? Schließlich konnte ich es schlecht leer stehen lassen.

Obwohl Emmas Zimmer vollgestopft war, hatte alles seine Ordnung. Ich wusste nicht, was es war, aber es schien, als würde jedes noch so kleine Stück an seinem richtigen Platz stehen oder hängen. Beinahe wirkte es gemütlich, wenn mich die vielen Hummeln nicht von allen Seiten umringt hätten. Mich schauderte bei dem Gedanken daran, in diesem Zimmer schlafen zu müssen. Mein Blick fiel auf eine Reihe von Büchern, die im Regal standen. Es waren dieselben, die dort schon vor zehn Jahren gestanden hatten. Wie gut konnte ich mich daran erinnern. Bücher über Hummeln und Bienen. Ich hätte die meisten von ihnen auch heute noch frei rezitieren können. Schon damals waren sie an der Schnittkante dick geworden, durch Emmas ganz eigene Art, durch die Seiten zu blättern, indem sie sie grob zwischen Daumen und Zeigefinger nahm, die Nase nur wenige Zentimeter über dem Papier. Ich hatte immer den Eindruck, dass sie den Inhalt der Seiten in Sekundenbruchteilen erfassen konnte, indem sie einmal schnell hindurchblätterte.
Emmas Bett stand schräg im Zimmer und nicht, wie es üblich war, mit irgendeiner Seite an einer Wand. Auch das Regal stand nicht an der Wand. Ich betrachtete die Kissenberge, die kleine Zellen am Boden bildeten, und stellte fest, dass sie die sechseckige Form einer Wabe hatten.
»Hast du dein Zimmer so gestaltet?«, fragte ich sie, weil ich nicht wusste, ob es nicht vielleicht Mutters Idee gewesen war.
»Ja. Das ist gemütlich«, antwortete sie und legte ein Kissen, das ich versehentlich umgeworfen hatte, an seinen Platz zurück.
Die gedämpften Farben verliehen Emmas Zimmer etwas Orientalisches. Verstärkt wurde dieser Eindruck durch die Sonnenstrahlen, die sich durch die schmalen Ritzen der Fensterläden pressten, sich einen Weg in dieses unglaubliche Zimmer bahnten und die Farben in Licht und Schatten tauchten.
Auf Emmas Bett lag ein wunderschöner Quilt, in dessen Mitte

eine gestickte Hummel prangte. Sie sah aus, als könnte sie augenblicklich ihre zarten durchscheinenden Flügel ausstrecken, um davonzufliegen. Ich strich leicht mit den Fingerspitzen über die Decke, vermied es aber, die Hummel zu berühren.

»Der Quilt ist toll.«

»Er hat einen Namen.«

»Einen Namen? Der Quilt? Welchen?«

»*Bumblebee Queen.*«

»Hummelkönigin? Das ist ein schöner Name.« Erst jetzt bemerkte ich eine kleine, mit goldenem Faden gestickte Krone auf dem Kopf der Hummel.

»Wer hat den Quilt gemacht?«

»Mama und Miss Fairbanks und Mrs. Bryant«, antwortete Emma und zählte noch weitere Namen auf. »Ich habe die Hummelkönigin gestickt.«

Sicherlich war der Quilt im Gemeindesaal genäht worden. Ein kleiner Raum, der an die Kirche angrenzte und in dem man sich traf, um gemeinsam an den Decken zu arbeiten. Ich erinnerte mich gut daran. Auch ich war früher gerne dabei gewesen. Den Fingerhut, den man zum Quilten benötigte, hatte ich damals als eines der wenigen Dinge mit nach Los Angeles genommen.

Jeden Donnerstag hatte ich gemeinsam mit Emma und Mutter den Abend im Gemeindesaal der St. James Church verbracht. Bewaffnet mit unseren Fingerhüten und Stoffresten trafen wir uns dort mit den anderen Frauen und Mädchen zum *Quilting Bee*, einer Art Nährunde, die auf Bear Isle lange Tradition hatte. Gemeinschaftlich saßen wir an einem großen Tisch, wo wir beim Nähen und Ausschneiden der geometrischen Stoffblöcke Miss Fairbanks' Erzählungen lauschten.

Miss Fairbanks wusste immer viel zu erzählen. Jede ihrer Geschichten begann mit den gleichen Worten: »Mein Urgroßvater

hat mir einst erzählt …« Bereits dieser Satz ließ mich aufhorchen. Kerzengerade setzte ich mich in meinem Stuhl auf. Heute bin ich mir nicht mehr so sicher, ob Miss Fairbanks oder vielleicht schon ihr Urgroßvater etwas dazugedichtet hatte, denn manchmal waren die Geschichten ziemlich unglaubwürdig. Wir Kinder allerdings nahmen sie für bare Münze, und nicht selten verfolgten sie uns bis in den Schlaf. Denn sie erzählte von Geistern, die auch heute noch nachts in den alten Farmerhäusern ihr Unwesen trieben und, laut Miss Fairbanks, dort polterten und ihre unvollendeten Quilts steppten.
Vor allem aber handelten die Geschichten von den ersten Siedlern, Miss Fairbanks' Steckenpferd. Sie erzählte von den Indianern, die die ersten Siedler, die in der Neuen Welt angekommen waren, freundlich empfingen und mit ihnen das Essen teilten und sie pflegten, wenn sie krank waren. Wenn Miss Fairbanks begann, von den alten Sitten und Ritualen zu erzählen, wurde es im Raum mucksmäuschenstill. Nur das Rascheln des Stoffes war zu vernehmen, wenn dieser unter den geschickten Händen der Näherinnen verarbeitet wurde. Es war derart ruhig im Raum, dass man sogar hören konnte, wenn eine Nadel zu Boden fiel.
Miss Fairbanks berichtete von den langen Wintern im rauhen Neuengland, wie die Menschen ihre Bettdecken nähten und dafür alte Kleider und Stoffe verwendeten und wie aus dieser Not heraus der Vorläufer des heutigen Quilts entstanden war. Jene Steppdecken, die aus drei Lagen bestanden: Oberstoff, wärmende Füllung und Futterstoff. Schon damals hatten sich die Frauen getroffen, um an ihren Quilts zu nähen. *Quilting Bees* wurden zu einem festen Bestandteil des Lebens in der Neuen Welt. Ein wichtiges soziales Ereignis, bei dem, während gemeinsam gearbeitet wurde, Neuigkeiten ausgetauscht und Geschichten erzählt wurden.

So wie Hunderte Jahre zuvor fügten auch wir in gemeinschaftlicher Arbeit die vorbereiteten Quadrate mit emsigen Stichen zu einem Quilt zusammen. Miss Fairbanks, so erinnerte ich mich, hatte mich oft gelobt und über meine Geschicklichkeit gesprochen, wie ich die Stiche tadellos steppen konnte. Übertroffen wurde ich nur von Emma. Ihre Stiche waren perfekt, als wären sie mit der Maschine gemacht worden.
Auch ich hatte dort meinen eigenen Quilt gemeinsam mit den anderen Frauen genäht. Warum hatte ich ihn damals, als ich Bear Isle verließ, nicht mitgenommen? Früher oder später würde ich ihn in irgendeiner Schublade oder Truhe finden.
Emmas Quilt jedenfalls war ein Kunstwerk. Fast zu schade, um ihn auf ihr Bett zu legen. Er müsste an der Wand hängen. Ich vergaß, mich zu ducken, und meine Haare streiften die feinen Hummelkörper, die an ihren seidenen Fäden von der gelb gestrichenen Decke hingen. Emma, die nur zwei Zentimeter kleiner war als ich, konnte durch die Hummeln hindurchgehen, ohne sie zu berühren. Lächelnd schaute sie mich an und blies leicht dagegen. Als die Hummeln in Bewegung gerieten, schien es, als flögen sie durchs Zimmer. Sie lachte laut auf. Verzückt betrachtete sie die schwebenden Hummeln und hielt ihre Hand dazwischen, als wollte sie sie streicheln.
Ich lächelte sie an. »Ich habe nie ein schöneres Zimmer gesehen.«
Emma hüpfte und machte einen ungelenken Schritt auf mich zu. Sie umarmte mich. Es war wie ein kurzer Impuls, worauf sie sich augenblicklich wieder von mir löste. Tränen schossen mir von dieser ungewohnten Geste in die Augen, und nur das Vibrieren meines Handys in meiner Hosentasche verhinderte, dass ich schon wieder losheulte.
Ich verließ Emma und ihr außergewöhnliches Zimmer. Mehrere SMS-Nachrichten waren eingegangen. Alle von Matt Row,

meinem leicht cholerischen Chef: »Check deine E-Mails!«, forderte er mich auf, und ich konnte mir förmlich seine schlechte Laune vorstellen, die er eigentlich immer hatte. Doch was war so wichtig, dass es nicht warten konnte? Es musste etwas passiert sein. Aber ich konnte meine Mails hier nicht abrufen, weil ich kein Internet hatte. Ich zog Mutters giftgrüne Flipflops an, die in der Diele unter der leeren Garderobe standen, und ging mit dem Laptop unter dem Arm schräg über die Straße zu Sol und Bruno. Ihr Haus war um einiges größer als das unsere. Zwei kleine Türme prangten zu beiden Seiten. Ich ging über den Rasen, da ich nicht den langen Bogen der Auffahrt nehmen wollte. Vor der Eingangstür, die von zwei griechischen Säulen flankiert wurde, stand, als sei er farblich auf den Anstrich des Hauses abgestimmt worden, ein hellblauer Porsche. Obwohl das Haus groß, beinahe pompös war, passte es sich doch perfekt in das Straßenbild ein. Früher hatte hier ein unscheinbares altes Siedlerhaus gestanden. Ein alter, kauziger Mann hatte darin gelebt. Allein mit seinem Hund. Eine riesenhafte sabbernde Bordeaux-Dogge, die mir immer laut bellend entgegengerannt kam, sobald ich in die Pearl Avenue einbog, wenn ich von der Schule nach Hause kam. Ich hatte fürchterliche Angst vor dem Hund gehabt, so dass ich die letzten Meter zu unserem Haus stets schneller gelaufen war. Wenn ich es nicht rechtzeitig schaffte, mich in Sicherheit zu bringen, war er an mir hochgesprungen und hatte mich mit nach hinten gezogenen Lefzen, die ihm bis zu den Ohren reichten, abgeleckt. Es war widerlich. Um Emma hatte er immer einen großen Bogen gemacht. Kein einziges Mal hatte der dämliche Köter sie angekläfft, er hatte es nur auf mich abgesehen.

Ich sah zu unserem Haus hinüber. Der moosgrün gestrichene Fensterladen vor Emmas Fenster war nach wie vor verschlossen. Unser Haus sah aus wie die anderen Farmerhäuser in der

Pearl Avenue oder besser wie beinahe jedes Haus auf Bear Isle. Die alten Siedlerhäuser prägten überall das Straßenbild.
Als die Pilgerväter im 17. Jahrhundert an der Ostküste von Amerika strandeten, erwartete sie ein langer, kalter Winter in einer unberührten Wildnis. Die ersten Häuser, die sie in der Neuen Welt errichteten, mussten den Stürmen an der Küste und den kalten Wintern standhalten. Aus ihrer alten Heimat hatten sie die englische Cottage-Bauweise mitgebracht, die sie der neuen Umgebung und den neuen Bedingungen anpassten. Aus der Not heraus verwendeten sie Holz statt Stein, das in der Neuen Welt in Hülle und Fülle vorhanden war. Sie deckten das Dach mit Holzschindeln, Fensterläden schützten die Menschen vor Sturm und Kälte. Die Hausform war rechteckig und symmetrisch und umfasste meist zwei Etagen, ein Satteldach und einen Eingang mit zwei Fenstern auf beiden Seiten. In der Mitte des Daches ragte der Schornstein in den Himmel. Es waren einfache Häuser, die trotz ihrer schlichten Bauweise elegant wirkten. Die luxuriösen Anwesen entstanden erst später, als man links und rechts oder auf der Rückseite An- und Aufbauten hinzufügte.
Ich konnte keine Klingel am Eingang zu Sols und Brunos Haus finden und klopfte mit dem schweren Messingring, der in Augenhöhe hing, vorsichtig gegen die Tür, wobei ich hoffte, keinen Kratzer im Lack zu hinterlassen.
Sol freute sich über meinen Besuch. »Hallo, Ally, komm rein.« Sofort stand ich in einem großen Raum, in dessen Mitte sich ein rechteckiger, langer Tisch befand. Daneben ein ausladendes Sofa, das aussah, als wäre es für Riesen angefertigt worden. Zwei große Sessel, in denen man gemütlich zu zweit sitzen konnte, standen vor dem Kamin. Es gab keine trennenden Wände zwischen Küche, Wohn- und Esszimmer. Alles war offen, modern und hell.

»Wow«, war das Einzige, was ich zu diesem geschmackvollen Ambiente sagen konnte.
»Das hat Bruno entworfen. Alles Lob bitte an ihn.« Sol legte einen Arm um Bruno, der verlegen abwinkte.
»Sol, lass das. Außerdem gebührt das Lob zur Hälfte ihm, schließlich hat er das Haus umgebaut.« Dann nahm er mich fest in seine dicken Arme. »Geht es dir denn gut?«, wollte er wissen.
Ehe ich antworten konnte, sagte Sol: »Wir wollten gerade zu euch rüber.« Er nahm eine große Schüssel, die auf der Küchentheke stand.
»Mit einer Schüssel? Ich bin gerade erst alle Schüsseln losgeworden, und dann kommt ihr mit einer neuen?«
»Spaghetti bolognese. Emmas Lieblingsgericht«, antwortete Sol und klopfte gegen den Schüsseldeckel. »Oder habt ihr schon gegessen?«
»Gegessen?« Das hatte ich glatt vergessen. Beschämt musste ich daran denken, dass Emma seit den Flocken am Morgen und außer den beiden Kapern nichts mehr gegessen hatte. Aber darum war ich nicht hier. Ich brauchte zuallererst einen Internetanschluss. »Kann ich bei euch kurz ins Internet?«
»Internet?« Bruno wiederholte das Wort, als hätte er es nie zuvor gehört. Es schien, als würde er jetzt erst den Laptop in meinem Arm bemerken.
Sol war da pragmatischer. »Du kannst dich gerne hier einloggen.«
»Ich muss unbedingt meine E-Mails checken.«
»Hier ist unser Key, vielleicht hast du Glück und der Empfang reicht bis zu eurem Haus.« Sol gab mir einen kleinen rosafarbenen Zettel mit einer endlos langen Ziffernreihe, die er flink aus dem Gedächtnis aufgeschrieben hatte.
»Könnte der Empfang wirklich bis zu uns reichen?«

»Wir versuchen es. Ist ja nur über die Straße.«
Ich stellte meinen Laptop auf den hellgrauen Granit der Küchenanrichte, der sicherlich aus dem Steinbruch der Insel stammte, und gab den Key ein. Als ich das vertraute Pling hörte, war ich erleichtert. »Ich bin drin.« Begierig öffnete ich meinen Eingangsordner und suchte nach der letzten E-Mail von meinem Boss.

> Ally, nochmals mein Beileid.
>
> Aber gleich zur Sache: Du musst den Artikel über das neue Museum zwei Wochen früher abgeben. Das ist unglaublich wichtig. Ich brauche den Text druckfertig in drei Tagen. Also am Montagabend. Am besten, du fliegst nach L. A. zurück. Dann kannst du in aller Ruhe recherchieren und ein paar wichtige Gespräche führen. Wenn der Artikel fertig ist, kannst du von mir aus gleich wieder abfahren.
>
> Matt Row

Was dachte er sich nur? Ich konnte hier auf keinen Fall weg, nicht einmal für einen Tag.
Ich hatte mit der *L. A. Post* meinen Traumjob gefunden, und für nichts auf der Welt würde ich irgendwo anders arbeiten wollen. Als ich letztes Jahr endlich, nach langem Warten, das Ressort »Kunst und Kultur« übernehmen durfte und dort über Spannenderes berichtete als über das Wetter, das nach fünf Jahren langweilig geworden war, war ich überglücklich gewesen. Ich schrieb, was das Zeug hielt, Tag und Nacht. Ich ging in neue Ausstellungen, schaute mir jede neue Inszenierung an, um immer auf dem Laufenden zu bleiben. Sah jeden neuen Kinofilm,

auch wenn ich schon vorher wusste, dass er mir nicht gefallen würde. Nie war ich in den letzten Jahren krank gewesen, nie murrte ich über zu viel Arbeit, nahm sogar gerne zusätzliche Aufträge an. Ich hatte Matt von meiner Schwester erzählt, er konnte unmöglich verlangen, dass ich unter diesen Umständen zurück nach Los Angeles flog. Ich musste erst einen Ort finden, an dem Emma in Zukunft leben konnte. Und wie würde sie es verkraften, wenn ich jetzt gleich wieder wegfahren würde, auch wenn es nur für zwei Tage war?

> Hallo Matt,
>
> ich kann hier nicht weg. In zwei Wochen bin ich wieder in L. A., so wie wir es besprochen hatten. Den Artikel schreibe ich hier und schicke ihn druckfertig bis Montagabend an dich. Ich habe schon genug Material gesammelt. Es ist nicht nötig, vor Ort zu sein.
>
> Ally

Das stimmte zwar nicht ganz, aber ich würde schon irgendwie an die fehlenden Informationen kommen. Ich klickte auf Senden.

Sol sah mich fragend an. »Fertig?«

»Fertig.«

Ich ließ den Laptop geöffnet und beobachtete die Stärke des Funksignals, als ich Sols und Brunos Haus verließ. Es zeigte noch alle fünf grünen Striche an. Langsam überquerte ich die Straße, in der Hoffnung, den Empfang mit meiner Geschwindigkeit beeinflussen zu können.

»Und?«

»Wird schwächer.«

Ich war bereits am Rasen vor unserem Haus angekommen. Als Nächstes erklomm ich die erste Stufe der Veranda. Nur noch ein Strich. Zweite Stufe. Unverändert. Diesmal trat ich auf die letzte, knarrende Stufe. Heute konnte ich sie nicht auslassen.

»Immer noch.« Ich freute mich.

»Gib mir deinen Schlüssel«, forderte mich Bruno auf.

»Schlüssel?« Ich hatte immer noch keinen Hausschlüssel.

Wir klingelten. Es dauerte eine halbe Ewigkeit, bis Emma uns öffnete. Dann bemerkte sie Mutters Flipflops.

»Die gehören Mama«, zischte sie mich an.

»Ich weiß.«

»Zieh sie aus.«

»Mama braucht sie nicht mehr.«

»Zieh sie aus!«

Ich tat es. Warum auch sollte ich einen Streit mit ihr anfangen? Trotzdem ärgerte ich mich. Emma nahm die Schuhe und stellte sie an genau die Stelle, an der sie zuvor gestanden hatten.

»Bist du jetzt zufrieden?«, fragte ich mit sarkastischem Unterton, der bei ihr überflüssig war, da sie ihn sowieso nicht bemerken würde. Emma verstand keine Zwischentöne. Das war schon immer so gewesen, ich hatte sie nie dazu bewegen können, für mich zu lügen, damit ich keinen Ärger bekam. Sie war der ehrlichste Mensch, den ich kannte, aber genauso war sie auch die größte Petze gewesen, da sie Mutter immer sofort erzählte, wenn ich irgendetwas angestellt hatte. Sie erzählte alles bis ins kleinste Detail, was die Sache immer schlimmer für mich gemacht hatte, als sie tatsächlich gewesen war. Für Emma gab es keine Grautöne, es war entweder gut oder böse, schön oder hässlich, mag ich oder mag ich nicht. Alles war für sie wichtig und ernst.

Ich blickte auf die Anzeige auf dem Laptop und stellte fest, dass ich außerhalb der Reichweite angekommen war. »Mist. Kein

Empfang mehr«, stöhnte ich und ging rückwärts und barfuß wieder nach draußen.
Ich klickte auf Aktualisieren. Der Empfang endete auf der letzten – knarrenden – Stufe.
»Besser als nichts«, sagte ich laut und folgte Bruno und Sol in die Küche. Sie hatten bereits den Tisch gedeckt.
Die Spaghetti rochen herrlich. Ich hatte einen Bärenhunger. Schweigend aßen wir die Nudeln. Nur das hin und wieder von Emma hingemurmelte »Mag ich« unterbrach die Stille.
»Was ist dieses Mal drin?«, fragte Sol, als Emma ein weiteres Mal »mag ich« sagte.
»Jetzt lass sie doch endlich mal damit in Ruhe«, fuhr Bruno ihn empört an. Dann wandte er sich an mich: »Das macht Sol immer. Er ist fasziniert von Emmas Begabung, alles herausschmecken zu können. Zum Test fügt er jedes Mal eine andere Zutat hinzu. Wir würden keinen Unterschied erkennen, da Sol immer nur ganz wenig hineintut. Etwa eine Prise Chili oder Ingwer oder eine Messerspitze irgendetwas anderes.«
Ich erinnerte mich vage daran, dass sie das schon früher konnte, als ich noch hier gelebt hatte. Nur war mir nicht bewusst gewesen, dass es derart ausgeprägt war. Erstaunt blickte ich auf meine Schwester, als sie sagte: »Wein. Wein mag ich nicht.«
»Richtig. Dieses Mal habe ich Weißwein dazugegeben. Einen einzigen Esslöffel Weißwein.«

4.

Himmlische Lichtspiele

Am frühen Nachmittag verließen uns Sol und Bruno. Die leere Schüssel gab ich ihnen sofort wieder mit.

Emma wollte nach oben in ihr Zimmer gehen.

»Gehst du mit mir an den Strand?«

»Nein«, gab sie zur Antwort und setzte ihren Weg nach oben fort.

Ich fragte mich, ob ich sie alleine lassen konnte. Sie war zweiunddreißig Jahre alt. Was konnte sie groß anstellen? Ich musste es trotzdem herausfinden und ging ihr hinterher.

»Ist Mama manchmal ohne dich weggegangen?«

»Ja.«

»Warst du dann alleine?«

»Ja.«

»Was machst du in der Zeit, wenn niemand im Haus ist?«

»Ich schaue meine Bücher an.«
»Wie lange war Mama denn weg, wenn sie dich alleine gelassen hat?«
»Miss Fairbanks sagt immer: Deine Mutter kommt gleich wieder.«
»Emma! Eben hast du gesagt, dass du alleine zu Hause geblieben bist, und nun sagst du was von Miss Fairbanks. Was jetzt?«, versuchte ich es ruhig, obwohl ich wieder einmal genervt war von ihren unbefriedigenden Antworten.
Emma zuckte mit den Schultern und setzte ihren Weg nach oben fort, ohne sich ein weiteres Mal umzudrehen.
Als ich ihre Zimmertür ins Schloss fallen hörte, zog ich Mutters Flipflops an und lief zu Miss Fairbanks, die nur zwei Häuser weiter wohnte.
Sie öffnete sofort die Tür und zog mich ins Haus. Ein sonderlicher, alles überdeckender Geruch hing in der Luft. Es war ein Geruch, der vielen alten Menschen anhaftet, und ich erkannte den eukalyptusartigen Duft von Kampfer. Ich folgte ihr ins Wohnzimmer, das mit Antiquitäten vollgestopft war.
»Ich wollte Sie nur etwas fragen. Kann ich Emma für eine Weile alleine lassen?«, sagte ich, nachdem sie mir erzählt hatte, dass sie heute Morgen mit Kopfschmerzen aufgewacht war – was mich nicht wunderte, wenn ich daran dachte, wie viel sie gestern getrunken hatte.
»Oh nein, deine Mutter hat sie nie alleine gelassen. Wenn, dann immer nur für wenige Minuten.«
»Ich möchte an den Strand gehen«, sagte ich etwas enttäuscht und hoffte, dass sie sich bereit erklären würde, so lange auf Emma aufzupassen.
»Geh nur. Ich komm gleich zu euch rüber. Dann nehme ich auch ein paar von den Schüsseln und Tellern mit, damit ich sie morgen in der Kirche verteilen kann.«

»Danke, aber das ist nicht nötig. Linda hat heute Morgen das ganze Geschirr mitgenommen!«, rief ich ihr im Hinausgehen zu und war fast stolz, wenigstens das hinbekommen zu haben.
Ich ging zurück. Neben unserem Haus stand eine kleine Garage, die früher als Geräteschuppen gedient hatte. Wir hatten unsere Fahrräder dort untergestellt. Ich öffnete das laut quietschende Holztor und hoffte, mein altes Fahrrad zu finden. Oder zumindest irgendein Fahrrad, mit dem ich an den Strand fahren konnte.
»Was ist denn das?«, sagte ich laut und war überrascht über das, was ich in der Garage vorfand. Obwohl überrascht das falsche Wort war, ich war entsetzt.
Dort stand ein uralter Pick-up. Es war ein Chevrolet, der sicher um einiges älter war als ich. Ein Auto hatte ich hier nicht erwartet, denn Mutters Wagen befand sich auf dem Schrottplatz. Dieser Wagen hier war sicherlich auch Schrott, zumindest sah er so aus. Darum würde ich mich also auch noch kümmern müssen. Aber nicht im Moment. Ich drängte mich daran vorbei und stellte erleichtert fest, dass dahinter zwei Fahrräder standen. Eines hatte einen Platten, das andere war, wenn auch etwas rostig, offensichtlich fahrtüchtig.
Keine zehn Minuten später war ich am Strand. Ich empfand ein unbeschreibliches Glücksgefühl. Ich atmete die salzige Luft ein. Es ging ein leichter Wind und brachte den Geruch von Fisch und Motoröl mit. Das alte Bootshaus stand immer noch am Steg. Als Kinder hatten wir dort gerne gespielt und waren immer vom alten Stickley, einem Hummerfischer, verjagt worden, wenn er uns beim Spielen in seiner Hütte erwischt hatte.
Ich zog die Flipflops aus. Der Schaum des Wassers umspülte meine Zehen. Es war eiskalt. Mit der Hand schirmte ich die Augen vor der Sonne ab und schaute zum Horizont. Ein einsamer Kajakfahrer fuhr weit draußen gleichmäßige imaginäre

Bahnen. Die vereinzelten Bojen der Hummerfischer zeigten, wo sie ihre Fangkörbe im Meer versenkt hatten. Ich breitete meine Decke im trockenen Sand aus. Erst jetzt bemerkte ich, wie müde ich war. Miss Fairbanks war bei Emma. Warum sollte ich hier nicht etwas in der warmen Sonne schlafen?

Irgendwann bemerkte ich, dass ich im Schatten lag. Erschrocken fuhr ich hoch. Hatte ich etwa so lange geschlafen, dass die Sonne bereits untergegangen war? Das wäre unverzeihlich.

»Sie werden sich noch einen Sonnenbrand holen.«

Ein Mann stand vor mir. Er hatte sich vor die Sonne gestellt. Im Gegenlicht konnte ich sein Gesicht nicht erkennen.

»Und was hat Sie das zu interessieren?«, fragte ich ihn und vermutete eine dreiste Anmache. Am Stand der Sonne erkannte ich, dass es tatsächlich schon spät geworden war. »Ich bin wohl eingeschlafen«, fügte ich ein wenig freundlicher hinzu.

»Leichtsinnig.«

Ich bemerkte ein gelbes Kajak im Sand hinter ihm.

»Danke also fürs Wecken«, sagte ich, damit ich ihn loswurde. Es sollte weder höflich noch unhöflich klingen.

»Wollte es nur gesagt haben. Sie wären nicht die Erste, die sich wegen 'nem schönen Teint einen Sonnenstich holt.«

Das hingegen war durchaus unhöflich. »Ich sagte doch schon, ich bin eingeschlafen. Und außerdem geht Sie das wirklich überhaupt nichts an.«

»Möchten Sie?« Er hielt mir eine Wasserflasche vors Gesicht. Ich winkte ab. Es war nicht zu übersehen, dass die Flasche nicht mehr voll war. Ich würde als Letztes in meinem Leben aus einer Flasche trinken, die bereits ein Fremder an den Lippen gehabt hatte.

»Ich bin nicht durstig«, sagte ich und bemerkte, wie meine

Zunge bei den Worten am Gaumen kleben blieb. In ein paar Minuten würde ich zu Hause sein. Dort konnte ich so viel trinken, wie ich wollte.
Er schob den Schild seines Basecaps vor die Augen und ging zu dem Kajak zurück, das er, ohne sich ein weiteres Mal nach mir umzudrehen, ins Wasser zog.
Schnell legte ich die Decke zusammen und packte sie auf den verrosteten Gepäckträger meines Fahrrads. Als ich mich umdrehte, war das Kajak bereits etliche Meter weit draußen im Meer. Gerne hätte ich gewusst, wer er war. Vielleicht kannte ich ihn von früher, sonst hätte er mir sicher nicht die Wasserflasche angeboten.

Miss Fairbanks spielte mit Emma Memory. Emma stand aufgeregt vor ihrem Stuhl. Sie hatte einen hohen Stapel bereits gefundener Paare vor sich auf dem Tisch liegen. Miss Fairbanks' Stapel war unscheinbar.
»Ally, ich gewinne.«
»Das ist toll. Ich gehe noch schnell duschen, dann spiele ich mit.« Wie konnte Miss Fairbanks ein Spiel aussuchen, bei dem sie niemals gegen Emma gewinnen konnte? Niemand konnte gegen Emma im Memory gewinnen. Ich hatte es immer gehasst, mit ihr dieses Spiel zu spielen.
Im Bad rief ich zuallererst Stan an. Wieder endloses Geklingel, bis er endlich dranging.
»Hey. Was machst du gerade?«
»Ich arbeite. Bei uns ist noch nicht Feierabend.«
Das hatte ich vollkommen vergessen. Hier war es bereits drei Stunden später. Deshalb war Stan am Morgen noch so verschlafen gewesen. Irgendwie war ich mit dieser Erkenntnis beruhigter, obwohl ich nicht sagen konnte, wegen was ich hätte beunruhigt sein können.

Er erzählte mir, dass er viel Arbeit hatte, einen neuen Auftrag, der außer Ärger nichts brachte.
»Was hast du heute gemacht? Geht es dir gut?«
»Ich war am Strand.« Im Spiegel sah ich, dass meine Haut krebsrot war, und ärgerte mich über meinen Leichtsinn. Der fremde Mann vom Strand kam mir mit seiner unhöflichen Warnung in den Sinn.
»Du fehlst mir.«
»Bald bin ich wieder zurück.«
Stan erzählte, dass er Monica und Sofia gestern im Diner getroffen hatte. Was mir nun wieder nicht recht war. Ich war kein eifersüchtiger Mensch, doch bei Monica … Stan hatte einmal eine Bemerkung fallen lassen, dass er sie attraktiv fand. Und damit hatte er auch recht. Sie war eine aufreizende Frau, die mit ihren Reizen nicht geizte.
»Na, hoffentlich triffst du dich nicht alleine mit Monica.« Ich wollte, dass es sich spaßig anhörte, aber es klang so, wie ich es meinte. Monica war in Bezug auf Männer unberechenbar. Als ob er meine Gedanken lesen konnte, lachte er. Während er weitersprach, zog ich mein Kleid umständlich über den Kopf.
»Na hör mal, du wirst doch nicht eifersüchtig werden?« Er lachte wieder.
Ich liebte dieses tiefe Lachen und wollte nur noch nach Hause. Ich würde ihm so gerne von Emma erzählen, aber am Telefon war das nicht möglich.
Stan war ein Familienmensch. Er würde nicht verstehen, warum ich ihm nie von meiner Schwester erzählt hatte. Immer wenn er mehr über meine Familie wissen wollte, hatte ich abgeblockt, war seinen Fragen ausgewichen und hatte ihn auf später vertröstet, mit der Begründung, dass alles furchtbar kompliziert sei. Das war ein Fehler gewesen, wie ich jetzt einsah. Zu Thanksgiving und an Weihnachten waren wir immer

zu seinen Eltern gefahren, die in Seattle in einem abgelegenen Holzhaus wohnten, und hatten dort wunderschöne Familienfeste verbracht. Er liebte es, dort zu sein und mit mir in seinem schmalen Jugendbett, das noch in seinem Kinderzimmer stand, zu schlafen. »Es ist, als ob wir etwas Verbotenes tun«, hatte er einmal gesagt, und wir genossen die Tage dort, wo mich alle verwöhnten, als würde ich immer schon dazugehören. Sobald aber die Rede auf meine Familie kam, wurde ich einsilbig. Wie schwerwiegend es war, dass ich das alles so lange verheimlicht hatte, begriff ich erst heute. Wie würde er reagieren, wenn ich ihm nach zwei Jahren erzählte, dass ich eine Schwester hatte, die anders war? Was würde er von mir denken? Wieder schien es, als könnte er meine Gedanken lesen, und er fragte: »Ich könnte doch morgen zu dir fliegen und bis Montag bleiben.«
Mein schrilles Nein versuchte ich abzumildern, indem ich mit einer aufgesetzten, aber ruhigen Stimme hinzufügte: »Das ist lieb von dir, aber wirklich nicht nötig. Ich muss hier so viel erledigen und du könntest mir doch nicht helfen.«
Mit einem mulmigen Gefühl in der Magengegend legte ich kurz darauf auf. Ich duschte und tupfte Mutters Körpercreme vorsichtig auf den schmerzenden Sonnenbrand. *Opium* von Yves Saint Laurent. Mutter hatte das Parfüm schon früher getragen, und es war für mich derart unerträglich, ihren Geruch an mir zu haben, dass ich mich ein weiteres Mal, diesmal heulend, unter die Dusche stellte.

»Oh, du hast aber einen schlimmen Sonnenbrand«, bemerkte Miss Fairbanks, als ich im Wohnzimmer erschien.
Was für eine Aussage. Als hätte ich das nicht schon längst gemerkt. Ich stellte mich hinter Emma.
»Ich mag das nicht«, sagte sie, und mir fiel ein, dass sie es nicht leiden konnte, wenn jemand hinter ihr stand.

»Sorry.«
Dann drehte sie sich zur Seite. Ihre Stirnfalte war eine tiefe Furche. »Du riechst nach Mama.«
Wie konnte sie das noch riechen? Ich hatte alles abgeschrubbt und roch nur noch nach der Seife, die in der Dusche lag. Eine Mischung aus Vanille und Zitrone.
»Das tut mir leid. Ich hatte Mamas Creme benutzt, weil ich meine vergessen habe. Aber ich habe alles wieder abgewaschen, weil es mich auch zu sehr an sie erinnert hat.«
»Emma hat eine gute Nase. Weißt du, da kannst du schrubben, soviel du willst. Sie wird das noch tagelang riechen. Wenn Emma zu mir kommt, sagt sie immer, es rieche in meinem Haus nach Kampfer. Dabei habe ich nur eine einzige Salbe, die Kampfer enthält. Und die benutze ich wegen meiner Arthritis.«
Ich lachte laut auf.
»Warum lachst du?« Miss Fairbanks war berechtigterweise verunsichert.
Verlegen zuckte ich mit den Schultern. Selbst ich hatte es gerochen, und was das Riechen betraf, war ich quasi blind. Wie konnte sie es selbst nicht wahrnehmen? Unmöglich, dass es nur von einer einzigen Salbe kam. Das sagte ich natürlich nicht.
»Bei Miss Fairbanks riecht alles nach Kampfer. Auch Miss Fairbanks riecht nach Kampfer. Das musst du doch auch riechen, Ally«, sagte Emma und schaute mich auffordernd an.
»Ich habe es auch gerochen«, gab ich zu und lächelte Emma an, die zustimmend nickte.
»Siehst du, das riecht jeder. Ich habe es Miss Fairbanks schon oft gesagt. Viele alte Leute riechen nach Kampfer.«
Wieder konnte ich mir ein Lachen nicht verkneifen.
»Das kann doch nicht sein«, wunderte sich Miss Fairbanks und

nahm plötzlich meine Hand. Sie stand auf und zog mich in die Küche. Ich folgte ihr und dachte, dass sie mich nun vielleicht zurechtweisen würde. Stattdessen nahm sie einen Zettel vom Küchentisch. Er war von Dr. White. Ich las ihn schnell durch. Fünf unleserlich geschriebene Adressen mit Telefonnummern standen darauf und ein kurzer Gruß mit der Aufforderung: *Du kannst jederzeit mit Fragen zu mir kommen.*

»Den Zettel habe ich vorhin im Briefkasten gefunden.«

Es lohnte sich nicht, mich darüber aufzuregen, dass Miss Fairbanks unseren Briefkasten leerte und die Nachrichten las.

»Du willst also nicht bleiben?«

»Nein, das geht nicht, ich …«, wollte ich mich dafür entschuldigen, dass ich nicht bereit war, mein Leben für das meiner Schwester zu opfern. Wie kam sie nur auf die Idee, dass ich hierbleiben würde?

»Du brauchst dich nicht zu rechtfertigen. Niemand verlangt das von dir. Wenn ich jünger wäre, dann würde ich mir das vielleicht noch überlegen. Aber ich bin alt geworden. Zu alt für Emma.« Miss Fairbanks legte ihre knorrige kleine Hand auf meinen Arm. »Ich hoffe nur, dass du ein gutes Zuhause für sie findest.«

Ich war beschämt von ihren Worten und nahm mir vor, gleich am Montag, wenn ich Dr. Whites Schrift entziffert hatte, Termine zur Besichtigung zu vereinbaren.

* * *

Und ewig grüßt das Murmeltier, dachte ich am nächsten Morgen, als sich Emma an mein Bett setzte.

»Dein Zimmer riecht nach Mama«, sagte sie und zog mir die Decke weg. »Aufstehen, Ally.«

»Ich will noch einen Augenblick liegen bleiben.« Ich hatte ges-

tern noch lange für den Artikel recherchiert und war hundemüde. Natürlich hatte Matt Row sofort auf meine E-Mail geantwortet: Ich müsse den Artikel schreiben, und es sei ihm egal, wie. Und wenn er bis Montag nicht auf seinem Tisch liegen würde, hätte ich dafür die Konsequenzen zu tragen.
Ich hatte mich also auf die letzte Stufe unserer Veranda gesetzt und mit dem Artikel über das neue Museum, das demnächst in Los Angeles eröffnet werden sollte, begonnen. Es war mühsam, Informationen aus dem Internet zu fischen, und ich wusste, dass es besser wäre, vor Ort zu sein, vielleicht hätte ich dem Direktor noch ein paar Fragen stellen können, aber das ging nicht, ich musste es dieses Mal so hinbekommen. Heute und morgen würde ich ihn fertig schreiben. Zwei Tage, das musste reichen.
»Du musst meine Schale aus dem Schrank holen.« Emma holte mich in die Gegenwart zurück.
»Du kannst das selber machen. Du weißt, wo deine Müslischale steht. Dafür brauchst du mich nicht. Wir haben heute nichts vor. Es ist Sonntag. Heute brauchen wir doch nicht so früh aufzustehen«, mein Gejammer war ein schwacher Einwand, und ich quälte mich aus dem Bett. Wie zwei Tage zuvor blieb Emma wartend vor der Badezimmertür stehen, während ich zur Toilette ging.
In der Küche war es wieder die gleiche Prozedur wie jeden Morgen. Erst die Schale, Milch eingießen, dann die Flocken, zählen, ablöffeln. Während ich meinen Kaffee trank.
»Wir gehen in die Kirche. Heute ist Sonntag. Am Sonntag gehe ich immer mit Mama in die Kirche.«
»Aber Mama ist tot«, erwiderte ich schroff und schlechtgelaunt.
»Du gehst mit mir in die Kirche. Mit dir bin ich immer in die Kirche gegangen.«
Ich lächelte sie an. »Ja, das sind wir. Früher.«

Ich hatte keine Lust. All die Menschen von der Beerdigung würden dort sein. Wieder würden mich alle ansprechen. Wieder müsste ich die Blicke ertragen. Aber was blieb mir übrig?
»Ich ziehe das gelbe Kleid an.«
»Du kannst anziehen, was du willst«, sagte ich. Es war mir tatsächlich vollkommen egal. Heute in zwei Wochen würde ich die Insel verlassen. Konnte zurück nach Los Angeles. Ich musste nur ein Heim für Emma finden, und alles würde sich zum Guten wenden. Ich würde Emma einmal, vielleicht auch zweimal im Jahr dort besuchen, an ihrem Geburtstag und an Weihnachten. Ich schüttelte den Kopf und hoffte, mein schlechtes Gewissen verscheuchen zu können.

»Die Sonne scheint, beeil dich!«, trieb Emma mich an, als ich mir Mutters Stola über die Schultern geworfen hatte, was Emma zwar mit einem strengen Blick bemerkte, aber nichts dazu sagte. Das Tuch roch nach Mutters Parfüm, und fast hätte ich es wieder an seinen Platz zurückgehängt. Wieder war ich überwältigt von verdrängten Emotionen und musste mir eingestehen, dass sie mir über alle Maßen fehlte. Ich steckte meine Nase in den seidenen Stoff und beschloss, ihn doch anzubehalten, schloss die Tür und ging die Treppe hinunter.
»Du bist auf den Strich getreten«, fuhr Emma mich an.
»Was soll das heißen?«
»Du darfst nicht auf die Linien treten. Du musst genau in die Leisten mit deinem Fuß. Auf keinen Fall darfst du die Linien berühren.« Sie sagte es aufgebracht, mit schrillem Unterton.
»Ich werde meine Füße sicherlich nicht genau auf die Holzlatten stellen, um nicht auf irgendwelche Striche zu treten«, sagte ich. Im gleichen Moment erinnerte ich mich daran, dass wir es als Kinder oft getan hatten.
»Wir sind keine Kinder mehr«, lenkte ich ein.

»Es ist wichtig.«

»Was ist daran wichtig?«

Sie setzte zum Summen an. Ich durfte und konnte nicht schon wieder nachgeben. Dieses Mal würde sie ihren Kopf nicht durchsetzen. Ich sagte: »Wenn du summst, halte ich mir die Ohren zu. Schau!« Ich presste meine flachen Hände auf die Ohren und wunderte mich, dass ich tatsächlich nichts mehr hören konnte. Kein Verhalten, das sich für eine fast Dreißigjährige gehörte. Für einen kurzen Augenblick entfernte ich die Hand von meinem linken Ohr und stellte fest, dass Emma mit dem Summen aufgehört hatte. Sie konzentrierte sich nur noch aufs Gehen und auf die Aufgabe, selbst keine Ritze oder Fuge zu berühren. So spazierten wir zur Kirche. Wir kamen nur langsam voran. Einmal musste sie zum letzten Bordstein zurückgehen, da sie eine Linie berührt hatte. Sie drehte um und lief den gleichen Weg noch einmal. Nun noch langsamer, noch bedachter. Dennoch genoss ich den Weg zur Kirche, der uns an den ältesten Häusern der kleinen Stadt vorbeiführte. Unter anderem auch an jenem *Saltbox*-Haus, das so genannt wurde, da es ähnlich aussah wie die von den ersten Siedlern verwendeten Holzkistchen, in denen das Salz aufbewahrt wurde. Im Gegensatz zu den anderen Häusern hatte es eine asymmetrische Dachform, die im hinteren Teil steil nach unten abfiel. Wir liefen dem Meer entgegen, was ich vor allem am Wind bemerkte, der durch meine Haare strich. Je näher wir der Main Street kamen, desto enger standen die Häuser. Die Vorgärten, hinter weiß getünchten Zäunen, waren verschwunden. Kleine Cafés wechselten sich mit Läden ab, die allerlei anboten, vor allem Souvenirs und Antiquitäten, die den Sommer über an die Touristen Dinge verkauften, die für Neuengland typisch waren. Ich bemerkte ein neues Café, das von außen gemütlich aussah, und überlegte, was früher darin gewesen war, was mir nicht einfallen wollte. Bis ich schließlich von weitem den spitzen Turm der Kirche sah und Emma antrieb, schneller zu laufen, da niemand mehr davor zu sehen war.

Alle Sitzreihen waren bereits belegt, als wir die Kirche betraten. Zumindest schien es so, aber zwischen den einzelnen Leuten war so viel Platz, dass die Kirche, wenn alle aufgerückt wären, sicher nur halb so voll gewesen wäre.

»Dort ist unsere Reihe«, sagte Emma viel zu laut und ging nach vorne.

Ich wollte mich an den äußersten Rand der Kirchenbank setzen, aber Emma zeigte auf eine bestimmte Stelle. »Dorthin«, wisperte sie mir zu. Ich versuchte, keine Miene zu verziehen, ließ mir meinen Unmut nicht anmerken und tat, was Emma wollte. Von allen Seiten beobachtet, quetschte ich mich an den bereits sitzenden Menschen vorbei, um an die Stelle zu gelangen, auf die Emma gezeigt hatte. Die ersten Töne der Orgel dröhnten bereits durch die Kirche, als wir endlich auf der harten Holzbank Platz genommen hatten.

Aufgeregt sah Emma auf ihre Armbanduhr und wandte immerzu den Kopf zur Seite.

»Was ist denn?«, flüsterte ich ihr zu und bemerkte, wie sie mich mit ihrer Unruhe ansteckte, obwohl ich nicht wusste, worauf sie so sehnsüchtig wartete.

Aber sie antwortete nicht. Sie lachte nur in sichtlicher Erwartung. In Erwartung wovon, fragte ich mich? Pastor Jaffa erzählte gerade von einem Gleichnis, als Emma plötzlich ausrief: »Jetzt geht's los!« Dabei nahm sie ihre Hand etwas nach oben. Nun sah ich, was es war, worauf sie so ungeduldig gewartet hatte.

Emma drehte verzückt die Hand. Ihre helle Haut war in alle Farben des Regenbogens getaucht. Sie blickte zur Seite auf den Boden des Mittelgangs. Die Sonnenstrahlen fielen durch die Glasmalerei der hohen Kirchenfenster und zauberten ein buntes Farbenspiel auf die Steinfliesen der kleinen St. James Church. Die gedämpften Farben erinnerten mich an den Quilt, der zu Hause auf ihrem Bett lag. Nun wusste ich, warum meine Schwester mich angetrieben hatte. Es war die symmetrische Anordnung der verschiedenen Farben, die sie so verzückt betrachtete, entstanden durch die Aufteilung innerhalb der Fenster.

»Siehst du den Sonnenstaub?«, wies mich Emma auf die tanzenden feinsten Partikel hin, die leuchtend in der Luft schwebten. Mutter hatte sie immer Sonnenstaub genannt.

»Wie schön das aussieht«, erwiderte ich leise und kaum hörbar. Dennoch drehte sich die ältere Frau, die vor uns saß, um und zischte mich an: »Pscht.«

Dumme Nuss, dachte ich.

Doch dann plötzlich, als ob es aus meinem Innersten hervorgekrochen wäre, erinnerte ich mich daran. Ein Déjà-vu. Schon als Kinder hatte uns das bunte Glas gelockt. Nach der Messe warteten wir immer so lange in der Kirche, bis wir alleine waren. Dann hüpften wir auf den farbigen Quadraten, wie beim Himmel-und-Hölle-Spiel, das wir sonst auf das Straßenpflaster aufmalten. Mal nur auf die blauen, dann wieder auf die gelben.

»Wunderschön«, sagte ich nun etwas lauter. Worauf sich die Dame wieder umdrehte und mich dieses Mal mit einem giftigen Blick musterte.

Das Farbspiel also war es, was Emma in den Gottesdienst lockte, und nicht die Predigt von Pastor Jaffa, der nach und nach die gesamte Gemeinde einschläferte. »Himmlische Lichtspiele« hatte Emma dieses flüchtige Farbenspiel damals genannt, und in der Tat waren es die Kirchen gewesen, die sich als Erste die Magie des Lichts zunutze gemacht hatten.

Das bunte Spektakel dauerte kaum fünf Minuten, bis es weiter entfernt wieder auftauchte. An Emmas Gesicht konnte ich erkennen, wie gerne sie den Farben hinterhergelaufen wäre. Nach weiteren zwanzig Minuten war die Messe zu Ende. Die Menschen strömten zum Ausgang. Nur langsam leerte sich die Kirche. Ich reihte mich am Ende der Schlange ein, um endlich wieder frische Luft zu atmen, als Emma kam und mich in die andere Richtung zog. Das farbige Muster war weitergewandert und befand sich nun direkt vor dem Altar, wo es den Steinboden mit vollkommenem Licht füllte. Andächtig trat Emma auf jede einzelne Farbe.

»Mama hat gesagt, dass ich nicht mehr hüpfen darf. Ich bin zu alt dafür.«

Ich presste traurig die Lippen aufeinander.

»Aber jetzt sind wir alleine«, sagte ich.

Emma schaute mich fragend an. Sicherlich würde sie nicht gegen Mutters Verbot verstoßen. Ich verstand mich selbst nicht. Auf dem Weg zur Kirche hatte ich es noch schrecklich gefunden, dass sie nicht über die Linien treten wollte. Und nun hatte Mutter ihr etwas verboten, und mir fiel nichts Besseres ein, als es ihr wieder zu erlauben. Warum beklagte ich mich überhaupt, dass Mutter nichts oder so wenig geändert hatte, dass sie Emmas Eigenarten nicht Einhalt geboten hatte? Ich würde es noch schaffen, das wenige in kürzester Zeit wieder rückgängig zu machen.

»Wir sind beide zu alt dafür«, sagte ich also, und wir verließen die Kirche.

Draußen stand Pastor Jaffa, der jedem Gemeindemitglied die Hand schüttelte. Hektisch schaute ich mich um und fragte mich, wie ich den Menschen, die in Grüppchen vor der Kirche standen, entkommen konnte.

»Ally!« Pastor Jaffa kam auf mich zu. »Wie geht es Ihnen und Emma?«

»So weit ganz gut.«
»Kommen Sie doch mit uns mit. Wir gehen noch in den Gemeindesaal. Linda hat dort ein kleines Frühstück für uns vorbereitet.«
»Ich wollte eigentlich …«
Emma unterbrach mich: »Bitte, Ally, bitte ja.«
Ich gab mich geschlagen.

Linda stand unweit der Tür, die zum Gemeindesaal führte. »Ally!«, rief sie mir zu. »Ach ist das schön, dass du gekommen bist.« Sie umarmte mich herzlich. »Du wolltest doch meine Kinder kennenlernen. Im gleichen Augenblick rief sie in die Richtung einer Horde von mindestens zehn Kindern, die auf der Wiese vor der Kirche spielten. Ein großes Mädchen sah zu uns herüber und kam auf uns zu, drei weitere Kinder folgten.
»Das sind Marth, Chuck, Billy und Keira. Sagt ›Hi‹ zu Ally.«
»Hi, Ally«, kam es im Chor.
Sie gaben mir nacheinander die Hand. Die Älteste, Marth, war ein hochgewachsenes Mädchen mit knabenhafter Statur. Ihre schwarzen langen Haare waren zu zwei Zöpfen geflochten, durch die sich bunte Bänder zogen. Sie erinnerte mich an Pocahontas.
Alle vier schauten mich an. »Freut mich, euch kennenzulernen.« Bis auf Keira, die die blonden Haare ihrer Mutter hatte, hatten die Kinder schwarzes Haar, das auch die beiden Jungs schulterlang trugen.
Ungeduldig schielten Chuck und Billy zu ihrer Mutter, als warteten sie auf etwas. Kaum sichtbar nickte Linda ihnen zu, und sie trollten sich, gingen zu den anderen Kindern auf die Wiese zurück, um dort ihr Spiel fortzusetzen. Marth nahm Keira an die Hand und folgte ihnen langsam.

»Keira sieht dir sehr ähnlich. Ich vermute also, dass die anderen nach ihrem Vater kommen?« Ich lachte Linda an, die zustimmend nickte.
»Da kommt er auch schon«, sagte sie erfreut, als hätte sie ihn seit Tagen nicht gesehen. »Das ist mein Mann, Philip Smith.« Entgeistert schaute ich ihn an. Er überragte mich und Linda um mehr als einen Kopf. Sein pechschwarzes Haar hatte er nach hinten zu einem Zopf geflochten. Er war indianischer Abstammung. Marth war ihm wie aus dem Gesicht geschnitten. Edel, fiel mir ein. Stolz und elegant.
»Linda hat schon so viel von Ihnen erzählt, dass ich Sie fast schon kenne«, begrüßte er mich.
»Und Sie sind Bürgermeister von Bear Isle, Mr. Smith.« Was Besseres fiel mir im Moment nicht ein. Am liebsten hätte ich mir gegen die Stirn geschlagen.
»Philip, sagen Sie einfach nur Philip. Alle auf Bear Isle nennen mich so.« Vage konnte ich mich daran erinnern, ihn schon auf der Beerdigung gesehen zu haben, aber wenn ich recht darüber nachdachte, war alles, was an jenem Tag geschehen war, weit entfernt, beinahe unwirklich. Ich konnte kaum glauben, dass erst drei Tage vergangen waren. Er nahm meine Hand und legte seine andere Hand auf meine Schulter. »Es tut mir leid wegen Ihrer Mutter. Wir haben sie alle sehr geschätzt.«
Noch während wir draußen vor der Kirche standen, verdunkelte sich der Himmel. Ein starker Wind kam auf, und es fröstelte mich.
Miss Fairbanks kam nach draußen gelaufen und rief uns zu: »Kommt schnell alle herein! Gleich wird es ein Gewitter geben.« Dann ging sie zu den Kindern und scheuchte sie, als wären es Schafe, in den Gemeindesaal.
»Miss Fairbanks und Linda haben hier alles im Griff. Sie soll-

ten gemeinsam Bürgermeister von Bear Isle sein. Eigentlich sind sie es auch. Die heimlichen, diejenigen, die im Hintergrund die Fäden ziehen. Ich bin nur eine Marionette.« Er lächelte.

Lindas Kinder stürmten an uns vorbei.

»Das Buffet ist noch nicht eröffnet«, mahnte Linda. Aber sie ließen sich kaum davon abhalten. Startbereit standen sie vor dem Buffet, und Linda gab es schließlich auf, ständig »wartet« zu sagen, und erlaubte ihnen, sich ihre Teller zu füllen.

»Dann sind sie halt die Ersten«, wandte sie sich an mich. Aber auch Emma hatte sich bereits reichlich bedient. Mit einem Teller, der wackelig auf ihrem Schoß lag, saß sie in einer Ecke des Raumes.

»Tja, wie's aussieht, ist Emma deinen Kindern wohl zuvorgekommen.«

»Emma darf sich immer als Erste nehmen. Noch bevor die anderen im Raum sind. Sie mag es nicht, wenn sie mit anderen am Buffet stehen muss. Sie würde sonst gar nichts davon essen können. Du weißt doch, dass sie es nicht leiden kann, wenn jemand hinter ihr steht.«

»Sie wird von allen verhätschelt.« Es war eine nüchterne Feststellung.

»Das stimmt sicherlich. Aber wir versuchen damit auch, Problemen aus dem Weg zu gehen. Zumindest ein paar von uns versuchen darauf einzugehen, dass Emma anders ist.«

»Sie kann sich morgens nicht mal die Müslischale aus dem Schrank holen. Sie wartet, bis ich es mache.«

»Schau mal.« Linda zeigte auf Emma. Marth hatte sich vor meine Schwester gestellt. »Marth liebt deine Schwester.«

Ich sah, wie Marth einen der Plastikstühle nahm und neben Emma stellte.

»Marth ist ein besonderes Mädchen. Ich kann dir gar nicht genau sagen, was es ist. Ich glaube, sie hat den siebten Sinn oder so. Manchmal ist es richtig unheimlich.«

Ich beobachtete, wie sich Marth neben meine Schwester setzte. Emma strich ihr leicht über die Wange. Sie sprachen miteinander. Marth konnte höchstens neun Jahre alt sein. Trotzdem wirkte sie weitaus älter. Sie öffnete Emmas Zopf, den ich am Morgen ziemlich lieblos geflochten hatte. Mit ihren Fingern kämmte sie Emmas strohblondes Haar und begann es erneut zu flechten. Emma ließ es lächelnd geschehen und zog ihre Himmelfahrtsnase kraus, sobald eine Strähne ihr Gesicht berührte.

Ich ließ Linda stehen und ging auf die beiden zu. Ich hatte das Gefühl, sie bei etwas sehr Vertrautem zu stören, und fühlte mich fast wie ein Eindringling.

»Du kannst gut flechten«, sagte ich zu Marth, nachdem ich ihr eine Weile zugesehen hatte.

»Das habe ich von meiner Urgroßmutter gelernt. Sie flicht immer meine Haare.«

»Emma mag dich.«

»Ich mag sie auch. Emma ist etwas Besonderes. Ich kann es fühlen, riechen und vor allem sehen. Sie streichelt Hummeln, wie wir Hunde und Katzenbabys streicheln.«

Ich musste lachen. »Tut sie das tatsächlich? Hummeln streicheln?«

»Hast du schon einmal eine Hummel gestreichelt?«, fragte Marth. Dabei reckte sie ihren langen schmalen Hals und schaute mich neugierig an.

»Ich? Gott bewahre, nein, das habe ich nie.«

»Ihr Pelz ist ganz weich. Wenn Emma dabei ist, stechen sie nicht.«

»Ich werde es trotzdem nicht machen.«

Marth musterte mich. Sie saß ebenso aufrecht wie Emma auf ihrem Stuhl. Ihr Gesicht war so ebenmäßig, wie man es eigentlich nur malen konnte. Sie hatte hohe Wangenknochen und einen dunklen Teint, schwarze Haare und Augen. Sie war wunderschön, und ich verstand Lindas Bemerkung, dass ihre Tochter etwas Besonderes war. Bereits draußen auf der Wiese vor der Kirche war sie mir in der Gruppe der herumtollenden Kinder aufgefallen.

»Worüber sprichst du mit Emma, wenn ihr euch unterhaltet?«

Meine Frage musste merkwürdig auf sie wirken.

»Wusstest du, dass Emma noch nie geträumt hat?«

Ich schüttelte den Kopf.

»Ich würde gerne etwas träumen«, mischte sich Emma ein.

»Du hast sicherlich schon geträumt.«

»Nein.«

»Wenn sie es sagt, dann stimmt es. Emma lügt nicht«, sagte Marth.

Womit sie recht hatte. Emma hatte noch nie gelogen. Sie hatte noch nicht einmal versucht, etwas zu vertuschen oder zu verheimlichen.

»Vielleicht weißt du nur nicht, dass es ein Traum war?«

»Ich wüsste doch, wenn ich etwas geträumt hätte, wenn es nicht die Wirklichkeit ist.«

»Da hast du wohl recht«, erwiderte ich und gab mich geschlagen.

Marth widmete sich wieder Emmas Haaren, und ich ging nach draußen. Der Himmel war jetzt fast schwarz. Es sah gespenstisch aus. Ich liebte diese Stimmung, die es auf diese Art nur auf Bear Isle gab.

Linda gesellte sich zu mir. »Sieht toll aus, oder? Das ist nur einer der Gründe, warum ich wieder nach Hause wollte.«

»Das stimmt, es ist beeindruckend.«

Erste Regentropfen fielen, als am Horizont die Wolken aufrissen und vereinzelte Sonnenstrahlen durchbrachen. Ein Regenbogen erschien am Himmel. Er war klar und schien zum Greifen nah.

Während wir ihn noch bewunderten, wurde der Regen stärker.

»Lass uns hineingehen, oder willst du nass werden?«, sagte Linda und zog mich in den Gemeindesaal zurück.

Ich aß bereits meinen zweiten Pancake, als ich bemerkte, dass Emma nicht mehr im Gemeindesaal war.

»Ob sie draußen ist?«, fragte ich Linda. Ich war in Sorge, da es mittlerweile blitzte und donnerte. Das Gewitter war direkt über uns. »Sie hat Angst vor Gewitter.« Ich erinnerte mich daran, dass es das laute Grollen des Donners war, vor dem meine Schwester sich immer gefürchtet hatte.

Beunruhigt ging ich nach draußen. In diesem Moment schlug der Blitz unweit der Kirche in einen Baum ein. Die alte Eiche stand in Flammen. Ich traute meinen Augen kaum, als auch schon Philip Smith angerannt kam. Ein paar Männer eilten ihm zu Hilfe, darunter auch der Chef der Feuerwehr, der mit den anderen gefrühstückt hatte. Neben dem Baum war eine alte Hütte, und daneben stand das Haus des Pastors. Wenn das Feuer auf die Hütte übergreifen würde, wäre auch Pastor Jaffas Haus in Gefahr.

Dann ging alles ganz schnell. Die Feuerwehr löschte das Feuer, unterstützt von dem prasselnden Regen, und der Spuk war vorüber.

»Ein aufregender Sonntag«, meinte Miss Fairbanks, die sich neben mich und die anderen gestellt hatte, um das Spektakel zu beobachten. »Wo ist denn Emma?«, fragte sie plötzlich.

Oh, mein Gott, ich hatte Emma vergessen. »Ich kann Emma nicht finden.«

»Was?« Miss Fairbanks war entsetzt.

»Schon seit einer ganzen Weile. Das Feuer hat mich abgelenkt.« Sofort hatte ich ein schlechtes Gewissen.
Marth kam zu uns. Sie sog die Luft tief in sich ein. »Ich liebe es, wenn es nach verbranntem Holz riecht«, sagte sie freudig.
»Habt ihr Emma gesehen?«, fragte ich aufgebracht. Linda und Philip schüttelten den Kopf. Egal wen ich fragte, niemand wusste, wo sie war. Niemand hatte sie in der letzten halben Stunde gesehen.
Kurze Zeit später waren alle in heller Aufregung. Marth kam auf mich zu. »Sie hat bestimmt vor dem Donner Angst gehabt.« Kopflos stürzte ich in Richtung Meer, aber Linda lief mir nach und hielt mich zurück. »Sie kann nicht weit sein. Es hilft nicht, wenn du jetzt unüberlegt nach ihr suchst, wir machen das gemeinsam. Wir teilen uns auf. Wahrscheinlich hat das Gewitter sie überrascht. Sie kennt sich hier aus. Sie kann sich nicht verirren.«

* * *

Es gibt zwei Möglichkeiten: Entweder wird ihr Kleid nass werden – ausgerechnet das sonnengelbe –, oder sie kann den Regenbogen ganz nah sehen. Vielleicht könnte sie endlich sehen, wo er endet. Noch nie waren die Farben derart kräftig, besonders nicht das Gelb, das in der Mitte des Bogens seinen Platz hat. Sie streckt ihre Hand aus. Es tröpfelt leicht. Das Kleid würde trocknen.
Sie geht zur anderen Seite hinaus in den Kirchgarten, wo keine Menschen sind. Den Teller mit dem Pancake, den sie mag, da Linda immer echte Vanille hineintut, stellt sie auf die Wiese hinter der Kirche. Sie kann genau erkennen, wo der Regenbogen anfängt und läuft auf ihn zu. Weiter und weiter. Kurz überlegt sie, ob sie nicht doch umkehren soll. Noch ist die Kir-

che zu sehen. Aber sie ist dem Regenbogen noch nie so nahe gewesen, nur noch ein paar Schritte, und sie hätte ihn erreicht. Sicherlich würde er sich ganz warm anfühlen, wenn sie ihn berührte. So wie das Licht, das durch die Buntglasscheiben der Kirche fällt und ihre Finger wärmt.

Plötzlich durchzuckt ein greller Blitz den Himmel. Die feinen blonden Härchen auf ihren Armen stellen sich auf. Als es kurz darauf krachend donnert, gerät sie in Panik und rennt los. Nicht unter Bäume, fällt ihr ein. Den Rest hat sie vergessen. Wieder blitzt es. Dieses Mal ganz in der Nähe. Zu allem Übel setzt ein starker Platzregen ein. Sie schaut in den Himmel. Der Regenbogen ist verschwunden. Sie will zu Ally zurück, aber die Kirche ist nicht mehr zu sehen. Sie ist schon zu weit gelaufen und weiß nicht mehr, wo sie ist. Sie hält sich die Ohren zu und rennt mit geschlossenen Augen weiter. Ihr Zopf hat sich geöffnet, und ihre nassen Haare kleben an der Stirn, was sie nicht leiden kann.

»Ally!«, schreit sie gegen den Sturm an. Sie ruft nicht nach ihrer Mutter. Sie ist sauer, weil sie gestorben ist. Ally wird schimpfen, denkt sie. Der Wind heult laut. Wieder blitzt es. Sie sieht das grelle Licht durch die geschlossenen Lider. Sie riecht Feuer, irgendwo muss es brennen. In Panik rennt sie weiter, blind, mit zusammengekniffenen Augen. Doch plötzlich hebt sie ihren Kopf. Der Geruch ist ganz nah. Das Meer, tiefes Wasser. Kalt und blau. Jede Farbe hat ihren eigenen Geruch. Aber das weiß nur sie. Jetzt aber riecht es nach Gefahr. Ein schreckliches Scheppern ist zu hören. Ruckartig bleibt sie stehen und öffnet die Augen. Entsetzt sieht sie auf den großen Eimer, den der alte Stickley mit einem metallenen Deckel abgedeckt hatte. Sie hat ihn umgeworfen, und all die glitschigen Fische sind auf dem Steg verteilt. Sie weiß, wofür er die toten Fische braucht: Er wird angeln und mit den kleinen Fischen die großen Fische anlocken. Er wird schimpfen, wenn er sieht, was sie angerichtet hat. Sie geht in die Knie und wirft die übel riechenden Fische hektisch zurück in den Eimer. Sie mag keine Schelte. Doch bevor sie alle Fische wieder hineinlegen kann, kommen Möwen angeflogen. Sie picken nach Emmas Händen, wollen ihr die Beute abjagen. Der Wind peitscht, und die Möwen attackieren sie, lassen ihren Kot auf ihr schönes Kleid und ihre Haare fallen. Der scharfe Vogelkot wird ihr Kleid ruinieren, er wird die gelbe Farbe bleichen. Das weiß Emma. Sie weiß so viel. Die Möwenkacke stinkt. Stinkt nach verwestem Fisch und Urin.

Dann gibt Emma auf.

»Ally!«, schreit sie, als ein weiterer Blitz ins Meer einschlägt. Sie stolpert gegen die Tür von Stickleys Hütte, die knarrend nachgibt. Auf ihren zerschundenen Knien kriecht sie in die hinterste Ecke und zieht die Beine ganz nah an ihren Körper.

»Ally findet mich, Ally findet mich, Ally findet mich …«, wiederholt sie ununterbrochen.

* * *

Wir teilten uns auf. Jeder suchte ein bestimmtes Gebiet ab. Verzweifelt klopfte ich an fremde Türen und schaute in fremde Gärten. Aber ich fand Emma einfach nicht.

Meine Bluse klebte nass auf meiner Haut, und Mutters seidene Stola hatte ich längst irgendwo verloren. Genauso, wie ich meine Schwester verloren hatte. »Emma!«, schrie ich, als ich am Hafen ankam. Es war gespenstisch ruhig, bis mir auffiel, dass das Gekreische der Möwen fehlte. Vielleicht hatten sie einen besseren Platz gefunden? Es regnete immer noch, und es war kühl geworden. Ich fror. Aber vor allem hatte ich Angst um meine Schwester. Warum hatte ich nicht auf sie achtgegeben? Mutter würde schimpfen, dachte ich und fürchtete mich vor ihrer Moralpredigt, bis mir einfiel, dass sie ausbleiben würde.

Am frühen Nachmittag fanden Philip Smith und seine Tochter Marth Emma in Stickleys alter Hütte. Sie kauerte dort in der Ecke hinter den kaputten Bojen, die der alte Stickley vor Jahrzehnten das letzte Mal ins Meer geworfen hatte und dort lagerte, weil er sich nicht dazu entschließen konnte, sie wegzuwerfen.

Schon von weitem erkannte ich die großen schmalen Gestalten von Vater und Tochter. Auf dem Arm trug Philip den leblosen Körper meiner Schwester.

5.

Geständnisse und andere Lügen

»Ist sie tot?«, schrie ich ihnen panisch entgegen. Mein Herz raste. Sie antworteten nicht, da sie mich aus der Entfernung nicht verstehen konnten, und trotzdem suchte ich in ihren Gesichtern nach einer Antwort. Aber ihre Mienen blieben starr und unbewegt. Ich rannte auf sie zu.

»Sie schläft«, flüsterte Marth, als ich atemlos bei ihnen ankam und mich über Emma beugte. Ich nahm ihre Hand, die sich ungewöhnlich kalt anfühlte.

»Alles wird gut, Ally«, beruhigte mich Philip.

Ich strich Emma das nasse Haar aus der Stirn. Sie mochte es nicht, wenn ihre Haare ins Gesicht hingen. Als ich endlich erleichtert begriff, dass sie tatsächlich lebte, bemerkte ich, wie schmutzig sie war. Nur ein Fuß steckte in einem ehemals weißen Turnschuh. Den anderen musste sie irgendwo verloren haben.

»Was hat sie denn?« Bestürzt blickte ich auf ihre blutigen Hände.
»Es müssen die Möwen gewesen sein. Wir haben Emma in der alten Bootshütte nur deshalb gefunden, weil sich auf dem Bootssteg unzählige Möwen um Fischreste gestritten haben. Ihr lautes Gekreische hatte uns alarmiert. Wie genau es dazu gekommen ist, kann ich nicht sagen. Sie wird es dir erzählen, sobald es ihr wieder bessergeht. Für mich sieht es so aus, als hätten die Möwen auf sie eingepickt. Ich habe bereits Dr. White angerufen. Wir bringen sie nach Hause, er wird auch gleich da sein.« Philips Worte beruhigten mich nur wenig. Denn ich konnte auf den ersten Blick nicht feststellen, ob sie nicht doch ernsthafte Verletzungen davongetragen hatte, da sie über und über verdreckt war. Dennoch war ich unendlich erleichtert, dass sie meine Schwester gefunden hatten.
Philip trug Emma bis nach Hause. Es schien, als würde sie überhaupt nichts wiegen, denn sein Gang blieb federnd, und seine langen Schritte verkürzten sich kein einziges Mal. Neben ihm lief Marth, die Emmas Hand hielt und sich bemühte, mit ihrem Vater Schritt zu halten. Ich blieb hinter ihnen, neben mir ging Linda, die versuchte, mich zu beruhigen. »Mach dir keine Sorgen. Wir werden gleich wissen, was mit ihr los ist.« Aber auch ihr war der Schrecken anzusehen.
Keine Sorgen, dachte ich. Wie sollte ich mir keine Sorgen machen? Obwohl ich hinter Emma lief und gut zwei Meter von ihr entfernt war, roch ich den widerlichen Gestank, der von ihr ausging. Sie muss in dem Fisch gelegen haben. Das würde auch ihr dreckiges Kleid erklären. Aber war es nicht so, dass Emma Fisch nicht anrührte? Was war nur passiert? Ich überlegte, ob ich irgendetwas gesagt haben könnte, was sie dazu veranlasst hatte, wegzulaufen. Aber da war nichts gewesen.
»Sollte sie nicht in ein Krankenhaus?«, fragte ich aufgelöst.

»Emma? Wenn sie aufwacht, wäre das schrecklich für sie. Sie braucht ihre gewohnte Umgebung. Lass erst mal Dr. White kommen. Wenn er sagt, dass sie ins Krankenhaus muss, dann bringen wir sie sofort hin.«

»Nicht in ihr Zimmer!«, fiel mir gerade noch rechtzeitig ein, als Philip bereits vornübergebeugt in Emmas Zimmer stand und meine Schwester in ihr Bett legen wollte. In seinen Haaren hatten sich etliche der von der Decke baumelnden Hummeln verfangen. Verwirrt schaute er mich an.

»Was sind das für Dinger?«, fragte er und duckte sich, um den Hummeln auszuweichen.

»Vorsicht«, raunte ich und war in diesem Moment beinahe erleichtert, dass Emma nicht bei Bewusstsein war und nicht sehen konnte, wie viele der kleinen Hummeln Philip von der Decke gerissen hatte.

Marth berührte mit ihren langen Fingern fasziniert einige der Hummeln. Dann wandte sie sich zu mir um. »Warum darf Emma nicht hier bleiben?«

»Sie würde diesen Geruch ewig riechen, auch wenn Wochen vergangen wären. Das können wir ihr nicht antun.«

»Gott sei Dank ist dir das noch rechtzeitig eingefallen«, bemerkte Linda.

»Am besten bringen wir sie in Mutters Zimmer.«

Eilig ging ich voraus und tat Mutters Quilt zur Seite, bevor Philip Emma in das Bett legte. Eine Erinnerung flackerte auf. Konnte es sein, dass dies mein Quilt war? Ich hatte keine Zeit, mir weitere Gedanken darüber zu machen. Nach einem weiteren Blick darauf war ich mir jedoch sicher. Es war mein Quilt, ich erkannte ihn an den gedämpften bunten Farben des Indian Summers, den ich so sehr liebte. Bunte Blätter und Bäume waren zu sehen, Fische und Bären. Tränen stiegen mir in die Augen. Der Quilt hatte Mutter bestimmt stets an mich erinnert. Er war mir nicht aufgefallen, als ich hier vor ein paar Tagen eingeschlafen war. Ich war traurig und müde und hatte keine Kraft mehr, die Tränen zurückzuhalten.

»Wir müssen sie waschen«, schniefte Linda, die ich mit meinen Tränen angesteckt hatte. Philip berührte zärtlich ihre Wange.

»Alles wird gut«, raunte er seiner Frau beruhigend zu, und ich fühlte mich unendlich allein.

Sol und Bruno kamen herbeigeeilt. »Was ist passiert?«, rief Bruno. Ich hörte, wie Philip ihnen in knappen Sätzen erzählte, was geschehen war. Bruno sagte etwas von Fischgestank, und Miss Fairbanks' Name fiel. Dann hörte ich ihn bereits telefonieren. Einen Augenblick später stand Miss Fairbanks in der Tür. Wie auch immer sie es geschafft haben konnte, in so kurzer Zeit hier zu sein, wenn man bedachte, dass sie nicht besonders gut zu Fuß war.

»Nehmt auf keinen Fall warmes Wasser. Hörst du Linda? Nur kaltes Wasser. Der Fischgeruch würde sich sonst noch mehr in ihre Haut einarbeiten. Ach herrje, ausgerechnet Fisch, Emma mag den Geruch überhaupt nicht.« Miss Fairbanks sah verzweifelt aus. »Lasst mich überlegen. Es gibt verschiedene Möglichkeiten, den Fischgeruch loszuwerden«, fuhr sie fort und zählte sie dabei an ihren knorrigen Fingern ab, als hätte sie diese Ausführungen irgendwann einmal auswendig gelernt. »Zitronensaft verwenden und die Hände damit abreiben. Oder Zahnpasta und Salz vermischen. Danach die Hände gründlich abspülen.«

»Zahnpasta?«, fragte Linda.

»Es gibt doch diese Edelstahlseifen«, fiel mir ein.

»Aber wo bekommen wir so eine her?«, bemerkte Linda.

»Mein Urgroßvater ...«, begann Miss Fairbanks. Ich horchte auf, wie ich es bereits früher getan hatte. »Er war ein passionierter Angler, also er hat immer gesagt, die Hände mit Gras abreiben oder, besser noch, eine Weile in Schlamm stecken, danach mit Wasser abspülen. Das sei das Beste gegen Fischgeruch.«

Super Tipps, dachte ich und sah Linda über Miss Fairbanks' Schulter hinweg zweifelnd an.

»Kernseife«, mischte sich nun Philip ein.

Linda ging ins Bad und holte eine Schüssel mit Wasser.

»Ist das Wasser kalt?«, vergewisserte sich Miss Fairbanks, um uns ein weiteres Mal darauf hinzuweisen, wie wichtig es war.

»Eiskalt«, betonte Linda.

Wir nahmen ein Tuch und wuschen damit Emmas zerschundene Hände. Regungslos ließ sie alles geschehen.

Im gleichen Moment kam Dr. White. Allein durch seine Anwesenheit ging es mir augenblicklich besser.

Dr. White war eine imposante Erscheinung. Ich bemerkte, dass er sich über die Jahre hinweg kaum verändert hatte. Nur seine Haare waren nun ebenso weiß wie sein Spitzbart, der ihn aussehen ließ, als käme er aus einer anderen Zeit. Er trug eine verwaschene Jeans zu einer cognacfarbenen Lederweste und Cowboystiefeln.

Mit einem einzigen Blick, und ohne ein Wort zu verlieren, schickte er alle aus dem Zimmer. Als Linda und ich ebenfalls gehen wollten, wies er uns an zu bleiben. »Ihr müsst mir bitte helfen.«

Ab diesem Moment taten wir, was Dr. White uns auftrug. Wir zogen Emma das übel riechende Kleid aus. Sie mochte keine Kleidung, die sie über den Kopf an- und ausziehen musste, deshalb hatte es vorne eine lange Reihe kleiner Knöpfe, die wir gemeinsam öffneten. Meine Finger zitterten. Unter dem Kleid kam ein fadenscheiniger beigefarbener Büstenhalter zum Vorschein, der dunkel erschien im Kontrast zu ihrer auffallend weißen Haut. Mir fiel ein, dass Emma sich früher nie in die Sonne gelegt hatte. Nie einen Bikini oder Badeanzug getragen hatte. Sie mochte weder den Strand – vor allem nicht den Sand, der die Eigenschaft hatte, sich am ganzen Körper festzusetzen – noch das grelle Sonnenlicht. Linda öffnete den Büstenhalter, als sie begriff, dass ich es nicht tun würde. Emmas Brüste waren schwach gewölbt, beinahe wie bei einem jungen Mädchen zu Beginn der Pubertät, wodurch sie noch zerbrechlicher, noch kindlicher auf mich wirkte.

»Ihre Knie sind ganz zerschunden«, bemerkte Linda mit einem betrübten Blick in Dr. Whites Richtung. Ich sah ihr an, dass sie sich zusammenreißen musste, um nicht wieder zu weinen.

Überaus behutsam tastete Dr. White Emmas Körper ab. Ich beobachtete jeden seiner Handgriffe. Er hob ihre Augenlider an und leuchtete mit einer kleinen Lampe in ihre Augen. Ich versuchte, jeden seiner Blicke einzuschätzen, ob er etwas Gutes oder etwas Schlechtes zu bedeuten hatte. Immer wieder zog er die Mundwinkel nach oben, wobei die Enden seines spitzen Bartes beinahe seine Augen berührten.

Wir wuschen nach und nach jede Stelle ihres zarten Körpers. Aber als ich an ihren Händen roch, war der Geruch immer noch so stark und penetrant wie zuvor.

Miss Fairbanks betrat leise das Zimmer und reichte uns eine Schale mit einer hellgelben Flüssigkeit.

»Zitronensaft nützt vielleicht. Kann ich euch helfen?« Es war ihr anzusehen, wie gerne sie uns zur Hand gehen, wie gerne sie bei Emma bleiben würde.

»Die Wunden sind nicht schlimm«, meinte Dr. White und berührte ein weiteres Mal die Stirn meine Schwester. Da er Miss Fairbanks nicht wieder mit einem seiner durchdringenden Blicke hinausschickte, blieb sie bei uns. »Sie hat Fieber.« Er nahm aus seiner speckigen ledernen Arzttasche eine kleine Tube.

»Fieber?«, wiederholte ich.
»Wir müssen vor allem versuchen, diesen Gestank von ihr abzuwaschen. Emma hat einen äußerst feinen Geruchssinn. Für sie wäre es unerträglich, wenn sie aufwacht und das riecht.« Er rieb mit Daumen und Zeigefinger seinen spitzen weißen Kinnbart, der mich an einen Ziegenbart erinnerte. »Nehmt kaltes Wasser«, sagte er, »vielleicht Kernseife. Und seid vorsichtig mit dem Zitronensaft. Er darf nicht in die Wunden gelangen.«
Linda bürstete Emmas Haare. »Was ist das?«, fragte sie, und Dr. White bestätigte mit einem Wort, was ich dachte und nicht auszusprechen wagte. »Möwenkot.«
»Besser bekommen wir das jetzt nicht hin«, sagte Linda resigniert, als sie Emmas Haare durchgebürstet und den Kot mit Wasser herausgewaschen hatte. Wir zogen Emma ein Nachthemd über und knöpften es zu.
»Warum wacht sie denn nicht auf?«, fragte ich Dr. White, immer noch zweifelnd, ob es nicht doch etwas Ernstes sein konnte.
»Sie schläft sehr tief. Sie hat sich in ihren Körper zurückgezogen.« Er betrachtete mich eindringlich über seine randlose Brille hinweg. »Emma ist anders. Sie schützt sich durch diese Reaktion. Es kann eine Weile dauern, bis sie wieder die Augen aufmacht. Trotzdem würde ich sie lieber hier in ihrer vertrauten Umgebung lassen und ungern in ein Krankenhaus verlegen. Das geht aber nur, wenn jemand bei ihr bleibt.«
»Ich bin doch da.« Ich war empört. Dachte er vielleicht, ich würde meine Schwester im Stich lassen und mich verdrücken? Natürlich dachte er das, wie wohl auch alle anderen.
»Sie darf nicht alleine bleiben. Das schaffst du nicht ohne Hilfe. Jede halbe Stunde muss ihr Flüssigkeit einträufelt werden. Und das so lange, bis sie wieder aufwacht.« Er duzte mich, was mir in diesem Augenblick zum ersten Mal auffiel. Als wäre ich immer noch die Ally von früher, die nach jeder Untersuchung

einen Lutscher bekommen hatte. Die Ally, die immer alles genau wissen wollte, bevor er sie untersuchte, die immer seine Modellautos in der Vitrine bewundert hatte. Aber ich fühlte mich auch so klein und unbeholfen.

»Wir helfen ihr«, mischte sich Linda ein. »Das ist kein Problem. Wir können uns abwechseln.«

Mittlerweile waren Philip und Marth in der Zimmertür erschienen. Von unten hörte ich Brunos lautes Schluchzen und Sols tröstende Worte.

»Hier ist Kernseife.« Marth betrat vorsichtig das Zimmer und kam auf mich zu. Ihre Augen waren auf Dr. White gerichtet.

»Morgen früh, bevor ich in meine Praxis gehe, komme ich vorbei und sehe nach ihr. Und nicht vergessen, jede halbe Stunde einen Esslöffel Flüssigkeit. Die Salbe ist für die Wunden. Wenn es ihr schlechtergeht oder wenn sie aufwacht, dann ruft mich sofort an.« Wir nickten stumm.

Mittlerweile war die Sonne untergegangen. Wir knipsten die kleine Nachttischlampe an, die den Raum in ein schummriges Licht tauchte, und schlossen die Fenster, die wir geöffnet hatten, damit der Gestank verflog. Aber lieber stank es nach Fisch, als dass das Zimmer voller Stechmücken war. Trotzdem hatten es einige der Plagegeister geschafft, rechtzeitig ins Zimmer zu gelangen. Miss Fairbanks zerdrückte sie mit ihrem Daumen an der weiß getünchten Wand, wo sie hässliche, dunkelrote Flecken hinterließen.

Vorsichtig rieb ich immer wieder Emmas Hände mit dem Zitronenwasser ab. Darauf bedacht, nicht die kleinen Wunden zu berühren, auf die Dr. White eine weiße Salbe gegeben hatte.

»Besser bekommen wir das nicht hin«, wiederholte Linda, und ich gab es schließlich auf.

Ich setzte mich auf den Boden neben das Bett, wo bereits Philip und Marth saßen. Philips lange Beine beanspruchten beinahe den ganzen Platz vor dem Bett.

»Das ist mein Quilt. Ich habe ihn als junges Mädchen gemacht«, sagte ich, als ich sah, wie Marth ihn näher betrachtete.

»*Indian Summer*«, entgegnete sie, was mich stutzen ließ.

»Ich verstehe, warum Emma dich so gerne hat. Du hast sicherlich auch ihrem Quilt seinen Namen gegeben.«

Marth nickte. »*Bumblebee Queen,* Hummelkönigin. Jeder Quilt hat seinen Namen. Ich war dabei, als Emma ihn genäht hat. Dein Quilt passt zu dir. Er hat schöne Farben. Er ist schlicht und schön, so wie du. Ich höre, wenn ich ihn ansehe, das bunte Laub rascheln, das im Herbst am Boden liegt.« Marth überlegte, bevor sie weitersprach. »Emmas Zimmer ist unbeschreiblich schön. Sie ist für mich die Hummelkönigin«, sagte sie verzückt.

»Das stimmt, Emmas Zimmer ist genauso außergewöhnlich, wie Emma selbst«, mischte sich Linda ein, die ihre Tochter liebevoll anschaute.

»Ich finde eher, dass es ungewöhnlich ist.« Miss Fairbanks unterbrach ihr Stricken und blickte uns an.

Marth, die jetzt erst zu bemerken schien, was Miss Fairbanks tat, ging zu ihr hinüber und setzte sich neben dem Schaukelstuhl auf den Boden. Fasziniert sah sie der alten Frau beim Stricken zu.

»Das würde ich auch gerne lernen.«

»Es ist ganz einfach.«

Wir schauten den beiden zu, wie Miss Fairbanks ihr erklärte, wie es funktionierte.

»Beim nächsten Mal bringe ich dir Stricknadeln mit, dann kannst du es selbst ausprobieren.«

Wir teilten uns die Nacht ein. Miss Fairbanks ging nach Hause

und wollte um acht Uhr wiederkommen. »Ich nehme das Kleid mit, vielleicht kann ich es noch retten.«
Linda schüttelte den Kopf. »Der Möwenkot hat bestimmt die Farben weggeätzt. Aber Sie können es gerne versuchen.«
Bruno und Sol brachten uns Sandwiches, die wir dankend und hungrig verschlangen. Sie verließen uns, als Miss Fairbanks wiederkam.
»Ist Ihnen das nicht zu anstrengend?«, fragte ich die alte Dame. »Linda und ich, wir schaffen das auch alleine.«
»Das Alter hat auch seine guten Seiten: Man braucht nicht mehr so viel Schlaf. Außerdem stricke ich lieber in Gesellschaft.« Dann rückte sie geräuschvoll Mutters Schaukelstuhl nahe an Emmas Bett und setzte sich schwerfällig hinein. Danach wurde es wieder still im Zimmer.
Kurz darauf gingen Philip und Marth, die sich nur unter Protest mitnehmen ließ. »Ich will bleiben, bis sie aufwacht«, wehrte sie sich gegen ihren Vater, der ihre Hand genommen hatte.
»Wir wissen nicht, wann das sein wird«, bemerkte er und nahm seine Tochter mit.
Die Stunden vergingen langsam. Linda erzählte von ihren Kindern, Miss Fairbanks von ihrer Arthritis. Bald kamen Sol und Bruno wieder.
»Ihr seid doch erst in ein paar Stunden dran«, sagte ich müde.
»Bruno kann sowieso nicht schlafen. Er wollte wieder zu euch.« Sol blickte auf Emma und berührte ihre heiße Stirn. »Ist das Fieber immer noch nicht gefallen?«
Wir schüttelten den Kopf, während Linda ihr einen weiteren Löffel Wasser einträufelte.
»Das letzte Mal, als Emma Fieber hatte und tagelang schlief, liegt zehn Jahre zurück. Es war, als du damals weggegangen warst, Ally«, begann Miss Fairbanks und schaute, obwohl sich

ihre Stricknadeln nicht mehr bewegten, nicht von ihrer Handarbeit auf.
»Miss Fairbanks!«, ermahnte Linda die alte Dame. Worauf sie ihre Handarbeit wieder aufnahm, und tat, als hätte sie Lindas Vorwurf nicht gehört.
»Es war egoistisch von mir. Das weiß ich heute. Aber damals glaubte ich, im Recht zu sein. Genauso, wie ich glaubte, ein Recht darauf zu haben, meinen Vater kennenzulernen«, antwortete ich auf eine Frage, die niemand gestellt hatte.
»Aber dein Vater ist doch tot«, sagte Linda.
»Das hat man mir damals auch so erzählt, ja. Aber das stimmt nicht. Mein Vater ist nicht gestorben. Mein Vater hat uns verlassen, als ich zwei Jahre alt war.«
»Aber warum hat deine Mutter dann gesagt, dass er tot ist?« An Lindas Stimme erkannte ich, dass sie bis heute nichts davon gewusst hatte, dass sie ebenso wie ich hinters Licht geführt worden war.
Miss Fairbanks mischte sich wieder ein. »Das kann man deiner Mutter nicht verübeln. Du hast sie immer wieder nach deinem Vater gefragt. Sie wollte es dir doch später irgendwann erzählen. Sie glaubte, es sei für dich leichter, wenn du denkst, er sei tot. Dein Vater hat euch im Stich gelassen. Wie kann man so etwas seinem Kind sagen?« Miss Fairbanks schaute mich mit einem kurzen prüfenden Blick an.
»Meine Mutter hat mir erzählt, sie hätte Vaters Asche ins Meer gestreut, weil das sein Wunsch war, dort bei *Cod Cove Point*, weil er in dieser kleinen Bucht so gerne geangelt hätte. Ich habe immer geglaubt, dass ich dort meinem Vater, an den ich selbst keine Erinnerung hatte, am nächsten wäre. Wie oft war ich an der Bucht und habe mir die Seele aus dem Leib geweint.« Plötzlich merkte ich, dass ich aufgebracht und laut geworden war.

»Deine Mutter hat sich in etwas verrannt. Hätte sie dir sagen sollen, dass dein Vater keine Tochter wollte, die sein ganzes Leben durcheinanderbrachte? Deren Wutausbrüche und Marotten er nicht ertragen konnte? Sie hat es nicht übers Herz gebracht, dir die Wahrheit zu sagen. Als du größer wurdest, wolltest du wissen, wo er begraben war. Aber er war ja nicht gestorben, und somit hatte er auch kein Grab. So hat sie die Geschichte mit der Asche erfunden. Du weißt doch, eine Lüge ergibt die nächste. Dann hat sie dich weinend am *Cod Cove Point* gesehen und wusste, dass sie nie wieder aus dem Ganzen herauskommen konnte, ohne dich zu verlieren. Sie hatte immer zu mir gesagt, dass es nur eine Frage der Zeit ist. Wenn du es erfahren würdest, würdest du sie für ihre Lügen hassen.«
Ich schluckte meine aufsteigenden Tränen hinunter. Wie recht Mutter damit gehabt hatte, ich hatte sie für jede einzelne Lüge gehasst.
»Schlimm«, murmelte Linda. »Ich kann mir nichts Schlimmeres für eine Mutter vorstellen.«
»Ja, das war schlimm. Wir Menschen von Bear Isle sind verschwiegen. Wir haben es alle gewusst und haben darüber geschwiegen. Deine Mutter konnte sich sicher sein, dass du es niemals erfahren würdest. Selbst der alte Pastor Mason war eingeweiht. Wobei er immer darauf bestanden hat, dass er nichts dazu sagen würde, und niemals etwas dazu gesagt hatte. Er war wohl der Meinung, dann wäre es nicht gelogen. Denn wer nicht lügen kann oder darf, sollte wenigstens schweigen. Du weißt ja, er hatte manchmal sonderbare Ansichten.«
Sogar der Pastor hatte für Mutter gelogen, schoss es mir durch den Kopf, als Miss Fairbanks bereits weitererzählte.
»Ich habe manchmal sogar selbst geglaubt, er wäre gestorben, und war traurig über euren Verlust. Für Emma war es nicht

wichtig, zumindest hat sie keine Regung gezeigt, als sie vom Tod ihres Vaters erfuhr. Sie war damals fünf. Aber er war in ihrem Leben sowieso nur wie ein Schatten gewesen. Er hat sich nie sonderlich um deine Schwester gekümmert. Er war einfach unfähig, Emma zu lieben.«

Nun weinte auch Sol, was ich von ihm nicht erwartet hätte. Er wirkte so stark und unbeugsam.

»Wir wussten es auch nicht«, wiederholte Linda.

»Keines der Kinder wusste es. Ihr hättet es doch nicht für euch behalten können. Aber jede Lüge kommt irgendwann ans Licht. Und eines habe ich daraus gelernt: Eine schreckliche Wahrheit ist immer besser als die Lüge. Schuld hat nur die alte Hazel, sie konnte damals ihren Mund nicht halten. Ein gehässiges Weib. Sie hatte ihren Mann verlassen, doch ehe sie aus Bear Isle verschwand, musste sie unbedingt noch verbrannte Erde hinterlassen. Sie ist zu Ally gekommen und hat es ihr erzählt.«

Der Faden, den Miss Fairbanks um ihren Finger gewickelt hielt, war straff gezogen, wodurch ihre Fingerkuppe dunkelrot angelaufen war, genauso wie ihr Gesicht. Sie schaute grimmig und atmete deutlich hörbar durch die zusammengebissenen Zähne ein, bevor sie weitersprach. »Dieses böse Weib. Sie hat nicht nur das mit deinem Vater ans Licht gebracht. Sie hat viele Geheimnisse ausgeplaudert, die sie vertraulich von uns erfahren hatte. Hach, wir hätten es damals bereits wissen müssen, als Sam Jones sie mit auf die Insel gebracht hat. Auf hochhackigen Schuhen und mit knallrot geschminkten Lippen kam sie nach Bear Isle. Sam hatte sie in New York kennengelernt und bereits nach drei Wochen geheiratet. Sie hat sich hier aufgeführt wie eine feine Dame, fühlte sich als etwas Besseres. Dann hat sie sich von ihm scheiden lassen. Wir waren ihr nicht fein genug. Nur ein Jahr später ist Sam gestorben, an gebrochenem Herzen, da bin ich mir sicher. Mein Vater hatte immer zu mir gesagt: ›Hüte dich vor Frauen mit rotem Lippenstift.‹ Sie hat dir von deinem Vater erzählt, und von diesem Tag an wolltest du ihn kennenlernen.«

»Ich war neunzehn und hatte ein Recht darauf. Mutter hätte mir nur seine Adresse geben müssen. Aber sie wollte partout nicht. Wir haben so viel gestritten in den letzten Wochen, bevor ich dann von hier fortging.« Ich war aufgebracht und fühlte mich an die schreckliche Zeit erinnert. Wie die alte Hazel auf mich zugekommen war. Der kleine pinkfarbene Koffer, den sie hinter sich herzog, hatte ein schreckliches Geräusch auf dem unebenen Steinboden gemacht. »Bevor ich abreise, muss ich dir etwas erzählen. Ich denke, du bist alt genug, um die Wahrheit zu erfahren.« Dann hatte sie mir alles zugewispert. Dass alle wussten, dass mein Vater noch lebte, und dass alle lügen würden. Dann war sie auf ihren hochhackigen Schuhen in das wartende Taxi gestiegen und davongefahren. Mich hatte sie mit diesem ungeheuerlichen Wissen einfach auf der Straße stehen lassen.

»Du hast damals überreagiert«, meinte nun Miss Fairbanks leise. »Vielleicht hatte deine Mutter seine Adresse tatsächlich nicht. Niemand wusste, wo er sich aufhielt.«

»Ja vielleicht. Kann sein. Ich habe viel falsch gemacht und kann es nicht rückgängig machen«, sagte ich traurig. Ein leises Schluchzen ging durch meinen Körper.

»Die alte Hazel hat deinen Vater nicht mal gekannt. Sie hatte nicht das Recht, es dir zu erzählen. Der olle Sam Jones, Gott hab ihn selig, hat sie damals einfach mitgebracht. Er war so froh, in seinem Alter noch eine Frau gefunden zu haben. Wahrscheinlich hätte er jede genommen. Sie war an allem schuld.« Miss Fairbanks hatte sich in Rage geredet. Derart aufgebracht hatte ich sie nie zuvor erlebt. Alles Blut war aus ihren Lippen gewichen.

»Aber hat die alte Hazel nicht recht gehabt? Mutter hätte es mir längst sagen müssen.« Es war ein schwacher Einwand.

»Er hat euch im Stich gelassen. Deine Mutter war verzweifelt, und als du den Grund erfahren hast, warum er gegangen war, hast du begonnen, deine Schwester weniger zu mögen.«

Im ersten Moment wollte ich Miss Fairbanks' Aussage abstreiten. Aber je länger ich darüber nachdachte, desto mehr merkte ich, wie recht sie hatte. Ich hatte meine Schwester nicht nur weniger gemocht, ich hasste sie zu diesem Zeitpunkt regelrecht. Wegen ihr war Vater von zu Hause weggegangen. Nun fiel es mir wieder ein. Ich schob die ganze Situation damals meiner Schwester in die Schuhe. Ich war so sauer auf sie, dass ich ihr erzählte, Vater sei nicht tot, sondern hätte uns verlassen. Das Einzige, was sie dazu gesagt hatte, war: »Ist mir egal.« Es interessierte sie nicht. In diesem Moment, da ich auf dem Boden in Mutters Schlafzimmer saß, wusste ich, dass ich nicht wegen meiner Mutter aus Bear Isle weggegangen war. Ich hatte der Insel meiner Schwester wegen den Rücken gekehrt. Ich konnte die Gewissheit nicht ertragen, dass ich meinen Vater nie sehen, nie kennenlernen würde, weil er uns wegen Emma verlassen hatte.

Wie hatte ich das nur tun können?

»Was habe ich mir nur dabei gedacht? Bear Isle zu verlassen, ohne zu sagen, wohin ich gehen würde.« Linda rückte näher an mich heran und nahm mich in die Arme. »Ich habe Emma gehasst. Ich habe mir sogar gewünscht, sie sei tot, obwohl sie gar nichts dafür konnte«, gestand ich verzweifelt. »Irgendwann hatte Mutter mich in Los Angeles ausfindig gemacht. Sie hat mir unzählige Briefe geschrieben. Keinen einzigen habe ich geöffnet. Stattdessen habe ich sie ungelesen zurückgeschickt, mit dem Vermerk ›Anschrift unbekannt‹. Sie muss die Kontaktaufnahme schließlich aufgegeben haben. Erst jetzt wird mir bewusst, dass ich nicht besser bin wie mein Vater. Auch ich habe meine Familie verlassen.«

»Sie wusste immer, dass es die richtige Adresse war. Sie erkannte deine Schrift auf dem Briefumschlag. Irgendwann nur hat sie eingesehen, dass du nicht gefunden werden wolltest«, sagte Miss Fairbanks, deren Gesicht wieder eine normale Farbe angenommen hatte. »Das Telegramm habe ich dir schließlich auch an diese Adresse geschickt.«

»Deine Mutter hat uns oft von dir erzählt«, begann nun auch Sol. »Sie hat immer gesagt, dass du recht damit gehabt hättest, fortzugehen. Wir wussten nicht, was sie damit meinte, und haben sie auch nie danach gefragt, aber glaub mir, Ally, sie hat dich immer geliebt.«

»Das macht es nicht besser. Aber damit muss ich leben.« Ich legte meinen Kopf, in dem ich nur noch das Rauschen meines Blutes hören konnte, aufs Bett und verbarg mein Gesicht vor den anderen. Am liebsten wäre ich alleine gewesen und hätte meinen Tränen freien Lauf gelassen.

Im weiteren Verlauf der Nacht sprach niemand mehr. Jeder hing seinen Gedanken nach. Jetzt, da ich das erste Mal seit Jahren darüber gesprochen hatte, kam mir die Tatsache, dass ich in all den Jahren meiner Mutter nicht verzeihen konnte, unwirklich vor, und ich musste mir eingestehen, dass ich heute nicht mehr so handeln würde. In meinem Kopf breitete sich eine Totenstille aus. Ich hörte weder das Klackern der Stricknadeln noch Emmas lautes Atmen. Alles war leer und taub.

Am nächsten Morgen kamen Philip und Marth. Linda stand schwerfällig auf, als die beiden den Raum betraten.

»Ist sie aufgewacht?«, fragte Marth aufgeregt. Linda schüttelte den Kopf.

Philip schaute sich um. Miss Fairbanks war im Schaukelstuhl eingeschlafen. »Ich habe Bagels mitgebracht.«

Marth ging an Emmas Bett.

Sol und Bruno, die in der Ecke des Zimmers saßen, erhoben sich ebenso. »Wir gehen nach Hause. Das war für uns alle ein langer Tag und eine noch längere Nacht. Wir bringen nachher das Mittagessen.«

Auch am nächsten Tag wachte Emma nicht auf. Ich stellte mir vor, dass sie sich wie ein Einsiedlerkrebs in ihr Schneckenhaus zurückgezogen hatte. Obwohl wir den Fischgeruch nicht mehr wahrnahmen, ließen wir frische Luft ins Zimmer. Ich überzog das Bett mit meinem frischen Laken und wusch Emma ein weiteres Mal. Sol versorgte uns den ganzen Tag über mit Essen.

»Wie kann ich euch allen jemals danken?«

»Damit, dass du uns ab und zu besuchen kommst, wenn du nach Los Angeles zurückgehst«, erwiderte Linda und strich mir zärtlich über den Arm.

In diesem Moment fiel es mir ein. Der Artikel! Am Abend musste der Artikel auf Matts Schreibtisch liegen. Ich hatte also etwa fünf Stunden Zeit. Sofort setzte ich mich auf die letzte Stufe der Veranda und bat Miss Fairbanks und Sol, auf Emma achtzugeben. Linda blieb an diesem Abend bei ihren Kindern.

Ein starker Wind war aufgekommen, und Bruno brachte mir eine Decke und ein Spray gegen die lästigen Moskitos.

»Du bist ein Schatz, danke.«

»Du solltest nicht krank werden. Wenn du willst, kannst du auch bei uns drüben schreiben.«

»Ein verlockendes Angebot, Bruno, aber ich bleibe lieber in Emmas Nähe.«

»Schaffst du das mit dem Artikel?«

»Ich weiß es nicht. Irgendwie komme ich nicht weiter. Dauernd kommt mir Emma in den Sinn. Gerade ist mir alles zu viel.«

»Sag das deinem Chef. Er wird es verstehen. So schlimm wird es nicht sein«, meinte er.

Ich schaute ihn betrübt an.

»Die Eröffnung dieses Museums ist das kulturelle Highlight des Jahres.«

»Dann lass ich dich lieber wieder allein.«

Ich schrieb die restlichen Stunden, aber brachte keinen einzigen brauchbaren Satz zustande.

Als Sol kam, um Bruno bei Emma abzulösen, fragte er, wie weit ich sei. Ich schüttelte den Kopf.

»Ich schaffe es nicht. Ich kann keinen klaren Gedanken fassen.«

Ich klappte meinen Laptop zu. Es war kurz vor Mitternacht. Ich war nicht einmal in der Lage, eine E-Mail an Matt Row zu schreiben, und ließ mir eine kurze Nachricht von Sol diktieren:

> Lieber Matt,
>
> ich weiß, es ist unverzeihlich, aber ich schaffe es nicht, den Artikel rechtzeitig abzuliefern. Meine Schwester ist krank. Ich werde dir alles erklären, sobald ich wieder zurück bin.
>
> Ally

Ich sah meinen Job in Gefahr, hoffte aber, dass all die gute Arbeit, die ich in den letzten Jahren abgeliefert hatte, dieses einzige Mal des Versagens aufwiegen würde. Allerdings hatte ich zu oft erlebt, wie Matt Row mit seinen Angestellten umging, wenn es nicht so lief, wie er wollte. Aber damit konnte ich mich nicht auch noch belasten. Ich musste abwarten. Es würde schon alles gutgehen.

* * *

Es war Dienstagmorgen, als Emma endlich die Augen öffnete.
»Hier stinkt's«, war das Erste, was sie sagte.
»Emma, endlich.« Erleichtert nahm ich ihre Hand.
»Warum bin ich in Mamas Zimmer?«
Dann fiel es ihr offenbar wieder ein. »Der alte Stickley, er wird mit mir schimpfen!« Sie heulte laut. Bruno, der im Schaukelstuhl eingeschlafen war, schreckte hoch.
»Ich habe den Eimer mit den Fischen umgeworfen. Ich konnte die Fische nicht in den Eimer zurücktun. Die Möwen haben auf mich eingepickt. Der alte Stickley wird sehr mit mir schimpfen!« Sie schrie die Worte auch Bruno entgegen.
»Niemand ist böse mit dir. Alle haben sich Sorgen gemacht, Emma.« Bruno, der ans Bett getreten war, tätschelte ihren Arm.
»Ich habe Durst.«
Das erste Glas trank sie in einem Zug leer.
»Ich ertrage den Gestank nicht.«
»Wir warten auf Dr. White. Er wird gleich kommen, und wenn er es erlaubt, dann darfst du baden. Ganz lange. Ist das in Ordnung?«
Emma nickte heftig.
Ich öffnete das Fenster und lehnte mich hinaus. In diesem Augenblick hörte ich auch schon Dr. Whites Chevrolet Bel Air in die Pearl Avenue einbiegen. Das Knattern des Motors war unverkennbar. »Sie ist wach!«, rief ich ihm aufgeregt von oben entgegen, als er den Wagen vor dem Haus parkte. »Es geht ihr gut.« Das glaubte ich zumindest.
Mit langen Schritten kam er die Treppe heraufgeeilt, zwei Stufen auf einmal nehmend.
»Guten Morgen, Emma, Ally, Bruno.« Besorgt beugte er sich über meine Schwester und befühlte ihre Stirn. »Das sieht doch ganz gut aus. Tut dir etwas weh?«
Emma schüttelte den Kopf. »Ich stinke.«

»Das vergeht wieder. Du darfst nachher baden.«
Sie sah ihn dankbar an.
»Was machen die Hände?«
»Das waren die Möwen.«
»Alles halb so schlimm.«
Er gab mir weitere Anweisungen. Nach dem Baden sollte ich wieder die Salbe auf die Wunden geben.
Dann waren wir alleine. Sol und Bruno verabschiedeten sich und versprachen, das Mittagessen zu bringen. Emma hatte sich wieder einmal Spaghetti bolognese gewünscht. Außerdem wollten sie für uns einkaufen. Wir hatten nichts mehr im Haus.
»Möwenkacke und gammeliger Fisch«, sagte sie leise, als sie in der vollen Wanne saß. »Mag. Ich. Nicht.«
»Ich auch nicht.«
Während sie sich einseifte und ihre Haut schrubbte, betrachtete ich ihren hellen, beinahe weißen Körper. Sie war dünn und hatte kaum weibliche Rundungen. Ich wusch ihre Haare. Dann roch sie daran, und ich musste sie ein weiteres Mal waschen. Nach dem sechsten Mal war sie zufrieden.
»Alles weg?«
»Nein. Ich rieche den Fisch noch immer.«
Ihre Finger spielten mit dem Waschlappen, der auf dem Wasser schwamm. Ich ließ warmes Wasser nachlaufen, als ich bemerkte, dass es kalt geworden war.
»Schau mal die großen Luftblasen an«, sagte sie plötzlich. Sie pupste ins Wasser, und ich schüttelte den Kopf. »Das darfst du aber nur in meiner Nähe machen, okay?«
»Das weiß ich, Ally, darum zeige ich es auch nur dir.«
»Warum bist du eigentlich so weit weggelaufen?«
»Da war der Regenbogen. Er hatte so schöne Farben und war so nah.«

»Du bist zum Regenbogen gelaufen?«
»Ja.«
»Aber warum?«
»Ich wollte ihn berühren. Noch nie habe ich einen Regenbogen so nah gesehen.«
»Man kann ihn aber nicht berühren.«
»Das weiß ich, aber er war so nah. Ich dachte, dass ich es vielleicht doch könnte.«
»Du kannst nicht einfach davonlaufen. Wir haben uns gesorgt, als wir dich nicht gefunden haben. Versprich mir, dass du das nicht noch einmal machst.«
»Bring mir mein kleines schwarzes Buch«, forderte sie mich auf. Kurz ließ ich sie alleine und rannte zurück, aus Angst, es könnte ihr etwas in der Wanne passieren. Sie hatte ihre Hände bereits abgetrocknet, nahm den kleinen Stift und schrieb etwas hinein.
»Was schreibst du?«
»Was ich dir versprochen habe.« Daraufhin streckte sie mir ihren bleichen Arm entgegen. »Riech mal.«
Ich roch daran. »Ich kann nichts mehr riechen. Nur noch die Seife.«
»Ich rieche immer noch nach Fisch.«
»Weißt du was? Ich sprühe dir von meinem Parfüm auf die Haare und die Haut.«
Sie nickte. Wahrscheinlich war alles besser als Möwenkot und Fischgeruch.
Vorsichtig besprühte ich ihre Haare und ihre Arme.
»Und jetzt?«
Sie schnupperte mit ihrer Himmelfahrtsnase an ihrer Haut. Dann lachte sie. »Nun rieche ich nach Ally und nur noch ein bisschen nach Fisch.«
Ihre Haut war aufgeweicht, aber das machte ihr nichts. Ich

dagegen hasste dieses Gefühl, und selbst das Betrachten der schrumpeligen Haut an ihren Händen bereitete mir Unbehagen. Ich holte ein Kleid aus ihrem Schrank.
»Ich will mein sonnengelbes Kleid«, sagte sie.
Was sollte ich ihr antworten? Dass es ruiniert war? Das konnte ich ihr heute nicht antun. »Miss Fairbanks hat es mitgenommen. Sie wäscht es.« Wieder eine Lüge.
»Ach so. Miss Fairbanks kann gut waschen.« Emma schien erleichtert. Dann begann ich ihre Haare zu bürsten und flocht ihr sorgfältig einen Zopf.
Von unten drangen Geräusche aus der Küche. Sicher waren Sol und Bruno vom Einkaufen zurück. Wir gingen hinunter.
Fünf Papiertüten, bis oben voll mit Lebensmitteln, standen auf dem Küchentisch. Sie waren in dem großen Supermarkt gewesen, der im Nachbarort auf dem Festland vor ein paar Jahren eröffnet hatte, wie sie mir erzählten. Auf Bear Isle gab es nur einen kleinen Laden, in dem man zwar so gut wie alles bekam, aber trotzdem stets das Gefühl hatte, dass man nicht alles kaufen konnte.
»Der Supermarkt ist einer dieser Mega-Läden. Er ist riesengroß und hat einfach alles, alles, alles«, schwärmte Bruno.
»Ich hoffe, wir haben nichts vergessen«, meinte Sol.
»Aber ich hatte doch gar nicht so viel auf den Einkaufszettel geschrieben?« Ich starrte entgeistert auf die Tüten.
»Auf deinem Zettel stand fast gar nichts.« Bruno schüttelte den Kopf. »Ihr müsst doch auch was essen, oder?«
Ich öffnete die Küchenschränke und verstaute all die Dosen, Packungen von Nudeln, Reis, Tomatensoße, Zucker, Butter, Milch, Kaffee. Sie hatten an alles gedacht.
Zur Mittagszeit, Emma hatte eben auf ihrem Plan »Lesen« abgehakt, klingelte Marth.
»Ist Emma wach?«, fragte sie, stürmte aber auch schon an mir

vorbei nach oben in Emmas Zimmer. »Pass auf die Hummeln auf!«, rief ich ihr noch nach, und folgte ihr. Langsam näherte ich mich der offenen Zimmertür und sah, wie Emma Marth umarmte.

Es brach mir beinahe das Herz. Tapfer schluckte ich meine Tränen hinunter. Dann setzte sie sich neben Emma aufs Bett, begann meinen sorgsam geflochtenen Zopf zu öffnen und bürstete das Haar meiner Schwester glatt. Leise schlich ich die Treppen wieder hinunter.

Bruno und Sol waren schon gegangen, und ich konnte mich endlich der Liste von Dr. White widmen. Ich rief alle fünf Einrichtungen an, die vielversprechende Namen wie *Blue Hill Center* und *Bubblebelle Spring* hatten, und machte Besichtigungstermine aus. Den ersten bereits für den nächsten Tag. Das *Blue Hill Center* würde ich alleine besuchen. Emma konnte ich morgen noch nicht mitnehmen, aber irgendwann musste ich anfangen, daran führte kein Weg vorbei.

Ich setzte mich auf die oberste Stufe der Veranda und öffnete meinen Laptop. Eine E-Mail von Matt Row war im Postfach. Ich zögerte und beschloss, sie erst morgen zu öffnen. Ärger war sowieso vorprogrammiert wegen des verpatzten Artikels, aber auch das würde ich überleben.

Ich rief Stan an, den ich seit Sonntag, seitdem Emma krank geworden war, nicht mehr gehört hatte. Ich hatte ihm eine kurze SMS geschickt, dass ich immerzu unterwegs sei und das Handy ausgeschaltet hatte.

»Schön, dass du dich auch mal meldest.« Ein Vorwurf lag in seiner Stimme.

»Es tut mir leid, Stan. Es gibt hier so viel zu tun.«

»Und du hast nicht mal Zeit, kurz anzurufen? Das wundert mich. Ich mache mir Gedanken. Ich hoffe doch, dass du zurückkommst?«

Mein schlechtes Gewissen meldete sich, während ich mit ihm sprach. Ich hatte mich in einem Lügengespinst verfangen, kam nicht mehr heraus und zappelte verzweifelt darin. So wie meine Mutter damals konnte ich nun nicht die Wahrheit sagen. Ich würde ihn weiter belügen müssen. Sonst würde er mich dafür verachten. Wer verleugnet schon seine eigene Schwester?

»Keine Sorge, ich komme bald zurück. Wir hatten hier ein schreckliches Unwetter.« Wie leicht es mir mittlerweile fiel, zu lügen. Mein Kopf brummte, und ehe ich das Gespräch mit ihm beendete, waren noch weitere Lügen hinzugekommen.

6.

Heimsuchung

Bis ich schließlich die Einfahrt fand, hatte ich mich bereits dreimal verfahren. Es war wie verwünscht und sicherlich – wie ich glaubte – kein gutes Zeichen. Zu allem Übel goss es wie aus Kübeln, und die Windschutzscheibe war von innen beschlagen. Der Himmel war wolkenverhangen, und es wollte nicht richtig hell werden, als ich schließlich beschloss, einen letzten Versuch zu starten. Nur noch zwei Meilen wollte ich auf der tristen Landstraße entlangfahren, um es dann aufzugeben. Kaum hatte ich es mir vorgenommen, sah ich von weitem den riesigen weiß getünchten Gebäudekomplex, der mich an ein Gefängnis erinnerte. Ein Schild gab mir die letzte Gewissheit: *Blue Hill Center* in dreihundert Metern. Kurz darauf fuhr ich durch einen engen Torbogen, der in den grauen Himmel ragte, Matsch spritzte bis zu den Seitenfenstern hoch. Über mir stand in drohenden schmiedeeisernen Lettern *Blue Hill*. Hier war ich also richtig. Wenige Meter nach der Einfahrt versperrte eine Schranke den Weg. Ein Mann kam aus seinem kleinen Häuschen gerannt, den Kragen seiner Regenjacke bis ins Gesicht gezogen. Er fragte nach meinem Namen und gab mir einen Passierschein, der mich berechtigte, meinen Wagen auf dem Parkplatz vor dem Gebäude abzustellen. »Aber Sie dürfen nur dort parken, wo ›Besucher‹ steht«, betonte er und zog sich eilig in sein Häuschen zurück.

Ich fuhr langsam an einem kleinen, symmetrisch angelegten Garten vorbei. Überall hatten sich schlammige Pfützen gebildet, denen ich nicht ausweichen konnte. Alles war eingezäunt, und ich fragte mich, ob man nicht wollte, dass die Bewohner den Garten verließen, oder ob niemand hineindurfte. Ein mulmiges Gefühl überkam mich.

Ich fuhr vor die ausladende Treppe und parkte am Besucher-Parkplatz. Eine Frau stand mit einem schwarzen überdimensionierten Regenschirm auf der obersten Stufe. Sie trug zu ihrem mausgrauen Schneiderkostüm einen streng nach hinten gekämmten Dutt, der wie eine kleine Krone in die Höhe ragte und sie antiquiert erscheinen ließ. Als ich auf sie zukam, bemerkte ich einen für ihr Äußeres unpassend wirkenden knallroten Lippenstift. Unweigerlich musste ich an die alte Hazel denken und an das, was Miss Fairbanks' Vater über Frauen mit knallrotem Lippenstift gesagt hatte. Vorsicht also, dachte ich und beruhigte mich, denn ich konnte ja jederzeit wieder gehen, wenn es mir nicht gefiel. Als ich das Gebäude betrat, wurde mir augenblicklich bewusst, dass die knallroten Lippen der Frau die einzige Farbe überhaupt in dieser tristen Umgebung waren.

»Wo ist Ihre Schwester?«, fragte sie, nachdem sie sich mit Dr. Bishop vorgestellt hatte. Dabei schaute sie mich streng über

ihre randlose Brille an. Sie war mager, beinahe verdorrt, ihr Alter unbestimmbar. Und vor allem war sie mir auf Anhieb unsympathisch.
»Sie ist krank geworden und konnte leider nicht mitkommen.«
»Oh, das tut mir leid. Dann heiße ich Sie alleine willkommen auf *Blue Hill*«, sagte sie, und mich schauderte mit einem Mal. Es war eine fast bedrohliche Stimmung, die sich durch den Regen und den wolkenverhangenen Himmel verstärkte. Hoffentlich lassen die mich später hier wieder weg, kam es mir in den Sinn, und ich zwang mich, mich so normal wie möglich zu verhalten, obwohl ich wusste, dass das lächerlich war. Vom ersten Moment an war mir klar, dass dieses Wohnheim nicht das war, was ich suchte. Hier konnte ich Emma nicht lassen. Ich ging mit Dr. Bishop durch nicht enden wollende Räume, überquerte lange Flure und wunderte mich im Stillen darüber, dass ich keinen Menschen sah. Währenddessen redete Dr. Bishop unaufhörlich auf mich ein. Doch ich hörte nichts von all dem, was sie sagte, und sah nichts, was sie mir zeigte. Niemals, war das Einzige, was ich denken konnte. Hier, niemals.
Zu spät bemerkte ich, dass Dr. Bishop mich fragend anschaute. Wir waren vor einer Tür stehen geblieben, auf der groß Direktion stand. Darunter in geschwungenen Lettern Dr. Bishop. Sie hatte mich etwas gefragt.
»Entschuldigung?«
»Ich habe Sie gefragt, wie alt Ihre Schwester ist.« Sie sagte es ungeduldig. Sicherlich hatte sie bemerkt, dass ich ihr nicht zugehört hatte.
»Zweiunddreißig.«
Sie führte mich in ihr Büro, das ebenso farblos war, wie der Rest des Hauses.
»Wir haben gerade einen freien Platz. Womit Sie Glück haben. Normalerweise ist die Warteliste lang. So wie ich Sie verstan-

den hatte, eilt es?« Während sie sprach, zeigte sie mit ihrem dürren Zeigefinger auf einen Stuhl, der vor einem ausladenden Schreibtisch stand, auf dem sich nichts weiter befand als eine Schreibtischlampe. »Wir können bereits heute die Formalitäten erledigen. Sobald Ihre Schwester wieder gesund ist, kann sie sofort einziehen. Glauben Sie mir, es wird ihr hier bei uns gut gefallen.«

Das wiederum glaubte ich nicht.

»Es tut mir leid«, unterbrach ich ihren Eifer.

»Sie möchten nicht?« Sie schien empört. »Nun, dann wollen Sie vielleicht noch eine Nacht darüber schlafen?«

»Das würde ich gerne tun.« So schnell es möglich war und ohne unhöflich zu wirken, verabschiedete ich mich und stürzte auf den Flur hinaus. Niemals wieder würde ich hierherkommen.

Eilig lief ich durch den endlos langen grauen Korridor bis zur Eingangshalle und verließ das Haus. Es war mir egal, dass ich eine Pfütze übersah und prompt den Schlamm auf meiner Hose hatte. Erleichtert stellte ich fest, dass mein Auto noch immer auf dem Parkplatz stand. Was hatte ich gedacht, wo es sein könnte? Erst als ich durch die Schranke fuhr, die, wie auf ein stummes Kommando, geöffnet wurde, wurde ich wieder etwas ruhiger.

»Das war schon mal nichts«, sagte ich laut zu mir selbst und fuhr heulend nach Bear Isle zurück. Doch immerhin hatte ich etwas gelernt. Es würde nicht einfach werden, ein passendes Zuhause für meine Schwester zu finden.

* * *

Emma wartete bereits auf der Veranda. Sie saß in einem der beiden Schaukelstühle, die Mutter so geliebt hatte, und schau-

kelte heftig. Sie sah putzmunter aus, gerade so, als sei sie nie krank gewesen.
Als ich ausstieg, sprang sie auf und lief die Treppen herunter.
»Hallo, Ally.«
»Hallo, Emma. Wie geht es dir? War Dr. White schon bei dir?«
»Ja. Er hat gesagt, dass alles in Ordnung ist.«
»Da bin ich froh. Komm lass uns hineingehen.«
»Bruno und Sol sind in der Küche. Wir haben gekocht.«
»Kochst du auch?«, fragte ich sie verwundert und dachte an ihre Müslischale, die sie sich weigerte aus dem Küchenschrank zu nehmen.
Sie nickte eifrig. »Klar.«
»Wenn ich euch nicht hätte«, sagte ich zu Bruno und Sol, als Emma und ich die Küche betraten. Ich fühlte mich hundeelend.
»Wie war's?«, fragte Sol.
»Schrecklich.«
»Ach herrje. Aber du hast ja noch ein paar Adressen.« Bruno schluchzte hörbar.
Jetzt fing das schon wieder an.
»Bruno, hör auf«, ermahnte ihn Sol, der bemerkt hatte, wie verzweifelt ich war.
»Wenn ihr eine bessere Idee habt, nur raus damit. Ich bin für alles offen.« Ich war aufgebracht und ärgerte mich mehr über mich selbst als über Bruno, der seine Gefühle wieder mal auf dem Gesicht spazieren trug.
Sie ignorierten meine Frage und erzählten, dass Dr. White zufrieden mit Emmas Genesung sei. »Das ist schon immer so bei ihr gewesen, viel schlafen und schnell gesund werden, hat er gesagt.«
»Ein Problem weniger«, erwiderte ich, immer noch in Angriffslaune, die bei den beiden offenbar nicht wirkte.
»Außerdem haben wir mit Dr. White den alten Chevy aus der

Garage geholt. Er hat gesagt, dass er dir den Wagen abkauft, wenn du ihn nicht behalten möchtest. Der Doc sammelt solche alten Dinger. Bei deiner Mutter hat er es auch immer versucht, aber sie wollte ihn nicht hergeben«, berichtete Sol.
Ich sah aus dem Fenster. Es war mir vorhin nicht aufgefallen, dass der alte Pick-up vor der Garage parkte.
»Diese Schrottmühle?« Überrascht schaute ich die beiden an. »Ist das euer Ernst?«
»Wir haben diese, wie du so schön sagst, Schrottmühle, zum Laufen gebracht. Deine Mutter ist nicht sehr oft damit gefahren. Sie hat ihn immer geschont«, sagte Bruno.
»Geschont?« Ich musste lachen.
»Du könntest deinen Mietwagen abgeben und mit ihm fahren, solange du hier bist.« Bruno schaute mich fragend an.
Das klang einleuchtend. »Und er funktioniert tatsächlich?« Ich war skeptisch.
»Einwandfrei. Vielleicht ist er etwas altmodisch. Auch das schlammige Olivgrün ist nicht ganz meine Farbe. Aber er ist doch etwas Besonderes.« Bruno zog bei seinen Worten eine Schnute, die ihn noch dicker aussehen ließ.
»Wir kochen jetzt die Nudeln«, unterbrach Emma das Gespräch.
»Kann ich noch schnell meine E-Mails checken?« Ohne eine Antwort abzuwarten, schnappte ich meinen Laptop und ging nach draußen. Es dauerte ewig, bis sich das Postfach öffnete. Der Empfang schien schlechter geworden zu sein. Ich betrachtete den Pick-up. So übel sah er gar nicht aus. Bis auf das Grün, das mich an verschimmelten Käse erinnerte. Nachher würde ich testen, ob er tatsächlich so einwandfrei lief, wie Bruno behauptet hatte.
Endlich poppte der Ordner mit den neu eingegangenen E-Mails auf. Mittlerweile waren drei von Matt Row. Der Betreff war bei allen leer geblieben. Aber ich konnte mir denken, um was es

ging. Und da ich sowieso schon schlechte Laune hatte, konnte ich seine Nachrichten auch gleich lesen. Mit Verdrängen, was ich gerne tat, würde ich hier nicht weiterkommen. Ich klickte auf die erste E-Mail, die er am Dienstag um fünf Uhr morgens abgeschickt hatte.

> Was fällt dir ein, mich derart hängen zu lassen?
>
> Matt Row

Okay, das war nicht wirklich nett. Aber er hatte recht, trotzdem hätte es schlimmer sein können. Beinahe erleichtert öffnete ich die nächste Nachricht. Diese hatte er morgens um neun abgeschickt. Ich hoffte, dass sein Ärger zu diesem Zeitpunkt bereits etwas verflogen war.

> Ich kann es immer noch nicht fassen. Wir sind die Einzigen, die nicht über das neue Museum berichtet haben. Falls dich das noch interessieren sollte.

Dieses Mal hatte er nicht einmal seinen Namen darunter geschrieben.
Die letzte Mail war heute Morgen eingegangen. Ich öffnete sie zögerlich.

> Ich habe nun eine Nacht über meinen Entschluss geschlafen, was ich wirklich selten tue. Bin aber nicht davon abgekommen. Du bist fristlos gekündigt. Du kannst dir im Personalbüro deinen letzten Gehaltsscheck abholen.
>
> Matt Row

In diesem Moment ging eine E-Mail von Sofia ein, die in der Personalabteilung des Verlags arbeitete. Mit klopfendem Herzen und heißen Wangen öffnete ich sie:

Liebe Ally,

du musst unbedingt herkommen. Vielleicht kannst du das noch geradebiegen. Es tut mir leid, ich habe es eben erfahren. Außerdem muss ich dir noch etwas sagen, aber bitte komm hierher, es ist wichtig.

Sofia

Er hatte mich tatsächlich gefeuert.

Ich rannte in die Küche, wo Bruno, Sol und Emma gerade das Nudelwasser abgossen.
»Er hat mir gekündigt«, sagte ich außer Atem.
»Gekündigt? Wer?«, fragte Bruno schwer von Begriff.
»Das kann er doch nicht machen«, erwiderte Sol.
»Hat er aber.«
»Das lässt sich doch sicherlich klären«, meinte Bruno, der mittlerweile auch verstanden hatte, um was es ging.
»Ich hab Hunger«, mischte sich Emma ein, die von meiner Verzweiflung nichts mitbekam. Am liebsten hätte ich sie angeschrien, dass gerade andere Sachen wichtiger waren. Aber das ging nicht, sie hätte es sowieso nicht kapiert.
»Wir essen jetzt, und dann überlegen wir, was zu tun ist.« Bruno tätschelte meinen Arm und zog mich an den Küchentisch.
Ohne es wirklich zu wollen, setzte ich mich. Vor mir stand ein mit Nudeln gefüllter Teller, von dem der warme Dampf in mei-

ne Nase stieg. »Ich kann nichts essen, mir ist der Appetit vergangen.«
Ich hörte Emmas lautes aufdringliches Schmatzen.
»Geht das auch leiser?«, fuhr ich sie böse an. Doch sie beachtete mich nicht und steckte sich die nächste Gabel in den Mund, darauf bedacht, sich die Lippen nicht schmutzig zu machen, und schmatzte ungeniert laut weiter.

* * *

Mit dem letzten Geld, das ich auf meinem Konto hatte, kaufte ich mir ein Ticket für einen völlig überteuerten Flug von Bangor nach Los Angeles und vereinbarte mit Miss Fairbanks und Linda, dass sie sich zwischenzeitlich um Emma kümmerten. Sol und Bruno hatten sich zwar bereit erklärt, aber ich genierte mich, sie schon wieder zu behelligen. Bruno hatte beinahe sauer reagiert und ließ sich nicht davon abbringen, mich wenigstens vom Flughafen abzuholen, da ich meinen Mietwagen dort abgeben würde. Nichts konnte ich alleine schaffen. Jeden verdammten Tag war ich auf Hilfe angewiesen, mehr noch als Emma, wie mir kurz durch den Kopf schoss. Aber ich musste nach Los Angeles, vielleicht hatte Sofia recht, vielleicht konnte ich noch etwas an Matts Entschluss ändern, schließlich hing meine Existenz davon ab. Ich wollte Stan anrufen, um ihm zu sagen, dass ich für einen Tag nach Hause kommen würde, ließ es dann aber bleiben. Er würde mich fragen, warum, und ich wollte erst abwarten, ob ich Matt umstimmen konnte, bevor ich ihn beunruhigte. Ich würde ihn einfach überraschen und dann wieder zurück nach Bear Isle fliegen. Bruno würde mich um dreiundzwanzig Uhr vom Flughafen abholen. Zumindest konnte ich mir so das Geld für eine weitere Woche Mietwagen sparen.

Am nächsten Morgen flog ich mit der Sieben-Uhr-Maschine. Drei Stunden später setzte ich bereits meinen Fuß über die Schwelle der Redaktion der *L. A. Post*. Auf dem Flur traf ich Matt und folgte ihm ziemlich kleinlaut in sein Büro, wo er hinter mir die Tür laut zuschlug.

»Du hättest nicht herkommen müssen. Ich habe dir alles geschrieben, was ich zu sagen hatte. Aber wenn du schon da bist, kannst du auch gleich deine Sachen packen. Und versuch nicht, mich umzustimmen, es hat keinen Sinn. Du wusstest, wie wichtig der Artikel war. Die ganze Stadt spricht von dem Museum, und wir haben nichts darüber geschrieben, keine Zeile.«

Er sprach noch lauter. Aus Erfahrung wusste ich, dass jeder, der hinter der Glasscheibe saß, hören konnte, was er sagte. Sein Gebrüll war immer zu hören gewesen. Aber erst in diesem Moment fragte ich mich zum ersten Mal, wie ich mir das nur so lange hatte gefallen lassen können?

Mit einer braunen Papiertüte unter dem Arm, in der meine wenigen persönlichen Dinge waren, die ich im Büro hatte, verließ ich das Gebäude. Kurz zuvor war ich noch im Personalbüro gewesen, wo ich meinen letzten Gehaltsscheck abholen musste. Sofia kam auf mich zugelaufen. Sie umarmte mich. »Ach, Ally, es tut mir so leid.« Sie hatte Tränen in den Augen.

»Ich hab es einfach nicht geschafft. Meine Schwester ist krank geworden.«

»Deine Schwester?«

»Ja, meine Schwester. Ich habe dir nie von ihr erzählt.«

Bedrückt schaute Sofia mich an.

»Was ist denn?«, fragte ich sie. Ich bemerkte, dass sie mir noch etwas sagen wollte.

»Ach nichts, ich bin nur traurig.«

»Es gibt Schlimmeres, Sofia. Ich melde mich bei dir, versprochen.«

Sie nickte sorgenvoll.
Ich ließ sie stehen, da ich merkte, wie mir die Tränen in die Augen schossen.
Ich ging über die Straße zu Stans Agentur.
»Der ist heute nicht da, hat frei und kommt erst morgen wieder«, sagte sein Kollege glucksend und kaute auf irgendetwas herum. Dann kam Paul, Stans Partner, aus seinem Büro und schob den anderen Mann zur Seite.
»Wusste gar nicht, dass du heute schon wiederkommst. Stan hat nicht frei, John wusste es nicht besser. Er hat einen Termin.«
»Ach, wie schade. Ich fliege schon heute Abend zurück. Wann kommt er denn wieder?«
»Keine Ahnung. Versuch es doch auf seinem Handy«, schlug mir Paul vor.
»Ich fahr nur kurz in die Wohnung. Wenn du ihn noch siehst, kannst du ihm ja sagen, dass ich dort bin.«
Auch das noch. Wenn er unterwegs war, konnte es sein, dass ich ihn heute gar nicht sehen würde. Ich hatte eine Pechsträhne, die nicht abriss.
Auf dem Handy war Stan nicht zu erreichen. Ich versuchte es ein weiteres Mal, als ich unsere Wohnung betrat. Ich hörte ein eigenartiges Brummen und sah auf dem kleinen Tisch in der Diele Stans Handy liegen. Es blinkte, und ich trat näher. Ich las den Text auf dem Display. *Ally ist im Anmarsch, beweg deinen Arsch. PS: Bist mir was schuldig. Paul.*
Verwirrt blieb ich stehen, bis ich aus dem Schlafzimmer Geräusche hörte. Dann hörte ich ein vertrautes, schrilles Lachen, das nicht hierher gehörte. Mein Herz raste auf einmal, und mir wurde heiß. Leise ging ich durchs Wohnzimmer über den kleinen Flur, der ins Schlafzimmer führte.
Ich fühlte mich wie in einem Film. Noch konnte ich umkehren,

so tun, als ob ich nie hier gewesen wäre. Aber das ging nicht. Nicht mehr. Ich war in diesem Film keine Statistin, mir war hier eine Hauptrolle zugedacht. Und in meinem Drehbuch stand, dass ich weitergehen musste. Instinktiv wusste ich, was ich gleich sehen würde, und betrat das Schlafzimmer.

Monica saß rittlings auf Stan.

Was musste ich sagen? Welche Rolle musste ich spielen? Mein Kopf dröhnte, und Tränen schossen mir in die Augen. Sollte ich nach Monica rufen? Oder nach Stan? Warum musste ich überlegen? Immer noch fühlte ich mich, als wäre all das nicht wirklich. »Ausgerechnet mit diesem Flittchen!«, schrie ich auf einmal völlig schrill.

»Ally!«, entfuhr es Stan, der mich entsetzt anstarrte, und ich sah, wie er hastig seinen Penis aus Monica herauszog. Dieses Bild von seinem roten Geschlechtsteil würde mir sicherlich nie wieder aus dem Kopf gehen. Das Kondom war deutlich zu erkennen.

Übelkeit stieg in mir hoch.

»Ally, das kann ich dir erklären.«

»Sicher kannst du das nicht.«

»Ach, Ally«, mischte sich nun Monica mit säuselnder Stimme ein, »das hat sich so ergeben. Da ist nichts zwischen uns.« Sie machte sich nicht einmal die Mühe, ihre prallen Silikonbrüste zu bedecken.

»Leider kann ich nicht mal sagen, dass ich es nicht von dir erwartet hätte, Monica. Du denkst den lieben langen Tag nur daran, wen du ficken kannst.« Ich bemerkte ein weiteres gebrauchtes Kondom, das neben dem Bett auf dem teuren Flokatiteppich lag, den ich erst kürzlich gekauft hatte.

»Ally, da ist nichts zwischen uns. Es war nur Sex«, winselte Stan.

»Nur Sex?«, wiederholte ich leise.

Die nächsten Seiten meines Skriptes waren leer. Anscheinend hatte nur noch Stan Text. Er hatte sich hastig seine grün gestreiften Boxershorts übergezogen, die ich ihm zu Weihnachten im Jahr zuvor gekauft hatte, und kam auf mich zu.
»Fass mich nicht an«, zischte ich.
Ich bemerkte, dass sie nicht einmal das Bild umgedreht hatten, das uns beide glücklich vor dem *Chinese Theatre* in Hollywood zeigte.
Ich ging zum Kleiderschrank und riss meine Kleider vom Bügel. Dann holte ich aus dem kleinen angrenzenden Raum meinen Koffer vom Regal, warf alles, was ich auf die Schnelle greifen konnte, hinein und verließ das Schlafzimmer. Vorbei am ethanolbetriebenen Kamin. Vorbei an meinem Leben, das ich so gernhatte. Vorbei an Stan, mit dem ich eigentlich den Rest meines Lebens verbringen wollte.
Er folgte mir zum Aufzug. »Es tut mir leid.«
»Dafür ist es nun leider zu spät, Stan.«
»Verzeih mir. Bitte.«
Ich ließ ihn stehen. Niemals würde ich ihm verzeihen können.

Später konnte ich nicht sagen, wie ich zum Flughafen gekommen war. Heulend hatte ich dort sechs endlos lange Stunden gewartet, bis meine Maschine endlich abhob, immer das Bild von Stans steifem blassrotem Glied vor Augen.

In Bangor stand Bruno alleine am Gate und wartete bereits auf mich.
Heulend warf ich mich in seine Arme.
»Was ist passiert?«
»Es ist alles passiert, was passieren kann.« Unter ständigem Schluchzen erzählte ich von Matt, Stan und Monica und dass ich auf einmal alles verloren hatte.

Schweigend hörte er zu, und plötzlich bemerkte ich, dass wir zu Hause angekommen waren.
Ich erinnerte mich an Brunos Worte, dass er immer Angst hatte, Bear Isle wäre verschwunden, wenn er zurückkehrte. Ich dagegen hoffte, dass es weg war. Und mit Bear Isle meine ganzen Probleme. Es sollte sich der Erdboden auftun und mich mitsamt der Insel verschlingen.

7.

Hühnersuppe für die Seele

Wie hatte all das in so kurzer Zeit passieren können? In den nächsten Tagen würde ich mir immer wieder überlegen, was nun schlimmer war: dass Stan mich betrogen hatte oder die Tatsache, dass ich arbeitslos war und meinen Traumjob verloren hatte. Eines war zumindest sicher: Wäre ich in Los Angeles geblieben, wäre nichts von alldem geschehen. Ich konnte mich nicht gegen den Gedanken wehren, dass alles nicht eingetreten wäre, wenn ich Miss Fairbanks' Telegramm nicht geöffnet hätte.

Doch was geschehen war, war geschehen, und ich konnte es nicht mehr ändern. Jetzt musste ich mich wieder auf das Hier und Jetzt konzentrieren. Vor allem musste ich ein neues Zuhause für Emma finden und umgehend damit beginnen, mein Leben wieder in den Griff zu bekommen. Falls ich nichts fand, hatte ich immer noch die Zusage von Dr. Bishop. Schlimmstenfalls wäre es in Ordnung.

Emma klopfte nicht, sondern kam einfach in mein Zimmer und setzte sich auf den Stuhl, der am Schreibtisch stand. Dann holte sie ihr schwarzes Buch heraus. Was würde es für einen Sinn machen, sie zu bitten, mein Zimmer zu verlassen? Sie hatte es früher nicht getan und würde auch sicherlich heute nicht darauf reagieren. Sie störte mich nicht. Nur das monotone Gekratze ihres Stifts auf dem Papier war zu hören. Ich drehte mich um und zog meine Bettdecke über den Kopf.
Später wachte ich kurz auf, irgendjemand sprach mit irgendjemandem.
»Du musst schlafen gehen«, wisperte eine Stimme in meinem Zimmer. Emma saß immer noch am Schreibtisch. Ich hielt mir unter der Bettdecke die Ohren zu. Dennoch hörte ich, wie Miss Fairbanks Emma aus meinem Zimmer holte und ins Bett brachte. Es musste mitten in der Nacht sein. Aber ich hatte jegliches Zeitgefühl verloren. Wie lange hatte ich schon geschlafen? Ich dachte an Emmas Plan, der in ihrem Zimmer an der Wand hing, und wie mein Leben völlig durcheinandergeraten war. Es würde Mutter nicht gefallen, wenn sie wüsste, dass ich nichts auf die Reihe bekam. Wie riesige Wellen sah ich alles über mir zusammenschlagen und glaubte, nie wieder an die Wasseroberfläche kommen zu können. Ich nahm mir vor, nie wieder aufzustehen, bevor ich wieder erschöpft einschlief.

Am nächsten Tag wurde ich durch ein komisches Geräusch geweckt. Klack, klack, klack. Erschrocken setzte ich mich auf. Emma saß an meinem Schreibtisch. Ich sah, wie sie den Lichtschalter meiner Schreibtischlampe an- und wieder ausknipste. Ohne Unterbrechung, immer im gleichen Takt. Klack, klack,

klack. Sie machte es zigmal hintereinander. Ich versuchte, es zu ignorieren, und als ich im Begriff war, mich wieder zur Wand zu drehen, hielt sie inne. »Ich weiß, dass du wach bist.«
»Ich bin immer noch müde.«
»Es ist Mittag.« Es lag kein Vorwurf in ihrer Stimme.
»Mir egal.«
»Bruno sagt, dass du traurig bist.«
»Ja, das bin ich.«
»Wenn ich traurig bin, macht Mutter mir immer eine Hühnersuppe.«
»Ich möchte nichts essen.«
»Ja.« Sie lachte laut. »Das sage ich auch immer. Aber Mama kocht dann trotzdem eine Hühnersuppe.«
Ich linste unter der Decke hervor und sagte: »Mama ist …«
Emma unterbrach mich: »Mama ist tot. Ich weiß das.«
»Aber du sprichst immer so von ihr, als ob du es nicht wüsstest.« Im gleichen Moment erkannte ich, dass sie es absichtlich tat. Dass sie mit Absicht im Präsens von Mutter sprach.
»Ja, ich weiß, das werde ich immer tun. Sie mag das bestimmt sehr.«
»Da hast du sicher recht. Aber wir, also ich, denke dann jedes Mal, dass du nicht weißt, dass sie gestorben ist. In Zukunft weiß ich es.« Wie konnte ich nur jemals schlecht über meine Schwester denken? Sie war so unschuldig, sie war so unglaublich ehrlich und unverdorben.
»Ich mache jetzt eine Hühnersuppe. Du kannst noch schlafen, wenn du müde bist.«
Ich war fast traurig, als sie das Zimmer verließ. Nie hatte ich so ein offenes Gespräch mit ihr geführt. So klar und deutlich. Die Bilder des Vortages kamen mir in den Kopf, und ich wusste, dass ich nicht mehr schlafen konnte. Ich ging ins Bad und machte den Lichtschalter an. Dann machte ich das Licht wieder

aus. Und wieder an. Ununterbrochen, wie Emma. Und stellte fest, dass es mich beruhigte. War das vielleicht eine Art Therapie? Ich wusste nicht, wie lange ich dort gestanden hatte und den Schalter betätigte. Irgendwann ließ ich das Licht an, obwohl ich es gerne ein weiteres Mal aus- und dann wieder angemacht hätte. Ich überwand den Reiz, und mir wurde klar, dass ich das nie wieder tun durfte. Vielleicht wurde man davon abhängig, süchtig danach, monotone Dinge zu wiederholen. In meinen Ohren dröhnte ein tiefes Rauschen, und ich wusste, dass ich Kopfschmerzen bekommen würde.

Aus der Küche drangen Geräusche. Ich sollte nach Emma sehen, ob sie alleine war, ob sie tatsächlich für mich kochte, was ich mir nicht vorstellen konnte. Wie sollte sie auch, wenn sie nichts aus diesem dämlichen Schrank holen wollte? Ich schaute in die Schubladen meines Schreibtisches. Alte Hefte lagen darin, an die ich mich nicht mehr erinnerte. Ich fand mein altes Fotoalbum, das Mutter mir vor Jahren zu Weihnachten geschenkt hatte. Nach der ersten Seite war mir klar, dass ich es nicht anschauen konnte. Nicht heute. Vielleicht wenn es mir wieder besserging. Vielleicht auch nie. Ich schaute auf die Uhr. Es war bereits vier Uhr nachmittags. Ich konnte nicht den ganzen Tag in meinem Zimmer bleiben und andere meinen Job machen lassen. Ich schüttelte das Kopfkissen auf und ging schließlich nach unten in die Küche, wo ich versuchte, mich meinem Leben zu stellen, einem Leben, das gestern aus den Fugen geraten war.

In der Küche stand ein großer dampfender Topf auf dem Herd. Emma saß am Tisch. Vor sich hatte sie ihr kleines schwarzes Büchlein liegen.

»Bist du alleine?«, fragte ich fassungslos.

Sie nickte. »Es dauert noch eine Stunde, dann ist die Suppe fertig. Hühnersuppe ist gut für die Seele, weißt du.«

»Ich hoffe du hast recht. Ist denn niemand da?«

»Miss Fairbanks kommt gleich wieder zurück. Sie holt Wolle. Stell dir vor, sie hat die ganze Wolle verstrickt.«

Ich nahm zwei Kopfschmerztabletten aus dem Schrank, schnappte meinen Laptop und ging auf die Veranda, wo ich mich auf die oberste Stufe setzte. Im gleichen Augenblick kam Miss Fairbanks um die Ecke und ließ sich mit einem lauten »Uff« umständlich neben mir auf der Stufe nieder.

»Manchmal glaubt man, dass es nicht weitergeht. Aber es geht immer weiter, Kindchen.« Bei diesen Worten strich sie mir über die Haare.

Ich zuckte kaum sichtbar mit den Schultern und musste schon wieder heulen. Sicherlich wusste bereits ganz Bear Isle von meiner Misere.

»Bruno hat es mir erzählt«, sagte sie, als hätte sie meine Gedanken erraten.

Schweigend saßen wir nebeneinander, bis sie sich schließlich mit einem noch lauteren Seufzer wieder erhob und ins Haus ging.

»Am besten wir lassen sie einfach in Ruhe«, hörte ich sie zu Emma sagen.

»Warum ist Ally traurig?«, fragte Emma. Ich konnte nicht verstehen, was Miss Fairbanks antwortete.

Weil mich mein Scheißfreund mit meiner Scheißkollegin betrogen hat, und weil ich meinen Job verloren habe. Und das alles, weil ich hier bin, hätte ich am liebsten geschrien.

Es schien, dass nach einer schrecklichen Nacht ein noch schlimmerer Tag folgen würde. Ich sah auf mein Handy. Stan hatte mir etliche SMS geschickt, die ich ungelesen löschte, damit ich erst gar nicht in Versuchung kam, sie zu lesen.

»Dieses Arschloch«, sagte ich laut.

»Das darf man nicht sagen.« Emma war auf die Veranda gekommen und hatte sich hinter mir in einen der beiden Schau-

kelstühle gesetzt. Warum war sie immer in meiner Nähe? Warum konnte ich nicht einen Moment alleine sein?
»Wer ist ein Arschloch?«, fragte sie.
»Niemand«, antwortete ich und öffnete den E-Mail-Ordner. Auch hier waren etliche Nachrichten von Stan eingegangen, die ich ebenso ungelesen löschte. Was konnte er mir auch sagen? Mit nichts konnte er sein Fremdgehen wiedergutmachen. Auch würde keine Zeit der Welt diese Wunden heilen können.
Auch keine dämliche Hühnersuppe.

Wie immer entkam ich meinen fürsorglichen Nachbarn Bruno und Sol nicht. Ich hatte keine Chance.
»Du musst ja irgendwann etwas essen«, drängten sie mich in die Küche.
Der Geruch, der im Haus in jedem Winkel hing, erinnerte mich an frühere Zeiten. Wenn ich krank zu Hause gelegen hatte und von Mutter liebevoll umsorgt worden war. Etwas Tröstliches lag in der Luft.
»Jetzt komm. Emma hat sich viel Mühe gegeben.« Sol hatte die größte Geduld mit mir.
In der Küche standen die dampfenden Teller auf dem Tisch.
»Ich mag wirklich nichts essen, danke, Bruno.«
»Mensch, Ally, du kannst nichts daran ändern, er hat dich betrogen, du wirst ihn vergessen oder ihm verzeihen müssen.«
»Ich habe ihn so geliebt. Alles war perfekt. Es war so ekelerregend und entwürdigend.«
Lustlos tauchte ich den Löffel in die Suppe und führte ihn dann zum Mund.
Zeitgleich stieg ein wohliges Gefühl in mir hoch, das ich nicht erklären konnte, war ich doch so derart enttäuscht und traurig, aber offenbar hatte Emma recht gehabt – Hühnersuppe war gut für die Seele. Die Suppe schmeckte vorzüglich.

»Ich fühle mich tatsächlich besser. Ich lächelte und kniff im gleichen Moment die Lippen zusammen. Ein Lächeln konnte ich noch nicht zulassen. Schweigend aß ich den Teller leer.
»Ich habe sie gemacht«, sagte Emma stolz.
»Das stimmt«, sagte Miss Fairbanks, die bereits ihren zweiten Teller nahm und Bruno verschwörerisch zuzwinkerte.
»Tatsächlich?«, fragte ich ungläubig. »Wirklich ausgezeichnet, Emma.«
»Mama lässt mich nie kochen.«
»Und wer hat dich kochen lassen?« Ich wusste, dass ihr jemand geholfen hatte.
»Bruno«, antwortete Emma.
»Gut gemacht«, sagte ich zu Bruno, um ihm etwas von dem Lob abzugeben.
»Ich war nicht hier. Ganz ehrlich. Emma hat die Suppe gemacht.«
Anscheinend hatte man heute nicht vor, mir die Wahrheit zu sagen. Was mir eigentlich egal war.
»Das Gute an der ganzen Sache ist, dass es nun nicht mehr schlimmer kommen kann«, sagte ich nach einer Weile.
»Das ist gut. Wenn es nicht schlimmer kommen kann«, antwortete Emma.
»Das stimmt«, Bruno grinste.
»Ich gehe auf mein Zimmer.« Emma stand auf und ging nach oben.
Auch Bruno und Sol verließen mich, nicht ohne mir nochmals zu versichern, dass das Leben weiterging. Gedankenverloren begann ich den Tisch abzuräumen, als ich auf der Anrichte einen Stapel Briefe liegen sah.
»Sind die alle heute gekommen?«
»Heute und gestern«, meinte Miss Fairbanks, die angefangen hatte, das Geschirr abzuspülen.

Ich öffnete den ersten, der oben auf dem Stapel lag. Es war eine Rechnung. Der zweite war von der Bank, Mutters Konto war überzogen.
»Das auch noch. Hatte Mutter ein Sparbuch?«, fragte ich.
Miss Fairbanks schüttelte den Kopf. »Nicht, dass ich wüsste. Deine Mutter war immer knapp bei Kasse. Sie hat zwar im Pfarrbüro gearbeitet, aber wegen Emma ging das nur wenige Stunden in der Woche.«
»Das auch noch«, wiederholte ich. Mir blieb hier auch nichts erspart. Ich konnte diese Rechnungen nicht einfach liegen lassen. Im Wohnzimmer hatte ich die beiden Ordner gesehen, auf denen in großen Lettern WICHTIG stand. Vielleicht hatte Mutter dort alles abgeheftet. Irgendwann musste ich damit anfangen. Ich holte die Ordner und setzte mich an den Küchentisch, während Miss Fairbanks die Küche weiter aufräumte.
Bald war klar: Es gab kein Sparbuch, und sie hatte keine Rücklagen. Und wie ich las, war auch das Haus nicht vollkommen abbezahlt. Eine Hypothek war noch darauf, wenn auch nur eine kleine. Nur leider hatte ich auch kein Geld mehr. Mein Gehaltsscheck – mein letzter, wie mir augenblicklich schmerzhaft bewusst wurde – würde auch nicht weit reichen. In spätestens drei Wochen waren Emma und ich pleite.
»Es geht also doch schlimmer.«

Spät am Abend rief Sofia an.
»Das mit Stan tut mir wahnsinnig leid«, sagte sie sofort mit weinerlicher Stimme.
»Du hast es gewusst? Warum hast du mich nicht gewarnt?« Es war ein Vorwurf, der mir gleich wieder leidtat, da sie am allerwenigsten für all das konnte.
»Ich konnte nicht. Ich wusste nicht, wie. Ich wollte ja, habe es dann aber nicht übers Herz gebracht.«

»Hat Monica mit dir gesprochen?«
Sofia druckste herum. Ich wusste, dass sie es nicht sagen wollte, um mich zu schonen.
»Raus damit. Ich werde auch das verkraften.«
»Sie hat es allen erzählt.«
Mir fehlten die Worte.
»Wann kommst du wieder?«
»Ich habe keinen Job mehr, ich habe keine Wohnung mehr. Warum sollte ich zurückkommen?«
»Du kannst bei mir wohnen. Ich würde mich darüber freuen.«
Ich musste schlucken und war unfähig zu antworten.
»Stan war gestern bei mir im Büro. Er ist verzweifelt und weiß nicht, was er tun soll.«
»Was hast du gesagt?«
»Ich habe nichts gesagt. Was sollte ich ihm auch sagen?« Kurz wurde es still am anderen Ende, dann sprach Sofia weiter: »Ach, Ally, ich mache mir solche Vorwürfe.«
»Vorwürfe? Du kannst nichts dafür.«
»Ich habe es kommen sehen. Ich werde mir einen anderen Job suchen, ich kann Monica nicht mehr in meiner Nähe ertragen.«
Nach dem Telefonat ging es mir noch schlechter – was eigentlich kaum möglich war.
Da blinkte eine neue E-Mail auf. Von Stan. Dieses Mal konnte ich es mir nicht verkneifen, sie zu öffnen.

> Komm zu mir zurück. Ich liebe dich, heirate mich, bitte.
> Stan

Ich löschte sie augenblicklich, da ich bemerkte, dass ein kleiner Hoffnungsschimmer in mir aufkam – gefolgt von dem ekelerregenden Bild seines steifen Gliedes.
Ich sah Sols hellblauen Porsche in die Pearl Avenue einbiegen.

»Immer noch die oberste Stufe?«, rief er mir zu, als er über die Straße zu mir gelaufen kam.
»Ich checke nur kurz meine E-Mails. Vor allem habe ich gehofft, dass mein Chef seinen Entschluss bereits bereut. Aber das kann ich wohl vergessen.«
»Soll ich heute Nacht bei euch bleiben?«
»Das ist nicht nötig, aber danke. Weißt du, Stan will zu mir zurück.«
Sol nahm mich in die Arme.
»Du bist eine wunderbare Frau. Ich verstehe diesen Kretin nicht. Lass etwas Zeit vergehen. Wenn du ihn dann immer noch liebst, kannst du vielleicht einen Neuanfang wagen, aber im Augenblick halte ich das für keine gute Idee.«
Ich nahm das angebotene Taschentuch.
»Hier sind ein paar Filme, ich hab sie für dich besorgt.« Er zog drei DVDs aus seiner Tasche, eine Handtasche, wie ich bemerkte. Ich schaute auf die Etiketten. *Brigadoon* war darunter, bereits das Cover sah aus wie eine Schnulze. Ich schluckte.
»Danke dir. Vielleicht schaue ich sie mir später an. Ich gehe jetzt rein, schlaf gut, Sol. Und sag Bruno, dass ich ohne euch verloren wäre.«

Am nächsten Morgen ging ich zur Bank. Da war immer noch ein kleiner Funken Hoffnung in mir, dass sich irgendwo ein geheimes Sparkonto auftat, auf dem Mutter etwas Geld zurückgelegt hatte. Aber dem war nicht so. Der Bankdirektor, der mich in sein Büro begleitete, machte gleich zu Beginn ein betrübtes Gesicht. Ich fragte mich, ob man diesen Gesichtsausdruck auf Seminaren lernte, zu oft hatte ich ihn schon gesehen, und immer sah er gleich aus.
»Da ist leider nichts«, sagte er bedauernd. »Schlimmer noch, das Konto Ihrer Mutter ist überzogen.«

Sollte ich etwa eine weitere Hypothek auf das Haus aufnehmen?

»Sie sollten sich mit dem Gedanken befassen, das Haus zu verkaufen. Oder wollen Sie auf Bear Isle bleiben?«

Ich nickte. Das Haus zu verkaufen war die letzte Möglichkeit.

»Sie wollen bleiben?«, fragte er erstaunt.

»Nein, ich meinte, dass ich das Haus wohl verkaufen muss«, antwortete ich schnell.

Am Schalter ließ ich mir meinen letzten Gehaltsscheck auszahlen.

Zu Hause ging ich in die Küche an den Kühlschrank. Ich hoffte, dass noch etwas von der Hühnersuppe da war, die mir gestern so gutgetan hatte. Ich öffnete die Kühlschranktür, und ohne nach der Schüssel Ausschau zu halten, schloss ich sie wieder. Erneut stellte ich fest, dass mich dieses monotone Öffnen und Schließen beruhigte. Ich musste mich zwingen, ihn kein weiteres Mal zu öffnen, um ihn dann wieder schließen zu müssen. Was für ein Scheißtag, was für ein Scheißleben. Es schien mir unvorstellbar, je wieder glücklich zu werden.

* * *

Emma schrieb in ihr schwarzes Büchlein, als ich in ihr Zimmer kam.

»Was machst du?«, fragte ich, um ihr nicht gleich zu sagen, was ich von ihr wollte.

»Ich schreibe.«

»Und was?«

»Was du sagst, was Bruno sagt, was Miss Fairbanks sagt, was …«

»Morgen machen wir zwei einen Ausflug«, unterbrach ich sie. Ich schaute sie in Habachtstellung an und rechnete mit allem.

Wobei Ausflug sicher nicht die richtige Bezeichnung dafür war. Morgen würden wir gemeinsam St. Agnes besuchen. Vielleicht hatte ich dort mehr Glück, und es könnte ein neues Zuhause für Emma werden.

»Einen Ausflug«, wiederholte sie und beugte sich wieder über ihr Notizbuch.

»Wir fahren am Meer entlang.«

Sie stand auf und ging zu ihrem Planer. »Morgen kann ich nicht.«

»Warum nicht?« Ich folgte ihr und las *Quilting Bee, 17 Uhr*.

»Marth wartet dort auf mich. Ich sticke eine Indianerin auf ihren Quilt. Sie weiß jetzt schon, wie sie ihn nennen wird. Sie hat nicht gesagt, dass ich es nicht sagen darf, deshalb sage ich es dir. *Penobscot*. So heißt der Indianerstamm ihrer Vorfahren«, erklärte Emma mir stolz.

»Das ist eine schöne Idee. Aber das muss leider ausfallen.«

»Ich komme nicht mit dir mit.« Sie setzte sich wieder an ihren Schreibtisch.

»Emma, du musst mit.« Meine Stimme überschlug sich.

»Nein. Ich gehe nicht mit.«

»Willst du nicht wissen, wohin wir fahren?«

»Nein.«

»Du musst mit. Bitte.« Ich versuchte, mich zu beherrschen, was mir außerordentlich schwerfiel.

»Ich. Gehe. Nicht. Mit.« Ihre Stimme klang emotionslos, und dennoch betonte sie jedes einzelne Wort.

»Ich schenke dir dann auch etwas.« Es fiel mir gerade noch rechtzeitig ein, bevor ich einen Wutanfall bekam. Mutter hatte es früher oft so gemacht. Ihr irgendwas versprochen. Und anscheinend wirkte das immer noch.

»Was schenkst du mir?«

»Das verrate ich dir nicht.«

»Ist es eine große Überraschung?«
»Ja, eine sehr große Überraschung. Wir gehen nächste Woche gemeinsam zum *Quilting Bee*. Ist das in Ordnung?«
Emma nickte und wendete sich wieder ihrem Büchlein zu. Sie blätterte weit nach hinten und schrieb, ohne noch einmal aufzusehen, gerade so, als wäre ich nicht anwesend, irgendetwas hinein.

8.

Von Bären und Beeren

Ich glaubte nicht daran, dass der alte Chevy ansprang. *Like a Rock,* hatten Bruno und Sol noch am Abend zuvor den Slogan des Werbejingles geträllert. Musste wohl ein Hobby von den beiden sein, alle Lieder auswendig zu kennen, ob nun aus Filmen oder gar Werbung. Aber ich hatte tatsächlich sofort den Werbespot vor Augen gehabt. Was man alles mit seinem heiß geliebten Pick-up machen kann – außer durch Matsch zu fahren und schwere Sachen von einem Kran auf die Ladefläche fallen zu lassen.

Ich hoffte, dass sie recht behielten, obwohl ich eingewendet hatte, dass damit sicherlich kein Chevrolet aus dem Jahr 1970 gemeint sein konnte. Aber es blieb mir nichts anderes übrig. Ich hatte nur dieses Auto.

Ich öffnete die Beifahrertür und wartete, bis Emma endlich eingestiegen war. Wie ungelenk sie war, wurde mir wieder bewusst, als ich sah, wie sie sich an dem Sitz hochzog. Gerne hätte ich sie hineingeschoben, damit wir endlich von hier wegkamen. Aber das hätte sicherlich alles nur verzögert. Als sie endlich saß, nahm sie die Straßenkarte, die sie vorsichtig, beinahe andächtig auseinanderfaltete. Ungeduldig schlug ich die Wagentür mit einem lauten Knall hinter ihr zu. Emma zuckte zusammen und starrte mich an.

»Leiser«, maulte sie vorwurfsvoll durch das geöffnete Seitenfenster.

»Entschuldige, das war keine Absicht.«

Der Chevy hatte nur eine Kabine mit einer durchgehenden Sitzbank. Rückbank gab es keine.

»Hier drin stinkt es nach Pferd«, meinte Emma und verzog ihre Himmelfahrtsnase nach oben, als ich neben ihr Platz nahm.

»Besser als Fisch, oder?« Ich lächelte sie an.

»Pferd ist besser als Fisch«, sagte sie nach einer kurzen Pause, als hätte sie sich ernsthaft darüber Gedanken gemacht, was nun besser roch. Wahrscheinlich hatte sie das auch getan.

»Sicher hat der Pick-up mal einem Cowboy gehört, der auf einer Pferderanch gelebt und gearbeitet hat.« Ich sagte es einfach so dahin.

»Woher weißt du das?« Sie schaute mich fragend an.

»Es könnte ja sein. Ich weiß das natürlich nicht.«

»Ja, das kann sein. Immerhin riecht es arg nach Pferd.«

Ich roch nichts. Weder nach Pferd noch sonst irgendetwas. Geruchsneutral würde ich sagen. Vielleicht nach dem alten Staub, der in der Sonne auf dem Armaturenbrett lag. Nun konzentrierte ich mich nur noch auf das Auto und tat, was Bruno und Sol mir tags zuvor erklärt hatten. Ich trat auf das Gaspedal und drehte den Zündschlüssel auf *Ignition* und hoffte, dass er tatsächlich zündete. Mist, ich hatte es gleich gewusst. Außer einem einzelnen Klack-Geräusch war nichts zu vernehmen. Hätte ich nur meinen Mietwagen nicht zurückgegeben. Bevor ich allerdings weiterfluchen konnte, schaffte es die Kurbelwelle, noch eine weitere, wenn auch hörbar schwerfällige Umdrehung zu machen, und plötzlich war der alte Pick-up am Leben. Mit einem lauten *Wromm*, sprang der Motor an. Die schwarze Rauchwolke, die im Rückspiegel nicht zu übersehen war, ignorierte ich. Ich lachte laut auf. Das erste Mal seit zwei Tagen hatte ich ein gutes Gefühl.

»Ich hab's geschafft!«, jubelte ich Emma zu, die in die Straßenkarte vertieft war.

»Was?«

»Der Wagen ist angesprungen.« Mir fiel ein, dass ich meinen Führerschein im Haus hatte liegen lassen. Aber ich wollte den Wagen auf keinen Fall ausmachen, um ihn dann erneut starten zu müssen, und gab Gas. Ich fuhr die Pearl Avenue entlang Richtung Festland. Vorbei an den schlichten Holzhäusern, bis nur noch vereinzelt Farmen am Straßenrand zu sehen waren. Im gleichen Moment begann Emma, mich zu dirigieren. »An der nächsten Kreuzung links.«

»Bist du sicher?«, fragte ich. Sie überhörte meinen Zweifel und ließ mich nicht in die Karte sehen, da ich verschwitzte Hände hatte und das Papier nicht berühren durfte. So folgte ich ihren Anweisungen, die sich wie ein lebendiges Navigationssystem anhörten.

Wir verließen Bear Isle, entfernten uns von dem Kiefernwald und fuhren bald auf einer wenig befahrenen Straße direkt am Wasser entlang. Schroffe Steinfelsen, die weit ins Meer hinein ragten, prägten die Landschaft. Emma hatte ein Lächeln auf den Lippen, wie ich aus dem Augenwinkel erkennen konnte. Wenn sie nicht in die Karte sah, schrieb sie in ihr

Notizbuch. Sie ermahnte mich die ganze Zeit, etwas langsamer zu fahren, damit sie besser schreiben konnte. Es war gerade mal elf Uhr, und wir lagen gut in der Zeit. Schließlich hatte ich genügend Zeit eingeplant, um mich öfter verfahren zu können.

»Lass uns doch hier eine Pause machen?«, fragte ich sie und blickte wehmütig zum Strand.

»Nein«, antwortete Emma.

Ich hätte es mir denken können und fuhr langsam weiter, damit ich wenigstens die Aussicht genießen konnte. Emma liebte Straßen, was ich nicht gewusst oder schlicht vergessen hatte. Sie schrieb unaufhörlich in ihrem Buch. Notierte die Straßennamen, den Kilometerstand und jedes Straßenschild. Es sah ungemütlich aus, wie sie neben mir auf der Bank saß – kerzengerade, die Beine standen im rechten Winkel auf dem Boden. Sie hatte das Fenster ein wenig heruntergekurbelt, was ich dankbar wahrnahm. Schließlich hatte der alte Chevy, der leise surrend dahinfuhr, keine Klimaanlage. Ich roch die frische Brise vom Meer und begann mich allmählich mit meiner alten Heimat zu versöhnen. Stan würde ich vergessen (müssen). Ich würde weiterleben (müssen). Und ich nahm mir vor, alles dafür zu tun, dass Emma glücklich bleiben konnte. Wenigstens hatte ich jetzt mehr Zeit als diese zwei Wochen, die niemals ausgereicht hätten. Ich war es Mutter schuldig. Und ich fragte mich, ob nicht alles Fügung war.

»Ich wusste nicht, dass du Straßenkarten so gut lesen kannst. Ich finde sie kompliziert«, sagte ich und fügte hinzu: »Ich bin froh, dass du das machst.«

»Ich mag Straßenkarten«, antwortete Emma und notierte es in ihr Büchlein.

Nach einer kurzen Pause sprach sie weiter. »Straßen sind strukturiert. Auf Straßen kann ich mich verlassen. Sie ändern sich nicht. Die Karten zeigen alles ganz genau. Die Karten und die

Straßen sind eins. Schau diese gerade Straße. Ich mag Straßen.« Sie notierte es unverzüglich.

Fast hätte ich die Fahrt genießen können, wenn ich nicht immer daran hätte denken müssen, was Emma wohl sagen würde, wenn wir angekommen waren. Immer wieder kam mir in den Sinn, sie darauf vorzubereiten, aber diesen Gedanken verwarf ich jedes Mal, sobald ich den Mund öffnete, um ihr zu erklären, wohin wir fuhren. Aber wie hätte ich ihr auch sagen sollen, dass ich ein neues Zuhause für sie suchte? Ich musste unbedingt noch etwas für sie kaufen, ich hatte es ihr versprochen, und sie würde es bestimmt nicht vergessen. Das war so sicher wie das Amen in der Kirche.

»Ich muss aufs Klo.«

»Wir fahren doch noch nicht mal eine halbe Stunde.« Warum hatte sie nicht zu Hause gehen können? Ich schaute nach allen Seiten. Hier gab es keine Möglichkeit.

»Es ist dringend«, sagte sie zappelnd.

»Hier ist aber keine Toilette in der Nähe.«

Ich fuhr in einen Feldweg, der auf beiden Seiten ein paar Büsche hatte.

»Das mag ich nicht.«

»Entweder hier, oder du musst in die Hose machen.«

Sie überlegte. Meine Schwester dachte tatsächlich über die Option nach, in die Hose zu machen. »Ich will aber nicht nass sein.«

»Dann musst du es hier hinter den Büschen machen. Hier ist keine Menschenseele. Niemand kann dich sehen. Komm schon. Ich mach es mit dir zusammen.«

Sie blickte mich verwundert an. »Mit dir? Musst du auch aufs Klo?«

»Ja«, log ich, aber was blieb mir anderes übrig?

»Dann machen wir es gemeinsam.« Sie lachte laut.
Erleichtert stellte ich fest, dass ich sie überzeugt hatte. Mutter wäre stolz auf mich gewesen. Wir suchten uns den größten Busch aus, hinter dem wir beide Platz hatten. Ich vergewisserte mich, dass auch wirklich niemand in der Nähe war, und zog meine Hose herunter.
»Ist gar nicht schlimm gewesen«, lachte Emma, als wir zum Auto zurückgingen.
»Schau mal dahinten.« Ich zeigte auf das Feld hinter den Büschen.
»Das sind *Harvester*, Erntetraktoren für die Blaubeeren«, erklärte sie mir, was ich selbst wusste.
Schon während der Fahrt waren mir die gelben Kisten in den Feldern aufgefallen. Sicherlich waren alle bis oben angefüllt mit den köstlichen, hier in Maine wild wachsenden Blaubeeren, die einen besonders intensiven Geschmack hatten. Wenn ich einen *Blueberry Muffin* in Los Angeles aß, wusste ich immer, dass die Blaubeeren aus meiner alten Heimat kamen.
Von weitem beobachteten wir eine Weile, wie die riesigen Erntetraktoren im Schneckentempo durch die Felder fuhren und dabei die Beeren von den Sträuchern kämmten, die hier seit zehntausend Jahren, seit dem Ende der letzten Eiszeit, wild wuchsen. Nur durch Bäume geschützt, die am Rand des Feldes angepflanzt worden waren, damit der Schnee im Winter auf den Feldern blieb und somit die Knospen vor der eisigen Kälte abschirmte.
»Früher benutzte man für die Ernte einen Handrechen«, sagte ich, aber Emma wollte schon wieder ins Auto steigen. Ich startete den Pick-up. Dieses Mal war ich mir sicher, dass er anspringen würde, und ich behielt recht.

»*Saint Agnes*«, las Emma laut vor, als wir das Schild passierten. Nach gerade mal zwei Stunden waren wir angekommen, ohne dass wir uns ein einziges Mal verfahren hatten. Schon von außen sah es anders aus als das *Blue Hill Center*, das ich so schnell wie möglich vergessen wollte. St. Agnes lag auf einer grünen Anhöhe an der zerklüfteten Steilküste. Das Meer war in unmittelbarer Nähe, und die Brandungswellen, die sich an der schroffen Felsenwand brachen, waren hier oben als leichtes Rauschen zu vernehmen.

Niemand erwartete uns, und wir mussten keine Schranke passieren. Ich parkte den Wagen und ging mit Emma den geschwungenen Weg entlang, der durch einen satten grünen Rasen verlief und uns direkt zum Haus führte. Das Haus selbst war im viktorianischen Stil erbaut und erinnerte mit seinen verspielten Verzierungen an das *Hotel del Coronado*, das in der Bucht von San Diego lag, wo der Hollywoodstreifen *Manche mögen's heiß* gedreht wurde. Sol und Bruno würden sicher gleich das passende Lied dazu summen können.

Langsam ging ich die hölzernen Stufen hinauf. Emma lief neben mir, ohne mich zu berühren, und dennoch hätte kein Papier zwischen uns Platz gehabt.

Ein angenehm kühler Luftzug kam uns entgegen, als wir St. Agnes betraten. Gleich am Eingang befand sich die Rezeption, die mich, so wie das Äußere des Hauses, an ein Hotel erinnerte. Eine junge Frau, fast noch ein Mädchen, lächelte uns freundlich verlegen entgegen.

»Wir haben einen Termin«, sagte ich und sah mich um. Emma hielt sich an meiner Bluse fest.

»Einen Moment, bitte.« Sie nahm den Telefonhörer eines antiquierten Telefons und rief jemanden an. Dann kam sie hinter der Rezeption hervor. Sie humpelte, wie ich bemerkte, als sie neben uns ging und uns bat, ihr zu folgen. »Schwester Gioconda erwartet Sie bereits.«

Sie führte uns zum Büro der Heimleitung. Zumindest stand

dies auf der Tür. Davor stand eine ältere Dame in Schwesterntracht. »Herzlich willkommen, ich bin Schwester Gioconda.« Ich erwiderte ihren Gruß. Emma dagegen sagte nichts. Ängstlich wie ein verschrecktes Reh sah sie Schwester Gioconda an. »Hallo, Emma«, begrüßte sie nun auch meine Schwester und legte ihre Hand auf Emmas Arm, den diese erschrocken zurückzog. »Schön, dass Sie beide hier sind.« Sie bemerkte meinen Blick, den ich auf die ausgesprochen schönen Bilder, die an der Wand vor ihrem Büro hingen, gerichtet hatte. »Alle Bilder, die Sie hier sehen, sind von unseren Bewohnern gemalt und gezeichnet worden«, sagte Schwester Gioconda. »Viele Menschen hier haben eine außergewöhnliche Begabung. Diese Bilder sind von einem jungen Mann. Schauen Sie nur diese filigran gezeichneten Hände an. Sie können, wenn sie genau hinsehen, die Adern und Altersflecken auf dem Handrücken erkennen.«

Ich trat näher und betrachtete die Bilder. Sie hatte recht. Die Hand war in allen Einzelheiten mit Bleistift gezeichnet worden. Hier war ein echter Künstler am Werk gewesen. Sie waren hervorragend. Aber trotzdem war irgendetwas nicht richtig, bis ich bemerkte, dass die Menschen keine Gesichter hatten. Anstelle der Gesichter waren da nur hellgrau schattierte Flächen. Menschen ohne Gesichter. Man erkannte keine Emotionen.

»Beeindruckend. Und auch wenn die Frau auf diesem Bild kein Gesicht hat, glaube ich dennoch Sie zu erkennen«, sagte ich zu Schwester Gioconda.

»Da haben Sie recht. Das bin ich. Ich erkenne mich natürlich an meinen alten Händen. Er hat mir nicht geschmeichelt, der junge Mann.« Schwester Gioconda lächelte mich an. »Wir fördern diese Begabungen. Das gibt unseren Bewohnern Selbstbewusstsein.«

Emma stand die ganze Zeit über hinter mir und hielt sich weiterhin an meiner Bluse fest. Sie versuchte, sich zu verstecken, was ihr natürlich nicht gelang.
»Du bist also Emma«, sagte Schwester Gioconda und nahm ihre Hand.
Emma nickte.
»Lass uns doch einfach durch die Räume gehen, damit ich euch alles zeigen kann«, wendete sie sich weiter an meine Schwester, die skeptisch dreinblickte, sich aber entschloss, ein wenig von mir abzulassen. »Und wenn du Fragen hast, dann frag mich. Was immer du willst. Das gilt selbstverständlich auch für Sie«, wandte sie sich mit dem letzten Satz an mich.
Sie führte uns durch zahllose Räume, erzählte von den Bewohnern. In einem Zimmer fiel mir ein Planer auf, der an der Wand hing. Er war ähnlich strukturiert wie der in Emmas Zimmer, ein Planer, auf dem stand, wann gegessen, geschlafen und gearbeitet wurde.
»Kann Emma ihre Zimmereinrichtung von zu Hause mitbringen?«, fragte ich ganz leise in der Hoffnung, dass mich Emma nicht verstehen konnte. Aber sie war viel zu aufmerksam, als dass ihr etwas entging.
»Was soll ich mitbringen?« Ich ignorierte ihre Frage, die zu beantworten ich unfähig war.
»Aber natürlich. Sie kann sich so einrichten, wie sie es möchte.«
»Hast du denn ein besonderes Zimmer?«, fragte sie nun meine Schwester.
Emma nickte. »Ich habe ein Zimmer voller Hummeln. Ich mag Hummeln«, antwortete sie laut.
»Hummeln mag ich auch«, antwortete Schwester Gioconda. »Es sind fleißige Tiere.«
Das ganze Haus wirkte warm und freundlich. Hin und wieder

trafen wir Menschen in den Gängen, die Schwester Gioconda freundlich grüßte. Die Führung fand ihr Ende in einem gemütlichen, wenn auch schlicht eingerichteten Aufenthaltsraum, in dem es eine kleine Cafeteria gab.

»Lassen Sie uns doch gemeinsam einen Kaffee trinken. So kann ich Sie etwas besser kennenlernen«, forderte Schwester Gioconda uns auf.

»Hier ist es schön.« Das Wort *schön* ging mir nur schwer über die Lippen.

Emma zog an meiner Bluse, die bereits unzählige Falten von ihrem unablässigen Gezerre aufwies.

»Was ist?«, fragte ich sie.

»Ich will Kuchen haben.« Sie zeigte auf die Cafeteria.

»Hol dir doch ein Stück. Er schmeckt ausgezeichnet«, mischte sich Schwester Gioconda ein. »Wir backen ihn hier selbst.«

Emma schaute mich unschlüssig an, dann ging sie zu der Kuchentheke. Eine ganze Weile betrachtete sie die Kuchen, die dort hinter einer Glasscheibe ausgestellt waren.

»Sie kann sich nicht entscheiden.« Ich lächelte Schwester Gioconda verlegen an.

»Es ist in Ordnung, dass Sie sich hier unwohl fühlen. Das ist normal. Aber Sie müssen wissen, dass es Ihrer Schwester hier gutgehen würde.«

»Ich habe ein unglaublich schlechtes Gewissen, dass ich mich nicht selbst um sie kümmern kann. Haben Sie denn überhaupt einen Platz für Emma?«

»Nicht im Moment, leider. Alle Zimmer sind belegt. Es ist ja nicht so, dass unsere Bewohner hier wieder ausziehen. Wer einmal hier ist, der bleibt in der Regel. Aber wir haben keine Warteliste. Ich kann Ihnen leider nichts versprechen, keinen Termin nennen.«

»Es wäre sehr dringend«, sagte ich flehend. »Meine Mutter ist gestorben, und ich lebe in Los Angeles und kann mich nicht länger um meine Schwester kümmern.« Alles sprudelte aus mir heraus. Selbst dass Stan mich betrogen hatte, behielt ich nicht für mich. Schwester Gioconda blickte mich verständnisvoll an.

»Manchmal ist das Leben nicht einfach. Sie denken im Moment, dass es Ihnen übel mitspielt, und wahrscheinlich haben Sie auch recht. Dennoch kann ich Ihnen aus Erfahrung sagen, dass es immer weitergeht. Vertrauen Sie mir. Vielleicht ist es Ihnen ein Trost, wenn ich Ihnen sage, dass alles einen Grund im Leben hat. Möglicherweise ist es wichtig für Sie und für Ihre Schwester, dass sie noch eine gewisse Zeit zusammen verbringen können.«

»Wie soll ich mich nur um Emma kümmern?«

Bevor sie mir antworten konnte, kam Emma zurück an unseren kleinen Bistrotisch. Auf ihrem Teller waren drei verschiedene Kuchen. Sie setzte sich, und während sie aß, beobachtete sie verstohlen das Geschehen um uns herum. Nach nur wenigen Bissen schob sie den Teller weit von sich. Ein wenn auch leises »Mag ich nicht« war zu hören. Ich vermutete, dass sie nun gleich ihr Buch aus der Tasche holen würde, aber ich täuschte mich, nicht einmal das war es ihr wert.

»Sobald ein Platz frei wird, werde ich mich umgehend bei Ihnen melden. Denn es kommt auch mal vor, dass uns jemand verlässt.«

Ich fragte mich kurz, wie sie das meinte. Wahrscheinlich dann, wenn jemand starb.

»Manchmal wird auch ein Bewohner wieder nach Hause geholt. Wissen Sie, auch wenn man meint, es nicht zu können, es nicht zu ertragen, fehlt einem der Sohn oder die Tochter, vielleicht auch die Schwester«, antwortete sie lächelnd, als hätte sie meine Gedanken gelesen.

Im gleichen Moment, wie ich mich von Schwester Gioconda verabschiedete, sprang Emma hastig auf und stellte sich sofort neben mich, gerade so, als könne sie nicht erwarten, wieder gehen zu dürfen. Oder war es die Sorge, dass ich sie gleich hierlassen würde? Schwester Gioconda begleitete uns zum Ausgang. Emma ging nahe an der Wand entlang, als würde sie an der glatten Mauer Halt suchen, und riss mit einem lauten Geschepper eines der Bilder herunter. Das Glas zerbrach in tausend Scherben. Panisch schaute Emma auf Schwester Gioconda.
»Es tut mir leid!«, schrie sie auf.
»Das macht doch nichts. Das kann jedem passieren. Auch mir ist das schon passiert.« Sie rief nach dem Mädchen von der Rezeption. »Räum das doch bitte gleich weg, nicht dass sich noch jemand an den Scherben schneidet.«
Emmas Angst ebbte augenblicklich ab. Ihre Erleichterung war körperlich zu spüren. Wie sehr sie doch Angst vor Schelte hatte. Aber das war schon immer so gewesen. Schwester Gioconda hatte ihr mit einem Satz die Angst genommen. Hier wäre der richtige Platz für Emma. Aber wie lange würde es dauern, bis sich eine Mutter oder Vater – an eine Schwester mochte ich nicht denken – dazu entschloss, ihr Kind wieder nach Hause zu holen? Wie lange würde ich warten müssen?
Zum Abschied gab Emma Schwester Gioconda die Hand. Die rechte, wie ich bemerkte. Früher, so hatte ich in Erinnerung, hatte Emma nie jemandem die Hand gegeben. Und wenn sie musste, gab sie stets die linke.

»Ich mag hier nicht bleiben«, sagte Emma, als wir wieder im Auto saßen.
»Hat es dir denn nicht gefallen? Ich fand es dort sehr schön.«
Ich hätte gerne gewusst, was sie dachte, ob sie glaubte, dass ich sie loshaben wollte. Es war ein unangenehmes Gefühl.

»Den Kuchen mag ich nicht.«
»Hast du die Bilder gesehen? Sie waren wunderschön«, machte ich einen weiteren Anlauf, mit ihr ins Gespräch zu kommen.
»Ja, ich habe die Bilder gesehen.«
»Die Menschen hatten keine Gesichter.«
Sie lenkte das Gespräch wie immer in ihre Richtung. »Was bekomme ich jetzt von dir? Du hast mir versprochen, dass ich etwas von dir bekomme.«
»Lass dich überraschen. Morgen kaufe ich es.«
»Du darfst es nicht vergessen.«
Aufrecht saß Emma neben mir. Wieder dirigierte sie mich, obwohl ich den Heimweg auch ohne Karte gefunden hätte.
Nach zwei Stunden erreichten wir die Straße, die Bear Isle mit dem Festland verband. Dieses Mal schaute ich mir jede *White Pine* genau an.
»Warum fährst du so langsam?«
»Ich suche den Baum, den Ort, wo Mutter gestorben ist.«
»Hier?«
»Ja, hier muss es irgendwo sein.«
Miss Fairbanks hatte mir erzählt, dass es auf dieser Allee passiert war. Gegen eine der Kiefern war sie gefahren und hatte sich das Genick gebrochen. Aber ich konnte nichts erkennen.
»Dort pflücke ich immer mit Mama Blaubeeren«, sagte Emma. Ihr Gesicht ließ keine Gemütsregung erkennen, stattdessen zeigte sie auf den dichten Wald. »Hinter den Bäumen ist eine Lichtung.«
»Sollen wir ein paar pflücken?«
Sie nickte hocherfreut. »Ja, ja, ja.«
Ich parkte den Pick-up am Straßenrand vor einer Kiefer, die ich sofort näher inspizierte, schließlich konnte es solche Zufälle geben. Aber auch diese sah unversehrt aus.
»Hinten auf dem Pick-up müsste noch ein Korb stehen.« Zu-

mindest erinnerte ich mich daran, dort einen gesehen zu haben.
Meine Schwester reagierte nicht. Es widerstrebte mir, ihr etwas zu befehlen. Wie so oft hatte ich vergessen, dass sie nur direkte Anweisungen ausführen konnte. Sie verstand nicht, wenn ich es ihr nicht direkt sagte, was sie zu tun hatte. »Hol bitte den Korb von der Ladefläche«, sagte ich also.
Emma tat es augenblicklich.
Wir mussten ein Stück weit gehen, bis wir schließlich in einem dunkelblau leuchtenden Feld mit kniehohen Sträuchern standen, die voll reifer Blaubeeren hingen. Auch ich war früher auf dieser Lichtung mit Mutter oft beim Pflücken gewesen. Emma begann sogleich, mit ihren Fingern durch die niedrigen Sträucher zu kämmen. Ganz vorsichtig, damit sie keine Beere verletzte. Dabei hatten Blaubeeren eine dicke Haut und hielten einiges aus.
Ich steckte mir eine einzelne in den Mund. »Ich habe ewig keine frische Blaubeere mehr gegessen.«
Emma schaute mich erstaunt an. »Hast du nicht?«
»Nur in Muffins.«
»Nur in Muffins«, wiederholte Emma, als würde sie es nicht glauben können.
»Die sind wirklich gut. Das war eine tolle Idee«, freute ich mich und ging ebenso in die Hocke und klaubte die Beeren vom Strauch.
Die Zeit verstrich langsam. Es war immer noch unsäglich heiß, und ich hatte Durst. Erleichtert bemerkte ich, dass der Korb beinahe voll war. Eher würde Emma nicht mit dem Pflücken aufhören, wie ich leider zu spät bedacht hatte.
Vom ständigen Bücken schmerzte mein Rücken. Ein leichter Wind wehte auf der Lichtung und brachte etwas Abkühlung. Ich dachte über St. Agnes nach. Es wäre perfekt. Ich dachte

daran, was Schwester Gioconda gesagt hatte, dass alles seinen Sinn hätte. Ich merkte, wie ich meine Stirn in Falten legte, und begann nacheinander meine Muskeln im Gesicht zu entspannen. Das tat ich hin und wieder. Die Augenbrauen, die Mundwinkel, die Stirn. Dann zählte ich bis zehn. Vielleicht hatte ich in diesem Moment, da alle meine Muskeln entspannt waren, auch kein Gesicht, so wie die Menschen auf den Bildern. Ich verscheuchte meine Gedanken und pflückte weiter, damit der Korb voll wurde und wir endlich nach Hause fahren konnten.

Schweiß hatte sich auf meinem Rücken gebildet, der meine Bluse am Körper kleben ließ. Zwischen meinen Brüsten lief ein Rinnsal hinunter. Was für eine blöde Idee, bei der Hitze Blaubeeren zu pflücken.

Im Dickicht zwischen den Bäumen raschelte es. Ich drehte mich um, aber da war nichts. Und trotzdem wusste ich, dass etwas nicht stimmte. Auch Emma hatte es bemerkt.

»Baribal«, sagte sie leise und zog die letzte Silbe des Wortes in die Länge. Eine Gänsehaut lief mir über den Rücken, die mich trotz der Hitze schaudern ließ.

»Baribal?«, wiederholte ich leise fragend, obwohl ich wusste, was sie meinte.

Sie nickte.

Und plötzlich sah ich ihn. Zwischen den Bäumen kam er hervor. Er war groß, und sein schwarzes Fell glänzte im gleißenden Sonnenlicht. Langsam trottete er auf uns zu. Mein Mund war trocken, und ich schluckte, was in meiner Kehle schmerzhaft brannte. Emma stand aufrecht neben mir und schaute mich verängstigt an.

»Wir müssen Krach machen. Schnell!«, stieß ich hervor. Ich war in Panik. Mit was sollten wir Krach machen? Wir hatten nur den Korb dabei. Nichts weiter. Bären hatten Angst vor

Menschen, sie liefen davon, wenn man Lärm machte, aber dieser hier sah nicht so aus, als ob er Angst vor uns hätte. Panisch klimperte ich mit dem Schlüsselbund, an dem gerade mal drei Schlüssel hingen. Emma stellte sich hinter mich, ging in Deckung. Eine schlechte Deckung. Meine Knie schlotterten.

Mit trägen Schritten kam der Bär näher. Immer wieder hielt er dabei inne und schaute uns an, beobachtete uns.

Was hatte Mutter nur immer gesagt?

»Lärm machen, die Arme über den Kopf, macht Lärm, Ally«, flüsterte ihre Stimme in meinem Kopf.

Nur mit was? Vorsichtig, ohne eine zu schnelle Bewegung zu machen, drehte ich den Kopf und schaute zum Wagen. Der Pick-up stand mindestens zweihundert Meter von uns entfernt am Straßenrand. Nicht weit, aber selbst wenn wir rennen würden, gegen einen Bären hatten wir keine Chance.

»Wir müssen laut sein«, wollte ich schreien, was mir nicht gelang. Stattdessen wisperte ich es Emma zu.

Nach Mutters Anweisung schwenkte ich die Arme über dem Kopf, damit er uns nicht mit einem Tier verwechselte. Allmählich fielen mir all die Regeln wieder ein, die wir gelernt hatten. Bären sehen schlecht und könnten uns mit einem Beutetier verwechseln, deshalb sollte man sich bemerkbar machen.

Emma schrie nicht. Sie bewegte sich auch nicht. Sie begann zu summen. Das Summen schwoll an, als würden Tausende von Hummeln und Bienen uns umschwirren. Der Bär blieb wenige Meter vor uns stehen. Mich schauderte, aber es war nicht nur wegen des Summens, es war vielmehr deswegen, weil ich merkte, dass ich Zeuge von etwas Ungewöhnlichem wurde, von etwas, das es nicht geben konnte. Und auch, weil ich wusste, dass wir eher tot als lebendig waren. Zumindest eine von uns.

Vielleicht hatte er schon bei einem Honigklau Bekanntschaft mit Bienen und deren schmerzhaften Stichen gemacht. Er setzte eine Pranke nach vorne. Sein massiger Rumpf bebte, seine kräftigen Gliedmaßen vibrierten unter seinen Schritten.
Ich verspürte den immer stärker werdenden Drang wegzurennen, was unser Todesurteil wäre. Ich sah mich um. Es gab Bäume, auf die ich hätte klettern können, aber Emma konnte nicht klettern. Außerdem waren Bären gute Kletterer. Auf seinem schwarz glänzenden Fell konnte ich vereinzelte Kletten erkennen, die sich darin verfangen hatten. Hätte ich meine Hand ausgestreckt, hätte ich sie ihm aus dem Fell zupfen können. Der Bär kam immer näher, und plötzlich spürte ich sogar seinen Atem auf meinem Arm, bevor er seinen mächtigen Kopf zu Emma drehte. Er stellte sich auf die Hinterfüße und überragte uns um mehr als einen Kopf. Mein Herz blieb stehen.
Emma summte immer noch. Laut und lauter. Ich sah, dass sie die Augen geschlossen hielt. Auch ich wollte es tun, konnte aber meinen Blick nicht abwenden. Sie summte, und es schien mir, als ob sie es tat, ohne Luft zu holen. Er würde sie töten, das war sicher. Ich wollte schreien, aber mein Hals war wie zugeschnürt. Seine Schnauze war wenige Zentimeter vor Emmas Gesicht, die instinktiv das Richtige tat und dem Bären nicht in die Augen sah.
Mit einem Mal ließ er sich wieder auf die Vorderbeine fallen. Seine lange, unbehaarte Schnauze, die kleinen Augen und die runden, aufgerichteten Ohren, alles war in unmittelbarer Nähe. Er schaute zu Emma, und plötzlich streckte er seine lilafarbene lange Zunge heraus und leckte über ihr Gesicht. Dann ließ er von uns ab und trabte gemächlich in den angrenzenden Wald.
Ich ging in die Knie.
»Steh auf. Wir gehen zum Auto«, Emma zog mich hoch. Ich folgte ihr, und wir gingen langsam zu unserem Pick-up.

»Alles in Ordnung?«, fragte ich sie endlich mit krächzender Stimme.

Emma nickte. Sie war kreidebleich. Sie hatte uns das Leben gerettet. Ihr Summen oder was auch immer es gewesen war.

Emma hatte sich gerade auf den Sitz gesetzt, als ihr einfiel: »Der Korb.«

Allmählich löste ich mich aus meiner Starre.

»Ich geh da nicht zurück.« Ich blickte in Richtung des Feldes, wo der bis oben gefüllte Korb stand. Vom Bären war weit und breit nichts zu sehen.

»Der Korb. Ally. Bitte«, sie flehte mich an.

Langsam, mit weichen Knien, ging ich zurück. Und glaubte, dass der Bär jeden Moment umkehren und über mich herfallen würde. Ich musste verrückt sein, aber mein Verstand hatte sich verabschiedet. Ich hob den Korb hoch und trug ihn zum Auto. Dabei blickte ich ständig über meine Schulter. Aber der Bär war nicht mehr zu sehen, er war verschwunden, als hätten wir ihn uns nur eingebildet.

9.

Eine besondere Begabung

Emma lag mehr auf dem Beifahrersitz, als dass sie saß. Die Spange ihres Zopfes hatte sich gelöst. Die Landkarte lag ordentlich zusammengefaltet in ihrem Schoß, daneben ihre zitternden Hände. Die Anspannung war noch nicht von mir gewichen, und meine Knie schlotterten, nur mit Mühe gelang es mir, mich auf die Straße zu konzentrieren.

»Du hast uns beiden das Leben gerettet«, sagte ich, als wir bald darauf das Ortsschild passierten. Ich ertrug die Stille nicht und wollte, dass Emma mit mir sprach, um zu sehen, ob es ihr gut ging.

»Ja?«, fragte sie und schaute mich an.

»Wenn du nicht gesummt hättest, dann hätte der Bär uns sicherlich getötet.«

»Du magst es nicht, wenn ich summe.«

»Dieses Mal mochte ich es aber sehr. Auch wenn ich immer allergisch darauf reagiere.«

»Du bist allergisch?«

»Gegen Stiche von Bienen, Wespen und Hummeln. Das war ich doch schon früher.« Ich schaute sie erstaunt an. Sie hatte als Kind mitbekommen, wie ich einmal von einer Biene gestochen und mit dem Notarztwagen ins nächste Krankenhaus gebracht worden war. Ich war in Lebensgefahr gewesen. Wie hatte sie das vergessen können?

»Ich kann mich nicht daran erinnern. Nur an den Notarztwagen. An den kann ich mich erinnern.«

»Alles ist besser, als vom Bären aufgefressen zu werden«, sagte ich. »Sogar ein Bienenstich ist besser.«

»Du meinst, er hätte uns gefressen?« Emma schaute mich eindringlich an.

Ich nickte.

»Er hat mich abgeleckt«, sagte sie angewidert.

Bei dem Gedanken daran lief es mir kalt den Rücken herunter. Dieser Bär hatte meine Schwester tatsächlich abgeleckt. Je öfter ich daran dachte, desto unwirklicher erschien mir die Begegnung.

Kurz darauf bogen wir in die Pearl Avenue ein. Endlich wieder zu Hause! Heute würde ich nur noch die Beine hochlegen.

Plötzlich zappelte sie auf dem Beifahrersitz. Ihre Aufmerksamkeit konzentrierte sich auf etwas anderes. Jemand saß auf unserer Veranda.

»Marth. Da ist Marth!«, rief Emma.

Obwohl ich denjenigen nicht erkennen konnte, hatte Emma schon von weitem gesehen, dass es Marth war, die in einem der beiden Schaukelstühle saß und wippte. Als Marth unser Auto sah, sprang sie auf und winkte uns freudig zu.

»Ich warte schon eine Weile«, sagte sie und umarmte Emma, als wir ausstiegen und uns zu ihr auf die Veranda gesellten.

»Ich dachte, du bist beim *Quilting Bee*«, ging ich dazwischen.
»Heute bin ich auch nicht gegangen, weil doch Emma meine Indianerin sticken muss. Dann bin ich fertig.«
»Nächste Woche kommen wir auf jeden Fall«, sagte ich und wusste, dass ich dann immer noch hier sein würde. Dabei hatte ich vorgehabt, längst wieder in Los Angeles zu sein, bei Stan. Wieder sah ich das Bild vor mir, und eine damit verbundene Übelkeit stieg in mir hoch.
»Ein Bär hat mich abgeleckt«, sagte nun Emma.
»Ein Bär?«
Emma nickte und erzählte ihrer jungen Freundin die Geschichte. Ich setzte mich, nachdem ich uns Limonade aus der Küche geholt hatte, erschöpft in Mutters Lieblingsschaukelstuhl. Emma hüpfte nervös von einem Fuß auf den anderen – immer darauf bedacht, nicht auf die Linien zu treten – und berichtete alles bis ins kleinste Detail. Gleich zu Beginn wollte ich einen Satz einwerfen, ihre Erzählung ergänzen, stellte aber fest, dass sie das nicht mochte, denn sie begann die komplette Geschichte wieder von vorne. Also ließ ich es sein, auch Marth zuliebe, schloss die Augen und lauschte Emmas nüchterner Erzählung, die sie mit dem Satz schloss: »Ich habe Ally das Leben gerettet.«
Marth sah mich entgeistert an. Einerseits zweifelte sie an dem, was sie gehört hatte, was ihr deutlich anzusehen war, und andererseits wusste sie, dass Emma niemals log. Was wiederum bedeutete, dass diese unglaubliche Geschichte wahr sein musste. Ich erlöste sie und sagte: »Ja, das hat sie. Emma hat mir das Leben gerettet.«
»Siehst du, Ally sagt es auch«, meinte Emma.
Sicherlich hätte auch ich diese außergewöhnliche Begegnung nicht für mich behalten. Ich hätte sie Sofia erzählt und natürlich Stan. Aber hätte mir auch nur irgendjemand diese Geschichte geglaubt? Glauben können? Dass ein Bär übers Gesicht meiner

Schwester geleckt hatte? Sicherlich nicht. Nur wer Emma kannte, konnte diese Geschichte glauben. Seltsamerweise musste ich in diesem Augenblick an Stans Mutter denken. Ihr hätte die Geschichte mit Sicherheit gefallen. Wenn wir zu Thanksgiving nach Seattle gefahren wären, hätte ich sie ihr erzählt. Wie sehr ich seine Mutter mochte, fiel mir wieder ein und dass ich nun auch diese Familie verloren hatte. Wieder eine Familie, die ich nicht mehr sehen würde. Was er wohl seinen Eltern sagen würde, was passiert war? Dass ich ihn verlassen hatte? Ich würde es niemals erfahren.

»Es stimmt. Es war ein Bär. Ein riesengroßer schwarzer Bär.«

»Ein Bär!«, stöhnte Marth auf. »Den hätte ich auch gern gesehen. Ein Bär ist ein gutes Zeichen.«

»Tatsächlich?«, wunderte ich mich.

»Ein Bär ist ein besonderes Tier«, meinte sie geheimnisvoll.

»Willst du die Geschichte noch einmal hören?«, fragte Emma Marth und schaukelte hektisch in dem Schaukelstuhl, in den sie sich gesetzt hatte, als ich aufgestanden war.

»Heute nicht mehr. Es ist schon spät, und ich muss nach Hause, sonst schimpft Mutter. Ich werde ihr aber sagen, was euch passiert ist!« Den letzten Satz rief sie uns zu, als sie bereits auf dem Gehweg stand, dann rannte sie die Pearl Avenue entlang.

»Nein, ich mach das!«, schrie Emma ihr hinterher. Aber Marth hatte es nicht mehr gehört. Bevor sie abbog, blieb sie abrupt stehen und drehte sich zu uns um. Sie winkte und verschwand in der nächsten Straße.

»Sie kann die Geschichte nicht richtig erzählen. Ich werde sie Linda und Philip noch einmal erzählen müssen.«

»Das wirst du sicherlich tun müssen«, antwortete ich, ging zum Pick-up, den ich auf der Straße vor der Veranda geparkt hatte, und hievte den prall gefüllten Korb von der Ladefläche. Es waren mindestens zehn Kilo Blaubeeren.

Wir konnten nicht derart viele essen. Ich würde Sol und Miss

Fairbanks fragen. Vielleicht hatten sie Verwendung dafür. Mist, ich hätte Marth einen Eimer voll mitgeben können. Einige konnte ich einfrieren, aber nicht den ganzen Korb.
»Was machen wir nun mit den ganzen Blaubeeren?«, fragte ich.
»Wir machen daraus Blaubeersirup«, meinte Emma.
»Blaubeersirup? Und wie soll das gehen? Ich habe noch nie Sirup gemacht.« Ich atmete tief aus, was zur Folge hatte, dass es sich wie ein Seufzer anhörte. Plötzlich nahm mich Emma fest an der Hand und ging mit mir ins Haus. Sie zog mich den Flur entlang zu der niedrigen Tür, die unter der geschwungenen Treppe verborgen lag und in den Keller führte.
»Emma, was willst du im Keller?« In den war ich früher schon nicht gerne gegangen. Sicherlich hatte es daran gelegen, dass Miss Fairbanks immer erzählt hatte, dass es in den Kellern besonders gern spukte und polterte.
»Komm mit, Ally!«, trötete Emma laut in mein Ohr und ignorierte meine störrische Weigerung. Sie öffnete die weiße schmale Tür und zog mich die engen Treppen nach unten.
»Mach wenigstens das Licht an«, wisperte ich ängstlich, und Emma lachte laut auf.
»Der Lichtschalter ist unten, weißt du nicht mehr?«
Endlich knipste Emma die Glühbirne an, indem sie an der Schnur zog, die von der Decke hing. Der Raum war jetzt in ein schummriges Licht getaucht. Nur langsam gewöhnten sich meine Augen daran. Leicht gebeugt stand ich in dem kleinen Raum, dessen Decke von dicken Balken getragen wurde und bedrohlich tief hing. An den Wänden standen vollgestopfte Holzregale, deren Inhalt ich nicht erkennen konnte.
»Hier ist es immer noch genauso gruselig wie früher.« Es war kühl, und mich fröstelte in dem modrig riechenden Gewölbe.
»Das ist ein Keller«, stellte Emma nüchtern fest, die meine Angst nicht nachvollziehen konnte. Emma hatte keine Angst

vor Unwirklichem. Es hatte sie nie gegruselt. Was auch nicht möglich war, da sie alles mit ihrer eigenen Art von Ernst und nüchterner Logik betrachtete, die niemand außer ihr verstand. Wie konnte man Angst vor Geistern und Gespenstern haben, wenn diese nicht sichtbar, nicht realistisch waren? Emmas Ängste waren anders. Sie hatte vor Veränderungen, vor fremden lauten Geräuschen und vor Menschenansammlungen Angst. Vor allem aber vor Schelte. So hatte sie früher stets geheult, bevor Mutter zum Schimpfen angesetzt hatte. Ja, ich erinnerte mich. Mutter schimpfte vor allem, wenn sie rülpste, was sie gerne in der Öffentlichkeit tat, oder pupste, was sie ebenso gerne in der Öffentlichkeit tat.

* * *

Meine erste Erinnerung an meine Schwester war tief in meinem Gedächtnis eingebrannt. Ich war gerade vier Jahre alt geworden. Das wusste ich heute noch genau, da ich das Bild mit den vier rosaroten Kerzen auf meinem Geburtstagskuchen immer noch vor Augen hatte, daneben das kleine längliche Geschenk, eingepackt in rosarotes Geschenkpapier, auf dem goldene Kronen gemalt waren. Ich wusste bereits, ehe ich das Papier entfernte, was darin eingewickelt war. Eine Barbiepuppe. Mutter hätte nicht gewagt, mir diesen einen, einzigen Wunsch nicht zu erfüllen. Es war kurz nach diesem Geburtstag, als ich das erste Mal mit meiner Mutter Emma von ihrer Behandlung abholen durfte. Ergotherapie. Heute weiß ich das, damals dachte ich, dass es etwas ganz Besonderes sei. Etwas, von dem ich ausgeschlossen wurde. Später hatte Mutter mir erzählt, dass ich meine Schwester immer um diesen Termin beneidet hätte, denn dort hatte Emma das Schuhebinden gelernt und durfte Trampolin springen. An manchen Tagen durfte sie basteln und töpferte wunderschöne Dinge, die sie immer stolz nach Hause brachte. Ich durfte also das erste Mal mit und begleitete meine Schwester, die nur an diesem Tag die Schuhe zum Schnüren anzog. Erwartungsvoll saß ich mit meiner neuen Barbiepuppe auf dem Schoß und wartete darauf, dass ihre Stunde vorüber war. Ich hörte das laute Quietschen des Trampolins unter Emmas Sprüngen und ihre lauten Rufe, die durch die geschlossene Tür in den Flur drangen. Als die Stunde vorüber war, kam sie heraus, stampfte mit großen Schritten auf mich zu und legte mir etwas, das in Zeitungspapier eingewickelt war, grob in den Schoß. Auf meine Barbiepuppe.

»Das ist für dich«, stieß sie zornig aus.

Es war etwas Großes, Schweres. Vorsichtig zog ich die Barbie darunter hervor und versuchte, das seltsame Ding nicht zu berühren. Ich fragte mich, was passiert war. Warum verhielt sich Emma so? Warum war sie zornig auf mich? Als wir von zu Hause losgefahren waren, hatte sie sich doch so gefreut, dass ich mitkommen würde. Hatte mir ein Geschenk versprochen, das sie extra für mich gemacht hatte. Nun beachtete sie mich nicht. Hatte mir nur dieses schwere Etwas in den Schoß gelegt und war zu Mutter gelaufen, um sich in deren Schoß fallen zu lassen. Ihr Gesicht verbarg sie in Mutters langen dunklen Haaren. Verängstigt saß ich auf dem harten Stuhl und sah ihrem Rücken an, dass etwas geschehen war. Es musste etwas Schlimmes sein, und ich bekam fürchterliche Angst. Trotzdem weinte ich nicht. Was hätte es auch gebracht? Niemand beachtete mich. Emmas grauenvolles Heulen schwoll weiter an. Ich sah, wie eine Frau, die vorher noch nett mit mir gesprochen hatte, auf Mutter einredete. Ob es wohl an mir lag, fragte ich mich? Vielleicht hatte ich etwas falsch gemacht?

Später, als wir gemeinsam im Auto saßen, traute ich mich zu fragen, was passiert war.

»Deine Schwester hat eine Erzieherin angerülpst, als sie ihr die Hand gegeben hat. Dafür wurde sie bestraft.«
»Ich habe meine Belohnung nicht bekommen«, heulte Emma laut.
Später, als wir längst zu Hause waren, packte Mutter das Ding in dem Zeitungspapier mit mir aus. Ich hatte Angst davor und wollte es nicht in meinem Zimmer haben. Aber Mutter bestand darauf.
»Ich finde rülpsen nicht schlimm«, sagte ich zu Mutter. Worauf sie mir antwortete, dass Emma aber so in der Welt nicht zurechtkommen würde.
»Oder möchtest du, dass ich so etwas tue, anstatt hallo zu sagen?« Ich schüttelte den Kopf und konnte schon wieder ein bisschen lachen. Wie so oft erklärte mir Mutter mit wenigen Worten, was ich nicht verstehen konnte.
»Ich kann gar nicht rülpsen«, antwortete ich und nahm mir vor, es mir von Emma zeigen zu lassen. Denn sie konnte es wirklich ausgesprochen gut.
In dem Zeitungspapier war ein Herd für mein Barbie-Puppenhaus. Er war aus Ton und die perfekte Nachbildung von Mutters Herd in der Küche. Sie hatte ihn sogar in den gleichen Farben angemalt. Das war das Geschenk für meinen vierten Geburtstag von ihr gewesen. Es war wunderschön.

* * *

»Wir machen Blaubeersirup.« Emma holte mich aus meinen Erinnerungen zurück. Ich sah, wie sie ein paar Flaschen aus dem Regal nahm, in dem wohl Hunderte von leeren Bügelflaschen standen.
»Wir brauchen achtunddreißig Flaschen.«
Nun musste ich doch verwundert auflachen. »Da gehe ich aber jede Wette ein, dass du das nicht vorhersagen kannst.«

»Was?«
»Du kannst nicht vorhersagen, dass du genau achtunddreißig Flaschen dafür brauchst.«
»Das kann ich.« Sie war entrüstet.
Von mir aus, dachte ich und bemerkte, wie ich meine Augen verdrehte. Ich war hundemüde und wollte lieber ins Wohnzimmer und mich aufs Sofa legen.
»Dann machen wir halt achtunddreißig Flaschen Blaubeersirup.«
Ich nahm zwei Körbe, die neben dem Regal standen, und packte so viele Flaschen hinein, wie hineinpassten. Schließlich wollte ich kein weiteres Mal hier heruntergehen.
»Ich zieh an der Schnur!«, rief Emma aufgeregt und machte das Licht aus. Dann ging sie vor mir die Treppe wieder hinauf. Ich folgte ihr dichtauf, was Emma veranlasste, noch schneller zu laufen.
Erleichtert schloss ich die Kellertür hinter mir.
In der Küche glaubte ich, zu träumen. Ich traute meinen Augen kaum, konnte nicht fassen, was nun geschah.
Emma ging, ohne zu zögern, an die Küchenschränke und nahm Töpfe, Siebe und Kochlöffel heraus. Aus dem Kühlschrank nahm sie Zitronen, aus dem Apothekerschrank kleine Behälter mit Gewürzen und ein großes Paket Zucker.
»Hol den Korb mit den Beeren. Wasch sie ab!«, befahl sie, und ich tat in meiner Verwunderung, was meine Schwester von mir verlangte. Zuerst wusch ich die Beeren, dann spülte ich die Flaschen, die wir aus dem Keller geholt hatten. Ich machte alles so, wie sie es sagte. Ihre Anweisungen waren genauso klar wie die Anweisungen, die man ihr geben musste, damit sie verstand, was zu tun war.
Voller Erstaunen sah ich, wie sie die Beeren in einen Topf füllte, die Zitronen hauchdünn schälte, dann auspresste und Schale und Saft dazugab. Vorsichtig schnitt sie eine Vanille-

schote längs auf und schabte das schwarze Mark heraus. Das machte sie auf die gleiche Weise mit zwei weiteren Schoten. Sie arbeitete äußerst bedacht und konzentriert, aber dennoch zügig und schnell, so dass bereits nach kurzer Zeit alles in dem Topf kochte. Sie rührte mit den immer gleichen monotonen Bewegungen die Masse, bis sie schließlich alles mit dem Kartoffelstampfer zerdrückte. Dann strich sie geduldig den Brei durch ein feines Sieb und fing die Flüssigkeit auf, um diese noch einmal auf den Herd zu stellen. Immer wieder unterbrach sie ihre Arbeit, um etwas in ihrem Buch zu notieren, das sie weit genug von ihrem Arbeitsplatz entfernt auf den Tisch gelegt hatte, damit es keine der beinahe schwarzen Spritzer abbekam. Aber kaum ein Klecks ging daneben, und wenn doch etwas aus dem Topf spritzte, dann wischte sie es augenblicklich ab.

Sie probierte, tat noch eine weitere Prise Zimt dazu und rieb mit einer feinen Reibe Muskatnuss in den Topf.

Von der Emma, die ich kannte, die ungelenk und ungeschickt war, war nichts mehr zu sehen. Diese Emma hier in der Küche schien wie in Trance. Rührte und würzte und schmeckte ab.

»Fertig!«, rief sie aus und befahl: »Einen Trichter. Er ist im hohen Schrank.«

»Du kannst kochen, weigerst dich aber, morgens deine Milch in die Schüssel zu tun und die Flocken darüberzugeben?« Ich musste lachen und reichte ihr den Trichter. Jetzt erst verstand ich. Es war nicht so, dass sie dazu nicht in der Lage war. Es war das Ritual, das sie nicht ändern konnte oder nicht ändern wollte. Noch aber war ich skeptisch. Hatte die Befürchtung, dass all ihre Mühe umsonst gewesen war, dass der Sirup schrecklich schmecken würde, schließlich hatte sie mehrere Gewürze dazugegeben. Muskatnuss, das konnte im Blaubeersirup doch nicht gut schmecken? Aber ich sollte mich täuschen.

Wir füllten den Sirup in die vorbereiteten achtunddreißig Flaschen. Nur ein kleiner Rest war im Topf verblieben, kaum mehr als ein Wasserglas, den sie in eine kleine Schale goss. Als sie sich umdrehte und ich mich unbemerkt wähnte, tauchte ich meinen Finger in die heiße, fast schwarze Flüssigkeit und steckte ihn schnell in den Mund. Auch weil ich mir den Finger daran verbrannt hatte.
»Emma!«, rief ich aus. Es schmeckte hervorragend. Niemals zuvor hatte ich einen so guten Sirup probiert. Sie schaute mich an. »Das schmeckt unglaublich gut.«
Sie lachte laut auf. »Ja«, erwiderte sie, »ich mag Blaubeersirup.« Was sie umgehend in ihrem Buch vermerkte.
Gerade als wir mit allem fertig waren, klingelte es an der Tür. Sol und Bruno standen auf der Veranda.
»Na, wie war es dieses Mal?«, fragte Sol und meinte St. Agnes.
»Es war eigentlich ganz schön.«
»Eigentlich?«
»Wenn man das von einem Heim überhaupt sagen kann. Ja, dann war es ganz schön.«
Emma kam in den Flur gerannt. »Wir haben einen Bären getroffen. Beim Blaubeerpflücken.«
Zweifelnd schaute mich Bruno an.
»Es stimmt«, bestätigte ich, und Emma erzählte ihre Geschichte. Sie erzählte sie wortwörtlich so wie Marth gegenüber. Sie übertrieb nichts, schmückte und ließ nichts aus.
»Das ist ja was.« Bruno schluckte. »Ihr habt Glück gehabt.«
»Ich habe Ally das Leben gerettet. Stimmt's, Ally?«
Wie oft musste ich mir das noch anhören?
Ich nickte.
»Mit Ally macht alles großen Spaß. Wir haben gekocht.«
Ich mischte mich ein. »Das stimmt nicht. Emma hat gekocht. Es ist unglaublich. Sie kocht – perfekt.«

»Wir wissen das schon lange. Kräuter und Gewürze in Speisen erkennen ist das eine, aber sie dann auch noch grammgenau einzusetzen, das ist wahres Können. Bruno hat mal auf deine Schwester aufgepasst und für sie eine Tomatensuppe gekocht. Er war abgelenkt, ich glaube das Telefon hatte geklingelt. Du weißt ja, wie gerne er telefoniert. Deine Schwester hat die Suppe fertiggekocht, Bruno war natürlich entsetzt, da er dachte, sie könne sich in der Küche verletzen, aber in der Küche passiert ihr nichts. Sie ist wie ein anderer Mensch, wenn sie kocht. Deine Mutter wollte davon nichts wissen. Wir haben es ihr immer wieder gesagt, dass Emma diese besondere Begabung hat und dass man sie fördern muss.« Sol hatte sich warmgeredet.

»Sie ist ein Kochgenie«, meinte Bruno in dem Moment, als Sol Luft holte.

»Bei Emma ist der Geschmacks- und Geruchssinn besonders fein ausgebildet. Frag mich nicht wie, aber sie kann sie einsetzen. Wir wissen es, denn wir haben Emma mehr als ein Mal auf die Probe gestellt, hinter dem Rücken deiner Mutter. Wenn sie fragte, was Emma so gemacht hatte, hat Emma natürlich immer wahrheitsgetreu gesagt, dass sie gekocht hätte, aber deine Mutter hat wohl nicht gedacht, dass sie das tatsächlich getan hat.«

»Die Hühnersuppe«, fiel mir ein.

»Ja, die Hühnersuppe. Du hast es auch nicht geglaubt, stimmt's?«

»Nein, wie auch. Das glaubt man nicht, wenn man es nicht selbst gesehen hat.«

»Deine Mutter hasste Neuerungen. Sie dachte wohl, Emma würde sich in der Küche nur verletzten. Sie hat sie unterschätzt.«

»Und vor allem dachte sie nicht, dass sie so früh sterben würde. Dabei haben wir ihr immer mal wieder gesagt, dass sie alles veranlassen müsste für den Fall, dass ihr etwas zustoßen würde.« Tränen traten in Brunos Augen. Er fächelte sich Wind zu. »Huch, dass ich auch immer gleich heulen muss.«

Bevor sie wieder gingen, gab ich ihnen eine Flasche Blaubeersirup mit und lief mit Emma zu Miss Fairbanks, der wir auch eine Flasche überreichten. Dort erzählte Emma sofort ihre Geschichte.

»Ich gehe jetzt ins Bett«, sagte ich, als Emma ihren letzten Satz gesprochen hatte.

»Und wie war St. Agnes?«, fragte mich Miss Fairbanks, als wir schon vor der Tür standen und ich endlich diesem Kampfergeruch entkommen konnte.

»Es war ganz schön.«

»Ich finde es auch schön, werde aber nicht dort bleiben«, mischte sich Emma ein. »Ich bleibe bei Ally. Ich mag Ally.«

Der nächste Tag bescherte mir zwei weitere Rechnungen. Es war gerade so, als hätten alle darauf gewartet, bis ich nach Bear Isle gekommen war, um bei mir ihre ausstehenden Zahlungen einzufordern. Erst vor kurzem hatte Mutter das Dach richten lassen. Und dafür war die nächste Rate fällig. Dabei sah das Haus so aus, als hätte Mutter schon lange nichts mehr daran machen lassen. Besonders die Außenverschalung hatte einen neuen Anstrich bitter nötig. Die Farbe der sich schuppenartig überlappenden Bretter war an vielen Stellen abgeblättert, und das durch die Sonne ausgebleichte Holz war grau geworden. Taubengrau. Die Dielen auf der Veranda mussten erneuert werden, auch die letzte Stufe, die ins Haus führte, bedurfte eines Ersatzes. Es war einiges zu tun. Auch im Haus. Den tropfenden Wasserhahn hatte Sol bereits repariert, da mir das Geräusch den letzten Nerv geraubt hatte.

»Ich höre das gar nicht«, waren seine Worte gewesen, als er sich unter die Spüle gelegt hatte und zu schrauben begann.

* * *

Emma nervte den ganzen Morgen über mit ihrem ständigen Gefrage, was ich ihr denn nun schenken würde. Sie holte ihr Buch und zeigte mir, was sie hineingeschrieben hatte:
Ally verspricht mir eine große Überraschung.
Darüber stand das Datum, wann ich es ihr versprochen hatte. Niemals würde sie es vergessen. Und niemals wieder würde ich ihr irgendetwas versprechen. Zumindest nahm ich mir das fest vor.
»Ja, schon gut. Ich habe es nicht vergessen.« Mir blieb nichts anderes übrig, als in die Stadt zu fahren und etwas zu besorgen. Vielleicht hatte ich Glück und fand ein Buch über Hummeln oder Bienen, das sie noch nicht hatte.
Den ganzen Vormittag über tranken wir mit Wasser verdünnten Blaubeersirup, der mir noch besser schmeckte als am Tag zuvor. Ich würde dem alten Joe, der am Hafen einen Kolonialwarenladen führte, ein paar der Flaschen anbieten. Vielleicht konnte er den Sirup in seinem Laden verkaufen. Die Touristen waren scharf auf alles, was mit Blaubeeren zu tun hatte. So konnten wir, wenn wir Glück hatten, etwas Geld verdienen.
Miss Fairbanks erklärte sich bereit, bei Emma zu bleiben, obwohl ich mittlerweile überzeugt davon war, dass Emma auch ganz gut ohne Aufpasserin zurechtkommen würde, und so nahm ich mir vor, es in nächster Zeit auszuprobieren. Dann setzte ich mich in den Pick-up, der sofort ansprang, fuhr langsam die Pearl Avenue entlang und genoss den Anblick der Häuser und Vorgärten im Licht der untergehenden Sonne.

Joe's General Store war ein kleiner, nach außen hin unscheinbar wirkender Laden, der so ziemlich alles hatte, was man brauchte und vor allem nicht brauchte. Joe hatte seine Waren hauptsächlich auf die Wünsche der Touristen eingestellt und verkaufte neben kitschigen Souvenirs auch einheimische Produkte. Im Winter, zumindest war es früher so gewesen, hatte er seinen Laden verriegelt und ein Schild ins Fenster gelegt: *Im Winter geschlossen.* Dann hatte er seine Verwandten in Florida besucht, um dort den milden Winter zu verbringen.

Die an der Tür befestigte Glocke gab ein dumpfes Klingeln von sich, als ich den Laden betrat. Auf Tischen unterschiedlicher Größe, die im ganzen Raum herumstanden, gab es alles, was das Herz begehrte. Tassen mit Blaubeer- und Hummermotiven. Wer trank schon gerne aus einer Tasse seinen Kaffee, auf der einem vom Becherboden ein Hummer entgegenlächelte? Daneben lagen stapelweise passende Servietten, Untersetzer und Teller, Geschirrtücher, Taschen, Basecaps. Einfach alles. Es roch nach Tee und Seifen. Ich mochte diesen Laden. Hier hatte ich die Blaubeermarmelade kaufen wollen, bevor ich zurück nach Los Angeles gegangen wäre. Aber das war nun überflüssig, ich brauchte kein Mitbringsel mehr, für niemanden. Auf einem übervollen Ständer waren unzählige Postkarten mit allen möglichen Motiven einsortiert. Sie zeigten Bear Isle bei Sonnenaufgang und Sonnenuntergang, Hummer und Blaubeeren. Die hübschen Hummerfischerboote und die Bucht mit Blick auf den Hafen, wo die Häuser auf hohen dürren Stelzen standen. Auf anderen Tischen lag Treibgut, das von ansässigen Künstlern bearbeitet worden war. Es war ein Sammelsurium all dessen, was Bear Isle, was Maine zu bieten hatten. Auf einem der Tische standen hübsche kleine Marmeladegläser. Daneben konnte man eine Backmischung kaufen, mit der man, wenn man nur Butter, Milch und Blaubeeren dazugab, Muffins backen konnte. Eine nette und überaus praktische Idee, wie ich fand.

Hier passte Emmas Sirup her.

Ein knorriger alter Mann mit ergrauten Elvis-Koteletten kam auf mich zu. Auf der Nase trug er eine kreisrunde Nickelbrille, was ihm ein kauziges Aussehen verlieh.

»Guten Abend, Joe«, begrüßte ich ihn. Wir hatten ihn immer Joe genannt, so wie sein Laden hieß, *Joe's General Store*. Für alle Bewohner von Bear Isle war er einfach immer nur Joe gewesen.

»Ach, die kleine Ally. Was führt dich hierher? Verlässt du uns schon wieder? Möcht'st du etwa ein Souvenir kauf'n?«, fragte er mich neugierig und schüttelte überschwenglich meine Hand. Es wunderte mich nicht, dass er mich noch kannte. Hatte ich doch viele Stunden hier in seinem Laden verbracht, um alles zu betrachten, jedes einzelne Stück, das er anbot, um dann doch stets, ohne etwas zu kaufen, seinen Laden zu verlassen.

»Ich bleibe noch ein Weilchen auf Bear Isle, aber ich habe einen besonderen Blaubeersirup gemacht und an Sie gedacht.«

»Blaubeersirup?«, er zog seine buschigen Augenbrauen verwundert nach oben.

»Ich habe so viele Flaschen, dass ich gehofft habe, dass Sie mir ein paar davon abkaufen?« Ich lächelte ihn charmant an.

»Platz hab ich ja kein', wie du seh'n kannst.«

»Ich hab nur fünf Flaschen dabei.«

»Wie viel willst denn dafür hab'n?«

Wir einigten uns darauf, dass er mir für jede Flasche sieben Dollar gab.

»Kannst vier Flaschen dalass'n. Wenn's die Leute kauf'n, kannste mehr bring'n.« Er strich über seine grauen Koteletten und überlegte. »Aber eigentlich hab ich kein' Platz.« Er stellte die vier Flaschen auf den Tisch neben die Marmelade.

Passt doch, dachte ich. Ich hatte auf die Flaschen ein einfaches Etikett geklebt, auf das ich Blaubeersirup geschrieben hatte. Es sah selbstgemacht aus und unprofessionell. Das hätte ich besser machen können.

»Sie werden sehen, Joe. Der Sirup schmeckt vorzüglich«, versprach ich ihm. Natürlich sagte ich ihm nicht, dass Emma den

Sirup gemacht hatte. Sicherlich hätte er es mir sowieso nicht geglaubt.
Im letzten Moment fiel mir ein, dass ich noch ein Geschenk für Emma finden musste, und nahm eine Schürze mit aufgestickten Blaubeeren von einem der vollbeladenen Tische und bezahlte – viel zu viel, wie ich meinte, aber wahrscheinlich zahlten die Touristen diese horrenden Preise.
Als ich den Laden verließ, hatte ich plötzlich große Lust, durch die Straßen zu laufen. Miss Fairbanks hatte gesagt, dass ich so lange bleiben konnte, wie ich wollte. Also, was sprach dagegen? Beinahe erstaunt stellte ich fest, dass sich in den vielen Jahren in Bear Isle wenig verändert hatte. Wie bereits früher zog gerade im Sommer die Nähe zum Meer Touristen an, die sich, obwohl die Insel sehr abgelegen war, hierher verirrten. Nun aber musste ich feststellen, dass es ein paar mehr geworden waren.

Bear Isle war ein malerischer Fischerort, der neben Touristen auch viele Künstler anzog, die sich niederließen, um sich von der schönen Natur inspirieren zu lassen. In Reiseführern war von pittoresken Buchten und von unberührter Natur die Rede. Und sie hatten recht. Bear Isle war immer noch ursprünglich und unverdorben. Der Stadtkern lag direkt am Meer, wo man in restaurierten Fischerhütten neben Souvenirgeschäften auch Galerien, Antiquitätenläden, kleine Hotels, Cafés und Restaurants fand. Trotzdem hatte Bear Isle nichts von seinem Charme verloren. Es war ein zauberhafter Ort. Ich musste an Sol und Bruno denken, die Bear Isle mit *Brigadoon* verglichen und stets in Sorge waren, dass es nicht mehr da sein würde, wenn sie von ihren Ausflügen aus Portland, Boston oder sonst wo zurückkehrten. Dass die Insel im Nebel verschwunden sein könnte.
Einen Jachthafen suchte man hier allerdings vergeblich, es gab

nur einen Hafen, in dem die Hummerboote und Windjammer vor Anker lagen und das Bild der Bucht bestimmten. Ein großes Schild mit handgeschriebenen Lettern lud zu Segeltouren und Walbeobachtungen ein. Das dunkle Wasser glitzerte im Sonnenuntergang, und das letzte Licht blieb an den bunten Kuttern hängen, die auf dem Meer gemächlich hin und her schwankten, und schuf eine magische Atmosphäre.

Eine Horde Touristen näherte sich dem Steg, auf dem ich stand. Ich erkannte sie an ihren Fotoapparaten und daran, dass ihre Haut von den Moskitos zerstochen und von der Sonne verbrannt war. Hier ging immer ein Wind, und nicht selten legte man sich unbedacht zu lange in die Sonne. Aber es war noch etwas anderes, etwas, das nur den Bewohnern von Bear Isle anhaftete und das ich nicht erklären konnte. Als sie den Steg, der auf hölzernen Pfeilern stand, betraten, gerieten die Planken ins Schwanken, und ich sah zu, dass ich Land gewann. Zum einen, da mir das Auf und Ab zusetzte, und zum anderen, weil ich Angst hatte, ins Wasser zu fallen. Dabei war gerade Ebbe, und das Einzige, was mir hätte passieren können, war, dass ich mir das Genick brach.

Von weitem beobachtete ich die Menschen, wie sie den Sonnenuntergang fotografierten. Ihr lautes Lachen klang so ehrlich, so fröhlich und unbeschwert, und mich überkam eine tiefe Wehmut. Abermals konnte ich die Tränen nicht zurückhalten, die mir in Strömen die Wangen hinunterliefen. Ich hatte nichts zu lachen. Wie jeden Tag schrieb mir Stan Nachrichten, die ich im gleichen Augenblick, wie sie surrend eingingen, wieder löschte, nur um nicht in Versuchung zu kommen, eine zu lesen und rückfällig zu werden. Ich würde ihm nie verzeihen können.

Nur langsam beruhigte ich mich und wischte mir mit dem Handrücken die Tränen vom Gesicht. Dann ging ich auf die

große Terrasse, wo Rachel Maple, eine Frau in meinem Alter, die ich von früher kannte, auf mich zukam. Ich nickte ihr zu und wollte die Terrasse wieder verlassen, da ich keine Lust auf ein Gespräch hatte und auch nicht wollte, dass sie meine verheulten Augen bemerken würde. Aber ich entkam ihr nicht.
»Ally«, rief sie, »warte!«, und kam auf mich zugelaufen.
Langsam ging ich ihr entgegen.
»Wie geht es dir, Ally?« Sie ignorierte meine Hand und umarmte mich.
Ich fühlte mich überrumpelt und erwiderte: »Ganz gut.« Was ganz bestimmt nicht ehrlich war.
Ich kannte Rachel nicht besonders gut. Sie war eine Klasse über mir zur Schule gegangen. Im Gegensatz zu Linda hatte Rachel sich kaum verändert. Sie hatte dunkles, kurz geschnittenes Haar, das ihr ein knabenhaftes Aussehen verlieh. Ihr Gesicht war übersät mit Sommersprossen, was mir schon immer gut gefallen hatte.
»Du warst einkaufen?«, fragte sie mich und zeigte auf meine Tüte, die die letzte Flasche Blaubeersirup, die Joe partout nicht haben wollte, enthielt und natürlich die Schürze für Emma.
»Emma und ich haben so viel Blaubeersirup gemacht, dass ich gehofft habe, ich könnte sie Joe verkaufen. Er hat allerdings nur vier Flaschen genommen. Aber weißt du was, ich schenke dir die hier.« Ich nahm den Sirup aus der Tüte und drückte Rachel die Flasche in die Hand. Kurz überkam mich die Lust, ihr von unserer Begegnung mit dem Bären zu erzählen. Mittlerweile hatte ich die Geschichte derart oft gehört, dass ich sie sicherlich eins zu eins hätte wiedergeben können. Aber was hätte Rachel gedacht, wenn ich ihr davon erzählt hätte? Die Wahrscheinlichkeit, dass sie mich für nicht mehr ganz bei Trost halten würde, war relativ groß. Welcher normale Mensch würde mir diese Geschichte überhaupt glauben?

»Ich liebe Blaubeersirup«, sagte sie. Kurz standen wir wortlos auf der Terrasse. Ich hätte mich gerne verabschiedet, aber das wäre unhöflich gewesen.
»Arbeitest du hier?«, fragte ich sie also.
»Ja, den ganzen lieben langen Sommer, ohne Pause. Hier herrscht seit Jahren Hochbetrieb. Die Touristen fallen über uns her wie die Moskitos.« Sie lachte.
»Ich finde, hier hat sich wenig verändert«, sagte ich.
»Das kann schon sein, wahrscheinlich wird sich Bear Isle nie verändern. Ich habe dich beneidet, als du weggegangen bist. Ein paar andere sind auch weggezogen. Mutter hat immer zu mir gesagt, sie kämen wieder zurück, wenn ich wehmütig die anderen verabschiedet habe«, erwiderte Rachel. »Deshalb habe ich gar nicht erst versucht, die Insel zu verlassen. Und wie lange wirst du bleiben?«
Die Frage warf mich wieder aus der Bahn.
»Eigentlich wollte ich längst zurück in Los Angeles sein. Aber es ist einiges schiefgelaufen. Deshalb bleibe ich noch eine Weile.« Richtig wäre wohl gewesen zu sagen, dass ich hier gestrandet war. Dass ich nicht mehr fortkam. Dass nicht einiges, sondern dass alles schiefgelaufen war.
»Und deine Arbeit?«, stocherte sie weiter in meinem tristen Leben herum.
»Die gehört zu den Dingen, die schiefgelaufen sind. Ich suche hier eine Arbeit. Zumindest, um mich und Emma eine Zeitlang über Wasser zu halten.« Warum erzählte ich das? Was ging es Rachel an?
»Tatsächlich? Also, wenn du willst, kannst du bei mir aushelfen. Wie schon gesagt, in den Sommermonaten ist hier immer viel los.« Sie zeigte auf das Café. »Mutter hat es mir hinterlassen. Also, wenn du willst, gib mir einfach Bescheid.«
»Das ist nett von dir.« Über dieses Angebot freute ich mich.

»Ich muss noch schauen, was ich dann mit Emma mache. Ich kann sie nicht alleine lassen.«

»Das verstehe ich. Mach ganz, wie du willst.«

Die Touristen, die eben noch die untergehende Sonne fotografiert hatten, kamen auf die Terrasse und betraten schwatzend und lachend Rachels Café.

Wir verabschiedeten uns mit einer herzlichen Umarmung, und ich ging auf die Hauptstraße zurück. Immerhin hätte ich hier die Möglichkeit, etwas Geld zu verdienen. Ein paar Jugendliche kamen mir entgegen, deren Gegröle sogar das schrille Kreischen der Möwen übertönte. Im gleichen Moment, wie ich bemerkte, dass ich ihnen einen strengen Blick zuwarf, änderte ich meinen Gesichtsausdruck. Ich hatte selbst immer zu denen gehört, die diesen Blick ertragen mussten – nicht, dass mir das früher etwas ausgemacht hätte.

Vor mir betraten ein paar Leute ein Restaurant. Ich linste durch die große Fensterscheibe und sah, dass es keinen freien Platz mehr gab. Ein paar Gäste warteten bereits am Eingang auf die nächsten freien Plätze. Dazu hatte ich keine Lust, obwohl ich Hunger hatte. Es hatte in Bear Isle schon immer zu wenige Restaurants gegeben. Besonders im Sommer, wenn die Touristen kamen, die am liebsten jeden Tag zu jeder Tageszeit nur Hummer essen wollten. Und hier gab es den besten Hummer.

Ich lief weiter und kam an meinem Pick-up vorbei, wo ich mich der Schürze entledigte, die ich nicht mit mir herumtragen wollte. Am Ende der Hauptstraße war früher die Pizzeria von Lindas Großvater gewesen. Licht brannte, und ich presste meine Nase gegen die große Glasfront. Das Restaurant war leer. Der neue Besitzer hatte einiges verändert. Die Tische standen, wie in einem typisch amerikanischen Diner angeordnet, entlang der großen Fensterfront. Das gefiel mir. Die Sitze, die die gleiche Farbe hatten wie der Hummer auf der Flagge von Maine – eine

Mischung aus Orange und Rot – und aus dem Material bestanden, an dem man im Sommer gerne mit der nackten Haut kleben blieb, waren noch mit Folie bezogen. Am Eingang stand: *Neueröffnung in wenigen Tagen.*

Na, wenigstens würde das Restaurant noch im Sommer eröffnen. Eine ausgehängte Speisekarte konnte ich nirgends entdecken. Ebenso angelockt vom Lichtstrahl, der aus dem Innenraum auf die Straße fiel, schlenderte ein Pärchen an mir vorbei. Ich hörte, wie sie sagten: »Geschlossen. Schade, dann müssen wir eben warten, bis in dem anderen Restaurant ein Platz frei wird.«

Der Wind blies mir den Duft eines Aftershaves in die Nase, das auch Stan benutzte, und traf mich wie ein Schlag. Der Kummer und die Sehnsucht überwältigten mich. Der Schmerz, den ich seit der Trennung körperlich empfand, wurde derart stark, dass mir für einen Moment die Luft wegblieb. Ich schwankte in die nächste Seitenstraße und hielt mich an der Mauer fest.

Stimmen drangen gedämpft von irgendwoher an mein Ohr. Ich blickte auf. Niemand sollte meine Trauer sehen. Schon gar nicht hier, nicht auf Bear Isle. Trotzdem konnte ich nicht verhindern, dass mir die Tränen die Wangen hinunterliefen. Dieses Arschloch, dachte ich. Ich vermisste Stan, der mich derart verletzt hatte, dass es körperlich schmerzte, als hätte ich eine offene klaffende Wunde an meinem Herzen, ein Loch, das sich nicht schließen konnte oder wollte. Ich müsste ihn vergessen und beschloss, meinen Kummer für den heutigen Tag zu ertränken.

In grellen Neonfarben blinkten mir die Lettern *Harbor Pub* entgegen, eine kleine Hafenbar, eine Spelunke, wie Mutter dazu gesagt hätte. Hier kannte mich sicher niemand. Ich stieg die drei hölzernen Stufen hinauf. Auch hier war es übervoll. Hier tummelten sich alle möglichen Gestalten. Hummerfischer und Touristen hatten volle oder leere Gläser vor sich stehen, und das Gemurmel hörte sich an wie in einem Bienenstock. Am Tresen entdeckte ich einen freien Barhocker.

»Hi. Was kann ich dir bringen?«, fragte der Barkeeper, der auffallend dunkle Ringe unter den Augen hatte.

Ich schaute mich um, um zu sehen, was die anderen tranken. »Ich nehme ein Bier.«

»Was für eins? Wir haben ...«, wollte er aufzählen, aber ich unterbrach ihn.

»Bring mir einfach irgendeins.«

Er schaute mich skeptisch an.

»Das, das dir am besten schmeckt«, konkretisierte ich meine Bestellung.

»Okay, Lady.« Er drehte sich zur Seite und zapfte ein frisches Bier.

Ich hatte Bier nie gemocht, aber das war mir im Moment vollkommen egal, ich wollte einfach nur irgendetwas trinken. Er stellte eine Schale mit Erdnüssen neben das Glas, die ich, obwohl ich Hunger hatte, wieder zurückschob.

»Nur wenn du mir frische aufmachst«, sagte ich.

»Du bist ja lustig. Aber von mir aus.« Er holte unter dem Tresen eine frische Packung hervor, öffnete sie vor meinen Augen und kippte sie in eine neue Schale.

»Und verrätst du mir auch, warum?«, fragte er mich.

»Weißt du, wie viele Bakterien und Keime sich in dieser Schale tummeln? Hast du eine Vorstellung davon, wie viele hier schon ihre Finger drinhatten? Es ist erwiesen, dass sich jeder Zehnte nach der Toilette nicht die Hände wäscht. Ich muss dir also nicht sagen, welche Keime sich vor allem darin befinden?«

Er schüttelte den Kopf und lachte heiser. »Mir hast du das nun auch verdorben.«

Das Bier schmeckte mir sogar. Es war frisch und kühl. Ich sah mich um und fühlte mich herrlich versteckt. Ich kannte niemanden. Einige Touristen hatten bereits zu viel Bier getrunken, was man am Lärmpegel feststellen konnte. Ich richtete meinen Blick auf das große Gemälde, das vor mir, hinter unzähligen Flaschen unterschiedlichen Inhalts, hing. Es zeigte ein altes Hummerboot, beladen mit hölzernen Reusen, wie sie früher zum Hummerfang verwendet wurden. Es war ein ausgesprochen gelungenes, farbenfrohes Ölgemälde, das, wie ich fand, nicht zur übrigen Ausstattung des Pubs passte, die eher schäbig und heruntergekommen war. Wahrscheinlich hatte ein Künstler damit seine offene Rechnung beglichen.
Nach dem Bier, das ich ziemlich schnell getrunken hatte – viel zu schnell für meine Verhältnisse –, bestellte ich eine Bloody Mary, in der definitiv zu wenig Tomatensaft und zu viel Wodka war. Ich spürte bereits den Alkohol, der mir zu Kopf gestiegen war. Es fühlte sich gut an.
»Na, auch alleine hier?« Der Mann neben mir zog seinen Barhocker näher an meinen heran.
»Wie man sehen kann.«
Er stellte sich vor, und bald schon wusste ich seine halbe Lebensgeschichte – wenn nicht gar die ganze. Er hieß Tyler und kam aus Portland, wo er als Immobilienmakler arbeitete. Er sah ganz nett aus, wie ich fand, obwohl ich nicht mehr ganz nüchtern war und nicht wirklich sagen konnte, wie er überhaupt aussah. Kurz musste ich an die gesichtslosen Menschen auf den Bildern in St. Agnes denken.
»Bin seit zwei Monaten geschieden«, schloss er seinen langen Monolog, nach dem er mir eine weitere Bloody Mary bestellte.
»Ist das ein Erfolg?«, fragte ich ihn. Aber er verstand meinen Witz nicht. Ich hatte immer schon gerne Witze gemacht, die andere nicht verstanden.

»Ein Erfolg?«

Ich zuckte die Schultern. Ich hatte keine Lust zu erklären, was ich meinte. Und obwohl es mich nicht interessierte, fragte ich ihn, warum er ausgerechnet auf Bear Isle Urlaub machte.

»Ich bin zum Angeln hier. Außerdem wollte ich etwas Ruhe haben. Bis heute. Bis ich dich sah.«

Das war mir zwar eine Portion zu schmalzig, aber heute war mir auch das egal.

»Bist du von hier?«, fragte er weiter, als ich auf seine Anmache nicht einging.

»Nur auf der Durchreise«, log ich.

Er nahm sich eine Handvoll Erdnüsse aus meiner Schale. »Vielleicht sollten wir den Abend gemeinsam verbringen?«, fragte er laut kauend und rückte nun, da der Barhocker nicht weiter zu bewegen war, mit seinem Oberkörper näher an mich heran.

»Ja, vielleicht sollten wir das.« Ich wollte lässig klingen.

»Dann kann der Abend ja nur gut werden.«

»Entschuldige mich für einen Moment. Bin gleich wieder da.«

Ich ging zur Toilette. Oder besser wankte dorthin, da ich schon eindeutig zu viel getrunken hatte. Wenigstens einer, der sich für mich interessierte. Obwohl mir seine Schuhe nicht gefielen. Ich schaute immer zuerst auf die Schuhe. Er trug lilafarbene Turnschuhe, eigentlich nicht mein Ding.

»Bist du cool«, sagte ich zu meinem Spiegelbild, das mir aus dem fleckigen Spiegel entgegenblickte, der wie ein Weichzeichner wirkte, was allerdings auch am Alkohol in meinem Blut liegen konnte. Ich kniff mich leicht in die Wangen und hoffte, etwas Farbe in mein Gesicht zu zaubern, das bleich und fahl aussah und mir eine unnahbare Aura verlieh. Auf der Toilette roch es nach einer Mischung aus Kokosöl und Fisch – und Emma kam mir in den Sinn. Nun fing ich auch noch damit an, alles zu analysieren. Ich nahm mir vor, diesen Mann heute noch zu küssen. Mal sehen. Eine weitere Bloody Mary, und ich würde sicher alles machen. Von draußen drang der Bass eines Liedes an mein Ohr, das ich schon einmal gehört hatte. Es wollte mir aber nicht einfallen, woher ich es kannte. Als ich wankend zurückging, setzte ich mich aufreizend auf den Barhocker und bedauerte es, keinen Rock angezogen zu haben. Ich bestellte eine weitere Bloody Mary. Als ich meine Hand um das Glas legte, streichelte Tyler mit seinem Mittelfinger über meinen Handrücken. Eine vulgäre, obszöne Geste, wie ich meinte, aber ich hatte mir etwas vorgenommen und wollte keinen Rückzieher machen. Allerdings brauchte ich dazu noch weiteren Alkohol.

»Komm, wir gehen in mein Hotelzimmer. Es ist ganz in der Nähe«, säuselte er mir aufdringlich ins Ohr und brachte mein Konzept durcheinander.

»Ich möchte gerne noch etwas trinken«, warf ich ein. Ohne Alkohol würde das heute nichts werden.

Tyler reagierte nicht auf das, was ich sagte, und zog mich vom Hocker.

»Nein, ich möchte noch etwas trinken, und ich muss auch noch bezahlen«, versuchte ich nun doch einen Rückzieher.

»Schon erledigt.« Seine Hand legte sich fest um meinen Arm.

Nun wollte ich nicht mehr. Ich entfernte energisch seine Hand.

»Lass das!«, sagte ich eine Spur zu laut.

Plötzlich kam von neben mir, oder von woher auch immer, ein Mann und drängte sich zwischen uns.

»Ich denke, Sie hatten eindeutig genug«, sagte er zu mir und nahm meine Hand.

»Die Lady kommt mit mir«, protestierte Tyler.

»Wollen Sie das?«, fragte mich der Fremde und lockerte seinen Griff.

»Eigentlich wollte ich noch etwas trinken.« Ich setzte mich zurück auf den Barhocker. Aus dem Augenwinkel sah ich, wie Tyler den Fremden am Ärmel zog. Auch das noch, dachte ich. Eine Schlägerei hier, wegen mir. Morgen wüsste es ganz Bear Isle. Schlagartig war ich nüchtern. Der schöne Rausch war vorüber.
»Eigentlich will ich jetzt nur noch nach Hause«, jammerte ich, da mir ein wenig übel war. Wahrscheinlich vertrug sich Bier nicht mit Wodka, oder war es der Tomatensaft?
»Mach, dass du wegkommst«, versuchte Tyler weiter, den Fremden zu verdrängen. Aber der ließ meine Hand nicht los und zog mich stattdessen nach draußen an die frische Luft.
Es hatte zu regnen begonnen.
Der Barkeeper kam ebenso und fragte mich, ob alles okay mit mir sei.
Ich nickte.
»Ich bring sie nach Hause«, hörte ich den Fremden zu ihm sagen.
»Das ist gut, mach das. Wir sehen uns morgen wieder, okay?«, antwortete der Barkeeper, und ich hatte das Gefühl, dass sich die beiden kannten.
Widerstandslos ließ ich mich wie ein Kind an der Hand führen. Wir kamen keine zehn Meter weit, als ich mich schon übergeben musste. Zu allem Übel hielt er mir die Haare nach hinten. Machte das normalerweise nicht immer die beste Freundin?
»Geht es jetzt etwas besser?«, fragte er mich und reichte mir einen Kaugummi, den ich dankbar annahm.
»Einigermaßen«, gab ich ehrlich zurück.
»Ich fahre Sie jetzt nach Hause.«
»Ich kann noch gut selber laufen.« Ich konnte meine lallende Aussprache nicht verhindern.
»Dann laufen wir eben. Ich hoffe, es ist nicht zu weit.«
Wir gingen die Hauptstraße entlang und hielten an einem Wa-

gen. »Wenn wir nicht noch ganz nass werden wollen, dann fahre ich Sie jetzt zu Ihrem Hotel, okay?«
Ich ließ es zu, dass er mich auf den Beifahrersitz bugsierte.
»Wohin also?«, fragte er, als er den Wagen startete.
»Pearl Avenue.«
»Pearl Avenue? Dort gibt es keine Hotels. Sie wohnen auf Bear Isle? Ich habe Sie für eine Touristin gehalten.«
Ich antwortete nicht. War es nicht unsäglich leichtsinnig, mit einem Fremden mitzufahren?
Er schien zu überlegen. Vermutlich glaubte er mir nicht, was ich ihm nicht übelnehmen konnte.
»Aber doch, jetzt fällt es mir wieder ein. Sie sind das Mädchen vom Strand.«
»Mädchen?«, wiederholte ich. Einen Augenblick lang musste ich überlegen, woher er mich kannte, dann wusste ich es. Es war der Mann vom Strand. Ich erkannte ihn an seinen dunklen schulterlangen Locken. Sein Gesicht hatte ich damals im Gegenlicht nicht erkennen können. »Und Sie sind der …« Ich stutzte. Obwohl ich betrunken war, konnte ich schlecht »der unverschämte Kerl« sagen. »Sie sind der Mann mit dem gelben Kajak. Das nenne ich ja mal Zufall, da haben Sie mich glatt zum zweiten Mal gerettet«, sagte ich bitter.
Ich kniff die Lippen zusammen und bemerkte, dass mir schon wieder schlecht wurde.
»Sie werden sich doch nicht in meinem Wagen übergeben?«, fragte er sichtlich besorgt.
»Das kann ich Ihnen leider nicht versprechen.« Ich musste das erste Mal an diesem Abend lächeln.
»Dann geben Sie mir bitte rechtzeitig ein Zeichen.«
Ich nickte. Diese kleine Kopfbewegung führte dazu, dass mir erneut schwindelig wurde.
»Was auch immer Sie in der Bar vorhatten, morgen hätten Sie

es bereut.« Der Fremde starrte stur geradeaus auf die regennasse Fahrbahn.
»Was auch immer ich vorhatte, Sie haben es auf jeden Fall verdorben«, sagte ich angriffslustig.
»Was hatten Sie denn vor?« Nun drehte er kurz den Kopf zur Seite, und ich erhaschte einen Blick in seine braunen Augen.
»Wenn ich das nur noch so genau wüsste. Ein Kuss, eine Umarmung vielleicht. Ich hätte sie bitter nötig gehabt. Allerdings musste ich mich davor betrinken. Man kann wahrscheinlich nicht alles auf einmal haben.« Ich merkte, wie meine Augen feucht wurden. Bloß nicht hier, verbot ich mir und schloss meine Augen für einen kurzen Moment.
Als er in die Pearl Avenue einbog, sagte ich: »Hier können Sie mich aussteigen lassen.«
»Sicher?«
Ich nickte.
Er parkte seinen Wagen und stellte den Motor ab. Ich hörte das Prasseln des Regens auf der Windschutzscheibe, als er sich zu mir beugte und mit der Hand eine nasse Haarsträhne aus meinem Gesicht strich. Er kam mit seinem Gesicht nahe an mich heran. Sanft zog er mich an sich. Seine Lippen legten sich zärtlich auf meine. Keine Forderung, nur ein einfacher weicher Kuss. Eine Träne lief mir über die Wange. Er gab mich wieder frei und schaute mich lächelnd an.
»Am besten Sie schließen erst das ab, was Sie so traurig stimmt, bevor Sie das Nächste beginnen. Oder sonstigen Unsinn anstellen.«
»Danke fürs Heimfahren«, flüsterte ich verlegen, dann kletterte ich aus dem Wagen und strich meine Hose glatt.
Die letzten Meter ging ich durch den Regen. Ich zwang mich, mich nicht nach ihm umzudrehen, nach dem Mann, der mein Herz auf eine so sonderbare Art berührt hatte.

Sol kam mir aufgelöst entgegen. »Ally, wir haben uns Sorgen gemacht. Miss Fairbanks hat uns angerufen, dass du immer noch nicht zurück bist.«
»Ja, unverzeihlich, 'tschuldige, kommt nicht wieder vor.« Ich konnte nicht verhindern, dass ich immer noch lallte, obwohl ich mich längst nicht mehr berauscht fühlte.
»Ally, du bist betrunken«, stellte er fest.
»Das hier ist alles ein Alptraum«, sagte ich und betonte jedes einzelne Wort. Ich schwankte.
Sol zog mich ins Haus.
»Er hat mich einfach betrogen. Wie konnte er mir das nur antun?«, schluchzte ich und zog mein vom Regen durchnässtes T-Shirt aus.
Fassungslos starrte er mich an. Dann nahm er seine Jacke und legte sie mir über die Schultern. Nach einem kurzen Augenblick hatte er seine Fassung wiedergefunden. »Wahrlich du bist wunderschön. Und würde ich auf Frauen stehen, wärst du meine erste Wahl. Jeder Mann, der dich sieht, muss sich in dich verlieben. Dieser Stan, dieses Schwein, hat dich nicht verdient.« Er folgte mir ins Wohnzimmer. »Dir wird es morgen schlechtgehen«, prophezeite er mir.
»Mir geht es jeden verdammten Tag schlecht, ich werde also keinen Unterschied spüren.« Ich heulte hemmungslos.
»Doch wirst du. Soll ich heute Nacht hier bleiben?«, fragte er mich mit mitfühlender Miene.
Ich schüttelte den Kopf. »Nein, geh nur. Ich gehe heute nur noch ins Bett.« Und zwar alleine, fügte ich in Gedanken erleichtert hinzu und überlegte, ob der Fremde mir seinen Namen gesagt hatte.

10.

Dreamcatcher – Traumfänger

Mit voller Wucht traf mich die schwere Pranke und grub sich tief in meine Schulter. Schlimmer aber als der kurz darauf einsetzende Schmerz, der bis in meine Fingerspitzen drang, war Emmas Gesicht. Es war mit Blutspritzern übersät. Es war mein Blut. Ich versuchte es abzuwischen und machte alles schlimmer, indem ich das dunkle Rot auf ihrer blassen Haut verteilte. Teilnahmslos ließ sie es geschehen und sah mich gleichgültig an.

Im nahen Wald erkannte ich ein Bärenjunges, das im Dickicht Schutz suchte. »Lauf, Emma, lauf!«, schrie ich sie an. Aber sie rührte sich nicht und starrte mich weiter mit versteinerter Miene an. Der Bär wandte sich von mir ab und stellte sich vor Emma auf die Hinterbeine. Ich spürte das Blut an meiner Schulter in warmen pulsierenden Strömen herunterfließen.

Die Bärenmutter musste mit ihren scharfen Krallen eine Schlagader durchtrennt haben.
Immer wieder brüllte ich »Lauf, Emma, lauf!«.
Emma begann zu summen. Sie blickte dem Bären in die Augen. Nicht in die Augen, dachte ich, konnte es aber nicht mehr aussprechen, da der Schmerz mir die Sprache verschlagen hatte. Der Bär ignorierte das Gesumme und verpasste ihr mit derselben Pranke, die meine Schulter aufgerissen hatte, einen Hieb. Entsetzt sah ich ihr Ohr zu Boden fallen.

Keuchend schreckte ich auf und stellte erleichtert fest, dass es nur ein Traum gewesen war. Ein schrecklicher, seit Tagen wiederkehrender Alptraum. Stets verfolgte uns ein Bär, der sein Junges beschützte. Ich kroch aus dem Bett, ließ frischen Wind in mein Zimmer und hoffte, dass sich der Mief des Traumes verzog. Was er auch tat, denn langsam verflüchtigten sich die schrecklichen Bilder der Nacht.
Ein weiterer Sonntag auf Bear Isle war angebrochen.
Ich schlich mich leise in Emmas Zimmer. Sie schlief noch. Doch im gleichen Moment, wie ich auf ihre flatternden Augenlider sah, wachte sie auf. Wie immer war sie augenblicklich hellwach. Darum hatte ich sie schon als Kind beneidet. Ich war ein Morgenmuffel, immer schon gewesen, aber mittlerweile vermutete ich, dass ich einfach nur immer das Gegenteil von dem gemacht hatte, was Emma tat.
»Du warst noch nie vor mir wach.«
»Ich habe schlecht geträumt.«
»Ich träume nie.«
»Ich weiß. «
»Was hast du geträumt?«
»Von einem Bären.«
»Was …«, wollte sie weiterfragen, aber ich fuhr dazwischen.

»Keine weiteren Fragen, wir frühstücken gleich.« Ich ließ sie alleine und ging ins Badezimmer.
Bald darauf klingelte es an der Haustür. Es war Marth.
»Ich störe doch nicht? Mutter meinte, ich solle fragen, ob ich störe, weil es doch noch so früh ist. Ich möchte heute mit Emma in die Kirche laufen.«
»Aber nein, du störst nicht, komm rein.«
»Marth!«, rief Emma erfreut.
»Ich habe dir was mitgebracht.« Marth gab ihr etwas, das ich nicht erkennen konnte.
»Eine Hummel!«, rief Emma aus, fügte dann aber leise hinzu: »Sie ist tot. Ich lege sie zu den anderen.« Emma nahm die tote Hummel und ging die Treppen hinauf in ihr Zimmer. Sicher würde sie die Hummel in die Glasschale an ihrem Fenster legen.
»Ich habe sie unterwegs gefunden«, erklärte mir Marth, als sie mein verdattertes Gesicht bemerkte.
Kurz darauf kam Emma wieder runter und erzählte Marth umgehend, dass ich von einem Bären geträumt hatte.
»Schon wieder ein Bär. Ich werde meine Urgroßmutter fragen, was das bedeutet. Sie kann Träume deuten«, sagte Marth, dann fiel ihr Blick auf die Vase mit den Glassteinen, die ich in der Küche auf die Anrichte gestellt hatte. »Oh, die sind aber schön.«
Gerne hätte ich ihr einen der bunten Steine geschenkt, aber ich brachte es nicht übers Herz. Sie gehörten Mutter.
Kurz bevor wir losgehen wollten, kam Miss Fairbanks um die Ecke. Sie trug ein dunkles Kleid und hatte einen Schirm in der Hand.
»Soll es denn heute schon wieder regnen?«, wunderte ich mich über den Regenschirm.
»Man kann nie wissen. Immerhin ist es bewölkt.«

Ich schaute in den wolkenverhangenen Himmel. Heute würde Emma das Farbenspiel in der Kirche nicht sehen können.
Marth und Emma liefen weit hinter uns. Immer wieder drehte ich mich um und beobachtete, wie Marth genauso wie Emma versuchte, keine Linie zu übertreten. Es war Marth anzusehen, dass es ihr Spaß machte.
Pastor Jaffa predigte etwas über Finsternis und Hoffnung, und ich bemerkte, dass ich ihm bald schon nicht mehr zuhörte. Ich ließ meine Gedanken schweifen. Überlegte, was ich als Nächstes tun sollte. Weder Sol noch Miss Fairbanks hatten mich auf meinen nächtlichen Ausflug vor ein paar Tagen angesprochen, wofür ich ihnen unendlich dankbar war. Bei Rachel hatte ich mich immer noch nicht gemeldet, obwohl ich dringend Geld brauchte. Irgendetwas sträubte sich in mir. Wenigstens waren keine weiteren Rechnungen ins Haus geflattert.
Erst als der Chor lauthals zum Abschluss der Messe *Allein Gott in der Höh sei Ehr* sang, unterbrach ich meine Gedanken.

Nach der Messe gab es wieder das gemeinsame Frühstück. Linda und ich beobachteten die Menschen, die sich am Buffet bedienten. Ich blickte mich suchend um. Ich wollte mir nicht eingestehen, dass ich nach dem Fremden Ausschau hielt. Zum einen aus Sorge, ihn tatsächlich hier zu treffen, und zum anderen, weil ich ihn gern wiedersehen wollte. Immer wieder kreisten meine Gedanken um den einen Kuss, und ich war schon versucht zu glauben, dass der Alkohol mir einen Streich gespielt und ich mir alles nur eingebildet hatte. Wie lange würde es dauern, bis ich an Stan denken konnte, ohne dass es schmerzte?
Nach wie vor schrieb er mir jeden Tag eine E-Mail. Wenn ich eine Nachricht von ihm öffnete, einfach, weil ich es manchmal konnte, da es mir an manchen Tagen besserging, stand immer

das Gleiche drin. Er liebe mich, er wolle mich heiraten, er würde alles bedauern und auf mich warten.

Sollte er nur warten, dachte ich in diesen seltenen Augenblicken, von mir aus bis in alle Ewigkeit. Dennoch glaubte ich manchmal, ich würde ihn in einer Menschenmenge erkennen, dann schlug mein Herz hart gegen meinen Brustkorb, so dass es noch mehr schmerzte. Ja, wenn er hier auftauchen würde, dann würde ich sicherlich anders reagieren. Ich würde ihm, so wie ich es in meinen Tagträumen tat, um den Hals fallen und schwach werden und alles vergessen.

Linda holte mich in die Wirklichkeit zurück.

»Ich glaube, dieses Mal sind sogar ein paar Ausflügler und Touristen unter den Leuten. Weißt du noch, das erste Frühstück vor vier Wochen?«, fragte sie.

»Wie sollte ich das jemals vergessen? Emmas Verschwinden. Es war einfach nur schrecklich. Aber es zeigt mir auch, wie lange ich schon hier bin. Hättest du mir vor vier Wochen gesagt, dass ich in einem Monat immer noch auf Bear Isle sein würde, ich hätte dich für verrückt gehalten. Aber wie es aussieht, wird es noch um einiges länger werden.«

»Ich freue mich, dass du noch da bist. Wie war es eigentlich in *Bubblebelle Spring?*« Lindas Stimme hatte einen merkwürdigen Klang angenommen, den ich nicht einzuordnen wusste.

»Es war ganz okay, aber längst nicht so schön wie St. Agnes.« Ich erzählte Linda von meinem Besuch, der zwei Tage zurücklag. »Stell dir vor, es gab dort sogar Hunde. Das fand ich schön. Aber Emma, wie soll ich es sagen, hat eine besondere Wirkung auf Hunde. Das hatte sie schon früher. Die Hunde hatten Angst vor ihr. Sie haben ihre Schwänze eingezogen und jämmerlich gewinselt. Der Direktor war derart irritiert, dass wir schleunigst den Zwinger verlassen mussten.«

»Das kann ich gar nicht glauben, Emma liebt Tiere.«

»Ich weiß. Trotzdem hatten die Hunde Angst. Als dann der Direktor meinte, dass er keinen freien Platz hat, war ich mir ziemlich sicher, dass er Emma keinesfalls aufnehmen würde, selbst wenn er einen freien Platz für sie hätte. Von ihm werde ich sicher nichts mehr hören.«
»Ein neues Zuhause für Emma zu finden scheint schwieriger zu sein als gedacht.«
Ich musste ihr nickend zustimmen. »Aber nun habe ich ja alle Zeit der Welt und kann es in Ruhe angehen«, sagte ich mit einem unüberhörbaren ironischen Unterton.
»Es tut mir unendlich leid, wie sich alles für dich entwickelt hat. Die Sache mit deiner Arbeit und mit deinem Freund. Das ist alles sehr traurig.«
Ich zog die Schultern nach oben und erzählte Linda von Rachels Jobangebot. »Geld brauche ich dringend«, schloss ich meine Ausführungen. Von meinem nächtlichen Desaster in der Bar erzählte ich ihr lieber nichts.
Plötzlich fiel mir Linda um den Hals. »Ich weiß, es ist schrecklich egoistisch von mir, aber ich bin so froh, dass du immer noch da bist. Dass Emma immer noch da ist. Wenn sie Bear Isle verlässt …« Linda stockte. »Wie soll ich das nur Marth erklären?«
»Ach, Linda. Marth ist ein kluges Mädchen. Sie würde es verstehen.« Bevor ich weitersprach, löste ich mich aus ihrer Umarmung. »Und wie es aussieht, werde ich noch eine Weile bleiben. Also mach dir nicht jetzt schon Sorgen. Aber vor allem brauche ich einen richtigen Job, sonst muss ich am Ende noch das Haus verkaufen.«
»Einen Job? Wer braucht einen Job?« Eine ältere Dame gesellte sich zu uns. Sie hatte meinen letzten Satz gehört. Sie kam mir bekannt vor, aber wieder einmal konnte ich sie nicht zuordnen. Sie hatte blondierte Haare, die sie zu einem Dutt kunstvoll nach oben gesteckt hatte. Sie trug eine große Sonnenbrille, die

ihr halbes Gesicht verdeckte. Sie sah vornehm aus und trug etliche goldene Armreifen unterschiedlicher Breite an ihren faltigen sonnengebräunten Handgelenken. »Das Frühstück war wie immer vorzüglich«, wandte sie sich an Linda.
»Guten Morgen, Mrs. Barrie. Das freut mich. Darf ich Ihnen Ally vorstellen? Sie kennen Sie doch bestimmt von früher. Sie ist Journalistin.«
»Ach ja, die Ally. Wie könnte ich dich jemals vergessen. Du hattest immer so außergewöhnliche Ideen. Mein Sohn war ganz vernarrt in dich. Er ist übrigens auch hier. Er wird sich bestimmt sehr freuen, dich zu sehen. Und du suchst einen Job? Habe ich das eben richtig verstanden?«
»Guten Morgen, Mrs. Barrie.« Im gleichen Moment, in dem mir einfiel, wer sie war, kam ein Mann auf uns zu.
»Da bist du ja, Mutter. Ich habe dich schon gesucht.«
»Carter, schau mal, wer hier ist.« Sie hatte bei ihren Worten die Sonnenbrille nach oben geschoben, wo sie nun wie eine Krone in ihrem Dutt steckte. Sie schaute ihren Sohn spitzbübisch an.
»Hallo, Ally.« Er gab mir die Hand. In seinen Augen lag die Freude des Wiedersehens. Einen kurzen Moment lang stutzte ich. War er der Carter, den ich von früher kannte?
»Carter war doch in unserer Klasse«, half mir Linda über meine Verlegenheit hinweg und küsste Carter zur Begrüßung auf die Wange.
»Stimmt. Carter. Natürlich.« Ich schlug mir gegen die Stirn. Ich hätte ihn nicht wiedererkannt.
»Stell dir vor, Ally ist Journalistin«, sagte seine Mutter zu ihm. Sie hatte sich vor ihren Sohn gestellt, um seine Krawatte zurechtzurücken. Es war eine Geste, die eine unglaubliche Wärme und Zuneigung zwischen Mutter und Sohn ausstrahlte. Der große Mann – Carter überragte seine Mutter um mehr als eine

Kopfeslänge – und seine Mutter. Carter. Natürlich, Carter. Ich freute mich.
Ich sah, wie er mich anstrahlte, und strahlte zurück.
»Journalistin? Bei welcher Zeitung arbeitest du?«
»Momentan bin ich arbeitslos. Ich habe für die *L. A. Post* gearbeitet.«
»Wow.«
»Ja, wow. Nun bin ich wieder hier. Ich muss noch ein paar Dinge klären und erledigen. Wie auch immer, ich bleibe noch eine Weile auf Bear Isle.«
»Ich habe das mit deiner Mutter mitbekommen, das tut mir sehr leid. Wie geht es deiner Schwester?«
Ich presste die Lippen aufeinander. Es war einer dieser seltenen Momente gewesen, in denen ich vergessen hatte, dass Mutter gestorben war, und jetzt, wo er mich daran erinnert hatte, wurde der Verlust übermächtig. Es entstand eine kurze Pause, und wir schauten uns in die Augen. Noch ehe ich antworten konnte, mischte sich seine Mutter ein weiteres Mal ein. »Ally sucht einen Job auf Bear Isle.« Bei den Worten spitzte sie ihre geschminkten Lippen, wodurch sich die Anzahl der Falten um ihren Mund verdoppelte.
»Tatsächlich? Dann komm doch nächste Woche bei mir vorbei. Vielleicht können wir uns gegenseitig helfen.«
Er reichte mir seine Visitenkarte.

Bear Isle Chronicle

Carter Barrie

Verleger und Chefredakteur

Ich lachte leicht hysterisch. »Du willst mich auf den Arm nehmen. Wie kommst du zu einer Zeitung?«

»Sie stand zum Verkauf, und ich habe sie gekauft. Falls du dich erinnerst, habe ich schon immer gerne geschrieben.«

»Du hast unsere Schulzeitung gemacht.« Allmählich kam die Erinnerung zurück.

»Und du hast oft geholfen.«

»Ich glaube, du hast meinen Wunsch, Journalistin zu werden, stark gefördert. Ich hatte das total vergessen.«

Während seine Mutter nun begann, über die langweilige Andacht von Pastor Jaffa zu lästern und sich bei Linda über die fehlenden Parkplätze auszulassen, die an den schönsten Stellen der Insel vonnöten waren, sahen Carter und ich uns lächelnd an.

Carter trug einen Strohhut mit Krempe, unter dem seine blonden Haare hervorblitzten. Er war sonnengebräunt und schien, nachdem ich Bear Isle verlassen hatte, weiter gewachsen zu sein. Er sah fantastisch aus.

Carter war einer der feineren Jungs an unserer Schule gewesen, und trotzdem hatten wir Schüler außerhalb kaum Kontakt zu ihm gehabt. Außer sonntags, wenn wir alle zu Pastor Masons Predigt gähnten. Da mussten wir in der ersten Reihe in der Kirche sitzen, damit wir keinen Unfug machten, wie Pastor Mason es nett formulierte. Wenn wir nicht in der Schule oder eben in der Kirche waren, hatten wir Carter selten gesehen. Das lag vor allem daran, dass seine Familie am anderen Ende der Insel wohnte, dort, wo die herrschaftlichen Häuser der wohlhabenden Bewohner von Bear Isle auf den Anhöhen über den Steilklippen standen, dort, wo man einen atemberaubenden Blick über die Bucht hatte. Zweimal war ich bei ihm zu Hause gewesen. Das Haus war wunderschön und vollgestellt mit alten dunklen Möbeln. Sein Zimmer unter dem Dach war etwa so groß wie unser komplettes Erdgeschoss und war voller Regale, die voller Bücher waren. Er hatte immer viel gelesen. Manchmal erzählte er von Büchern, die er gerade las oder bereits ausgelesen hatte – Bücher von Schriftstellern, deren Namen ich nie zuvor gehört hatte –, und faszinierte uns mit seinen Erzählungen.

Seine Vorliebe für Strohhüte hatte er von seinem Vorbild übernommen: William Hearst, der Zeitungsmogul, der an der Westküste auf einem riesigen Landsitz residierte und sein Medienreich von Castle San Simeon aus leitete. William Hearst hatte eine Vorliebe für kitschige Krawatten und schicke Strohhüte.

Meine Freundinnen und ich hatten andere Interessen. Jungs und Make-up, Partys am Strand, Klamotten und nochmals Jungs.

Nun besaß Carter seine eigene Zeitung.

»Ally!«, rief jemand. Ich drehte mich um. Joe kam, so schnell es seine kurzen Beine zuließen, auf mich zugelaufen.

»Gut, dass ich dich hier treffe«, sagte er außer Atem. »Der Sirup, ich brauche noch mehr davon.«

»Wie viel mehr?«, fragte ich ihn und ignorierte die Blicke der anderen.

»Soviel du mach'n kannst. Ich zahle dir für jede Flasche zehn Dollar. Ich nehme aber auch Marmelade und Gelee. Hauptsache so schnell, wie's geht. Und genauso gut.«

Er berichtete, dass er eine Flasche aufgemacht hatte und sie den Touristen als Erfrischung gereicht hätte. »Jeder, der den Sirup probiert, will 'ne Flasche kauf'n. Ich Dummkopf hab dir nicht geglaubt, Ally. Er schmeckt hervorragend. Die Kunden renn' mir die Tür ein und woll'n mehr.«

»Du hast Glück, wir haben noch ein paar Flaschen. Morgen bringe ich dir eine ganze Ladung«, versprach ich ihm.

»Alles, was du hast, Ally, bitte jede einzelne Flasche.«

Als er wieder ging, blieb mir nichts anderes übrig, als Linda, Carter und Mrs. Barrie aufzuklären, die mich verwundert anstarrten.
»Ihr werdet es nicht glauben. Emma kocht wie eine ausgebildete Köchin. Besser noch, sie kocht besonders. Ich kann es gar nicht richtig erklären. So unbeholfen sie auch sonst ist, in der Küche ist sie ein anderer Mensch. Emma hat den Sirup gemacht.«
»Emma?«, fragte Miss Fairbanks, die sich zu uns gesellt hatte. »Bruno und Sol haben es mir schon mal erzählt, nur wollte ich es ihnen nicht glauben.«
»Hat sie wirklich?« Selbst Linda schien irritiert.
»Ja, es ist unvorstellbar.« Ich lachte über ihre verdutzten Gesichter.
»Das ist ja ein Ding«, sagte Mrs. Barrie. »Emma, ein Kochtalent. Nun, das soll es ja geben. Sag ihr, dass ich ihr auch gerne eine Flasche abkaufen würde.«
Man verabschiedete sich, und ich versprach, jedem eine Flasche zu schenken. Nun war ich in Eile.
»Bis nächste Woche, Ally, ich freue mich schon, wenn du kommst«, sagte Carter und hielt meine Hand einen Augenblick zu lang in seiner.
»Bis nächste Woche«, verabschiedete ich mich von allen.

»Dass du dem armen Ding auch ja einen Job gibst, dass wir uns da verstehen, Carter«, hörten Linda und ich noch Mrs. Barrie zu ihrem Sohn sagen.
»Armes Ding?«, wiederholte ich flüsternd.
Linda gluckste. »Nun hast du einen Job. Carter tut immer, was seine Mutter sagt.«
Linda und ich rissen uns am Riemen und versuchten, nicht laut aufzulachen. Ein Kichern war dennoch nicht zu verhindern.

»Wir gehen nach Hause«, sagte ich zu Emma, die im Gemeindesaal saß. Allmählich hatte ich mich an den Befehlston gewöhnt.
»Jetzt?«, fragte sie und legte ihre Stirn in Falten.
»Ja, jetzt. Wir haben einen Auftrag.« Ich erzählte ihr, dass Joe sämtlichen Sirup gekauft hatte.
»Alle Flaschen?«
»Ja, alle. Nun müssen wir Etiketten auf die Flaschen kleben. Kannst du eine Hummel malen?«, fragte ich sie, als wir bereits nach Hause liefen.
Sie schaute mich fragend an, und ich formulierte die Frage anders: »Zu Hause malst du mir bitte eine Hummel, genau so eine, wie auf deinem Quilt. Eine Hummel mit einer Krone.«
»Ja!«, rief sie begeistert und ließ einen unglaublich lauten Rülpser hören, den ich wie immer ignorierte.

Zu Hause räumte ich den Küchentisch leer, indem ich alles auf die Anrichte stellte. Das gefiel Emma überhaupt nicht. Ich änderte ihre Ordnung. Aber darauf konnte ich jetzt keine Rücksicht nehmen und versprach ihr, nachher alles wieder an Ort und Stelle zu plazieren.
»Jetzt hol deine Stifte.«
Sie sprang auf und ging die Treppen hinauf. »Und weißes Papier, Emma. Hast du mich gehört?«, rief ich ihr hinterher.
Sie kam mit allem zurück. Ich erklärte ihr, wie groß die Hummel sein sollte, so dass sie auf ein Etikett passte. »Du kannst doch auch schön schreiben?«
»Ja, das kann ich. Was soll ich schreiben?«
»*Bumblebee Queen*«, sagte ich. »In goldener Farbe.«
»Ich mag diesen Namen«, meinte sie, während sie bereits die ersten Striche aufs Papier setzte.

Die Hummel war schon beim ersten Versuch perfekt. Daneben schrieb sie in geschwungenen Lettern *Bumblebee Queen.* Ich nahm das Blatt und rannte zu Bruno und Sol über die Straße. Sol war für ein paar Tage nach Boston in sein Büro gefahren und Bruno war alleine zu Hause.
»Kannst du mir das kopieren? Ich bezahle das auch, aber heute hat alles geschlossen, auch der Copyshop.«
Während er das Bild zigmal ausdruckte, erzählte ich ihm, wofür ich die Kopien brauchte.
»Das ist klasse. Aber von ein paar verkauften Flaschen Blaubeersirup könnt ihr nicht leben.«
»Ich weiß. Aber das ist besser als nichts.«
»Wenn ihr Geld braucht, werden wir es euch geben«, bot mir Bruno an.
»Das ist so lieb von dir. Und wenn ich mal Geld brauchen sollte, bist du meine erste Wahl. Aber ich muss das hier alleine schaffen. Es ist das erste Mal seit Wochen, dass ich wieder eine richtige Aufgabe habe. Und es gefällt mir.«
Bruno nickte.
»Wir machen übrigens auch Marmelade. Morgen fahre ich aufs Feld und werde mir eine Kiste Blaubeeren kaufen. Auf keinen Fall werde ich sie selbst pflücken.« In Gedanken fügte ich hinzu, dass ich nie wieder auf ein Blaubeerfeld gehen würde. In meinem ganzen Leben nicht mehr.
»Und was macht ihr im Winter?«
»Im Winter? Eigentlich wollte ich im Winter nicht mehr hier sein.« So weit hatte ich noch nicht in die Zukunft gedacht. Ich machte kleine Schritte. Trotzdem erzählte ich ihm von Carter und seinem Angebot. Rachels Angebot, im Café auszuhelfen, würde ich, wenn ich einen Job bei Carter bekam, dankend absagen. Womit ich ihr sicherlich auch einen Gefallen tat. Ich war eine denkbar schlechte Bedienung.

»Carter Barrie, den kenn ich. Das ist ein feiner Mensch. Hoffentlich klappt das.«
Als ich mit den Kopien zurück bei Emma war, musste ich feststellen, dass sie die Hummel bereits dreimal gezeichnet hatte. Ich sagte nichts, ich dachte, sie hätte verstanden, dass ich sie kopieren würde. Ich nahm die Blätter und betrachtete die Hummeln, die von den kopierten kaum zu unterscheiden waren. Dann schnitt ich kleine Etiketten aus, und wir schrieben unter jede Hummel »Blaubeersirup«.
Emma wollte unbedingt alle Flaschen bekleben. Das erste Mal, seitdem ich hier war, vergaß sie ihren Kalender, auf dem andere Dinge standen. Sie malte und klebte und war vertieft in ihre Arbeit, die sie wie immer perfekt erledigte.
»Sieht gut aus«, lobte ich sie.
»Ich beklebe manchmal die Hummerkisten.«
»Das wusste ich gar nicht.«
»Ich mach das sehr gut.«
»Hast du Lust, noch mehr Sirup zu machen? Und auch Marmelade?«
»Darf ich?«
»Wir können sie verkaufen. Du weißt, dass wir Geld brauchen.« Sicherlich wusste sie das nicht. Geld war für Emma nicht wichtig.

Am nächsten Morgen gingen wir auf ein Feld, auf dem drei der großen Erntetraktoren langsam ihre Bahnen zogen.
»Ich will selbst pflücken«, sagte Emma.
Ich schüttelte heftig den Kopf. »Emma, so viele Beeren können wir nicht pflücken. Außerdem habe ich immer noch ein bisschen Angst. Wir kaufen sie jetzt hier ein.« Konnte es sein, dass ihr unsere Begegnung mit dem Bären keine Angst gemacht hatte?

Der Mann, der auf uns zukam, wischte sich mit einem Tuch den Schweiß von der Stirn. »Kann ich helfen, Ladys?«, rief er uns lauthals entgegen und versuchte, das Rattern des Traktors zu übertönen.
Ich fragte ihn, ob er uns eine Kiste Blaubeeren verkaufen würde.
»Von mir aus. Eine Kiste. Ihr müsst das Gleiche zahlen wie die Fabrik. Freundschaftspreis, versteht sich. Aber behaltet es für euch. Nicht dass morgen die halbe Insel auf der Matte steht.«
»Wir sagen nichts, versprochen«, antwortete ich und sah schon, dass Emma widersprechen wollte. Es war klar, dass sie jedem erzählen würde, woher wir die Kiste hatten.
»Was wollt ihr denn mit den Dingern machen? Darin baden?« Der Mann hielt sich glucksend die Hand vor den Mund, was gar nicht zu ihm passen wollte.
Sehr witzig, dachte ich, lächelte ihn aber weiterhin an.
Auf dem ganzen Feld verteilt standen volle Kisten. Er ging mit uns an den Straßenrand, wo unser Pick-up parkte, und nahm die Kiste, die dem Auto am nächsten stand.
»Coolen Wagen haste da«, meinte er und wischte sich, nachdem er die Kiste auf die Ladefläche gehievt hatte, wieder den Schweiß von der Stirn. »Der tät mir auch gefallen. Vielleicht reicht es nach der Ernte.« Der Mann grinste mich an. Sicherlich wusste er, dass sein Verdienst durchaus dafür reichen würde. Zwei lange Monate waren die meist selbständigen Blaubeerfarmer den ganzen Tag auf den Feldern. Ohne Pause, bis in die Nacht, in der sie mit Flutlicht weiterarbeiteten. Vierundzwanzig Stunden fuhren die Traktoren zehn Kilometer die Stunde und kämmten mit einem Rechen die Früchte vom Feld. Das brachte ihnen viel Geld ein.
Er zwinkerte Emma zu, und ich hoffte, dass sie nichts sagen würde. Aber ich hatte mich getäuscht.

»Wir haben auch Beeren gepflückt. Und haben einen Bären getroffen. Der Bär stand vor mir, auf seinen Hinterbeinen.« Sie erzählte ihm die ganze Geschichte, und als er, nachdem sie gesagt hatte: »Ich habe Ally das Leben gerettet«, lachend meinte, dass das ja nicht stimmen könnte, begann sie von vorne. Ich beeilte mich, ihm das Geld zu geben. Seine Erleichterung, als wir schließlich gingen, war ihm deutlich anzumerken.

»Ihr seid ja zwei komische Ladys«, sagte er noch zum Abschied und schüttelte den Kopf, dann lief er zu seinem Erntetraktor und setzte seine Fahrt fort.

Wir fuhren zurück nach Hause.

»Daraus machen wir auch Marmelade und Gelee. Kannst du das?« Emma nickte in ihrer übereifrigen Art. In Mutters Keller standen auch unzählige leere Marmeladegläser.

Bruno stand schon parat, als wir in der Pearl Avenue ankamen.

»Willst du helfen?«, fragte ich ihn überrascht.

»Sol ist immer noch nicht da, und mir ist schrecklich langweilig.«

»Du gehst bitte in den Keller«, bestimmte ich sogleich und zeigte ihm den Weg. Ich hatte ihn derart überrumpelt, dass er nichts weiter sagte. Der Befehlston hatte auch seine Vorteile.

»Hier ist es aber dunkel, wo kann ich denn das Licht anmachen?«, rief er nach ein paar Schritten.

Ich musste schmunzeln. So ein Angsthase.

»Der Schalter ist unten. Du musst die Treppen hinuntergehen und unten an der Schnur ziehen, die an der Lampe hängt!«, rief ich in den dunklen Keller, aus dem der modrige Geruch nach oben drang.

»Du lachst über mich. Das höre ich an deiner Stimme.«

»Ja, das kann sein«, erwiderte ich. »Aber weil du es bist, komm

ich mit. Ich bin dicht hinter dir.« Ich tastete mich an der Wand entlang nach unten und überwand meine Angst.
»Ganz schön gruselig«, sagte er und knipste die Lampe an. Im schummrigen Licht erkannte er die vollgestopften Regale. »Wow. Woher deine Mutter all die Sachen hat? Schau dir mal die Regale an, sie sind alle randvoll mit Gläsern und leeren Flaschen«, sagte er und betrachtete die Regalwände. »Ich glaube, die sind uralt. Du brauchst Jahre, bis die alle verbraucht sind.«
»Jahre? So lange wollte ich eigentlich nicht hierbleiben«, warf ich sarkastisch ein.
»Ich weiß, Kleines. Aber manchmal spielt das Leben eben seine eigene Melodie. Da kannst du machen, was du willst.«
Die Gläser waren in allen Größen vorhanden. Ich hatte keine Ahnung, woher Mutter all den Krempel hatte.
»Die sind schon immer hier gewesen. Vielleicht sind sie noch vom Vorbesitzer«, vermutete ich. »Mutter jedenfalls hat nie etwas eingekocht.«
»So wie die aussehen, sind sie von den ersten Siedlern, die auf die Insel kamen. Die müssen wir alle noch spülen, die sind voller Staub«, seufzte er. Sicherlich bereute er bereits seinen Entschluss, uns zu helfen.
Wir luden so viele Gläser in die Körbe, wie wir tragen konnten, und gingen schnell wieder nach oben. »Lass das Licht ja an, wir müssen noch ein paarmal laufen.« Es war tröstlich, dass Bruno die gleiche Angst hatte wie ich.
Miss Fairbanks kam auch vorbei und half beim Ausspülen der Gläser und Flaschen. Voller Verwunderung beobachtete sie Emma. Sie ließ sie keinen Moment aus den Augen.
»Wir haben sie sehr unterschätzt«, flüsterte sie mir zu.
»Oh ja, das haben wir.«
»Ich erkenne sie nicht wieder.«
Am Abend waren alle Gläser und Flaschen gefüllt. Miss Fair-

banks hatte feuchte Tücher über die Marmeladegläser gelegt, damit sie nicht durch den heißen Inhalt zersprangen.
»Wenn sie abgekühlt sind, bekleben wir sie mit den Etiketten.«

* * *

Am nächsten Morgen fuhr ich mit Bruno und Emma zu Joe. Zu dritt saßen wir auf der Sitzbank eng aufeinander, Bruno in der Mitte, da sich Emma weigerte, dort zu sitzen.
»Hierhin«, wies Joe Bruno an, der sich in der Hitze plagte und Joe nichts recht machen konnte.
»Meine Güte, sind die schwer«, jammerte Bruno sichtlich überfordert.
Emma ging in den Laden und betrachtete jedes noch so kleine Teil.
»Gefällt dir etwas?«, fragte ich sie.
»Joe hat schöne Sachen«, sagte sie leise.
»Dann such dir irgendetwas aus«, erwiderte ich und hoffte, dass es nichts Teures sein würde.
Sie nahm sich ein Glas Honig.
»Honig?«, fragte ich ungläubig.
Sie nickte.
Jede Flasche Blaubeersirup brachte uns zehn Dollar, jedes Marmeladeglas vier. Innerlich jubilierte ich. »In den nächsten Tagen bringe ich dir noch mehr Marmelade«, sagte ich beim Hinausgehen.
»Soviel ihr wollt«, gab er zurück, während er auf die Tafel vor dem Laden in geschwungenen Buchstaben schrieb: *Frischer Blaubeersirup*.

Nach zwei weiteren Tagen hatten wir zweihundert Marmeladegläser gefüllt und weitere hundert Flaschen Sirup gekocht.
Am Donnerstag weigerte sich Emma weiterzumachen.
»Heute ist *Quilting Bee*. Du hast es versprochen.«
Nein zu sagen war mir schon immer schwergefallen. Es war Donnerstag, und das *Quilting Bee* fand am gleichen Tag zur gleichen Zeit wie schon früher statt, als ich noch ein Teil der Gemeinde gewesen war. Hier auf Bear Isle änderte man Gewohnheiten nicht. Alles blieb beim Alten. Wahrscheinlich war es auch bei den ersten Siedlern bereits der Donnerstag gewesen.
»Stimmt«, antwortete ich, obwohl ich es vergessen hatte. Nachdem es vor zwei Wochen schon ausfallen musste und letzte Woche nicht stattgefunden hatte, weil der Gemeindesaal für eine Veranstaltung gebraucht wurde, musste ich heute mit ihr dorthin gehen.
Ungeduldig wartete Marth vor der Kirche. Als sie uns sah, rannte sie auf Emma zu.
»Ich bin schon ganz aufgeregt. Heute machst du meinen Quilt fertig, oder?«
»Ja.« Emma hob den Zeigefinger, auf dem ein silberner Fingerhut steckte.
Marth umarmte Emma überschwenglich. Voller Verwunderung musste ich abermals erkennen, dass sich Emma vor Marth nicht zurückzog, sich jede Berührung gefallen ließ und diese sogar zu genießen schien.
Dann löste sich Marth von meiner Schwester, gab mir höflich die Hand und sagte: »Meine Urgroßmutter hat gesagt, dass es etwas Besonderes ist, dass ihr einen Bären gesehen habt. Sie sagt, ein Bär sei ein gutes Zeichen.«
»Ein gutes Zeichen? Tatsächlich?« Ich war überrascht.
»Aber ja. Auch von einem Bären zu träumen ist etwas Beson-

deres. Du musst meine Urgroßmutter unbedingt kennenlernen«, antwortete Marth freudig.
Obwohl uns die Moskitos plagten, ließ man uns vor dem Gemeindesaal warten. Es dauerte endlos, bis wir schließlich den Raum betreten durften, und ich hätte mich am liebsten über diese sinnlose Warterei ausgelassen.
Miss Fairbanks war bereits mit ein paar anderen Frauen im Saal. Sie standen nebeneinander und verdeckten mit ihren meist fülligen Körpern den Tisch.
»Wir haben eine Überraschung für dich«, sagte Mrs. Bryant und kam auf Emma zu.
Emma errötete. »Für mich? Was für eine Überraschung?« Aufgeregt hüpfte sie von einem Bein auf das andere. Immer wieder griff sie nach meiner Hand und drückte sie fest, bis sie sie nicht mehr losließ.
Die Frauen gaben den Blick auf den Tisch frei, und wir sahen Emmas gelbes Kleid darauf ausgebreitet liegen.
»Mein Kleid!«, rief Emma aus. »Mein Kleid! Mama hat es mir gekauft.« Voller Freude hüpfte sie zum Tisch. Hielt plötzlich inne und tat den letzten Schritt langsamer. Sie betrachtete das Kleid. Sie roch daran, befühlte den Stoff, rieb ihn und hielt es schließlich an ihren schmalen Körper.
»Das ist nicht mein Kleid.«
»Das ist jetzt dein neues Kleid. Das andere war nicht zu retten«, sagte Miss Fairbanks. »Mrs. Scott hat es genäht. Sie ist eine brillante Schneiderin. Sie hat den Schnitt von deinem alten Kleid übernommen. Wir haben sogar den gleichen Stoff gefunden. Deshalb hat unser Treffen letzte Woche nicht stattgefunden, wir wollten das Kleid nähen«, wandte sie sich an mich.
Ich glaubte sowieso nicht, dass Emma irgendetwas von alldem verstanden hatte, was sie gesagt hatte. Ich hingegen war sprachlos und ehrlich ergriffen.

»Vielen Dank.« Ich bedankte mich bei den Frauen und hoffte, dass Emma sich mir anschloss. Aber was würde schon geschehen, wenn sie es nicht tat? Jeder kannte Emma. Emma war, wie sie war. Etwas Besonderes.
»Es ist schön, ich mag es«, sagte Emma plötzlich, und ein allgemeines Aufatmen ging durch den Raum.
Emma wollte das Kleid sofort anprobieren. Es passte wie angegossen. Sie drehte sich im Kreis und hob die Arme.
»Es passt«, sagte sie schließlich, dann zog sie ihren Fingerhut über und begann mit dem Sticken.
Nach drei Stunden, in denen Marth nicht von ihrer Seite wich, war Emma fertig. In der Mitte des Quilts prangte nun eine kleine Indianerin. Gestickt mit feinstem Garn, in Grau-, Braun- und Olivtönen, war sie genauso perfekt, wie die Hummel auf Emmas eigenem Quilt. Die Indianerin trug lange schwarze Zöpfe, in denen bunte Fäden eingestickt waren, als wären sie in das Haar eingeflochten worden. Es war ein Leichtes, in der knienden Indianerin Marth zu erkennen – auch wenn die Indianerin kein Gesicht hatte.

* * *

Obwohl es seit einigen Meilen steil bergan ging, schnurrte der Pick-up leise und vertraut. Die enge Straße führte durch einen dichten Wald, der kaum Sonnenstrahlen durch die dichten Baumkronen ließ. Es war die einzige Straße, die zu Carter führte. Doch mit einem Mal wurde es heller, gerade so, als wäre ich aus einem langen Tunnel herausgefahren. Der Wald war zu Ende. Vor mir lag eine große Wiese, ein Park, an dessen Ende das verwinkelte prächtige Haus der Barries lag. Ich parkte vor der Auffahrt und ging die letzten Meter zu Fuß durch den Rasen, der hier oben viel grüner war als sonst irgendwo auf der Insel. Von hier hatte man einen atemberaubenden Blick auf den kleinen Hafen und die eng aneinandergeschmiegten Häuser, die wie ineinanderlaufende Wasserfarben am Meer entlang ausgebreitet lagen. Unterhalb des herrschaftlichen Hauses lag die Steilküste, darunter das brausende Meer.

Carter erwartete mich bereits. Er kam auf mich zu und umarmte mich, was ich überrascht geschehen ließ.

»Du weißt ja gar nicht, wie sehr ich mich freue«, sagte er. »Komm, lass uns ins Haus gehen.«

Wir gingen durch die pompöse Eingangshalle, die mit edelstem grauen Granit ausgelegt war, hindurch in ein riesiges Zimmer, in dem ein mächtiger Schreibtisch stand.

»Das ist mein Büro und somit das Herz des *Bear Isle Chronicle*«, sagte er nicht ohne Stolz.

»Ich bin wirklich beeindruckt.«

»Das musst du nicht. Es ist Mutters Haus, sie hat es mir überlassen.«

»Wohnt sie denn nicht mehr hier?«

»Meine Mutter zieht es vor, unten in der Stadt zu wohnen, dort, wo etwas los ist, wie sie meint. Ich allerdings liebe dieses Haus. Die Ruhe und Abgeschiedenheit. Ach, Ally, es ist schön, dass du wieder hier bist.« Er machte einen Schritt auf mich zu, blieb aber unvermittelt stehen. Er war verlegen.

»Das verstehe ich. Hier ist es wunderschön. Kein anderes Haus auf der Insel hat diese phänomenale Aussicht«, ging ich über sein Zögern hinweg.

Er lachte. »Das stimmt nicht ganz, aber es ist eines der wenigen Häuser.«

»Und du lebst hier ganz alleine? Hast du nicht geheiratet?«, platzte es aus mir heraus, was ich sofort bereute.

Er lachte. »Nein, habe ich nicht. Und du?«

»Auch nicht.«
»Kein Freund?«
Ich schüttelte den Kopf. »Ich habe gerade eine schlimme Trennung hinter mir. Lass uns über etwas anderes reden.« Ich ging an das mit Büchern vollgestellte Regal, das die gesamte Wand ausfüllte.
Mit den Fingern strich ich sacht über die Buchrücken. »Weißt du eigentlich, dass ich jedes Buch gelesen habe, von dem du uns damals erzählt hast?«
»Wirklich? Das wusste ich nicht.«
Fast wäre mir herausgerutscht, dass ich ihn bewundert hatte.
»Du wirst also eine Weile auf Bear Isle bleiben?«, fragte er weiter.
»Ich muss wohl. Eigentlich wollte ich längst wieder in Los Angeles sein, aber es kam alles anders als geplant. Nun suche ich für Emma ein Wohnheim, wo sie in Zukunft leben kann. Denn alleine kann ich sie nicht auf Bear Isle lassen.«
Er nickte. »Ich verstehe.«
»Tja, und weil ich Geld verdienen muss, suche ich einen Job.«
»Viel kann ich dir leider nicht bieten. Die Artikel, die du für den *Bear Isle Chronicle* schreiben würdest, werden dich sicherlich unterfordern. Es sind Gesellschaftsnachrichten, wie zum Beispiel über das anstehende Hummer-Festival. Die Zeiten von Ebbe und Flut, die Hummerpreise. Solche Dinge werden gelesen. Du weißt, wie die Menschen hier sind – wie wir sind.«
Ich unterbrach ihn. »Ich bin mit allem einverstanden. Weißt du, wahlweise könnte ich noch bei Rachel kellnern.« Ich lachte ihn an.
»Nein, das machst du nicht. Du fängst bei mir an. Morgen hast du bereits deinen ersten Auftrag. Nächste Woche eröffnet ein neues Restaurant. Lindas Großvater hatte dort seine Pizzeria.«

»Da habe ich schon durch die Fensterscheibe gespickt, das sieht ganz nett aus.«
»Aiden Grant heißt der neue Inhaber. Ich will ihm etwas unter die Arme greifen. Ist ja nicht so einfach, als Zugezogener hier etwas zu eröffnen. Er ist ein netter Kerl.«
»Soweit ich weiß, kommt er aus Boston. Zumindest hat mir das Linda erzählt«, sagte ich.
»Ja, das stimmt. Er war Broker in Boston. Am Sonntag hättest du dann schon deinen nächsten Job. Du weißt ja, was ansteht?«
Natürlich wusste ich das. Und auch wenn ich es nicht gewusst hätte, so war es doch nicht zu übersehen, da die ganze Stadt mit Plakaten zugepflastert war, die das Highlight des Jahres ankündigten: Das Hummer-Festival. Ich nickte. Ein Bericht also über Hummerwettessen und Hummerboot-Rennen. Ich konnte ein Aufstöhnen nicht verhindern und fügte schnell hinzu: »Kein Problem. Dann werde ich Samstag und Sonntag unterwegs sein. Endlich wieder schreiben. Du weißt gar nicht, wie sehr du mir damit hilfst. Ich will nur nicht, dass du dich verpflichtet fühlst. Ich habe gehört, was deine Mutter am Sonntag nach der Kirche zu dir gesagt hat.«
Carter lachte. »Das habe ich mir gedacht. Ich muss dir wohl nicht sagen, wie froh ich war, als sie in die Stadt gezogen ist. Aber mal im Ernst, Ally, ich brauche deine Hilfe. Ich habe zwar zwei freie Mitarbeiter, aber wenn du mich mit deiner Erfahrung unterstützen würdest, dann wäre das ein Gewinn für die Zeitung. Du kannst auch von zu Hause aus schreiben, ich denke, das kommt dir wegen Emma gelegen? Ihr habt doch WLAN?«
Ich schüttelte den Kopf. »Noch muss ich auf der Veranda meine E-Mails abrufen, da ich das WLAN von meinen Nachbarn benutze, und das reicht nur bis dorthin.«
»Im Winter wird das aber problematisch«, lachte Carter.

Schon wieder dieses Wort. Winter. Im Winter wollte ich doch längst wieder fort sein.
»Wenn du willst, kannst du auch bei mir arbeiten. Ich könnte ein Büro für dich einrichten lassen. Platz habe ich genug.« Er schaute mich erwartungsvoll an.
»Danke, das ist eine große Versuchung, aber ich kann nicht. Ich muss in der Nähe von Emma bleiben, zumindest glaube ich das. Vielleicht ändere ich meine Meinung irgendwann, aber für den Moment …«
»Und was machst du den ganzen Tag, wenn du nicht auf deine Schwester aufpasst?«, fragte er. So wie es aussah, hatte er das Geschäftliche abgehakt.
»Nicht viel. Ich muss, wie du ja gesehen hast, in die Kirche gehen. Ich muss zum *Quilting Bee*. Erst ein einziges Mal war ich am Strand. Es gibt so viel zu erledigen.«
»Du hast also nicht vor, auf Bear Isle zu bleiben?«, sagte er, als hätte er meine Gedanken erraten.
Ich überlegte. »Es ist so vieles durcheinandergeraten, dass ich gar nicht mehr weiß, was ich überhaupt will. Im Moment kann ich nirgends hin. Da ist Emma, das Haus.«
»Wenn du mal eine Abwechslung brauchst, könnten wir doch einmal zusammen ins Kino gehen? Gerne auch mit Emma?«, schlug er vor, dabei schaute er mich mit seinen blauen Augen an.
»Das würde ich gerne, vor allem ins Open-Air-Kino«, antwortete ich ehrlich.
Das *Sun Picture Cinema* hatte nur wenige Wochen im Sommer geöffnet. Ich hatte es in wunderbarer Erinnerung. Schon als Jugendliche war ich dort oft gewesen und hatte entweder auf dem Rasen auf einer Decke liegend oder in einem der schäbigen Liegestühle mit Freunden den Abend verbracht.
»Besonders meine Mutter würde es gerne sehen, wenn wir

ausgingen.« Er lachte. »Sie hatte immer viel für dich übrig. Ich übrigens auch. Aber das wirst du sicher nicht bemerkt haben.« Er hatte immer noch die gleiche intelligente Ironie von früher.

Ich lachte. Dieses Mal war ich verlegen. »Es ist viel Zeit vergangen.«

»Nun, du bist einfach verschwunden. Deine Mutter wusste nicht, wohin.«

»Das ist eine lange Geschichte. Ich hatte Gründe, die ich nun selbst nicht mehr verstehe. Es tut mir aufrichtig leid, dass ich mich nie bei dir gemeldet habe, dass ich damals einfach wortlos gegangen bin.«

»Es würde mich freuen, wenn du Zeit mit mir verbringen würdest«, sagte er, und ich bemerkte, dass er es nicht hatte sagen wollen.

Als ich an diesem Nachmittag nach Hause kam, fühlte ich mich seit langem wieder gut. Carter war nett gewesen, zuvorkommend, und hatte mir, obwohl er das sicher nicht wollte, gezeigt, dass er mich immer noch sehr mochte.

Bruno hatte recht, Carter war ein feiner Mensch. Er war einer von diesen Menschen, die immer das Richtige taten.

Ich setzte mich auf die Veranda und öffnete meinen Laptop. Wieder waren zwei Nachrichten von Stan eingegangen. Ich wollte sie löschen, aber irgendetwas in mir sagte, dass ich sie lesen sollte. Moskitos umschwirrten mich auf der Suche nach Nahrung, und ich ging ins Haus, um mir das Insektenspray und Mutters Stola zu holen. Emma schaute im Wohnzimmer *Peter Pan*. Ein wundervoller alter Film in Schwarzweiß. Früher, als wir noch klein waren, hatte ich ihn oft mit ihr angeschaut. Wieder und wieder. Emma und ich kannten ihn in- und auswendig. Ich schlich am Wohnzimmer vorbei und hörte sie rufen, dass sie ganz fest an Feen glaubte. Dabei klatschte sie unablässig in die Hände.

Ich liebte Peter Pan. Den Jungen, der von zu Hause fortgelaufen war, um niemals erwachsen zu werden. Wie sehr hatte ich mir doch als Kind gewünscht, er würde durch mein Kinderzimmerfenster geflogen kommen. Laut las ich jeden Abend bei geöffnetem Fenster aus meinen Büchern, weil ich wusste, dass er sich gerne Geschichten anhörte, damit er sie den verlorenen Jungen weitererzählen konnte. Ich wäre sofort mit ihm nach Nimmerland geflogen, hätte keine Minute gezögert, um mit ihm die Abenteuer mit Meerjungfrauen, Indianern, Piraten und Peters ewigem Feind Kapitän Hook zu erleben. Ich wäre auch alleine dort hingegangen, glaubte ich doch, dass es dieses Nimmerland gab. Aber Peter Pans Angabe, wo sich Nimmerland befand, war mehr als vage.

Aus dem Wohnzimmer drang immer noch Emmas Klatschen. Ich ging zu ihr und sah auf den Fernseher. Als Emma mich bemerkte, sagte sie: »Ich bin Peter Pan, und die Hummeln sind meine Elfen! Hast du gewusst, dass Hummeln Elfen sind?«

Ich schüttelte den Kopf und dachte, dass es eigentlich ein schöner Gedanke war. Dann wurde mir bewusst, dass auch Emma in vielen Dingen immer noch ein Kind war, obwohl sie längst erwachsen war.

Ich ging zurück auf die Veranda und setzte mich in den Schaukelstuhl, als ich Marth am Ende der Straße erblickte. Neben ihr lief eine Frau, die ich nicht kannte. Sie war alt und ging leicht gebeugt und hatte ebenso wie Marth eine besondere Art, die mich darauf brachte, dass es ihre Urgroßmutter sein musste, von der sie mir erzählt hatte.

»Marth kommt!«, rief ich ins Haus, weil ich wusste, dass Emma sich darüber freuen würde. Ich blickte auf die beiden E-Mails von Stan, und bevor ich meinen Laptop schloss, löschte ich sie – ungelesen.

Emma kam angerannt. »Marth? Wo ist sie?«

Ich zeigte auf die Straße. Emma rannte ihnen in ihrer ungelenken Art entgegen, immer bedacht, keine Linie zu übertreten.

Ich ging die Verandastufen hinunter.

»Hallo, Ally. Ich habe meine Urgroßmutter mitgebracht. Sie wollte dich unbedingt kennenlernen.«

Überrascht begrüßte ich die alte Frau. Sie hatte schlohweißes Haar, das sie wie Marth zu zwei langen Zöpfen geflochten hatte. Ihre olivfarbene Haut war mit Runzeln übersät, ebenso die Hand, die sie mir reichte.

»Es freut mich, Sie kennenzulernen«, sagte ich und spürte die besondere Aura, die von der alten Frau ausging.

»Auch ich freue mich, Ally«, erwiderte sie, während sie mich mit ihren kleinen klaren Augen aufmerksam musterte.

»Wir haben dir was mitgebracht«, sagte Marth aufgeregt und gab mir ein rundes Gebilde.

»Das ist ein Traumfänger. Meine Urgroßmutter sagt, du musst ihn über dein Bett hängen.«

Ich nahm ihn in die Hand. »Er ist wunderschön.«

»Marth sagt, du träumst schlecht?« Sie schaute mich forschend an.

»Ja, das tue ich. Jede Nacht.«

»Immer von einem Bären?«

»Nicht immer, aber sehr oft. Nein eigentlich seit Tagen immer von einem Bären. Aber das ist nicht schlimm, ich wollte Marth keine Angst machen«, antwortete ich. Ich war verlegen und ärgerte mich, dass ich es Marth erzählt hatte.

»Ich will auch so einen haben«, meldete sich nun Emma, die den Traumfänger genau betrachtete.

»Du brauchst keinen, weil du nicht träumst, Emma«, erwiderte Marth ernst.
»Ich will auch einen Traumfänger haben. Er ist schön.« Emma sah enttäuscht aus. Aber dieses Mal konnte ich ihr nicht helfen.
»Meine Urgroßmutter hat ihn für Ally gemacht.«
Ich drehte das Gebilde in meiner Hand. Ich hatte schon viele Traumfänger gesehen, glaubte mich sogar daran zu erinnern, dass Joe ein paar dieser Dinger in seinem Laden anbot, wo sie von der Decke hingen. Aber nie zuvor hatte ich einen derart aufwendig gearbeiteten gesehen. Es war ein hölzerner Reifen, in dessen Mitte ein Geflecht gesponnen war, das Ähnlichkeit mit einem Spinnennetz hatte. Steine, Perlen, Federn und Muscheln verzierten den Traumfänger.
Ich strich über die Feder.
»Das ist eine Eulenfeder. Sie steht für die Weisheit. Es ist eine weibliche Feder, weil der Traumfänger für eine Frau ist«, sagte Marth.
»Und welche Feder würde ein Junge bekommen?«
»Eine Adlerfeder. Der Adler steht für Kraft, Stärke und Mut«, wusste sie.
»Ich bin wirklich sprachlos über dein Wissen, Marth. Es ist schön, dass du die alten Traditionen kennst.«
»Ich weiß noch viel mehr.«
»Erzähl, mich interessiert alles.«
»Vögel sind Boten zwischen Himmel und Erde. Ihre Federn strahlen gute Energien aus. Der Stein, den du hier siehst, trägt den Geist der Erde in sich. Die Muschel den Geist des Meeres, und die Perlen wurden im Feuer gehärtet und tragen den Geist des Feuers.«
»Marth weiß sehr viel«, wandte ich mich an die alte Frau, die sich direkt neben uns in den Schaukelstuhl gesetzt hatte.
»Marth ist eine gelehrige Schülerin. Ich bin sehr stolz auf sie«,

sagte die alte Frau und tätschelte liebevoll den Handrücken ihrer Urenkelin. »Du musst Ally noch erklären, warum der Traumfänger so wichtig für sie ist.«

»Siehst du in der Mitte hier das kleine Loch?« Sie zeigte auf eine kleine Öffnung in der Mitte des Gespinstes, die kaum größer war als ein Penny. »Von einem Traumfänger werden alle Träume magisch angezogen. Durch dieses kleine Loch werden nur die guten Träume ihren Weg zu dir finden. Sie gleiten an den Bändeln und Federn auf dich herab. Die bösen Träume aber werden sich in den Fäden verfangen und darin hängen bleiben. Dort bleiben sie, bis die ersten Sonnenstrahlen am Morgen sie auf ewig verschwinden lassen. Deshalb musst du den Traumfänger auch über dein Bett hängen.«

»Tatsächlich? Ich werde ihn heute Abend noch dorthin hängen«, versprach ich ihr. »Vielen Dank dafür.«

»Schaust du jetzt mit mir Peter Pan?«, fragte Emma Marth, die darauf zu ihrer Urgroßmutter blickte, die ihr ein für mich unsichtbares Zeichen gab, dass es wohl in Ordnung sei.

Die alte Frau steckte die Hand in einen abgegriffenen ledernen Beutel, der um ihren Hals hing, holte zu meiner Verwunderung einen Zigarillo und Streichhölzer heraus und zündete diesen genussvoll an. Sie blies den Rauch in die Luft.

»Es wird dich doch nicht stören?«, fragte sie.

»Aber nein, vielleicht verscheucht der Rauch diese lästigen Moskitos, so hätte ich auch einen Nutzen davon«, antwortete ich lächelnd.

»So ein Schaukelstuhl ist sehr angenehm«, sagte sie mehr zu sich selbst.

»Meine Mutter liebte Schaukelstühle.«

»Deine Mutter ist von uns gegangen, das bedauere ich sehr. Aber diese Dinge geschehen. Nun stehst du an einem Scheideweg. Du musst wissen, dass in jedem Augenblick deines Lebens

Kräfte auf dich wirken – gute Kräfte, aber auch böse Kräfte. Wenn du auf die guten hörst, werden sie dir den richtigen Weg weisen. Hörst du auf die schlechten, dann werden sie dich in die falsche Richtung leiten. Es gibt viele Kräfte und viele Richtungen.«

Die Alte sprach in Rätseln. Ich verstand kein Wort von dem, was sie mir zu erklären versuchte. Sie hatte sich die Mühe gemacht, zu uns nach Hause zu kommen. Aber was wollte sie mir sagen? Sie blies den Rauch in den mittlerweile schwarzen Himmel.

»Marth hat mir von eurer Begegnung mit dem Bären erzählt. Ich will dir etwas über den Bären erzählen, damit du verstehst, warum er dir erscheint, sowohl in der Nacht als auch am Tage. Wenn du von einem Bären träumst, dann glaubst du, von unlösbaren Problemen umgeben zu sein. Der Bär ist stark, aber auch sanft und weise. Der Bär zeigt dir, dass in dir verborgene Kräfte wohnen. Er sagt zu dir: Schau in dich hinein, um dich besser verstehen zu können, um alles um dich herum besser verstehen zu können. Auch wenn er dir Angst macht, so ist der Bär ein gutes Zeichen. Im Glauben der Indianer besitzt der Bär magische Kräfte. Weißt du, der Bär ist dem Menschen gar nicht so unähnlich.«

»Tatsächlich?«, fragte ich sie ungläubig.

»Wie der Mensch kann der Bär auf den Hinterbeinen stehen und sogar auf den Hinterbeinen laufen. Auch die Nahrung ist der unseren ähnlich, denn er frisst nicht nur das Fleisch seiner Beutetiere, er mag auch Honig und Beeren. Auch hat der Bär ein Gedächtnis. Wenn ihm ein Mensch Schmerzen zugefügt hat, so wird er sich an ihm rächen, sobald er die Möglichkeit dazu hat.«

Wieder hielt sie inne und zog an ihrem Zigarillo. Dann sprach sie weiter: »Es muss dir gelingen, das Gute zu sehen, das tief in allen Dingen verborgen ist. Vor allem, weil es auch in dir ist.« Sie berührte mich mit ihrem knorrigen Zeigefinger und drückte ihn fest auf die Stelle, wo mein Herz war. Ich musste schlucken. Aber wie nur sollte es mir gelingen in all dem, was geschehen ist, etwas Gutes zu sehen? Ihre Worte schwirrten in meinem Kopf, ich versuchte, sie zu verstehen, und war außerstande dazu.

»Du brauchst nur Zeit, gib dir die Zeit, Ally.«

* * *

Bevor ich an diesem Abend schlafen ging, hängte ich den Traumfänger über mein Bett, dem Ort zwischen Himmel und Erde, wie Marth es erklärt hatte.

Von dieser Nacht an träumte ich von keinem Bären mehr, der mich und Emma verfolgte. Als hätte sich dieser immer wiederkehrende Traum tatsächlich im Spinnennetz verfangen und wäre von den ersten Sonnenstrahlen vernichtet worden.

11.

Von Hummerwettessen und Hummerboot-Rennen

Ich zog die laut summende Emma hinter mir her.
»Stell dich bitte nicht so an!«, entfuhr es mir genervt. Emma stand breitbeinig auf der Straße, wodurch sie einen besseren Halt hatte und ich sie nicht mehr von der Stelle bewegen konnte. Ihr Gesicht war vor lauter Anstrengung ganz rot. »Du kannst summen, so laut du willst.«
Ich hatte eine Verabredung im Restaurant von Aiden Grant und war bereits zu spät dran.
»Ich habe keine Lust mitzugehen«, unterbrach Emma für einen kurzen Augenblick ihr Summen. In diesem unbedachten Moment achtete sie nicht auf ihren festen Stand, und ich konnte sie am Arm bis zum Auto ziehen.

»Emma, bitte, das kannst du mir nicht antun!« Aber sie weigerte sich, ins Auto zu steigen.
»Ich habe keine Lust!«, wiederholte sie laut und erbarmungslos.
»Was soll das? Du weißt, dass du mitkommen musst. Niemand ist da, der auf dich aufpassen kann!« Nun hatte ich meinen Tonfall nicht mehr im Griff und schrie meine Schwester beinahe an. Es war mein erster Auftrag, den ich für Carter erledigen musste und wollte auf keinen Fall zu spät kommen. Nie war ich verspätet zu irgendwelchen Terminen gekommen und würde es auch heute nicht.
Sol und Bruno waren für ein paar Tage nach Portland gefahren und kamen erst morgen wieder zurück, und Miss Fairbanks lag krank zu Hause im Bett. Mir blieb nichts anderes übrig, als Emma mitzunehmen. Das kann ja heiter werden, dachte ich verzweifelt. Schon jetzt klebte mir die Bluse an der Haut. Wegen der Anstrengung und vor allem wegen der schwülen Hitze. Morgen beim Hummer-Festival sollte es noch heißer werden.
»Soll ich dir wieder etwas schenken? Ist es das, was du willst?«, fuhr ich sie bissig an.
»Was schenkst du mir?«, fragte Emma augenblicklich.
Ich gab mich geschlagen. Ich hatte mir vorgenommen, ihr nichts mehr zu versprechen. Sie war erwachsen, und es war geradezu lächerlich, sie wie ein kleines Kind zu behandeln. Aber es war ein Teufelskreis, dem ich nicht entrinnen konnte. Wie eine Erpressung, nur dass nicht Emma diejenige war, die erpresst wurde, sondern ich. Trotzdem hörte ich mich sagen: »Etwas ganz Besonderes. Ich verrate es dir heute noch nicht.« Vor allem, da mir allmählich die Ideen ausgingen.
Ohne weitere Gegenwehr stieg sie in den Pick-up.
»Es riecht nach Pferd«, sagte sie, als ich neben ihr Platz genommen hatte. Sie erwähnte es jedes verdammte Mal, wenn wir ins

Auto stiegen. Mit einem unguten Gefühl fuhr ich die Pearl Avenue entlang Richtung Main Street.
»Du musst dort leise sein, hörst du? Ich muss arbeiten«, versuchte ich meiner Schwester zu erklären.
»Was arbeitest du?«, fragte sie.
»Ich schreibe einen Artikel über das neue Restaurant und muss den Inhaber interviewen. Aber das geht nur, wenn du dort ganz leise bist. Und bitte erzähle nicht die Geschichte von dem Bären, hörst du? Bitte«, meine Worte waren ein leises Flehen geworden. Sicherlich hatte ich sie nun erst recht darauf gebracht. Ein neues Opfer, das die Geschichte noch nicht gehört hatte. Wie hatte Mutter das all die Jahre ausgehalten? Ich war nach wenigen Wochen bereits kurz davor, verrückt zu werden.
Ich hatte Glück im Unglück und fand vor dem Restaurant einen Parkplatz, der groß genug für meinen Wagen war und in den ich ohne mehrere Versuche hineinpasste.
Bevor ich die Tür zum Restaurant öffnete, hielt ich inne. »Bitte Emma, ich muss arbeiten. Versprich mir, dass du ganz leise sein wirst.«
»Das hast du jetzt oft gesagt. Ich habe das verstanden. Ich bin nicht dumm«, fuhr sie mich empört an.
»Okay, dann gehen wir jetzt rein, und du machst alles so, wie ich es dir sage.« Als ob das irgendetwas nutzen würde.
»Was schenkst du mir?«, fragte sie laut, als wir bereits das Restaurant betreten hatten, und ich wusste, dass sie nichts von dem tun würde, was ich ihr gesagt hatte.
Niemand war zu sehen. Wir liefen etwas weiter nach hinten, vorbei an den ersten Tischen. Zu allem Übel war der Fußboden des Restaurants abwechselnd mit schwarzen und weißen quadratischen Fliesen gekachelt, und Emma tippelte neben mir durch den Raum, um, wie ich feststellen musste, nur auf die weißen Flächen zu treten. Das auch noch.

»Hallo?«, rief ich zögerlich.
Nichts regte sich.
Ich rief noch einmal, aber lauter.
»Ich bin in der Küche! Setzen Sie sich schon. Ein Tisch ist gedeckt«, kam eine Stimme von irgendwoher.
Auf einem Tisch lagen zwei Gedecke. Ganz bestimmt hatte er nicht für Emma gedeckt, da er nicht mit einer zweiten Person gerechnet hatte. Dennoch setzte sich Emma unverzüglich vor eines der beiden Gedecke. Ich blieb neben dem Tisch stehen. Dann kam er aus der Küche.
Das darf doch alles nicht wahr sein!, dachte ich bestürzt und wollte auf der Stelle tot umfallen. Mit einem Schlag wurde mir heiß, ich begann zu schwitzen und wusste, dass ich knallrot angelaufen war.
Es war der Fremde, der mich betrunken nach Hause gefahren hatte. Der mir meine Haare gehalten hatte, als ich mich übergeben musste. Der mich küsste, weil ich gesagt hatte, dass ich einen Kuss bitter nötig hatte. Fassungslos und unfähig, mich zu rühren, stand ich zwei Meter von ihm entfernt.
Er trug eine anthrazitfarbene Bistro-Schürze und ein dazu passendes Bandana, unter dem seine dunkelbraunen Locken bis auf die Schultern fielen. Der letzte, wenn auch winzig kleine Funke Hoffnung, dass er mich vielleicht nicht erkennen würde, erlosch in dem Augenblick, als ich in seinen Augen die Freude des Wiedererkennens sah.
»Das ist ja eine Überraschung«, sagte er und trat auf mich zu. Er umarmte mich, als würden wir uns schon ewig kennen.
»Ja, das ist eine Überraschung«, antwortete ich verlegen, als er mich wieder losließ.
»Ich habe mich gefragt, ob ich Sie wohl jemals wiedersehen würde. Aber Bear Isle ist klein. So habe ich mir gesagt, früher oder später werden wir uns wieder über den Weg laufen. Nun

ist es früher geworden.« Er schaute auf Emma, die mit den Fingern die Karos auf der Tischdecke abzählte.
»Das ist meine Schwester Emma.« Ich tippte Emma auf die Schulter, worauf sie aufblickte. Erleichtert sah ich, dass sie ihm, wenn auch zögerlich, wenigstens die linke Hand gab.
»Aiden Grant«, stellte er sich uns vor, und an mich gewandt, sagte er: »Und Sie sind dann also Ally Harper. Mr. Barrie hat gesagt, dass Sie kommen werden. Ich wusste allerdings nicht, dass wir zu dritt sein würden. Ich hole noch ein Gedeck. Ich habe gekocht.«
Emma horchte auf.
»Was hast du gekocht?«, fragte sie neugierig. Entsetzt stellte ich fest, dass sie ihn duzte.
»Das verrate ich nicht. Das ist eine Überraschung.«
»Ich mag Überraschungen.«
Ich überlegte, ob ich ihm sagen sollte, dass Emma anders war. So wie Mutter es immer getan hatte. Aber ich wollte das nicht. Ich hatte es immer schrecklich gefunden, vor allem dann, wenn Emma daneben stand und hören konnte, wenn Mutter es sagte. Ich würde es erst tun, wenn es unbedingt sein musste. Noch war alles im grünen Bereich. Noch könnte er glauben, sie sei nur merkwürdig und schrullig.
»Setzen Sie sich«, forderte er mich auf und überging meine grenzenlose Verlegenheit.
»Was gibt es denn jetzt?«, fragte Emma ungeduldig.
Er verschwand in der Küche und kam mit einem Tablett, auf dem drei Teller standen, zurück.
»*Clam Chowder*«, sagte er, »nach Bostoner Art.«
Clam Chowder war eine dickliche Suppe aus Milch, Kartoffeln und Venusmuscheln. Selbst hatte ich sie noch nie gekocht, obwohl ich sie gerne aß.
Emma griff nach einem der Teller, noch ehe Aiden Grant sie

verteilen konnte, und stellte ihn vor sich auf den Tisch. Ganz nah ging sie mit dem Gesicht heran und roch an der Suppe.
Ich ahnte Schreckliches. Falls es nicht gut war, würde sie es nicht für sich behalten. Das war sicher. Am liebsten hätte ich laut geschrien.
»Das sieht lecker aus«, sagte ich über den Teller hinweg, der dampfend vor mir stand, in der Hoffnung, dass Emma es mir nachtun würde.
»Wissen Sie, dass Herman Melville diesem Gericht ein ganzes Kapitel in *Moby Dick* gewidmet hat?«
»Nein, das habe ich nicht gewusst, obwohl ich in *Moby Dick* vor Jahren hineingelesen habe. Ich fand das Buch nicht nur wegen des Umfangs schwer verdaulich, vor allem habe ich es aufgrund der seitenlangen Schilderungen über Walfangtechniken nicht zu Ende gelesen«, sagte ich. Mit einem Auge hatte ich immer noch Emma im Blick. Aber sie hatte noch nichts probiert.
»Die Muscheln habe ich übrigens heute Morgen bei Ebbe selbst gesucht.«
»Tatsächlich? Meine erste Frage haben Sie mir übrigens schon beantwortet. Ich habe mich gefragt, wie sie auf den Namen Ihres Restaurants gekommen sind. *Melville*.«
»Herman Melville ist mein Lieblingsschriftsteller. *Moby Dick* habe ich ein paarmal gelesen. *Moby Dick* ist für mich eine Parabel, die vor allem eines aussagt, dass der Mensch weder seine Bestimmung ändern noch die Natur beherrschen kann.«
»Sie haben mich neugierig gemacht. Ich glaube, ich werde es noch einmal damit versuchen,« sagte ich und wusste, dass Carter das Buch in einem seiner unzähligen Regale stehen hatte. Er würde es mir sicher ausleihen.
Ich beobachtete Emma, wie sie die Suppe von allen Seiten betrachtete, indem sie den Teller einmal vollständig im Kreis drehte. Bis sie den ersten Löffel in den Mund nahm.

Ich schwitzte, und meine Schenkel klebten an der mit glattem Kunstleder überzogenen Bank.

»Ich mag keine Muscheln«, kam von Emma das, was unweigerlich hatte kommen müssen.

»Oh, das tut mir leid«, antwortete Aiden Grant. »Ich hoffe, wenigstens Sie mögen Muscheln«, sagte er und starrte mich fragend an.

»Sicher, ich komme aus Bear Isle. Jeder hier mag Muscheln, na ja, außer meiner Schwester vielleicht.« Ich lächelte ihn an und hoffte, dass es nicht wie eine verzweifelte Grimasse wirkte.

»Es fehlt Salz«, bemerkte Emma so lakonisch wie erbarmungslos.

»Salz?«, wiederholte er sichtlich verwirrt über so viel Offenheit.

Er musste doch merken, dass mit Emma etwas nicht stimmte. Aber wenn dem so war, ließ er es sich nicht anmerken. »Finden Sie das auch?«, wandte er sich nun an mich.

»Werden Sie mich nun die ganze Zeit beim Essen beobachten?«, fragte ich ihn sichtlich nervös, als er mir aufmerksam zusah, wie ich mir den Löffel in den Mund schob.

»Entschuldigung, das wollte ich nicht.« Er widmete sich nun seinem Teller.

Die Suppe schmeckte fad. Es fehlte Salz und sicherlich auch Pfeffer. Emma hatte recht, sie schmeckte nicht gut.

»Pfeffer fehlt auch«, stieß meine Schwester im gleichen Augenblick trocken aus.

»Emma, bitte«, fuhr ich meine Schwester an und gab ihr mit dem Knie einen kräftigen Stoß gegen ihren Schenkel.

»Warum tust du mir weh?«, rief sie beleidigt aus, was alles noch schlimmer machte.

»Entschuldigen Sie bitte. Das ist mir alles sehr peinlich, ich finde die Suppe wirklich gut.«

»Das kann nicht sein, Ally«, sagte nun Emma und schaute mich ernst an. »Die Suppe schmeckt nicht gut.«
Ich tat, als hörte ich ihren Einwand nicht. Die Röte schien mein Gesicht nicht mehr verlassen zu wollen.
»Na, Sie machen mir Mut«, sagte Aiden Grant zu meiner Schwester und probierte nun ebenfalls.
»Mut? Ich mache Mut?«, fragte Emma verwundert und biss in den Austerncracker, der für gewöhnlich zu *Clam Chowder* gereicht wurde.
»Sie haben recht, es fehlt Salz. Sie schmeckt wirklich recht fade«, bestätigte Aiden Grant und seufzte bei dieser Erkenntnis. »Was fehlt noch?«, fragte er Emma, die vorsichtig eine weitere Löffelspitze Suppe in den Mund nahm, und beugte sich vor.
»Der Speck ist angebrannt. Nur wenig, aber er ist angebrannt.«
Emma griff in ihre Kleidertasche und holte, obwohl ich es ihr strikt verboten hatte, ihr schwarzes Notizbuch hervor. Sie schlug es auf und legte es neben ihren Teller auf die Serviette.
»Stimmt, das ist passiert. Aber das kann man doch nicht herausschmecken?«
»Doch, leider, meine Schwester kann das.«
»Wie meinen Sie das?« Aiden schaute abwechselnd zu Emma, die vertieft in das Buch schrieb, und mir.
»Sind Sie so etwas wie eine Restaurantkritikerin?«, fragte er Emma.
Er bekam keine Antwort.
»Nein, nein, keine Sorge, das ist sie nicht.« Emma eine Restaurantkritikerin! Gerne hätte ich gelacht, konnte es mir aber gerade noch verkneifen. Wie nur sollte ich ihm ihr Verhalten erklären? Da mir so schnell keine gute Strategie einfiel, sagte ich nur: »Nun, Emma kann alle Zutaten in dieser Suppe herausschmecken.«

»Das wäre ja unglaublich. Oder besser, das ist unglaublich. Sie hat sogar gemerkt, dass der Speck einen Hauch zu dunkel geworden ist.« Er sah mich erstaunt an. »Ich schwöre Ihnen, der Speck war nicht verbrannt. Er ist höchstens etwas braun geworden.« Er lachte immer noch, wie ich erleichtert feststellte.

»Ich glaube Ihnen«, erwiderte ich.

»Der Speck ist angebrannt«, insistierte Emma, die aufmerksam zugehört hatte.

Es war ein Desaster, dabei hatten wir bisher nur ein einziges Gericht gegessen. Zu allem Übel war mir durch die Suppe noch heißer geworden als ohnehin schon. Ich spürte, wie der Schweiß zwischen meinen Brüsten zum Bauchnabel hinunterrann.

»Wie sind Sie zum Kochen gekommen?«, fragte ich und versuchte, Aiden von Emma abzulenken. Außerdem musste ich irgendwann mit dem Interview beginnen, damit ich später einen Artikel über das Restaurant schreiben konnte. Zudem war Emma schon wieder in ihr Buch vertieft, so nutzte ich die Gunst der Stunde.

»Sie waren Broker in Boston, habe ich gehört?«

»Man spricht über mich?«, fragte er erheitert. Anscheinend konnte man seine gute Laune durch nichts verderben. Nicht einmal Emma schaffte es. Genau das war es, was ihn so sympathisch machte. Seine Sorglosigkeit stimmte mich beinahe traurig, sorglos war ich nie gewesen.

»Auf Bear Isle spricht niemand über niemanden«, erklärte ich ihm.

»Was wiederum heißt, dass alle über alle reden?« Sein Lächeln war umwerfend.

Ich musste lachen. »Genau so ist es. Die Menschen hier sind äußerst verschwiegen.« Ich musste an Mutters Geheimnis denken, das jeder kannte und das dennoch so lange Zeit bewahrt worden war. Wie konnte ich ihm die Eigenart dieser Menschen erklären? Er musste wohl selbst dahinterkommen, wenn man ihn denn ließ. Feinschmecker waren die Bewohner von Bear Isle nicht, aber sie konnten gutes Essen von schlechtem sehr wohl unterscheiden. Und wenn Aiden Grant es nicht hinbekam, dass sein Essen gut wurde, würde er das Restaurant nicht lange behalten.

»Aha, was für eine Logik, also muss man erst alles über mich erzählt haben, dann gehöre ich dazu. Was soll man dann noch erzählen, wenn alles erzählt ist?«

»Hier fängt dann die Verschwiegenheit an.« Ich musste lachen. Es klang tatsächlich unlogisch.

»Also gut, ja, es stimmt. Bis vor kurzem war ich in Boston Broker. Eine ziemlich stressige Arbeit, die sehr gut bezahlt wird.« Er schien zu überlegen, was er über sich erzählen sollte, oder vielleicht, ob er mir noch mehr erzählen konnte.

»Warum haben Sie das aufgegeben?«, fragte ich ehrlich interessiert. »Wer würde Boston freiwillig gegen Bear Isle eintauschen wollen?«

»Hatten Sie in Ihrem Leben einen Kindheitstraum?«, fragte er und schaute mich eindringlich an. Was zur Folge hatte, dass es mir noch heißer wurde. Zu allem Unglück musste ich immer wieder an den Kuss denken.

Ich überlegte. Ich wollte einfach immer nur weg. Mal wollte ich Ärztin werden, mal Verkäuferin, besonders als die Scannerkassen eingeführt wurden, das fand ich toll.

»Kassiererin. Kassiererin im Supermarkt«, antwortete ich also ehrlich.

»Kassiererin?«

»Sie haben mich nach meinem Kindheitstraum gefragt.«

Er lachte mich an. »Stimmt, ich finde ihn nur ungewöhnlich.«

»Und welchen Kindheitstraum hatten Sie?«

»Schon als kleiner Junge wollte ich Hummerfischer werden. Ich

stellte mir dieses Leben wundervoll vor. Stattdessen lief ich in Boston in teuren Anzügen durch die Straßen, verkehrte in Restaurants, wo ich das verspeiste, was die Fischer und Hummerfischer gefangen hatten.«
Er hielt inne, und ich wusste, dass er einiges in seiner Biografie übersprungen hatte, als er schließlich weitersprach: »Eines Tages dann gab ich meinen Beruf auf. Ich verkaufte mein Loft in Boston, meinen Porsche, ich behielt einen meiner Anzüge und bin nach Bear Isle gezogen. Hier habe ich mir ein Haus gekauft.«
»Das war der Grund? Ein Kindheitstraum? Das kann ich kaum glauben. Und trotzdem sind Sie kein Hummerfischer geworden.«
»Und Sie keine Kassiererin. Ich habe es allerdings versucht. Hat aber nicht geklappt. Dafür bin ich nicht geboren. Wahrscheinlich sind sich unsere Kindheitsträume gar nicht so unähnlich. Nur selten kann man sie verwirklichen. Beinahe hätte ich mein ganzes Vorhaben aufgegeben, beinahe wäre ich zurück nach Boston gegangen, da habe ich in der Fensterscheibe dieses Restaurants, damals war es noch eine Pizzeria, ein Schild gelesen, dass der Laden zu verkaufen ist. Ich habe nicht lange gezögert.«
Vom Hummerfischer zum Koch, dachte ich und fragte ihn, wo er das Kochen gelernt hatte. Was mir augenblicklich leidtat, hatte Emma ihm doch deutlich zu verstehen gegeben, dass er nicht kochen konnte.
»Das werden Sie aber dann nicht schreiben, wenn ich es Ihnen verrate?«
Ich schüttelte den Kopf und machte mich auf alles gefasst.
»Aus Büchern. Außerdem habe ich ein paar Tage in einem Restaurant in Boston mitgekocht. Bei einem Freund habe ich ein paar der wichtigsten Grundlagen gelernt.«

»Sie haben recht, das schreibe ich lieber nicht«, meinte ich und konnte mir ein Lachen nicht verkneifen.
»Dann wäre das ja auch geklärt, und ich hole den nächsten Gang aus der Küche. Kommen Sie mit?« Dann wandte er sich an Emma. »Möchten Sie auch mitkommen?«
Emma schüttelte vehement den Kopf und sagte laut: »Nein.«
Ich folgte ihm in die Küche. Auch hier hatte sich alles verändert. Die ehemals rustikale Küche mit Pizzaofen, den Lindas Großvater noch selbst gemauert hatte, war einer modernen Küche gewichen, deren Stahl vor Sauberkeit blitzte. In einem großen Topf ohne Deckel kochten zwei Hummer. Sie waren bereits rot gefärbt, ein Zeichen dafür, dass sie gar waren. Er legte sie auf zwei große Platten. Dazu gab es geschmolzene Butter und Zitrone.
Wir gingen an den Tisch zurück. Einen der beiden Hummer gab er Emma, den anderen stellte er an meinen Platz.
»Der schmeckt sehr, sehr gut«, sagte ich, als ich das Fleisch aus den Zangen probierte. Ich konnte meine Erleichterung kaum verbergen.
»Emma, was meinen Sie?«, wandte er sich an meine Schwester, die kerzengerade vor ihrem Teller saß und mit gespreizten Fingern die harte Schale des Hummers knackte.
»Bei Hummer kann man nichts falsch machen.«
Warum tat sich der Erdboden nicht auf und verschlang mich hier auf der Stelle? »Tja, so ist sie, immer geraderaus.«
Schweigend aßen wir weiter. Die Reste trugen wir in die Küche. Erst jetzt bemerkte ich, dass es in weiteren Töpfen kochte und brodelte.
»Wie viel haben Sie denn noch gekocht?«, fragte ich entsetzt.
»Eigentlich fast alles, was auf der Karte steht. Ich konnte mich nicht entscheiden.«
»Das hätten Sie sagen müssen. Ich bin jetzt schon satt.«

»Ja stimmt, das hätte ich sagen müssen. Ihre Schwester wird sicher probieren, zumindest hoffe ich das.«

»Sie dürfen sich über die direkte Art meiner Schwester nicht wundern.« Ich suchte nach Worten. »Sie ist einfach anders.« Es war heraus. Endlich hatte ich es gesagt und spürte, wie die Anspannung von mir abfiel.

»Und was heißt das?«, fragte er mich verwundert.

»Nun, das heißt, dass sie eben so ist, wie sie ist. Ich vermute, dass sie jeden Bissen, den sie noch essen wird, kommentiert. Und glauben Sie mir, sie wird es ehrlich sagen. Sie werden darüber hinwegsehen müssen. Und wenn sie rülpst, dann nehmen Sie es bitte nicht persönlich. Ich hatte niemanden, der heute auf sie aufpassen konnte, sonst hätte ich sie nicht mitgenommen.«

»Verraten Sie mir, wie sie das alles herausschmecken kann?«

»Es ist eine besondere Begabung«, antwortete ich.

Aiden Grant fragte nicht weiter, sondern tat das nächste Essen auf die Teller. Und irgendwie hatte ich das Gefühl, dass er bereits verstanden hatte, was ich ihm sagen wollte, ohne dass ich es ihm umständlich zu erklären brauchte.

»Vielleicht sollten wir Wein dazu trinken?« Er schaute mich fragend an. »Mögen Sie Weißwein? Ich habe hier einen ganz besonderen.«

Ich sah die Flasche, die geöffnet neben dem Herd stand, das Glas daneben war halb gefüllt.

»Ich sehe, Sie haben wenigstens Spaß beim Kochen. Und soll ich Ihnen etwas sagen? Egal, was Sie mir noch servieren werden, ich werde einen positiven Artikel schreiben und wünsche Ihnen nächste Woche einen guten Start.«

Er goss ein Glas Wein für mich ein.

»Auf die Neueröffnung!«, prostete ich ihm zu.

»Danke. Aber allmählich bekomme ich doch Bedenken. Ihre Schwester macht mich nervös.«

»Das glaube ich Ihnen gerne.«
»Können wir uns nicht duzen?«, fragte er spontan. »Schließlich haben wir doch schon einiges miteinander erlebt.« Er grinste mich an.
Ich legte den Zeigefinger auf meine geschlossenen Lippen. »Bitte sprechen Sie nicht darüber. Es ist mir unendlich peinlich.«
»Nur, wenn wir uns duzen.«
»Ich heiße Ally«, sagte ich schnell.
»Geht es dir besser als an dem Abend im *Harbor Pub*?«
Ich spürte, wie ich die Lippen zusammenpresste. Dann nickte ich. »Heute geht es mir tatsächlich besser.«
»Das ist gut. Dann werde ich der größten Kritikerin mal das nächste Essen servieren.«
Mutig wagte er sich in die Höhle des Löwen. Emma blickte erwartungsvoll auf die Teller. Er lächelte sie gewinnend an, aber sie verzog keine Miene.
Nach drei weiteren Gerichten war klar, dass die *Clam Chowder* das beste Gericht von allen war.
»Das mag ich nicht. Das mag ich nicht«, stieß Emma aus.
Aber ich hatte ihn vorgewarnt und konnte mich daher, wenn auch nicht entspannt, so doch halbwegs erleichtert in meinem Sitz zurücklehnen und der Unterhaltung lauschen. Das zweite Glas Wein tat seine Wirkung, und der Stress fiel von mir ab, was sicherlich auch daran lag, dass Aiden alles, was meine Schwester sagte, ernst zu nehmen schien. Er war nicht beleidigt, sondern ernsthaft an ihrer Kritik interessiert. Und leider musste ich mir eingestehen, dass sie mit allem ausnahmslos recht hatte.
»Was fehlt diesmal?«, stöhnte er auf und nahm, bevor sie ansetzte, einen weiteren Schluck Wein. Nüchtern war ihre Aufrichtigkeit wohl nicht zu ertragen.

Sie hatte an allem etwas auszusetzen. Zu lang gekocht oder zu kurz gebraten, zu wenig von diesem, zu viel von jenem, etwas anderes fehlte ganz, und etwas war darin, das nicht passte.
Als wir alles, was in der Küche war, probiert hatten, dachte ich zu platzen.
»Ich bin verunsichert«, sagte er und stellte Emma ein Glas Weißwein neben den Teller.
»Ich trinke keinen Alkohol«, stieß sie empört aus.
Ich schob mein Glas in seine Richtung, um zu signalisieren, dass ich noch ein Glas trinken würde. In meinem kleinen Rausch kam mir plötzlich eine Idee. Eine Eingebung, die ich erst, als ich sie aussprach, lächerlich fand. »Was hältst du davon, wenn Emma dir in der Küche hilft? Ich glaube, das würde sie gerne tun. Emma, würdest du Aiden gerne in der Küche helfen?« Ich schaute meine Schwester fragend an.
Emma überlegte, dann nickte sie.
»Kannst du eigentlich auch kochen?«, wandte er sich an Emma. Auch ihr gegenüber war er, wie ich bemerkte, zum Du übergegangen.
»Ja.«
»Und was kannst du kochen?«
»*Clam Chowder* habe ich schon für Sol und Bruno gekocht.« Dann begann sie, endlos aufzuzählen. Es war alphabetisch sortiert, und ich vermutete, dass sie ein Kochbuch vor Augen hatte und das Register herunterbetete.
»Woher kannst du das?«, fragte Aiden verwundert. Er schien skeptisch.
»Ich kann das«, stieß sie aus und warf dabei die Arme in die Luft. »Ich kenne alle Rezepte auswendig. Ich habe sie hier.« Sie tippte sich fest mit dem Zeigfinger gegen ihre Stirn. »Ich bin nicht dumm«, sagte sie plötzlich.
»Das weiß ich, Emma«, erwiderte ich und umarmte sie. Was

zum einen am Alkohol liegen konnte, zum anderen war ich von ihrer Euphorie ergriffen und unglaublich stolz auf sie. »Du bist die beste Köchin.« Und du bist die außergewöhnlichste Schwester, fügte ich in Gedanken hinzu.

Sie schob mich von sich weg.

»Hummer mag ich nicht kochen. Er lebt und wird gekocht. Er lebt noch, wenn man ihn in das kochende Wasser wirft. Das mag ich nicht«, sagte sie. »Aiden muss ihn in den Topf werfen, weil er lebt ja noch. Das ist nicht schön.«

»Einen Versuch ist es wert«, mischte sich Aiden ein.

»Alleine wirst du das nicht schaffen. Du kannst nicht kochen und bedienen gleichzeitig.«

»Keine Sorge, ich habe mich bereits nach einem Koch umgesehen. Es war gar nicht so einfach, jemanden zu finden. Aber ich hatte Glück. Er fängt nächste Woche an.«

Ich war fast erleichtert, als er es sagte. Hatte ich doch gedacht, er würde im *Melville* alleine kochen wollen.

»Aber warum eigentlich nicht? Ich würde mich freuen, wenn mich Emma in der Küche unterstützen könnte. Emma, ich verspreche dir, dass du den Hummer nicht ins Wasser werfen musst.«

Wie immer schrieb sie das Versprechen auf, um es ihm später schwarz auf weiß zeigen zu können.

»Aber sie ist nicht einfach«, versuchte ich es vor meiner Schwester nett zu formulieren.

Aiden lachte. »Wer ist schon einfach?«

Emma rief unentwegt: »Ich bin Köchin, ich bin Köchin, ich bin Köchin!«

An der Tür reichte Aiden Emma die Hand. »Dann bis nächste Woche. Ich freue mich schon darauf!« Und erstaunt sah ich, dass sie ihm ihre rechte Hand gab.

* * *

Der Sonntag sollte laut Wetterdienst der heißeste Tag werden. Bereits am Morgen flirrte die Luft. Ganz Bear Isle traf sich wie jedes Jahr im August am Hafen zum Hummer-Festival. Da ich den Auftrag von Carter hatte, darüber zu berichten, musste ich zur Eröffnungsrede des Bürgermeisters bereits dort sein. Emma war aufgeregt, was sich dadurch äußerte, dass sie die Verandatreppen hoch- und wieder hinunterrannte. Sie tat es zehnmal, zwanzigmal, dreißigmal. Ich konnte es von der Küche aus hören, da die letzte, knarrende Stufe bei jedem Tritt ächzte. Demnächst würde sie wohl auseinanderbrechen.
»Geh bitte zu Miss Fairbanks!«, rief ich nach draußen. »Vielleicht ist sie wieder gesund. Frag, ob wir sie mitnehmen sollen.«
Sol und Bruno waren spät am Abend zuvor aus Portland zurückgekommen, um das Hummer-Festival nicht zu verpassen. Ich hatte noch auf der Veranda gesessen, als beide müde über die Straße zu mir herübergekommen waren.
»Na, wie war's?«, fragte ich sie. Ich hatte sie um den Ausflug in eine große pulsierende Stadt beneidet.
»Anstrengend. Halte uns bitte das nächste Mal davon ab. Ich verlasse diese Insel nicht mehr«, stöhnte Bruno und klimperte mit seinen Armreifen, als er mit den Fingern seine Haare nach vorne kämmte.
»Das sagst du sicher jedes Mal.«
»Stimmt. Verrat mir mal, Mädchen, warum du so lächelst?«
»Ich hatte gestern eine nette Begegnung und habe eine Neuigkeit«, antwortete ich geheimnisvoll. Etwas wollte ich sie noch zappeln lassen. Vor allem Bruno, der aufgeregt fragte:
»Was? Sag schon?«
»Stellt euch vor, Emma wird in dem neuen Restaurant in der Main Street für ein paar Stunden am Tag in der Küche mithelfen.«
»Wie meinst du das?«, fragte Sol sichtlich verwirrt.

Und ich erzählte die Geschichte, die sie sicherlich morgen noch einmal von Emma selbst hören mussten.
»Das ist doch nicht dein Ernst?«, stieß Bruno aus. Und auch Sol schien nicht wirklich begeistert von meiner Neuigkeit.
»Ich hoffe, du erwartest dir nicht zu viel davon. Wenn ich ehrlich bin, glaube ich nicht, dass das funktioniert. Zu Hause in der eigenen Küche, das ist etwas ganz anderes. Aber mit fremden Leuten um sie herum. Denk doch an den Lärm in so einer Küche. Ich gebe ihr, so leid es mir auch tut, keine zwei Tage, dann wirft sie das Handtuch«, trübte Sol meine gute Laune.
»Ich finde schon, dass es einen Versuch wert ist. Haben wir nicht alle gesehen, wozu Emma fähig ist?«, hatte ich beleidigt erwidert.

Ich packte einen Notizblock und einen Stift ein. Kurz darauf kam Emma ohne Miss Fairbanks zurück.
»Sie ist krank, meint Miss Fairbanks. Dann gehen wir los«, sagte Emma ungeduldig.
Ich überlegte, ob wir nicht lieber den Wagen nehmen sollten. Emma war so aufgeregt, sie müsste sicherlich zigmal an den letzten Bordstein zurückgehen, weil sie irgendeine Linie übertreten würde. Ich entschied mich für eine Zwischenlösung.
»Wir fahren bis zur Kirche. Von dort aus laufen wir zum Hafen.«
Emma war einverstanden. Sagte kurz, dass es nach Pferd roch, und zog ununterbrochen an ihrem Zopf. Das war ein Zeichen dafür, wie aufgeregt sie war. Vor der Kirche parkte ich den Pickup und ging mit Emma im Schlepptau die Granite Street entlang Richtung Meer. Vor dem kleinen Buchladen an der Ecke zur Pink Street blieb Emma stehen und schaute durch das Schaufenster. Ich lief weiter, ohne auf sie zu achten. Würde ich jetzt mit ihr hineingehen, würde sie ein Buch finden, und ich

müsste es den ganzen Tag mit mir herumtragen. Erst als ich in die nächste Straße einbiegen wollte, rief ich nach ihr. Hier gab es einen neuen Souvenirladen, der heute, wie alle anderen Läden der Stadt, geöffnet hatte. Da es keinen Gehweg gab, liefen wir auf der Straße, und ich achtete darauf, dass Emma zur Seite ging, wenn ein Wagen vorbeifuhr. Dann bogen wir in einen kleinen unbefestigten Schotterweg ein, eine beliebte Abkürzung, um auf die Main Street zu gelangen. Hier gab es einen Laden neben dem anderen. Ich entdeckte einen neuen Angelladen, der von lebenden Ködern bis hin zu Hummerreusen alles anbot, was das Anglerherz begehrte. Die großen Schaufenster luden zum Bummeln ein. Alles war für das Festival bunt geschmückt. Freie Parkplätze gab es keine, und ich war froh, dass ich den Wagen bereits abgestellt hatte. Aber wir hatten keine Zeit, und damit wir den Beginn der Rede nicht verpassten, trieb ich Emma weiter an, die vor jedem Schaufenster stehen blieb. Wir gingen Richtung Hafen, den wir gerade noch rechtzeitig erreichten. Auch hier war alles festlich geschmückt, mit bunten Girlanden und Luftballons. Tische mit roten und weißen Tischdecken standen auf dem Gehweg und auf den Straßen. Noch waren nur wenige davon belegt. Alle warteten auf den Beginn des Festivals, das mit der Rede des Bürgermeisters eröffnet werden würde. Erhaben stand Philip Smith auf dem Steg, der zu einer Tribüne umfunktioniert worden war.

»Ich möchte Sie alle herzlich hier auf Bear Isle begrüßen«, begann er seine Rede. Ergriffen sprach er von unserer Verbundenheit mit dem Meer und mit den Schätzen, die uns das Meer bot. So leitete er zum Hummerfang über, den schon seine Vorfahren in der Bucht betrieben hatten.

Ich ließ den Blick über das malerische Hafengebiet schweifen, das mittlerweile voller Menschen war. Ich stand mit Emma weit hinten, wo es nicht ganz so eng war. Während Philip Smith sprach, war es mucksmäuschenstill. Nur das misstönende, schrille Gekreische der Möwen war zu vernehmen. Emma zuckte jedes Mal zusammen, wenn sie es hörte. Sicherlich hatte sie jenen Sonntagmorgen noch lange nicht vergessen. Die kleinen Wunden auf ihren Händen waren längst verheilt, und ich hoffte, dass auch ihre Angst vor den Tieren bald der Vergangenheit angehören würde. Ich suchte die Menge nach Aiden ab, der mir einfach nicht aus dem Kopf gehen wollte. Ein merkwürdiges Gefühl beschlich mich und ließ mich lächeln. Ich würde mich doch nicht verlieben?

Von hier hatte man einen herrlichen Blick auf die Bucht von Penobscot, die nach dem Stamm benannt war, zu dem Philips Familie gehörte. Philip sprach über Bear Isle und wie wichtig der Hummerfang für die Insel sei. Und dass wir das Land, auf dem wir lebten, wertschätzen sollten. Die Rede war ergreifend. Die Einwohner von Bear Isle hatten die richtige Wahl getroffen, Philip Smith zum Bürgermeister zu wählen. Niemand würde sich mehr für diese Insel einsetzen als er. Wer konnte diesem Land verbundener sein als ein Ureinwohner, dessen Vorfahren bereits hier gelebt hatten, bevor die ersten Siedler an Land gegangen waren?

Dann plötzlich veränderte sich seine Stimme, wurde fröhlicher und lauter. »Hier die wichtigsten Programmpunkte des Tages: Wie jedes Jahr beginnen wir mit dem *Crate Race*. Danach kommt das spektakuläre Hummerboot-Rennen. Parallel werden die Angler ihr Glück beim alljährlichen Wettangeln versuchen. Und wie immer gilt: Wer den größten Fisch an Land zieht, gewinnt, und zwar eine stattliche Summe, gespendet von der *Maine Fish Cooperation*. Das *Lobster Roll*-Wettessen wird uns wieder zeigen, wer die meisten Hummerbrötchen in zehn Minuten verdrücken kann. Nun wünsche ich euch viel Spaß. Ach, und bitte esst, soviel ihr könnt oder am besten noch mehr.«

Ein tosender Applaus begleitete Philip von der Bühne, und er verschwand aus meinem Blickfeld.
Die Menschenmenge löste sich auf und verteilte sich über den ganzen Hafen. Überall war etwas geboten. Eine Musikband hatte ihr Equipment aufgebaut und spielte alles Mögliche von Oldies über Rock, Pop, Country Music, Blues bis zu Dixieland. Ich ging mit Emma an den Steg, wo für das *Crate Race* Hummerkisten aneinandergebunden und ins Wasser geworfen wurden. Beliebt war dieses Wettrennen vor allem bei Kindern, was wohl daran lag, dass Erwachsene einfach zu schwer für diese Kisten waren und sich nicht lange über Wasser halten konnten. Denn Gewinner war der- oder diejenige, der es am schnellsten schaffte, auf den halb unter Wasser schwimmenden Holzkisten zur anderen Seite zu laufen, natürlich ohne dabei ins Wasser zu fallen. Emma und ich beobachteten den Wettbewerb, als Linda auf uns zukam. »Schau, mein Sohn Chuck macht mit, ich hoffe ja fast, dass er nicht gewinnt.«
»Warum denn nicht?«, fragte ich sie verwundert, bekam aber außer einem Schulterzucken keine Antwort.
Nacheinander versuchten die Teilnehmer, über die Kisten auf die andere Seite zu laufen. Für viele endete der Wettbewerb im Wasser, nur wenige schafften es. Der Schnellste von ihnen war Chuck. Er war schmal, fast schmächtig gebaut und lief derart schnell über die Kisten, dass sie sich kaum bewegten, wenn er sie berührte.
»Tja, nun hat er doch gewonnen«, lachte ich Linda an.
Chuck ging hoch erhobenen Hauptes auf die Bühne, wo er von seinem Vater eine wunderschöne neue Angel überreicht bekam.
»Gewinner ist dieses Jahr wieder Chuck Smith, mein Sohn. Das war eine tolle Leistung!«
»Danke, Papa«, flüsterte Chuck ins Mikrofon, was zu vereinzeltem Gelächter führte.

Man konnte förmlich den Stolz des Vaters spüren. »Das hast du gut gemacht, Junge«, sagte er laut ins Mikrofon, so dass es sogar der Letzte noch hören konnte.

»Siehst du, deshalb wäre es mir lieber gewesen.«

Nun verstand ich, was Linda gemeint hatte.

»Chuck war der Schnellste, da kann man nichts machen, liebe Linda. Philip hat allen Grund, stolz zu sein.«

Das Wichtigste beim Festival war selbstverständlich frischer, heißer Hummer. Es gab keinen Verkaufsstand, auf dem nicht ein großer roter Hummer prangte. Auf Servietten gedruckt oder als Flagge vor den Ständen verleitete er die Leute zum Essen. Es gab auch Stände, an denen andere Meerestiere angeboten wurden: Garnelen, Muscheln und Fisch. Alles frisch aus dem Meer.

Es war unerträglich heiß, die Sonne brannte auf meinen Kopf, und mir taten bald schon die Füße weh. Ich stellte mich in den Schatten und beobachtete Lindas Kinder, die mit vielen anderen auf der Wiese hinter dem Rathaus spielten. Lautes Woo-Woo-Geheul war zu vernehmen. Sie spielten Cowboy und Indianer. Wenn sie jemanden von der feindlichen Seite sahen, begannen sie zu schießen, die Cowboys mit Pistolen, die sie mit gestrecktem Zeigefinger imitierten und diesen krümmten, sobald sie eine Kugel abfeuerten. Mit lautem Bang-bang machten sie die Schüsse nach. Die Indianer zogen eine imaginäre Sehne an ihrem unsichtbaren Bogen und schossen ihren Pfeil ab. Wenn sie nicht genug Zeit hatten, sich hinter etwas zu verstecken – dazu dienten hauptsächlich Hummerkörbe, die überall herumstanden –, dann starben sie eines dramatischen Todes: Sie warfen ihre Arme in die Luft, bäumten ihre kleinen Körper auf, ließen sich wie in Zeitlupe auf den Boden fallen, wo sie sich krümmten und zuckten, bis sie schlussendlich reglos liegen blieben.

»Ich mag das Spiel nicht«, sagte Linda, die genau wie ich den Kindern zuschaute.

»Schau nur, was passiert, wenn sie getroffen werden. Hier können sie zeigen, was sie draufhaben, und wenn man's genau nimmt, dann dauert das Sterben länger als das Spiel selbst.«
Einige der Kinder waren brillante Schauspieler und blieben lange Zeit reglos liegen, so lange, bis sich die anderen Kinder sorgten und nachschauten, ob ihr Freund oder ihre Freundin nicht wirklich tot war.
»Ja, das könnte man meinen. Siehst du, meine Jungs sind immer die Indianer.«
»Wie's aussieht, scheint es ihnen zu gefallen.« Ich schaute Linda eindringlich an. Hatte sie ein Problem damit? »Sollen sie lieber Cowboys sein? Wäre dir das lieber?«
Linda lachte. »Ach nein, du hast ja recht.«
Marth kam auf uns zugelaufen. »Hast du meinen Bruder gesehen? Er hat beim *Crate Race* gewonnen«, sagte sie zu Emma, die schweigend neben uns stand.
»Chuck hat gewonnen, weil er der Schnellste war«, erwiderte Emma mit ihrer unerschütterlichen Logik.
»Gleich beginnt das Hummerboot-Rennen«, mischte sich nun Linda ein.
»Das ist mir zu laut. Das Hummerboot-Rennen schau ich mir nicht an«, meinte Emma und zog mich vom Wasser weg.
Ich ging mit ihr die Main Street entlang, und dabei näherten wir uns Aidens Restaurant. Es war geschlossen, was ich bedauernd feststellte. Sicherlich war er auch auf dem Fest.
Von weitem hörten wir das Aufdrehen der Motoren, ein Kräftemessen, das noch vor dem Start zeigen sollte, wer das schnellste Boot hatte. Dann fiel der Startschuss, und ich wusste, dass das Rennen in wenigen Minuten wieder vorüber sein würde. Wir schlenderten zurück zum Hafen, wo gerade auf der Tribüne ein langer Tisch für das *Lobster Roll*-Wettessen aufgebaut wurde.

Hier stellte sich Emma in die erste Reihe. Mit weit aufgerissenen Augen beobachtete sie die Wettkämpfer, wie sie sich ein mit Hummer gefülltes Brötchen nach dem anderen in den Mund schoben. Wer die meisten Hummerbrötchen in zehn Minuten verdrücken konnte, hatte gewonnen.
Nach neun Minuten und fünfundfünfzig Sekunden schob sich der angehende Gewinner das letzte schmale Brötchen in den Mund und presste die Hände davor, damit es dort auch blieb. Es war widerlich. Dem Publikum schien es aber zu gefallen. Die Leute grölten und feuerten die Teilnehmer an, in den letzten Sekunden noch mehr hinunterzuwürgen. Bis endlich der Gong ertönte. Die Tafel hinter dem Sieger zeigte vierzehn. Er hatte vierzehn Hummerbrötchen in zehn Minuten verspeist.
»Das ist ekelhaft«, sagte Emma und sprach aus, was ich dachte.
»Ich muss den Sieger interviewen. Warte bitte hier auf mich«, sagte ich zu meiner Schwester und drängte mich durch die Menge. Emma blieb am äußersten Rand stehen.
»Glückwunsch, das war ja eine enorme Leistung. Ich frage mich, wie man es schaffen kann, derart viele Hummerbrötchen zu essen? Hast du dafür geübt?«, fragte ich den jungen Mann, der einen kleinen Pokal in der Hand hielt.
»Wenn ich ehrlich sein soll, ist mir etwas übel«, sagte er und konnte ein Aufstoßen nicht verhindern. »'tschuldige. Aber so schnell ess ich keinen Hummer mehr«, würgte er mehr, als er sprach.
Warmer Hummerfleischgeruch kam mir entgegen, und ich beendete das Gespräch, ehe auch ich mich übergeben musste.
In der Zwischenzeit stand Philip mit dem Sieger des Bootsrennens auf dem Steg.
»Der Sieger ist Frank Stickley!«, rief Philip aus.
Frank Stickley, ein behäbiger Mann meines Alters mit Dreitagebart, hatte immer ein Lächeln auf dem Gesicht. Sein Basecap

saß verkehrt herum auf seinem Kopf, was ihm ein jungenhaftes Aussehen verlieh.

»Dank dir, Philip«, sagte er kurz angebunden ins Mikrophon und zog von dannen.

Emma hinter mir herschleppend, passte ich ihn ab.

»Gratuliere dir«, sagte ich.

Frank war in meine Schule gegangen. Schon früher hatte er immer zu denen gehört, mit denen man sich lieber nicht anlegte. Er hatte es mit Ehrlichkeit und Fairness sehr genau genommen und diese beiden Dinge auch oft schlagkräftig verteidigt. Frank hatte nie eine Auseinandersetzung verloren.

»Hi, danke. Dich kenn ich doch. Du bist die Ally.«

Ich nickte. »Richtig, die bin ich.«

»Bist du wieder auf Bear Isle? Bleibst du?«

»Für eine Weile. Ich arbeite für den *Chronicle*. Und du bist Hummerfischer geworden, wie ich sehe. Das wolltest du ja immer.« Franks Vater und Großvater, auch sein Urgroßvater waren Hummerfischer gewesen wie vermutlich seine sämtlichen Vorfahren. Es war klar, dass auch er Hummerfischer werden würde.

Ich dachte an Aiden und seinen Kindheitstraum. Was sollte so toll an der Arbeit eines Hummerfischers sein, fragte ich mich? Und wer konnte es mir besser beantworten als Frank?

»Ob ich wohl mal mit dir einen Tag lang auf Hummerfang kommen darf?«, fragte ich, ohne weiter darüber nachzudenken.

»Du? Das wär doch mal was«, antwortete er beinahe schelmisch, was meine Idee augenblicklich weniger reizvoll machte.

»Ich würde im *Bear Isle Chronicle* über dich und deine Arbeit berichten, ist das okay? Aber ich kann nicht besonders gut schwimmen«, versuchte ich einen halbherzigen Rückzieher.

»Du bekommst 'ne Schwimmweste, damit kann man nicht untergehen. Selbst ich würde darin nicht untergehen, allerdings passt mir keine Weste.« Er zeigte auf seinen dicken Bauch. »Aber ich kann ja auch gut schwimmen. Das ist gebongt. Du kommst nächste Woche mit.«

»Gut, nächste Woche.« Schon bereute ich meinen Entschluss.

»Mittwoch, vier Uhr morgens hier am Steg. Bring 'ne Regenjacke mit. Am Mittwoch soll's regnen«, grinste er.

»Um vier Uhr morgens?« War ich vollkommen verrückt geworden?

»Kommst du auch mit?«, fragte er Emma.

»Nein«, stieß sie aus, drehte sich um und stand jetzt mit dem Rücken zu uns.

»Okay, dann nicht«, sagte er und verschwand mit seinem Pokal.

»Hi, Ally! Hi, Emma!« Carter gesellte sich zu uns.

»Hallo, Carter. Gerade habe ich mit Frank besprochen, dass ich einen Tag mit ihm zum Hummerfischen rausfahre. Daraus mache ich eine Art Homestory für den *Bear Isle Chronicle*, ist das in Ordnung?«

»Hattest du nicht Angst vor dem Meer?«, fragte Carter mich verwundert.

»Was du noch alles weißt. Ja, ich weiß auch nicht, was in mich gefahren ist.«

»Schöne Idee, das wird sicher jeder lesen wollen.« Carter war sichtlich davon angetan.

»Jetzt habe ich fast alles gesehen. Es fehlt nur noch die Preisverleihung vom Wettangeln. Gewinnt das immer noch Don Pesce?« Ich kniff die Augen zusammen. Neidisch blickte ich auf Carters Strohhut, der seine Augen vor dem grellen Licht der Sonne schützte.

»Ja, er gewinnt es jedes Jahr und sicherlich auch heute wieder«, antwortete Carter. »Am Freitag kommt übrigens ein guter Film im Open-Air-Kino.«

»Open-Air-Kino? Gibt es das hier? Das habe ich noch gar nicht mitbekommen.« Aiden, der den letzten Satz gehört hatte, gesellte sich zu uns.

Mit einem Schlag wurde mir heiß.

»Das Kino ist in einem uralten Farmerhaus, von dem nur noch die vordere und die beiden seitlichen Fassaden stehen geblieben sind. Dort war das Kino schon immer. Wenn man also durch die Vordertür das Haus betritt, steht man gleich wieder im Freien. Als Stühle dienen alte Sonnenliegen.«

»Hört sich interessant an«, meinte Aiden.

»Dann kommen Sie doch einfach mit«, sagte Carter, und ich bemühte mich, meine Freude darüber nicht offen zu zeigen.

»Ich bringe Emma mit. Nun muss ich aber zur Preisverleihung.«

»Ich will heim«, maulte Emma bereits zum wiederholten Mal, was ich ignorierte.

Carter und Aiden begleiteten uns. Als wir am Steg ankamen, stand der Sieger des Angelwettbewerbs bereits auf dem Podest – Don Pesce. In den Armen hielt er seinen Fisch, ein riesiges Exemplar, das sicherlich mehr als einen Meter lang war. Seinen Spitznamen hatte Don Pesce von Lindas Großvater bekommen. Don Pesce hieß so viel wie Herr Fisch, und da er immer schon die größten Fische an Land gezogen hatte, hatte er diesen Namen schon seit Jahrzehnten. Schon so lange, dass ich gar nicht wusste, wie er wirklich hieß. Don Pesce war ein ziemlich kleiner, stämmig gebauter Mann, der eine frappierende Ähnlichkeit mit dem Schauspieler Danny de Vito hatte. Immer wieder wurde darüber gewitzelt, dass er mit dem berühmten Schauspieler verwandt sein musste. Don Pesce selbst dementierte dieses Gerücht nie, er sprach überhaupt nicht darüber, wahrscheinlich, weil er sowieso nicht viel sprach. Auch heute nahm Don Pesce seine Prämie von Philip Smith mit einem schlichten »Danke« entgegen, zog seine Kappe und ging auf sein Boot zurück. Offen sprach man darüber, dass er den jährlichen Gewinn zum Überleben brauchte, und mancher Neider sagte, er würde die großen Fische, die er beim Angelwettbewerb fing, wieder ins Wasser werfen, damit Don Pesce das Preisgeld, das stattliche sechshundert Dollar betrug, bekam.

»Wohnt er immer noch auf seinem Boot?«, fragte ich Carter, der applaudierend neben mir stand.

Er nickte. »Aber ich habe mittlerweile herausgefunden, dass unser lieber Don Pesce das Geld gar nicht braucht. Er spendet es an ein Waisenhaus in Boston. Aber das behalten wir für uns, Ally, wir wollen ja keine Gerüchte in die Welt setzen.« Er lachte mich an.

»Er benutzt besondere Köder, stimmt's?«, flüsterte ich.

»Oder aber er hat einfach nur Glück«, mischte sich Aiden ein, der unser Gespräch aufmerksam verfolgt hatte.

Zu dritt schlenderten wir am Hafen entlang. Emma war bei Marth und Linda geblieben, die mit Marths Geschwistern an einem Stand kleine Hummer aus farbigem Papier und Karton bastelten. Am Ende der Promenade fand eine Auktion statt. Drei Hummerboote wurden versteigert. Aiden stand aufgeregt am Kai.

»Willst du dir ein Boot kaufen?«, fragte ich ihn verdutzt, obwohl es mich nicht wirklich gewundert hätte.

»Das habe ich mir auch schon überlegt. Ein Hummerboot würde mir auch gefallen«, sagte Carter. »Mittlerweile sind Hummerboote schick geworden.«

»Ein Hummerboot ist ein Traum von mir. Aber nun habe ich erst einmal das Restaurant, außerdem ist das Haus, das ich beim Swan Cove gekauft habe, ziemlich renovierungsbedürftig.«

»Sie haben sich ganz schön viel vorgenommen«, sagte Carter beeindruckt.

»Ich hoffe, nicht zu viel.«

»Und wie war das Interview mit Ally?«, fragte er interessiert.
»Nun, es war sehr aufschlussreich«, antwortete Aiden und sah mich lächelnd an. Was für schöne Augen er hatte. »Ich habe unter anderem eine neue Küchenhilfe dazugewonnen.«
Nun schaute Carter verdutzt.
»Emma wird mit mir kochen.«
»Emma? Ich bin sprachlos«, sagte Carter ehrlich erstaunt.
»Emma ist ganz unglaublich, sie kann jedes Gewürz aus einem Gericht herausschmecken«, schwärmte Aiden, und wieder musste ich daran denken, wie sorglos er war. Er hatte doch mitbekommen, wie Emma war. Doch er machte sich keine Gedanken, ob die Zusammenarbeit funktionieren würde. Es schien, als würde er einfach in den Tag hineinleben.
»Auf jeden Fall möchte ich gleich zwei Plätze für die Eröffnung reservieren. Für mich und meine Mutter. Ally, möchtest du uns vielleicht begleiten?«, fragte Carter und sah mich bittend an.
»Gerne.«
»Dann also für drei Personen.«
»Schon notiert.«
Wir betrachteten die drei Hummerboote, die am Steg festgemacht waren. Eines davon war ganz in Schwarz und hatte den passenden Namen: *Black Pearl.*
»Sieht das Boot nicht toll aus?«, fragte Aiden begeistert.
Im gleichen Moment begann der Auktionator, der auf einer Hummerkiste unter einem ausgebleichten Sonnenschirm stand, gebetsmühlenartig seine Zahlen über das Megafon herunterzubeten. Als letztes Schiff wurde die *Black Pearl* aufgerufen. Es schien ein Wettkampf zwischen zwei Männern zu werden, die beide das Boot unbedingt haben wollten. Der eine in einem maßgeschneiderten Anzug, der andere in Bermudashorts und Muskelshirt. »Der Anzugtyp kommt sicher aus der Großstadt. Wäre schade, wenn er das Boot bekäme«, sagte Carter.

Und dennoch kam es so. Der Großstädter erwarb die *Black Pearl* für einen horrenden Preis.
»Das ist viel zu viel. Gut allerdings für den Verkäufer, er wird sich die Hände reiben«, meinte Carter.
Wir gingen weiter, bis wir den Strand erreichten. Gerne wäre ich über den heißen Sand zum Wasser gelaufen, aber es schien, als wäre das Ende des Weges eine imaginäre Grenze, die keiner von uns übertreten wollte.
»Ich muss wieder zu Emma zurück«, löste ich die sonderbare Stimmung auf.
Carter legte seine Hand auf meinen Arm, was Aiden mit einem aufmerksamen Blick registrierte.
»Ich bleibe am Strand«, sagte Aiden, und ich bedauerte, nicht bei ihm bleiben zu können. Aber würde ich jetzt meine Meinung ändern, hätte ich Carter vor den Kopf gestoßen. Und das wollte ich auch wieder nicht.
Mit Carter ging ich den Weg zurück. Ab und zu berührten sich unsere Hände, unsere Arme oder unsere Schultern. Er beugte sich zu mir herüber, wenn er auf etwas zeigte, das weit draußen im Meer war. »Siehst du es?«, fragte er. Ich merkte, dass Carter mehr für mich empfand als Freundschaft, und wusste nicht, ob ich das auch wollte, obwohl ich mich im Innersten nach Zärtlichkeit und Nähe sehnte. Wieder kam mir das unbesorgte Lachen von Aiden in den Sinn.
Als könnte er meine Gedanken lesen, fragte er: »Wie findest du Aiden Grant?«
»Er ist nett. Vor allem aber ist er nett zu Emma, und Emma mag ihn. Was ja nicht immer der Fall ist, wie du weißt. Ich hoffe, dass er mit seinem Restaurant Glück hat. Wäre schade, wenn niemand dort essen würde, nur weil er einer von auswärts ist.«
»Ja, das wäre schade. Vor allem, weil er es in letzter Zeit nicht

leicht gehabt hat. Es ist wichtig für ihn, dass er hier einen guten Start hat.«

»Wie meinst du das?«, fragte ich verwundert.

»Ich dachte, du wüsstest es?« Er schaute mich fragend an.

»Ich wüsste was?«

»Lass es gut sein, er wird es dir schon noch erzählen.« Seine Augen lagen im Schatten seines Strohhutes, trotzdem kniff er sie zusammen, als er weitersprach. »Ich glaube, er mag dich, Ally.«

Meine Gedanken waren am Strand bei Aiden, dessen Geheimnisse ich nur zu gern ergründet hätte. Und in diesem Augenblick wurde mir klar, dass zwischen Carter und mir nie mehr sein konnte als Freundschaft.

»Nachher schreibe ich den Artikel über sein Restaurant. Dann hast du ihn morgen. Den Artikel über das Hummer-Festival schicke ich dir spätestens am Dienstag. Ist das okay?«, fragte ich und vermied es, ihn anzusehen.

»Spätestens am Mittwoch brauche ich alles auf meinem Tisch.«

Ich zuckte zusammen und dachte an Matt Row und den Artikel, den ich vermasselt hatte.

»Du hast alles am Dienstag. Am Mittwoch bin ich ja mit Frank Stickley unterwegs zum Hummerfischen.«

Carter blieb unvermittelt stehen und stellte sich vor mich. Mir blieb nichts anderes übrig, als auch anzuhalten und ihn anzusehen.

»Auf was für Ideen du kommst. Mutter hat immer schon gesagt, dass du außergewöhnliche Ideen hast.« Er lächelte mich an. Mit einem Finger strich er mir eine verschwitzte Haarsträhne aus der Stirn.

»Ich bereue diese Idee allerdings jetzt schon«, stöhnte ich auf und versuchte, wegen seiner zärtlichen Geste ein beiläufiges Gesicht zu machen.

»Du bist etwas ganz Besonderes, Ally.« Sein Gesicht kam nahe an mich heran, und ich glaubte schon, dass er mich jeden Moment küssen würde. Aber er tat es nicht. Er schaute mich nur an, als suche er eine Antwort auf eine Frage, die ich nur vermuten konnte. Freundschaft war das Einzige, was ich ihm anzubieten hatte, und ich hoffte inständig, dass er das in meinen Augen sehen konnte.

»Ich bin nichts Besonderes«, krächzte ich verlegen.

»Doch, das bist du.«

Er hakte sich bei mir unter, und wir gingen die letzten Meter zurück an den kleinen Hafen, wo bereits Emma auf mich wartete.

»Ich will heim«, jammerte sie sofort los, und ich verabschiedete mich von Carter, der mir einen zärtlichen Kuss auf die Wange gab, der weitaus mehr ausdrückte als Freundschaft.

Völlig erledigt kamen Emma und ich zu Hause an.

»Ich gehe schlafen«, sagte Emma mit einem Blick auf die Küchenuhr.

»Ja, es war ein langer Tag. Schlaf gut, Emma«, erwiderte ich und wartete, bis sie oben verschwunden war, dann holte ich meinen Laptop und machte es mir auf dem Sofa gemütlich. Hier im Haus war es längst nicht so warm und schwül wie draußen auf der Veranda. »Endlich wieder schreiben«, sagte ich laut und begann mit dem Artikel über das *Melville*. Und über Aiden Grant, der mir nicht mehr aus dem Kopf ging.

12.

Unterwegs mit Frank Stickley

Ich ging den wackeligen Steg entlang, dessen Ende im Nebel verschwunden war. Langsam tastete ich mich an den Planken entlang und hoffte, nicht gleich ins Wasser zu fallen, das schwarz und wenig verlockend vor mir lag.

Wenn man von den winzigen vorgelagerten Inseln absah, befand sich Bear Isle bereits im offenen Meer, und damit allen Naturgewalten ausgesetzt. Es war Respekt, den ich dem Meer entgegenbrachte. Respekt und eine gehörige Portion Angst vor dem tiefen Wasser. Und nun würde ich auf einem Hummerboot aufs offene Meer hinausfahren.

Ich trug eine dicke Schwimmweste, die Frank mir gegeben hatte. Sie war derart eng, dass ich vermutete, wenn ich nicht ertrinken würde, so würde ich ersticken.

Frank Stickley reichte mir seine feste schwielige Hand, und ich

betrat beherzt das Boot. Ich war nicht in der Lage, etwas zu sagen, mein Hals war wie zugeschnürt, und ich glaubte, mich übergeben zu müssen.
»Das schaffen wir schon, Ally«, lachte er mich an, und als er meine Angst bemerkte, fügte er hinzu: »Keine Sorge, es wird ein schöner Tag.« Ich konnte nur hoffen, dass er recht behielt. Sein Grinsen ließ seine Augen noch kleiner wirken, und man hatte immer das Gefühl, dass er einen auslachte.
»Bei dir weiß man nie so genau, ob du einen nicht anflunkerst. Hauptsache, es kommt kein Sturm auf.«
»Ein Sturm? Das kann man ja nie so richtig voraussagen.« Damit beruhigte er mich keineswegs.
»Bin gespannt, was du drüber schreiben willst, was nicht eh schon jeder hier weiß. Fast jeder hat hier doch mindestens einen Hummerfischer in der Familie.«
Damit hatte er natürlich vollkommen recht. Am liebsten wäre ich wieder ausgestiegen.
»Das Hummerboot kann man übrigens mit 'nem Pick-up vergleichen«, sagte er. Sicherlich hatte er mich mit Mutters Pick-up herfahren sehen. »Ein Pick-up des Meeres also.« Er grinste. Er grinste immerzu, und ich hoffte, dass er in den letzten zehn Jahren, in denen ich ihn nicht gesehen hatte, nicht verrückt geworden war.

Am Hafen von Bear Isle war es niemals still. Auch jetzt zu dieser frühen Morgenstunde kreischten Möwen, und die Motoren der auslaufenden Hummerboote dröhnten. Alles lag im Nebel. Die kleinen kargen, der Küste vorgelagerten Inseln, deren wenige Bäume wie Stacheln in den Himmel ragten, waren gänzlich vom Nebel verschluckt. Es nieselte, und der Wind pfiff mir um die Ohren. Neben uns fuhr ein Beiboot nach dem anderen zu den weiter draußen ankernden Hummerbooten.

Wenigstens hatte Frank mir diese ungemütliche Fahrt erspart. Die Wellen waren hoch, was man besonders in den kleinen Booten zu spüren bekam. In der Dunkelheit und Kälte war ich mir sicher, dass ich all das gar nicht mehr wollte.

Franks Boot war mit unzähligen Hummerfallen beladen, die wie kleine Käfige aussahen. Jede Falle bestand aus zwei Abteilungen. War der Hummer erst einmal im hinteren Teil, kam er nicht mehr heraus.

Wir verließen den sicheren Hafen. Ich hielt mich an der Reling fest, aus Angst, ich würde über irgendetwas stolpern, das ich in der Dunkelheit nicht sehen konnte. Doch allmählich hellte sich der Himmel auf, aus dem Schwarz war ein Anthrazit geworden.

»Dein Boot hat einen eigenartigen Namen!«, schrie ich gegen den Motorenlärm an.

»Der Name eines Bootes ist das Wichtigste überhaupt.«

»Tatsächlich?« Ich stellte mich neben Frank ans Steuerrad.

»Das sag ich immer wieder. Ich hab es auch zu Henry immer wieder gesagt. Und trotzdem hat er sein Boot ohne Namen ins Wasser gelassen. Er wollt es nur ausprobieren, hat er gesagt. Wenn's Boot erst mal ohne Namen im Wasser ist, ist es egal, ob der Name dann mit A anfängt, was ja Glück bringen tät. Einmal im Wasser ohne Namen, das bringt Pech für immer. Aber was will man von Henry erwarten, von einem, der immer recht haben muss? Seine Fallen sind sofort von 'nem einzigen Sturm mitgerissen worden. Tja, ich hatte es ihm gleich gesagt. Nicht ins Wasser ohne Namen. An ein paar Regeln muss man sich schon halten. Da führt nix dran vorbei.«

Frank Stickley war geschwätzig, was für einen Hummerfischer alles andere als gewöhnlich war. Für mich allerdings von Vorteil, denn schließlich wollte ich etwas darüber schreiben. Über das Leben eines Hummerfischers, der achthundert Fallen besaß.

»Es gibt Regeln? Das wusste ich nicht.«

»Hey, Mädchen, es gibt ein paar Regeln, und die sollt jeder Bootsbesitzer beherzigen. Wenn du das Boot auf 'nen Namen, der mit A beginnt, taufst, dann bringt das Glück. Soweit ich weiß, bringen drei A in 'nem Namen am meisten Glück. Wichtig aber sind vor allem die Sachen, die du nicht darfst. Zum Beispiel darfst du keinen Schlangen- oder Reptiliennamen nehmen. Klar darfst du es auch nicht nach einem Schiff nennen, das gesunken ist, so wie *Titanic* oder *Andrea Doria* oder so, auch wenn sie schön klingen, die Namen.«

Ich hoffte, dass ich mir das alles merken konnte. Zum Schreiben war ich hier auf dem Boot nicht in der Lage. Mir würde speiübel werden, müsste ich mich auf den Block konzentrieren.

»Ich hab Wochen überlegen müssen. Ich wollt ja nicht den Namen von meinem Alten übernehmen. Sein Boot hieß *Starlight*, das fand ich langweilig. Hat den Namen sicher im Suff gefunden.«

Es war bekannt, dass der alte Stickley gerne trank.

»Was bringt denn noch alles Unglück?«, wollte ich wissen.

»Nun, da gibt es noch so einiges. Auch nicht nach 'nem Sturm sollte man sein Boot nennen, also *Hurricane* oder *Cyclone*. Sollte ja eigentlich klar sein, aber so Yuppies aus der Stadt, die wissen das nicht, die nehmen solche Namen. Und schon gar nicht nach 'nem Gott, das nämlich könnt die Götter der Meere verärgern, und das wär ganz schlecht. Ich find den Namen von meinem Boot klasse: *Nausikaa*.«

»Ich auch«, sagte ich und bemerkte erleichtert, wie der Himmel allmählich aufklarte.

»Weißt du, wer das ist? Die *Nausikaa?*«, fragte er ernst, was bei ihm eher selten war.

Ich verneinte.

»*Nausikaa* war die schöne Tochter von dem König Alkinoos. Sie war die Beschützerin des schiffbrüchigen Odysseus.«

Nun grinste Frank mich wieder an.
Ich erzählte ihm von der Versteigerung der Hummerboote beim Hummer-Festival.
»Tja, Hummerboote sind bei den Reichen aus der Stadt mittlerweile ziemlich beliebt. Ein Hummerboot ist robust und schnell. Ist nicht so ein feines Ding. Wenn mich nicht alles täuscht, war Hemingway ein begeisterter Angler und ist mit seinem Freund mit so 'nem Boot oft auf See gewesen. Aber das schreibst mal lieber nicht, weil ich das nicht so genau weiß.«

Langsam glitt die *Nausikaa* aus dem Hafen. Vorbei an einem blanken Felsen, auf dem ein paar umgedrehte Boote lagen.
Nach über einer Stunde stoppte Frank das Boot, wir waren in seinen Fanggründen angekommen. Nach und nach ließ er seine vorbereiteten Fallen, die an Seilen miteinander verbunden waren, ins Wasser gleiten.
»Woher weißt du, wo du deine Fallen auslegen darfst?«
»Das ist so ein Generationending. Die Gebiete werden von Generation zu Generation weitergegeben, das steht nicht irgendwo.«
»Erzähl mir doch etwas über den Hummer.«
»Über Hummer? Na gut, wenn du glaubst, dass die Leute das lesen wollen. Hier hat's schon immer Hummer gegeben. Ganz früher gab's hier so viele Hummer, dass die nach 'nem Sturm sogar an den Strand gespült wurden. Deshalb war er auch für die ersten Siedler hier keine Delikatesse, so wie heute, sondern ein Essen für die Armen. Auch schon die Ureinwohner haben Hummer gefangen. Denen diente er als Nahrung und Düngemittel, und aus den Schalen und Krusten haben sie noch Schmuck gemacht. Das hab ich mal wo gesehen, das sieht ganz hübsch aus.«
In der Zwischenzeit hatte Frank alle Fallen ausgesetzt. Wir fuhren ein Stück weiter, und ich sah Bojen mit den gleichen Farben wie jene, die wir gerade gesetzt hatten, im Wasser schwimmen.

»Sind das deine?«, fragte ich Frank.
»Schwarz und gelb, das sind meine Bojen. Das weiß jeder, die gehören dem dicken Frank. Da geht keiner ran. Dann wollen wir die Körbe mal heraufholen. Vielleicht bringste mir ja Glück, und ich mach 'nen guten Fang.«
Mit einer Harke griff er nach der ersten Boje, dann befestigte er das Seil an einer elektrischen Winde, die den Korb heraufzog. Er öffnete die Falle, in der ein Hummer gefangen war.
»Schau dir mal den Brocken an. Der schwerste jemals gefangene Hummer wog übrigens über zwanzig Kilo.«
Er nahm den Hummer aus dem Korb und hängte einen neuen Köder in die Falle – nun wusste ich auch, was auf dem Boot derart übel stank –, verschloss ihn und warf ihn ins Wasser zurück. Im nächsten Korb zappelte ein himmelblauer Hummer.
»Wow! Der ist ja wunderschön.«
»Der ist ganz selten, genauso wie gelbe Hummer oder weiße Hummer selten sind. Ist so was wie 'ne Genmutation oder so. Blaue Hummer lass ich immer wieder frei. Obwohl man die schon essen könnt.« Er nahm den Hummer und warf ihn ins Meer zurück.
Nach und nach zog Frank die Körbe herauf und erlöste die Hummer aus ihren Fallen. Bei den kleineren Exemplaren maß er mit einem Metermaß die Länge, und wenn sie die erlaubte Länge hatten, band er auch bei diesen die Scheren zusammen.
»Willste auch mal?«, fragte er mich.
Ich verneinte vehement.
So ging es weiter. Falle um Falle wurde hochgezogen, neu bestückt und wieder ins Wasser gelassen. Mittlerweile war es heiß geworden, und ich schwitzte unter meiner Schwimmweste.
»Und was machst du im Winter?«, fragte ich ihn, hätte aber am liebsten zugegeben, dass ich wieder zurück an Land wollte. Das ganze Boot war voller Schleim, und auch ich hatte etliche Sprit-

zer abbekommen. Die Sachen, die ich anhatte, waren aus Mutters Schrank, ich würde sie zu Hause auf der Stelle entsorgen. Irgendwann musste ich sowieso damit beginnen, ihre Sachen auszusortieren.

»Im Winter ist der Hummer träge. Da fressen die kaum was und bewegen sich auch wenig. Deshalb kümmere ich mich im Winter um mein Boot und um die Fallen. Hey, schau mal, das ist ein Weibchen mit Eiern.« Frank zeigte mir die Unterseite eines großen Hummers, die übersät war mit schwarzen kleinen Eiern. »Den muss ich gleich wieder reinwerfen.« Mit einem kleinen Messer machte er eine Kerbe in den Schwanz.

»Warum tust du das?«

»Damit weiß der Nächste, der ihn fängt, dass das ein fruchtbares Weibchen ist, auch wenn da keine Eier dran sind.«

Nach vielen Stunden hatten wir alle Körbe durch und fuhren endlich in den Hafen zurück. Von weitem sah ich die Häuser, die dicht an dicht direkt am Wasser auf Stelzen standen, die von der Zeit blank gewaschen worden waren. Müde, verdreckt und vollkommen fertig verließ ich nach beinahe zehn Stunden das Boot.

»Danke, Frank, dass du mich mitgenommen hast. Und sorry, dass ich dir nicht mehr beim Putzen helfe!«, rief ich ihm zu, als ich beinahe fluchtartig den Steg verließ.

Aber Frank grinste wie immer. »Kein Problem, war nett mit dir. Auch wenn ich immer noch denk, dass das, was ich dir erzählt habe, eh jeder weiß. Aber du hast schon recht. Wahrscheinlich gibt es niemanden, der mehr über Hummer weiß als ich.«

* * *

»Du stinkst«, sagte Emma, als ich das Haus betrat.

»Ich komme und umarme dich«, sagte ich, wohl wissend, dass sie meine Ironie nicht verstand.

»Nein!«, schrie sie schrill, »ich mag das nicht.«
»Das war ein Witz. Ich gehe jetzt duschen«, sagte ich zu Miss Fairbanks und kroch mehr die Treppen hinauf, als dass ich ging, da mein Rücken schmerzte.
Die warme Dusche tat gut.

»Und wie riech ich jetzt?«, fragte ich, als ich frisch geduscht ins Wohnzimmer kam.
»Nach Ally.«
»Liebe Miss Fairbanks.« Ich ging auf sie zu und umarmte sie. »Vielen Dank, dass Sie auf Emma aufgepasst haben. Was würde ich nur ohne Sie tun?«
»Ich mach das doch gerne. Mach dir keine Gedanken«, sagte sie ergriffen. »Nun gehe ich aber nach Hause.«
Der Fernseher lief, und ich sah Gene Kelly über den Bildschirm tanzen. »Ist das *Brigadoon?* Den wollte ich auch noch anschauen.«
»Wir haben die DVD gefunden. Ein schöner Film, ist leider schon zu Ende«, seufzte Miss Fairbanks und lehnte es dankend ab, einen der Hummer mitzunehmen, die Frank mir geschenkt hatte.
Ich nahm ein Glas Rotwein, den ich wie immer im Kühlschrank hatte, und ging auf die Veranda. Es war windstill und nicht mehr ganz so schwül wie die letzten Tage. Mir tat jeder Knochen weh. Hier hatte Mutter immer gesessen. Ich sah sie vor mir, wie sie in ihrem Schaukelstuhl mit geschlossenen Augen geschaukelt hatte. Es war Mutters Lieblingsplatz gewesen.
Traurig strich ich über die glatte Lehne des Holzes.
Ich setzte mich in den anderen Schaukelstuhl und erinnerte mich daran, was Mutter darüber erzählt hatte. »Das Schaukeln erinnert uns an die Zeit, als wir noch im Bauch unserer Mutter waren. Vielleicht ist das Gefühl, das man beim Wippen empfindet, eine

Erinnerung aus jener Zeit, als wir geschützt waren und uns sicher fühlten.« Für Mutter gehörte ein Schaukelstuhl auf jede Veranda und mindestens noch einer in jedes Haus – vor den Kamin, ins Kinderzimmer und ins Schlafzimmer.

Eine tiefe Sehnsucht nach meiner Mutter überkam mich. Marths Urgroßmutter hatte gesagt, ich sollte nach innen schauen, mir wichtige Fragen stellen. Ich war immer noch hier. Immer noch auf Bear Isle. Bis jetzt hatte ich noch kein neues Zuhause für Emma gefunden, hatte die Suche zwischenzeitlich ja sogar komplett aufgegeben. Was, wenn ich hierbliebe? Konnte – und vor allem wollte – ich tatsächlich für Emma sorgen? Was würde Mutter wohl dazu sagen, wie ich hier alles mehr oder weniger gut meisterte?

Ich war viel zu müde, um mir heute darüber den Kopf zu zerbrechen. Außerdem schmerzte mein Rücken. Soweit ich mich erinnern konnte, linderte das Schaukeln Verspannungen und Rückenprobleme, die ich momentan hatte. Selbst J. F. Kennedy hatte darauf geschworen. Ich schloss die Augen. Stans Bild erschien vor meinem geistigen Auge. Er fehlte mir, aber nicht so sehr, wie ich gedacht hatte. Das Loch in meinem Herzen schloss sich täglich mehr. Und da war Aiden, für den ich mehr empfand, als ich mir eingestehen wollte. Aber was gab es, das Carter mir nicht über ihn erzählen wollte?

»Hast du uns einen Hummer mitgebracht?«, riss mich Sol, der über die Straße gelaufen kam, aus meinen Gedanken.

»Hi, Sol. Wie versprochen. Ihr könnt beide haben, ich esse so schnell keinen Hummer mehr.«

Nun kam auch Bruno aufgeregt zu uns herüber. »Ally, erzähl uns alles. Aber vor allem erzähl uns von dem Mann, mit dem wir dich beim Festival gesehen haben, und ich meine nicht Carter Barrie.«

»Sei nicht so neugierig.« Sol stieß ihn in die Seite.

»Das war Aiden Grant. Ihm gehört das *Melville*«, erklärte ich verlegen und bemerkte, wie ich prompt rot anlief.
»Und weiter?«, fragte Bruno aufgeregt, und ich wurde das Gefühl nicht los, dass sie mich liebend gern unter der Haube gesehen hätten.
»Na ja, was soll ich sagen. Aiden ist gutaussehend, nett, ziemlich intelligent, und ich glaube sogar, dass er recht viel Geld hat. Er kommt aus Boston und lebt nun auf Bear Isle.«
»Das hört sich doch gut an. Auf was wartest du?«, quasselte Bruno und zupfte an meinen Haaren herum. »Ich verstehe nicht, warum deine Haare immer so aussehen, als würdest du direkt vom Friseur kommen, das ist sehr ungerecht. Ich muss mich immer stundenlang frisieren. Also erzähl jetzt weiter, ist er Single?«
»Ihr seid schrecklich.«
»Das sagst du doch nur so, oder?« Bruno tat pikiert.
Statt zu antworten, drückte ich ihm einen Kuss auf die Wange. Die beiden waren mir in der kurzen Zeit ans Herz gewachsen. Sie würden mir fehlen, wenn ich wieder fortging. Aber wohin sollte ich schon gehen?
»Hallo, Bruno!« Emma hatte das Fenster geöffnet und rief herunter.
»Hallo, Emma.«
»Ich habe dich gehört, Bruno.«
»Und ich habe gehört, dass du jetzt in einem Restaurant mitkochen darfst.«
Emma lachte laut. »Ja, das darf ich. Ich bin jetzt Köchin! Ich komme morgen zu euch und erzähle, was passiert ist. Jetzt kann ich aber nicht.«
»Kommt ihr auch am Samstag zur Eröffnung?«, fragte ich die beiden.
»Das lassen wir uns doch nicht entgehen. Wir wussten immer,

dass Emma etwas Besonderes ist.« Sol lachte und sah wie immer umwerfend aus. Dieses Mal sagten sie nichts über ihre Bedenken, und ich war froh darüber, denn je näher der Tag kam, desto unwohler wurde mir bei dem Gedanken, dass Emma in einem Restaurant mithelfen würde. So vieles konnte schiefgehen.

»Und wo sind nun die Tierchen?«, fragte Bruno.

»In der Küche. Bedien dich. Und nimm ja alle mit. Ich kann heute nicht mehr aufstehen. Ich spüre jeden einzelnen Knochen.«

Als sich Sol und Bruno verabschiedeten, bemerkte ich Brunos tänzelnden Gang. Er versuchte tatsächlich, keine Fuge zu übertreten. Fassungslos schaute ich ihm hinterher. Emma lachte laut von ihrem Zimmerfenster hinunter.

Ich schüttelte den Kopf. War ich etwa die einzig Normale auf dieser Insel?

»Bruno!«, rief ich ihm hinterher.

Er drehte sich um.

»Aber sonst geht es dir gut?«, fragte ich ihn kopfschüttelnd.

Er lachte auf seine affektierte Art und meinte: »Ally, du bist ja etliche Jahre jünger als ich, und trotzdem habe ich das Gefühl, dass du uralt bist.«

Das hatte gesessen. Aber er hatte nicht unrecht. Ich fühlte mich uralt. Als ich später im Bett lag, dachte ich immer noch über Brunos Äußerung nach. Ich betrachtete den Traumfänger, der sich im Wind langsam drehte, und hatte große Lust, ihn an den herunterhängenden Eulenfedern von der Decke zu reißen. Obwohl ich tatsächlich nicht mehr schlecht geträumt hatte, seitdem er über meinem Bett hing. Aber gute Träume waren auch keine gekommen. Ich träumte gar nichts mehr. So wie Emma.

Was für ein schönes Leben hatte ich in Los Angeles mit Stan

gehabt und eine Arbeit, die mich ausfüllte. Bei Matt Row konnte ich Artikel schreiben, die mich wirklich interessierten. Hier auf der Insel war ich bei einer Lokalzeitung und schrieb über *Lobster Roll*-Wettessen und musste mich anrülpsen lassen – von Fremden und von meiner Schwester.

Dennoch musste ich lachen, als ich daran dachte, und musste mir eingestehen, dass es doch Spaß gemacht hatte.

Zwei Tage später trafen wir uns um halb zehn abends vor dem *Sun Picture Cinema*. Es war Freitagabend, und das Kino war rappelvoll. Sol, Bruno, Carter, Aiden, und sogar Linda war mit ihren Kindern gekommen, die sich auf einer Decke auf die Wiese vor der Leinwand setzten. Dort aßen sie mitgebrachte Pizza, die sicherlich Lindas Großvater gebacken hatte.

Emma und Marth saßen in der vordersten Reihe neben Linda. Emma hatte ihre 3D-Brille auf, obwohl ich ihr immer wieder gesagt hatte, dass kein 3D-Film gezeigt wurde und die Brille unnötig war. Es war ihr vollkommen gleichgültig. Sie wollte den Film unbedingt mit dieser lächerlichen Brille anschauen.

Neben Popcorn wurde an der Kasse Mückenspray verkauft. Bruno und Sol kauften eine Dose für uns alle. Linda hatte ihre Kinder, pflichtbewusst, wie sie war, schon zu Hause eingesprüht. Obwohl wir unter freiem Himmel waren, roch es nach kürzester Zeit entsetzlich nach dem Spray. Nur Emma wollte partout nicht eingesprüht werden. Linda und Carter versuchten, sie abwechselnd dazu zu überreden.

»Mich stechen die Moskitos nicht«, erklärte Emma und blieb stur. »Außerdem stinkt das Spray.«

Später würden wir feststellen müssen, dass Emma als Einzige keinen Stich abbekommen hatte. Es war wie ein Wunder, obwohl ich mich allmählich über nichts mehr wunderte.

»Deine Artikel haben mir gut gefallen. Besonders der über

Frank. Ich hätte es nicht besser schreiben können«, lobte mich Carter, nachdem er mich zur Begrüßung auf die Wange geküsst hatte und meinen Lippen dabei verdächtig nahe gekommen war. Heute hatte er seinen Strohhut nicht auf, was ihm weitaus besser stand. Mit der flachen Hand strich er sich seine blonden Haare aus der Stirn.

»Danke, Carter. Frank war sehr gesprächig.« Ich wusste, dass der Artikel gut war, schließlich hatte ich zehn Jahre lang für eine renommierte Zeitung geschrieben. Ich sagte es ihm aber nicht. Matt Row hatte immer etwas an meinen Artikeln auszusetzen gehabt. Und war ein Artikel noch so gut, er hat stets etwas gefunden, und wenn es nur ein fehlendes Komma war.

»Der Bericht über Frank kommt in die nächste Ausgabe des *Bear Isle Chronicle*. Die Leute werden ihn lieben!«, sagte er und war ganz in seinem Element. »Außerdem wollte ich dich fragen, ob ich den Artikel einem Freund aus Boston schicken darf. Er arbeitet bei *The New Englander*, vielleicht hat er Verwendung für den Artikel.«

Nun freute ich mich wirklich. Die Zeitschrift *The New Englander* war weit über die Grenzen Maines hinaus bekannt. »Mein Artikel in *The New Englander*, das wäre toll«, erwiderte ich lachend.

»Hast du Lust, nächste Woche mit mir essen zu gehen? Am Abend? Wir zwei alleine?«, fragte er mich unvermittelt.

Bevor ich jedoch antworten konnte, kam Bruno und nahm Carter in Beschlag, und ich war froh, dass ich ihm die Antwort schuldig bleiben konnte. Ich würde ihm darauf einfach nicht antworten, denn ich müsste ihm zwei Antworten geben. Zum einen würde ich mich gerne mit ihm treffen, da ich ihn als Freund mochte und schätzte, doch dann müsste ich ihm auch sagen, dass sich niemals mehr daraus entwickeln konnte, um ihm keine falschen Hoffnungen zu machen. Aber was würde das für unsere Freundschaft bedeuten? Ich beschloss, dieses Problem auf später zu verschieben. Für heute wollte ich den Abend genießen.

Allein mit meinen Gedanken, schaute ich mich um. Mittlerweile war es vollkommen dunkel geworden.

»Schöner Abend heute«, erschreckte mich Aiden, als er von hinten an mich herantrat. Ich drehte mich um.

»Hi, Aiden. Ja, es ist wirklich schön heute«, antwortete ich verlegen.

Er beugte sich zu mir und küsste mich auf die Wange. Verdutzt schaute er mich an und sagte: »Du riechst komisch.«

Ich hielt ihm das Insektenspray vor die Nase. »Das geht nicht ohne.«

Für einen Moment standen wir wortlos nebeneinander, bis der alte Mo von hinten laut brüllte, dass wir uns gefälligst alle setzen sollten. Mo hatte das Kino schon früher geführt. Mo war ein alter Chinese und der unhöflichste Mensch von Bear Isle.

»Setzt euch! Oder seid ihr taub?«, donnerte es noch einmal von hinten.

Ich bemerkte Aidens irritierten Blick.

»Mo war immer schon so. Er ist nicht gerade freundlich, aber immerhin öffnet er jedes Jahr das Kino für die wenigen warmen Wochen.«

»Lass uns lieber hinsetzen«, meinte Aiden. Er befürchtete wohl eine weitere verbale Attacke Mos.

»Du hast recht. Er ist erbarmungslos und schmeißt uns sonst aus dem Kino.«

Wir setzten uns in die nächstbesten Liegestühle. Zu meiner Linken saß Bruno. Ich suchte Carter und stellte fest, dass er sich bereits neben Sol gesetzt hatte.

Aiden zog seinen Liegestuhl näher an meinen heran.
»Das sieht Mo aber nicht gerne«, flüsterte ich ihm zu und kam ihm so nahe, dass ich sein Aftershave riechen konnte.
»Da lass ich es drauf ankommen.« Er lachte mich mit einem umwerfenden Lächeln an. Er trug eine ausgefranste Jeans, weiße Turnschuhe und ein schwarzes T-Shirt, das seinen muskulösen Körper betonte. Ich konnte ihn mir so gar nicht in einem feinen Anzug vorstellen.
»Ich war vor fünf Jahren das letzte Mal im Kino«, gestand er mir.
»Tatsächlich?«
»Ich hatte nie Zeit dazu. Ich habe ununterbrochen gearbeitet.«
»Hattest du keine Freunde, keine Freundin, mit denen du ausgegangen bist?«, fragte ich ihn und hoffte insgeheim, etwas mehr über ihn zu erfahren.
»Früher mal«, gab er wortkarg zurück, und ich war genauso schlau wie zuvor.
Mo löschte die grelle Beleuchtung, die von den aufgestellten Baustrahlern kam und bis zu diesem Moment Unmengen von Moskitos das Leben gekostet hatte. Für einen kurzen Moment war es stockfinster. Ich spürte, dass Aiden tiefer in seinen Liegestuhl rutschte.
»Es ist erstaunlich, wie viele Sterne man hier sieht. Man kann sogar die Milchstraße erkennen.«
»Psst, da vorne! Ich habe euch beide im Auge!«, rief Mo schrill von hinten, und ich war mir sicher, dass sich die Hälfte des Kinos angesprochen fühlte. Und auch wenn seine *Pssts* sich lustig anhörten – ähnlich dem letzten Verpuffen der in den Strahlern verdampften Moskitos –, lachte keiner, zumindest nicht laut. Jeder, der Mo kannte, hatte sich unter Kontrolle. Sonst riskierte man, aus dem Kino zu fliegen.
Ich spürte Carters Blick, der sich nach vorne gebeugt hatte, und bemühte mich, stur geradeaus auf die Leinwand zu starren.

Aber ich konnte nicht an Carter denken. Aidens Gegenwart fühlte sich übermächtig an. Ich fragte mich, was er wohl dachte. Aber auch er blickte nur auf die Leinwand, auf der der Film anlief, den ich bereits letztes Jahr mit Sofia gesehen hatte. Alle Filme, die Mo zeigte, waren aus der letzten Saison.

Beinahe alles war so wie früher. Die ganzen Jahre über, die ich nicht hier auf Bear Isle war, hatte ich nichts vermisst. Sicher hatte ich oft an Emma gedacht. Hatte mich gefragt, wie es ihr ging, was sie machte. Auch an Mutter habe ich oft gedacht. Aber an Bear Isle selbst hatte ich nie einen Gedanken verschwendet. Dabei war es jetzt, wo ich wieder inmitten der Gemeinschaft lebte, die mich ein weiteres Mal aufgenommen hatte, erneut mein Zuhause geworden. So einfach würde ich die Insel das nächste Mal nicht verlassen können. Weder Emma noch Bear Isle.

Bruno unterbrach meine Gedanken, als er wild mit den Händen vor seinem Gesicht herumfuchtelte und versuchte, ein paar Moskitos zu verscheuchen. Das Geklimper seiner Armreifen rief allerdings augenblicklich Mo auf den Plan, der sein lautes *Psst, psst* von hinten, wo der Filmprojektor stand, nach vorne zischte.

»Dass er sich auch immer gleich so haben muss. Der mit seinem ständigen *Psst, psst*«, imitierte er Mo leise.

Ich lachte. Bruno war witzig und liebenswert. Als er sich wieder beruhigte, fand ich meinen letzten Gedanken nicht mehr und konzentrierte mich auf den Film.

Plötzlich spürte ich, wie jemand meine Hand nahm. Ich zuckte zusammen und blickte überrascht zu Aiden hinüber. Er schaute mich nicht an, aber im Halbdunkel konnte ich sehen, dass er lächelte. Er ließ meine Hand den ganzen Film über nicht los, und das Loch, das sich in meinem Brustkorb aufgetan hatte, schloss sich ein weiteres Stück, wofür ich Aiden unendlich dankbar war.

13.
Indian Summer

Das strahlende Blau des Himmels, das sich am Horizont mit dem dunklen Blau des Meeres vermischte, täuschte darüber hinweg, dass der Sommer bald vorüber war. Ich beobachtete die Hummerboote beim Einlaufen in den kleinen Hafen. Wie Farbkleckse im Wasser: blaue, gelbe, rote. Bereits von weitem erkannte ich die *Nausikaa* an der schwarzen und grünen Farbe der Bordwand, die sich rasch dem schmalen Steg näherte.
»Hi, Ally!«, rief Frank mir grinsend vom Deck seines Bootes aus zu, während er routiniert am Steg anlegte. »Willst du wieder mit?«
»Oh nein, vielen Dank, ich verzichte. Ich wollte dir nur ein paar deiner Prachtexemplare abkaufen! Ich brauche zehn Stück. Für Emma.«
»Hab schon gehört, dass sie im *Melville* kocht. Meine Mom

war dort. Sie war echt begeistert. Wenn ich dir's ehrlich sagen darf: Ich war ja skeptisch.«

»Wer war das nicht?«

»Schöner Artikel im *Chronicle* über die *Nausikaa* übrigens. Hat mir gefallen. Sogar mein Dad fand's gut.« Während er sprach, war er trotz seines fülligen Leibes geschickt von seinem Boot auf den Steg gesprungen, der gefährlich unter Franks Gewicht wankte und an dem er nun mit wenigen Handgriffen die Leinen festzurrte.

Wenn die Reportage sogar dem alten Stickley gefallen hatte – darauf konnte ich mir was einbilden.

»Stell dir vor, der Artikel wird sogar in *The New Englander* abgedruckt«, erzählte ich ihm. Ich wusste es selbst erst seit ein paar Tagen. Carter hatte es mir freudestrahlend berichtet.

»Dann machst du ja hier noch Karriere.«

»Du hast mir die ganzen Infos gegeben«, antwortete ich.

Franks winzige Augen leuchteten hinter seinen müden Lidern.

»Man tut, was man kann.« Er überlegte kurz, ehe er weitersprach. »Bleibst du jetzt eigentlich hier auf Bear Isle?«

»So wie es aussieht, bleibe ich noch eine Weile«, gab ich zurück.

»Das ist sicher nicht die schlechteste Idee.«

»Wahrscheinlich hast du da recht, Frank. Ich muss dann auch wieder los.«

Als ich ihm bereits den Rücken gekehrt hatte, rief er mir lachend nach: »Du weißt ja, wenn du mal wieder mit zum Hummerfangen willst – jederzeit.«

»Werde ich nicht vergessen, Frank.« Ich zahlte ihm den Preis, den Aiden mit ihm ausgehandelt hatte, und verließ schleunigst den schwankenden Steg und deponierte die Kiste voll Hummer auf der Ladefläche meines Pick-ups, der mir in der Zwischenzeit richtig ans Herz gewachsen war.

Vor dem *Melville* waren alle Parkplätze belegt. Ein gutes Zeichen. Für mich bedeutete es allerdings, dass ich die Kiste ein Stück weit schleppen musste.

»Hi, Ally«, begrüßte mich Aiden mit einem Kuss auf die Wange, was mich für einen kurzen Augenblick aus der Fassung brachte.

»Hier ist der Hummer«, sagte ich verlegen und drückte ihm die schwere Kiste in die Arme.

Ich folgte ihm in die Küche, wo Emma, die am Herd vor dampfenden Töpfen stand, mich förmlich begrüßte.

»Wirst du denn nie müde?«, fragte ich sie.

Als Antwort schüttelte sie heftig den Kopf. Dabei flog ihr Zopf hin und her. »Es macht Spaß, Ally.«

Dann nahm sie ein Hühnchen, legte es in eine Kasserolle und tat von den Gewürzen dazu. Es waren Pfeffer, Ahornsirup und brauner Zucker. Sie machte das derart geschickt, dass man glaubte, sie habe noch nie etwas anderes in ihrem Leben getan. Sie probierte nicht, schmeckte nicht ab, roch nur daran und würzte weiter. Ihre Stirn lag in tiefen Falten.

Das Hühnchen war eines der wenigen Gerichte auf der Speisekarte und neben Hummer – bei dessen Zubereitung Emma nicht mithalf – und der exquisiten *Clam Chowder* der absolute Renner im *Melville*. Aber auch die *Baked Beans* mit *Brown Bread,* gebackene Bohnen mit einem braunen Brot, das im Wasserbad gedämpft wurde und hier an der Küste Symbolcharakter hatte, waren ein Leckerbissen. Zum Nachtisch gab es *Blueberry Pie,* einen Blaubeerkuchen, der alles in den Schatten stellte.

Mittlerweile kochte Emma mit Aiden alleine in der großen Küche, was ich natürlich mit Argusaugen beobachtete. Keinesfalls wollte ich, dass sich Emma übernimmt. Doch der Koch hatte bereits nach kurzer Zeit das Weite gesucht. Es war ihm unmöglich gewesen, die Küche mit Emma zu teilen. Emma hatte sich in alles eingemischt und ständig an seinem Essen rumgemäkelt. Damit Aiden ihr nun in der Küche helfen konnte, bis ein geeigneter Koch gefunden war, der auch mit Emmas forsche Art zurechtkam, hatte er eine Bedienung eingestellt. Auf Victoria, eine Frau mit undefinierbarem Alter, die Kaugummi kauend die Bestellungen der Gäste entgegennahm, war Verlass. Alles klappte mehr oder weniger reibungslos, vor allem, da das *Melville* nur wenige Gerichte anbot. Nur durch eine übersichtliche Karte und mit den begrenzten Sitzplätzen im Restaurant war es möglich, dass Emma die Gerichte kochen konnte und ihr nicht zu viel zugemutet wurde.

Mit einem raschen Blick auf Emma zog Aiden mich zur Seite. »Ich habe meine Zweifel, ob das mit Emma weiterhin so klappen kann.« Er suchte nach Worten. »Ally, deine Schwester summt. So finden wir nie einen neuen Koch für das *Melville*.«

»Ich weiß.«

»Sie summt aber keine Melodie.«

»Ich weiß.«

»Sie summt wie …«

Ich unterbrach ihn. »Auch das weiß ich. Aber das Summen gehört zu Emma. Man muss wohl lernen, es zu ignorieren.« Das sagte gerade die Richtige, die bei Emmas Summen Atemnot bekam.

»Es macht mich verrückt. Den ersten Koch hat sie damit ebenfalls verrückt gemacht. Kein Wunder, dass er fristlos gekündigt hat.«

Ich musste ihn einfach anlachen, obwohl ich mir denken konnte, dass es ihm bitterernst war. »Weißt du, was ich mache, wenn sie summt? Ich versuche, alles zu vermeiden, was sie stören könn-

te. Ihr Summen hat immer einen Grund, irgendetwas passt ihr dann nicht.«
»Super Vorschlag, Ally. Danke dir, da wäre ich ja von alleine gar nie draufgekommen.« Seine Äußerung troff vor Ironie.
Ich ging zu Emma an den Herd und legte meine Hand auf ihren Arm.
»Emma, du darfst hier nicht summen. Aiden erträgt das nicht. Aiden mag das nicht.«
»Aber er macht alles falsch. Nichts ist an dem Platz, wo es hingehört. Ich sage es ihm andauernd. Ich glaube, er ist dumm. Immer stellt er die Sachen an den falschen Platz.« Sie schaute mich angriffslustig an.
»Sprich noch einmal ganz in Ruhe mit ihm«, gab ich zurück.
»Ich spreche andauernd mit ihm. Ich habe es auch immer diesem Koch gesagt. Es ist doch so einfach. Ich muss immer alles suchen.« Sie sagte es laut und genervt, ohne Rücksicht darauf, dass Aiden neben uns stand und alles hörte. Ich sah ihn für einen Augenblick mitleidig an.
»Er wird es ändern. Aber du darfst nicht summen.« Immerhin verlangte sie nichts Unmögliches. An Aiden gewandt sagte ich: »Das kannst du doch ändern, oder?«
Emma nickte und sagte: »Aiden mag es nicht.« Sie zückte ihr abgegriffenes Büchlein und schrieb etwas hinein. Sicherlich die Tatsache, dass Aiden ihr Summen nicht mochte.
»Ich mag es auch nicht«, sagte ich und schaute sie eindringlich an.
»Ich weiß. Ich habe es aufgeschrieben. Ich zeige es dir.«
»Du brauchst es mir nicht zu zeigen.«
Sie ignorierte meinen Einwand und blätterte endlos durch die vollgeschriebenen Seiten. »Hier, schau.«
Ich las das Datum. Mutters Beerdigung. Ich erinnerte mich an das gelbe Kleid, das sie anziehen wollte. Ich hatte es ihr verbo-

ten. Damals hatte sie so lange gesummt, bis ich es ihr doch erlaubte. Eine schreckliche Erinnerung, die für mich unendlich weit in der Vergangenheit lag.
»Sag Aiden doch einfach, was dich stört«, wiederholte ich.
Nun blätterte sie in die andere Richtung. Durch unzählige Seiten und war trotzdem nicht am Ende des Buches angekommen. Würde dieses Buch denn nie voll sein? Sie schrieb doch unaufhörlich alles auf. Wie konnte es immer noch leere Seiten haben? Dann begann Emma, aus ihrem Buch zu lesen. Es klang wie die Checkliste, die vor dem Start eines Flugzeuges durchgegangen werden musste. Es waren unzählige Punkte. Armer Aiden, dachte ich, während sie las und las, und musste mir ein Lachen verkneifen, vor allem, da er wie ein begossener Pudel danebenstand und zuhörte.
»Salz kommt nach links, Pfeffer nach rechts. Man erkennt das doch schon an den Wörtern, dass sie dort hinkommen.« Sie sprach Salz überdeutlich aus und betonte das L. Bei Pfeffer ließ sie das R lange nachklingen. Die Butter durfte im Kühlschrank nicht neben den Eiern stehen, und die Eier sollten nach ganz unten. Die Liste schien endlos.
Als sie endlich fertig war, fragte Aiden: »Und wie soll ich mir das bitte schön merken?«
»Vielleicht solltest du das für Aiden aufschreiben.« Ich wiederholte es. »Schreib es für ihn auf. Mach eine Liste, und wir hängen die Liste hier an die Wand.«
»Na gut, hört sich nicht so schlimm an«, sagte Aiden nun ironisch.
»Das kannst du dir sparen, Ironie versteht sie nicht«, flüsterte ich ihm zu. »Es sind ja nur Kleinigkeiten, die du ändern musst.« Ich versuchte, zuversichtlich zu klingen.
»Deine Schwester krempelt mich um. Ich weiß nicht, ob ich das mag. Oje, siehst du, ich sage es auch schon wie sie immer.

Ich mag es nicht.« Wir mussten lachen. Nur Emma blieb ernst.

Mein Blick fiel auf die mit einer Tischdecke abgedeckte verspiegelte Wand. »Warum hast du das abgedeckt?«

»Ich mag keine Spiegel«, antwortete Emma und ging nicht weiter auf meine Frage ein. Dann bemerkte sie die Kiste mit dem Hummer. »Den Hummer mache ich nicht. Es ist Punkt vierzehn auf meiner Liste. *Vierzehntens: Hummer mache ich nicht. Er lebt noch. Ich mag das nicht*«, las sie laut vor.

»Ich weiß das. Du musst ihn nicht machen«, meinte Aiden, schüttelte verzweifelt den Kopf und schloss die Augen.

Hin und her wippend stand Emma vor mir. »Er wird es vergessen, Ally«, sagte sie noch einmal.

»Ich versuche, alles so zu machen, wie du es willst. Ist das in Ordnung?«, lenkte Aiden ein.

Im Restaurant waren alle Tische belegt. Durch das geöffnete Fenster strich eine frische Brise vom Meer herüber, eine Mischung aus Salz, Sand und Muscheln. Das schrille *Caw-Caw* der Möwen bedeutete, dass die letzten Hummerboote eingelaufen waren und die Möwen sich um alles stritten, was die Fischer wieder ins Meer warfen. Ich hasste Möwen, fand sie ekelhaft und unerhört laut. Dennoch gehörte ihr Gekreische ebenso zu Bear Isle wie das stete Rauschen des Meeres.

Ich musste daran denken, was Linda zu mir gesagt hatte. Sie war nicht erfreut gewesen, als sie erfahren hatte, dass Emma nun im *Melville* arbeitete.

»Du lässt Emma dort arbeiten?«, hatte sie aufgebracht gefragt. »Hast du eigentlich dabei auch an deine Schwester gedacht? Was ist, wenn es schiefgeht? Und was geschieht mit ihr, wenn du Bear Isle verlässt? Sie würde nicht nur dich, ihr zu Hause, sondern auch noch ihren Job verlieren. Das kann man ihr doch nicht antun?«

»Du hast schon recht, Linda. Aber wenn ich eines in den letzten Monaten gelernt habe, dann, dass man im Leben nichts planen soll. Emma bietet sich nun die Chance, eigenständiger zu werden, und ich glaube, ihr gefällt es«, hatte ich ihr geantwortet. Egal, was ich machte, jeder wusste es besser. Warum hatte Linda, als sie derart aufgebracht war, nicht in Erwägung gezogen, dass ich vielleicht für länger hierbleiben wollte?
»Gut, du musst das selber wissen. Emma ist deine Schwester. Aber du solltest auch an ihre Zukunft denken. Du hast die Verantwortung für sie.«
Heute war ich mir nicht mehr ganz so sicher, ob die Idee, Emma im Restaurant helfen zu lassen, so gut gewesen war. Würde ich es merken, wenn es Emma zu viel würde? Bedrückt betrachtete ich meine Schwester.
Sie sah gestresst aus. Eine Strähne ihres blonden Haares hatte sich aus ihrem Zopf gelöst. »Macht dir das Kochen noch Spaß?«, fragte ich sie vorsichtig.
»Ich mag das nicht, wenn du in der Küche bist. Du guckst, ob ich alles richtig mache.« Sie betrachtete mich mit tödlichem Ernst.
»Antworte doch bitte, Emma.«
»Ich mag kochen«, erwiderte sie unverzüglich, dann wandte sie sich wieder ihrer Arbeit zu. Sie begann, den Speck und die Zwiebeln in feine Würfel zu schneiden. Ängstlich beobachtete ich, wie sie gekonnt mit dem scharfen Messer hantierte. Ich bemerkte Tränen in ihren Augen, was ich nie zuvor an ihr gesehen hatte.
»Du weinst?«, fragte ich sie konsterniert.
»Das sind die Zwiebeln. Sie brennen in meinen Augen«, lachte sie nun. »Sie bringen mich zum Weinen, ist das nicht unglaublich?«
Aus dem Speiseraum dröhnte eine tiefe Männerstimme. »Das

ist die beste verdammte *Clam Chowder*, die ich je gegessen habe, und weiß Gott, ich habe in meinem Leben verdammt viele gegessen.« Der Mann, dem man ansah, dass er gerne aß, wischte sich über seinen Bart, der nahezu sein ganzes Gesicht bedeckte: »Ich will dem Koch auf die Schulter hauen.«

Neugierig linste ich durch die Flügeltür in den vollen Speiseraum und sah, wie der Mann sich einen der Austerncracker in den Mund schob und zerbiss. Trockene Krümel blieben in seinem Bart hängen.

»Der Koch ist eine Köchin. Ich werde Ihr Lob weitergeben«, antwortete Victoria beim Vorbeigehen, in den Händen balancierte sie vier Teller mit quietschroten Hummern.

Der Bärtige fegte mit der Handkante die Krümel des Crackers vom Tisch auf den Boden, um sich dann noch einmal der Speisekarte zuzuwenden.

An einem anderen Tisch saßen zwei junge Männer. Sie aßen Hummer und sprachen deutlich hörbar miteinander.

Im *Melville* war es nie leise, die Leute unterhielten sich lauter als in anderen Restaurants. Woran das lag, vermochte ich nicht zu erkennen. Es herrschte stets eine fröhliche Ausgelassenheit an den wenigen Tischen.

Drei ältere Frauen, ich kannte sie vom *Quilting Bee*, schwatzten miteinander. Sie erinnerten mich an gackernde Hühner, wie sie ihre Köpfe zusammensteckten, schwatzten und kicherten. Doch als das Essen kam, das Victoria ihnen auf den Tisch stellte, wechselten sie kein Wort mehr miteinander, sahen sich nicht einmal mehr an. Sie beugten sich über ihre gefüllten Teller und aßen schweigend. Hin und wieder schaute eine von ihnen ungläubig auf, um zu bestätigen, wie gut es schmeckte.

Mich erfüllte ein unbändiger Stolz. Linda hatte unrecht. Es war eine großartige Idee von mir gewesen, Emma eine Arbeit zu verschaffen, die sie liebte und in der sie aufging. Sie konnte so

viel mehr, als die Hummerkisten des alten Stickley mit Etiketten zu bekleben.
Eine der Frauen rief Aiden an den Tisch. Sie hatte den Blaubeerkuchen vor sich. »Und den hat tatsächlich Emma gebacken?«, hörte ich sie ungläubig fragen.
Aiden wirkte pikiert. »Selbstverständlich.«
»Kann sie nicht kurz aus der Küche kommen? Wir würden ihr gerne gratulieren. Es schmeckt vorzüglich, unglaublich, einfach hervorragend. Mein Blaubeerkuchen suppt. Ich kenne keinen Blaubeerkuchen, der nicht nässt. Ich würde sie gerne nach ihrem Rezept fragen.«
»Es tut mir leid, Emma verlässt die Küche nicht. Ich richte es ihr aber gerne aus. Nur bezweifle ich, dass sie Ihnen das Rezept geben wird. Wissen Sie, das ist Betriebsgeheimnis.«

Um elf Uhr abends schloss Aiden das *Melville*, das hier auf Bear Isle in kürzester Zeit einen steilen Aufstieg erlebt hatte. Müde kam er auf mich zu. »Der Laden ist über die nächsten beiden Wochen komplett ausgebucht.«
»Werden wir es bemerken, wenn es Emma zu viel wird?«, fragte ich Aiden.
»Wir können jederzeit ihre Stunden reduzieren. Sie soll sich nicht übernehmen. Ich weiß nicht, ob wir einen Koch finden werden, der mit ihr kochen kann. Du hast es ja gesehen, sie lässt niemanden an den Herd. Aber wir werden sehen, wie es sich entwickelt. Ich jedenfalls habe das Gefühl, dass ihr das Arbeiten im Restaurant Spaß macht. Und ich werde mich in jedem Fall anpassen. Ich werde all die Punkte, die Emma stören, ändern.«
Damit hatte er recht. Dennoch schaute ich ihn zweifelnd an.
»Wenn es ihr nicht guttut, dann werden wir eine andere Lösung finden. Wir werden nichts machen, was Emma nicht

will, okay?«, sagte Aiden und strich mir zärtlich über den Arm.

Seine Berührung ließ mich zusammenzucken.

Seit dem Kinobesuch war ich nicht mehr alleine mit ihm gewesen. Ich versuchte, nicht daran zu denken, wie er meine Hand gehalten hatte. Ich durfte mich auf keinen Fall in irgendetwas hineinsteigern – was ich mir wieder und wieder sagen musste. Und dennoch löste Aiden eine tiefe Sehnsucht in mir aus, eine Begierde, und ich hoffte, dass ich ihr widerstehen konnte. Nur seinen unergründlichen Blicken entkam ich nicht, die ich nicht zu deuten wusste.

Von Stan kamen weiterhin Nachrichten, die ich mittlerweile lesen konnte, ohne dass die Wunde in meiner Brust wieder aufriss. Seine langen E-Mails waren wie Tagebucheinträge, in denen er mir von seiner Arbeit schrieb und von seiner Sehnsucht nach mir. Aber meine Gefühle für ihn waren schwächer geworden, und ich hoffte, ihn irgendwann ganz vergessen und ihm verzeihen zu können. Auch Sofia, die neben Stan mein einziger Kontakt zu meinem alten Leben war, schrieb mir regelmäßig. Sie hatte tatsächlich gekündigt und mittlerweile sogar eine andere Arbeit gefunden, und ich war froh, dass ich nicht mehr in Versuchung kam, sie nach Monica auszufragen. Ich nahm mir vor, Sofia im Winter nach Bear Isle einzuladen. Es würde ihr hier gut gefallen, sie liebte den Schnee, den es in Los Angeles nicht gab.

* * *

Ich wartete bereits ungeduldig, als Carter mit seinem Wagen vorfuhr. Die wenigen Male, die wir uns seit dem Kinoabend gesehen hatten, hatte er seine Einladung zum Essen nicht wiederholt, worüber ich froh war. Sicherlich hatte er eingesehen, dass nicht mehr zwischen uns sein konnte. So freute ich mich auf das heutige Treffen.

»Kommst du, Ally?«, rief er mir zu.

Ich schnappte meine Tasche. Wir wollten zum *Granite Beach*, einem kleinen Sandstrand in der Nähe der Granit-Steinbrüche. Er war abgelegen, und nur selten verirrten sich Touristen in diese Ecke von Bear Isle.

Es war Carters Idee gewesen, unser wöchentliches Meeting, bei dem wir uns über den Zeitplan und die Agenda für den *Bear Isle Chronicle* austauschten, dorthin zu verlegen. Er wusste, dass ich diesen Strand liebte, und ahnte sicher, dass ich sonst keine Gelegenheit hatte, dorthin zu gehen.

Minuten später saß ich neben ihm in seinem Cabrio und ließ mir den Wind durch die Haare wehen.

»Danke, dass du mit mir an den Strand gehst«, sagte ich aufrichtig. Für einen kurzen Moment richtete er seinen Blick auf mich.

»Wer weiß, wie lange es noch so warm bleiben wird.«

Wir fuhren die Pearl Avenue entlang und ließen die Häuser hinter uns. Nach wenigen Meilen bogen wir in einen schmalen Weg ein, der eher einem Fußweg glich. Zu beiden Seiten wuchsen hohe Büsche und Sträucher, die weit in die Straße hineinragten. Kein Tourist würde auf die Idee kommen, hier nach einem Strand zu suchen, weswegen gerade diese Badestelle so beliebt bei den Einheimischen war. Wir erreichten die kleine Parkbucht und stellten den Wagen ab. Carter hatte einfach an alles gedacht. Picknickdecke, Kühltasche, Sonnenschirm und Sonnencreme. In meinem kleinen Rucksack hatte ich nur ein Handtuch.

»Du hast sogar Essen und Trinken eingepackt?«, fragte ich verwundert, als ich die Kühltasche nahm, um sie an den Strand zu tragen. Schließlich konnte ich ihn schlecht alles alleine schleppen lassen.

»*Lobster Rolls*«, sagte er lachend.
»Das ist nicht dein Ernst?«, gab ich verzweifelt zurück.
»Das war ein Spaß. Es sind einfache Sandwiches. Ich weiß doch, dass du *Lobster Rolls* nicht mehr essen magst.«
Der verschlungene Pfad zum Strand war steinig, aber nach weiteren zehn Minuten erreichten wir den Sandstrand und das Meer. Ich stellte meinen Rucksack und die Kühltasche in den Sand und setzte mich auf die Decke.
Ich nahm einen kleinen zerknitterten Block aus meinem Rucksack und einen ziemlich kurzen Bleistift.
Von einem Moment zum anderen war Carter nur noch Redakteur. Er breitete einen Planer aus und las vor, was alles in den nächsten Wochen anstand. Alle wichtigen Ereignisse, Veranstaltungen und Basare. Der *Bear Isle Farmers Market* fand dieses Wochenende statt. Eine neue Galerie würde demnächst eröffnen.
»Kannst du den Artikel über die Galerie auch noch schreiben?«, fragte er.
Ich nickte und notierte die Telefonnummer des Besitzers, damit ich mich mit ihm treffen konnte. Diese Artikel, die meist in Verbindung mit Anzeigen gebucht wurden, brachten Geld und waren bei Carter besonders beliebt. Die Woche darauf stand das *Pancake-Frühstück* an, zu dem mich bereits Miss Fairbanks verdonnert hatte. Ich würde den ganzen Morgen über Pancakes backen müssen. Sie meinte, dass ich nun wieder zur Gemeinde gehören würde, und dafür müsste ich auch bei den Veranstaltungen helfen. Sie war aufgebracht gewesen, und ich hatte schließlich nachgegeben. Wenigstens musste ich den Teig nicht anrühren, dazu hatte sich bereits Emma angemeldet. Jeder Pancake kostete an diesem Vormittag einen Dollar. Der Ahornsirup und diverse andere Soßen, die dazu gereicht wurden, waren umsonst. Das eingenommene Geld kam der Gemeinde zugute.

»Ich übernehme das *Pancake-Frühstück,* da ich sowieso dort bin«, sagte ich also zu Carter.

Er schaute mich an. »Früher hattest du nie Lust dazu.«

»Ich habe auch heute keine Lust dazu. Miss Fairbanks zwingt mich«, erwiderte ich tonlos.

Er lachte. »Dann schreibe ich über den *Bear Isle Farmers Market*«, meinte er. Der *Farmers Market* war ein Markt, auf dem zwei Tage lang alle heimischen Produkte verkauft wurden. Aber auch Kunsthandwerk von den ansässigen Künstlern wurde an den zahllosen Ständen angeboten.

»Jetzt weiß ich wenigstens, was ich über all die Jahre vermisst habe«, erwiderte ich.

»Hast du?«, fragte Carter, der meine Ironie nicht verstanden hatte. Aber ich wollte ihm die Illusion nicht nehmen und sagte nichts weiter.

»Sind wir fertig?«, meinte ich stattdessen ungeduldig und mit einem sehnsüchtigen Blick aufs Meer.

»Ja. Du weißt ja gar nicht, wie froh ich bin, dass du für mich arbeitest«, sagte er plötzlich. »Ich habe dir noch gar nicht dafür gedankt.«

»Musst du nicht. Immerhin kann ich damit unsere Rechnungen bezahlen. Aber ich muss gestehen, dass auch Emma mittlerweile ganz gut verdient.«

Es war wirklich erstaunlich, wie sich alles zum Besseren für uns entwickelt hatte. Ich war froh, dass ich nicht mehr Blaubeeren einkochen musste, um über die Runden zu kommen.

Carter riss mich aus meinen Gedanken. Er hielt mir die Sonnencreme vors Gesicht.

Ich nahm die Tube.

»Soll ich deinen Rücken eincremen?«, fragte er mich. Ich zog mein Kleid aus und legte mich auf die Decke. Die Träger des Badeanzugs zog ich etwas zur Seite, damit er sie nicht ölig machte.

Das Eincremen fühlte sich an wie eine Liebkosung. Ich spürte, dass Carter immer noch mehr für mich empfand als diese Freundschaft, versuchte es aber zu ignorieren.
Abrupt beendete er das Eincremen, und ich setzte mich verlegen auf.
»Das war angenehm«, sagte ich, obwohl ich es nicht wollte, und fügte schnell hinzu: »Jetzt bist du dran.«
»Ich bekomme keinen Sonnenbrand«, erwiderte er, als er sich bereits sein T-Shirt auszog. Ich konnte der Versuchung nicht widerstehen und spritzte ihm die weiße Sonnenmilch über den Rücken, dass er aufschrie. »Hey, du bist gemein! Das war kalt.« Er lachte, als er sich wieder umdrehte und meine Handgelenke ergriff.
Ehe ich noch etwas erwidern konnte, hatte er mich mit dem Rücken sanft aufs Handtuch gedrückt. Sein Gesicht war direkt über meinem. Seine blonden Haare kitzelten auf meiner Haut. Ich schloss die Augen, weil ich nicht wollte, dass er meine Verwirrung darin sah. Er küsste mich. Zuerst war es ein zögerlicher Kuss. Dann presste er seinen ganzen Körper gegen mich, sein Kuss wurde fordernder. Doch plötzlich lösten sich seine Lippen von meinen.
»Es tut mir leid«, entschuldigte er sich aufgebracht. »Was ist nur in mich gefahren? Es ist nur, dass ich …«, stammelte er.
»Carter«, unterbrach ich ihn mit belegter Stimme und setzte mich auf. Nun musste ich es ihm sagen, konnte mich nicht mehr länger davor drücken, wenn ich unsere Freundschaft nicht gefährden wollte. Ich räusperte mich. »Es tut mir leid, Carter. Ich wollte dir nie falsche Hoffnungen machen. Ich mag dich wirklich sehr gern, aber mehr empfinde ich nicht.« Es hörte sich schal an, aber es war der einzige Weg. Ich musste ehrlich zu ihm sein, auch wenn ich ihm damit weh tat.
Er nickte und verzog den Mund zu einem Lächeln, das ihm misslang.

Verlegen blickte ich mich um. Es waren Leute gekommen, deren Ankunft wir nicht bemerkt hatten. Ich vermied es, in ihre Richtung zu schauen.

Plötzlich rief jemand meinen Namen. Ich fuhr herum und erkannte Linda. Und mit ihr ihre ganze Familie.

»Emma hat uns gesagt, dass du hier bist. Leider konnten wir sie nicht überreden, uns zu begleiten. Hey, Carter, wie geht's?«, begrüßte sie ihn.

»Emma hasst Sand. Sie geht nie ans Meer«, klärte ich Linda auf. »Mittlerweile lasse ich sie alleine zu Hause, was wirklich gut klappt. Auch ihr tut es gut, etwas Zeit für sich zu haben«, fügte ich hinzu. Ich hatte langsam damit begonnen, hatte es immer wieder ausprobiert und festgestellt, dass es problemlos funktionierte. In kürzester Zeit waren wir von den Strandtüchern der Kinder umzingelt. Marth legte sich neben mich. Allmählich füllte sich der kleine Strand mit weiteren Einheimischen. Es waren die letzten warmen Tage. Jeder hatte das Bedürfnis, noch etwas Sonne zu tanken, ehe der Winter kam, der an der rauhen Küste Neuenglands lang und sehr kalt war.

Die Kinder rannten zum Wasser, und Linda stand als Aufpasserin mit den Füßen im Meer und achtete darauf, dass keines von ihnen verloren ging. Philip nahm Carter in Beschlag. Immer wieder schaute er zu uns herüber.

»Carter mag dich«, fing Linda unvermittelt an, die Augen immer auf die Kinder gerichtet, die im kalten Wasser tollten.

»Ja«, antwortete ich einsilbig, wie es Emma immer tat.

»Ach komm, Ally, du weißt, was ich meine«, sagte sie.

»Er sieht doch auch toll aus. Allerdings, wenn ich ihn so neben Philip stehen sehe, muss ich sagen, dass seine Erscheinung nicht so stattlich ist wie die meines Mannes.« Belustigt schaute sie mich an.

»Kannst du nicht ein Mal ernst bleiben, Linda?«

»Ich bin ernst. Carter ist ein außergewöhnlicher Mann, warum versuchst du es nicht mit ihm?«

»Carter und ich, wir sind nur gute Freunde, und dabei wird es auch bleiben«, erwiderte ich in einem Ton, der keine weiteren Fragen duldete.

Ich setzte meine Sonnenbrille auf und schaute aufs Meer hinaus. Ich genoss den restlichen Tag und war froh, dass Linda mit ihrer Familie gekommen war. Ich hoffte, dass ich Carter mit meiner ehrlichen Art nicht verletzt hatte. Aber er würde darüber hinwegkommen, das wusste ich, vor allem, weil ihm unsere Freundschaft genauso wichtig war wie mir und er sicherlich nicht wollte, dass etwas zwischen uns stand. Weit draußen sah ich einen einsamen Kajakfahrer. Ich dachte an Aiden. Beinahe täglich sah ich ihn im *Melville*. Er war zwar immer freundlich, zeigte aber darüber hinaus kein Interesse an mir. Das einzige Mal, dass er mir nahegekommen war, war im Kino gewesen, was Wochen zurücklag. Es war lächerlich zu glauben, dass das ein Zeichen dafür gewesen wäre, dass er mehr wollte, dass er sich vielleicht sogar in mich verliebt hatte. Der Mann war mir nach wie vor ein Rätsel.

* * *

Wieder ein Sonntag. Noch immer war es mittags angenehm warm. Als wir nach der Kirche zu Hause ankamen, ließ sich Emma in den Schaukelstuhl fallen. Müde setzte ich mich neben meine Schwester. Sie streckte ihre Arme weit nach vorne und reckte ihren schmalen Hals. Ein paar Hummeln umschwirrten sie. Es sah aus, als würden sie meine Schwester begrüßen. Sie kamen und flogen wieder davon.

»Sei vorsichtig«, flüsterte ich ihr zu. Das Summen der Hummeln drang an meine Ohren.

»Sie tun mir nichts«, antwortete Emma. »Du weißt doch, es sind meine Elfen.« Sie lachte laut.
»Sie können trotzdem stechen.«
Sie lächelte abwesend. Doch plötzlich wurde sie ernst und sagte: »Ich möchte nicht weg von hier.«
»Wie meinst du das?«
»Du willst, dass ich von hier weggehe. Ich mache das, wenn du das willst. Du willst nicht auf mich aufpassen. Das weiß ich. Ich kann nicht alleine leben.«
»Emma, wie kommst du auf einmal …«, stieß ich erschüttert aus. »Mach dir keine Sorgen. Ich bleibe mit dir hier auf Bear Isle.«
»Versprichst du das?«
»Ja, das verspreche ich dir.« Ich wunderte mich darüber, dass sie es nicht aufschrieb, aber vor allem wunderte ich mich, wie leicht dieser Satz über meine Lippen ging, und wusste mit einem Mal, dass ich längst beschlossen hatte, hierzubleiben.
Weitere Hummeln schwirrten an mir vorüber. Eine setzte sich auf Emmas Handrücken. Wie paralysiert betrachtete ich das Geschehen, unfähig, mich zu bewegen. Unfähig, über das nachzudenken, was sie gerade zu mir gesagt und was ich ihr geantwortet hatte.
»Die Hummeln«, lachte sie und streichelte vorsichtig die Hummel, die auf ihrem Handrücken saß, »sie haben einen weichen Pelz. Das fühlt sich so schön an.« Sie sah mich fragend an. »Willst du auch?«
Ich nickte, obwohl ich wusste, dass ich mich in Lebensgefahr befand, wenn ich gestochen wurde. Aber da war etwas, das mir sagte, dass mir nichts passieren würde. Meine Schwester würde nicht zulassen, dass mich die Hummel stach. So, wie sie auch nicht zugelassen hatte, dass der Bär mir etwas tat. Es kam mir immer noch so unwirklich vor, dass uns das passiert war.

Die Hummel saß ganz ruhig auf Emmas Hand, als sie sie mir entgegenstreckte. Furcht stieg in mir auf und schnürte mir die Kehle zu. Ich musste das nicht tun. Dennoch betrachtete ich den kleinen pelzigen Körper und tat es, vor allem weil meine Schwester mir bisher so viel Mut vorzeigte. Sie kochte in einer Küche, wo es laut war, wo sie nie alleine war, wo ihre Ordnung und Routine nicht existierten. Wenn Emma das alles konnte, dann konnte auch ich eine verdammte Hummel streicheln und würde es überleben. Ganz vorsichtig fuhr ich mit der Fingerspitze über den braun-gelben Pelz.

»Keine Angst, Ally. Sie tut dir nichts.«

Der Pelz der Hummel war weich, er fühlte sich an wie das Fell einer Katze.

* * *

Eine einzige eiskalte, frostige Nacht hatte gereicht, um ein einzigartiges Schauspiel in Gang zu setzen: den Indian Summer. In den unterschiedlichsten Farben explodierten die Blätter der Laubbäume. Gelb und orange leuchteten die Eschen und Buchen, scharlachrot der Ahorn und die Eichen, die aussahen, als würden sie in Flammen stehen. Wie goldener Bernstein erstrahlten die Birken. Die bunte Farbenpracht des Indian Summer zog ein letztes Mal die Touristen nach Neuengland, Maine und nach Bear Isle. Es kamen sogenannte *Leaf Peeper*, Laubtouristen, um dieses Naturschauspiel zu bestaunen.

Ich liebte dieses kurze Intermezzo zwischen Sommer und dem langen Winter, den Geruch der frischen sauberen Luft, das Geräusch der Blätter. Alles schien klarer, strahlender und leuchtender. Der Himmel war blauer, das Gras grüner, und sogar das Weiß der Wolken war von einer ungewöhnlichen Reinheit. Für die Ureinwohner war der Indian Summer der

Vorbote des kommenden Winters. In dieser Zeit gingen sie auf die Jagd, um für Vorräte zu sorgen, damit ihre Familien in den harten Wintern in Maine nicht verhungerten.

Es war eine mystische Stimmung, als ich durch die bunten Wälder zurück nach Bear Isle fuhr. Auch ich hatte unsere Vorräte aufstocken müssen, vor allem hatte ich mir warme Kleidung kaufen müssen, um dem kalten Winter in Maine trotzen zu können. Nur selten verließ ich die Insel und war jedes Mal erstaunt darüber, wie fremd mir die Welt dort draußen geworden war. Die Straßen waren breit, und obwohl sie zweispurig waren, hatte ich lange im Stau gestanden. Von der Idylle, wie sie auf Bear Isle allgegenwärtig ist, war dort nichts gewesen. Die Menschen waren in Hektik und der Supermarkt voll gewesen. Von der Unruhe angesteckt, hatte ich viel zu viel eingekauft. All das fiel von mir ab, wie das bunte Laub von den Bäumen, als ich mich der Insel näherte. Die asphaltierten Hauptstraßen wichen kleinen Landstraßen. Die tristen Stadthäuser den hier typischen Holzhäusern. Bis ich endlich die Allee passierte und bald darauf die Pearl Avenue entlangfuhr.

»Emma!«, rief ich nach oben, als ich unser Haus betrat.

»Ja.«

»Ich bin wieder da.«

»Ja.«

Ich ging in die Küche und verstaute alle Dosen und Schachteln in den Schränken, die mich am Morgen noch gähnend leer ermahnt hatten, einkaufen zu gehen. Diese Pflichten würden mir immer ein Greuel bleiben. Ich musste an die Indianer denken, die ebenso wie ich im Herbst ihre Vorräte aufstockten. Auch ich würde den Winter über auf Bear Isle bleiben. Das Geld, das Emma im Restaurant verdiente, und mein Gehalt beim *Bear Isle Chronicle* reichten aus, um die Schulden abzuzahlen und um gut leben zu können. Im nächsten Frühjahr konnten wir

uns sogar ein paar Renovierungen leisten. Auf meinen Internetanschluss musste ich noch einen weiteren Monat warten. Ich würde wohl auf der Treppe im Winter erfrieren müssen.
Es zog mich nach draußen, ich wollte die letzten Sonnenstrahlen des Tages genießen. Auf der vom Wind geschützten Veranda war es immer noch angenehm warm. Ich setzte mich auf die oberste Stufe der Treppe in die Sonne.
Ein Wagen kam die Straße entlanggefahren. Er fuhr gemächlich, als suchte er etwas. Sicher ein Tourist, ein *Leaf Peeper*, der sich verfahren hatte. Ich machte mich auf der Treppe klein und rutschte näher an das Geländer. Ich hatte keine Lust, Auskunft zu geben, damit er aus der Sackgasse wieder herausfand. Sollte er den Ausweg doch selbst suchen. Hier jedenfalls war er am Ende der Welt angelangt, was er mittlerweile vermutlich selbst festgestellt hatte. Der Wagen kam näher und näher. Für einen Moment setzte mein Herz aus. Ich erkannte Stan hinter dem Lenkrad.
Auch er sah mich, obwohl ich in dem Moment das Gefühl hatte, ich würde zusammenschrumpfen. Er hielt direkt vor unserem Haus, stieg aus und rannte, ohne die Wagentür hinter sich zu schließen, über den Rasen, die Stufen hinauf. Zu mir.
Entsetzt war ich aufgesprungen und stand wie erstarrt auf der Veranda. Mein Herz pochte laut und unregelmäßig.
»Ally!«, rief er mir entgegen und erreichte mich mit einem letzten Schritt. Er umarmte mich, und ich ließ es geschehen, unfähig mich ihm zu entziehen. Mein Kopf war wie leer gefegt.
»Stan« war das Einzige, was ich hervorbrachte.
»Ally, bitte verzeih mir.« Er zog mich noch fester an sich. Sein Atem drang keuchend an mein Ohr. So vertraut. Ich hörte sein Herz pochen und spürte seine Aufregung, seine Nervosität und glaubte, gleich die Besinnung zu verlieren.

Wie hatte ich ihn nur so lange bestrafen können?
»Ally, ich kann ohne dich nicht leben. Komm zu mir zurück.«
Er küsste mich auf den Hals, die Schulter, den Nacken.
»Ally!«, brüllte meine Schwester von ihrem Fenster herunter.
Stan schaute hinauf.
»Wer bist du?«, fragte Emma in ihrer lauten direkten Art.
»Ich bin Stan.«
»Ich komm runter«, keifte sie und knallte das Fenster zu.
Kurz darauf hörte ich sie trampelnd die Treppen herunterlaufen.
War es so einfach? Dinge, vor denen man sich am meisten gefürchtet hatte, lösten sich in Luft auf, wenn man nur lange genug wartete? Ich konnte nicht mehr verstehen, warum ich ihm nie von ihr erzählt hatte.
»Hallo, Stan«, begrüßte Emma ihn und rülpste laut.
»Stan, das ist Emma, meine Schwester«, sagte ich tonlos.
»'tschuldige«, sagte Emma und hielt die flache Hand vor den Mund. Längst fürchtete sie sich nicht mehr vor der Schelte, wenn sie rülpste.
»Du … du …«, stotterte Stan. »Du hast eine Schwester? Warum hast du das nie erzählt?«, fragte er fassungslos.
»Ja, warum habe ich dir das nie erzählt? Ich weiß es selbst nicht mehr«, antwortete ich ehrlich.
»Freut mich jedenfalls, Sie kennenzulernen«, sagte Stan, als er seine Fassung wiedergefunden hatte. Er hielt Emma die Hand hin, die sie nicht beachtete. Wer ihr nicht passte, wurde ignoriert. Da war das Anrülpsen noch freundlich gewesen. Stattdessen musterte Emma ihn von oben bis unten. Dabei wippte sie unruhig hin und her.
»Du bist der Mann, der Ally weh getan hat«, stieß sie plötzlich aus.
Stan schaute sie mit großen Augen an.

»Ja, das bin ich wohl«, antwortete er schließlich.
»Das ist egal, Emma«, schaffte ich zu sagen, was ich jedoch nicht fühlte. Ich war leer. Da war nichts, kein Gedanke, nur meine Schwester und Stan, die sich betrachteten. Es war eingetreten, was ich nie wollte. Und es war mir vollkommen gleichgültig. Nichts schien die Leere in mir, die sich ausgebreitet hatte, füllen zu können.
Emma drehte sich um und wollte ins Haus zurück, überlegte es sich dann aber anders. Ganz nahe kam sie an mich heran. Mit dem Handrücken schob sie meine Haare zur Seite, die sie mit ihren spröden Lippen nicht berühren wollte, und flüsterte mir ins Ohr: »Ich mag Stan nicht.« Sie betonte jedes einzelne Wort, um mir die Wichtigkeit zu zeigen, und ich hatte keine Hoffnung, dass Stan es nicht gehört haben konnte. Dann ging sie laut stampfend ins Haus zurück und knallte das Fliegengitter hinter sich zu, obwohl ich ihr hundertmal gesagt hatte, dass sie das nicht tun sollte.
Schweigend standen Stan und ich auf der Veranda. Ich sah ihm an, dass er Fragen hatte.
»Wirst du mir jemals verzeihen, Ally?« Vorsichtig nahm er meine Hand in seine, als Aiden im gleichen Moment vorfuhr. Aiden kam jeden Tag zur gleichen Zeit, um Emma für das Restaurant abzuholen. Er war immer auf die Minute pünktlich, so wie Emma es wünschte.
Er parkte hinter Stans Wagen. Als er ausstieg, schaute er mich eindringlich an. Dann blickte er auf Stan, auf unsere Hände, die sich festhielten. Er musste wissen, wer er war. Dass dieser Mann die nicht beendete Geschichte war, obwohl ich ihm nie von Stan erzählt hatte.
»Ihre Wagentür ist offen!«, raunte er Stan zu, dann kam er die Verandatreppen heraufgelaufen.
»Das ist Stan«, war das Einzige, was ich sagen konnte.

Er grüßte Stan mit einem einfachen Nicken und ging an uns vorbei ins Haus. »Ich hole Emma.« Das Fliegengitter schlug er ebenso laut wie Emma zuvor gegen den Türrahmen. Kurz darauf erschien er mit meiner Schwester im Schlepptau, die bereits ihre Schürze umgebunden hatte. Wortlos gingen beide an uns vorbei.
»Ich mag Stan nicht«, hörte ich sie dieses Mal zu Aiden sagen. Sie musste wissen, dass Stan es gehört hatte. Aiden schwieg.
»Ich komme später nach«, sagte ich kleinlaut.
»Dann schau zu, dass es nicht zu spät wird«, entgegnete Aiden wahrlich unfreundlich und fuhr viel zu schnell davon. Sicherlich hatte er dafür von Emma einen Rüffel erhalten.
Stan drehte sich zu mir um. »Lass uns noch einmal neu anfangen, vielleicht haben wir beide Fehler gemacht?«, fragte er mich zärtlich.
Er hatte recht, auch ich hatte Fehler gemacht. Einen einzigen Fehler. Ich hatte ihm nie von Emma erzählt.
Wie sehr hatte ich ihn vermisst. Wie gerne hätte ich Ja gesagt, gesagt, dass ich dort anknüpfen wollte, wo wir vor einer halben Ewigkeit abgebrochen hatten. Aber konnte ich das wirklich? Auch wenn immer noch die gleiche Anziehung von ihm ausging, fühlte es sich doch nicht mehr so an wie früher. Er versuchte, mich zu küssen, aber ich entwand mich seiner Umarmung.
»So einfach ist das nicht, Stan. Zu viel ist geschehen. Ich brauche Zeit.«
»Du hattest Zeit. Monate sind vergangen. Du hast mich genug bestraft. Ich habe einen großen Fehler gemacht, den ich bitter bereue.«
»Vielleicht war es ja zu viel Zeit?«, sagte ich leise.
Trotzdem ließ ich die nächste Umarmung zu. Ich musste wissen, was er mir noch bedeutete, was ich für ihn empfand. Ich musste ihm die Chance geben. Und vor allem musste ich mir eine Chance geben.

Am Abend darauf waren Sol und Bruno im *Melville*, als ich dort ankam. Vierundzwanzig Stunden waren seit Stans Eintreffen vergangen. Ich setzte mich zu ihnen. Sie schauten mich an. Irgendetwas stimmte nicht.

»Alles okay bei euch?«, fragte ich.

»Die Frage ist, ob bei dir alles okay ist. Wir haben dich gestern Abend am Hafen gesehen. War das dein Freund aus Los Angeles?«

Ich nickte.

»Wirst du nun mit ihm dahin zurückkehren?«, fragte Sol, und Bruno schaute mich mit weit aufgerissenen Augen fragend an.

»Wie ich sehe, hat sich wieder mal alles in Windeseile herumgesprochen.«

Eingeschnappt ging ich zu Emma in die Küche.

»Ist er weg?«, fragte sie.

Aiden kam durch die Flügeltür auf mich zu. »Wo ist er?«, wollte er wissen, ohne mich wie gewohnt auf die Wange zu küssen.

»Danke, dass du letzte Nacht bei Emma geblieben bist«, sagte ich zu ihm und strich ihm über den Arm, den er, genauso wie Emma es immer tat, unter meiner Berührung wegzog. Die Situation war angespannt.

Schweigend half ich in der Küche. Ich ließ mich von Emma mit ihren klaren Anweisungen anleiten und hoffte, keine Fragen mehr gestellt zu bekommen, die ich nicht beantworten wollte. In Gedanken war ich bei Stan und der letzten Nacht.

Es hatte so vielversprechend begonnen. Stan und ich waren eng umschlungen am Hafen entlanggelaufen. Es fühlte sich so vertraut an. Ich hatte es aufgegeben, mich ihm zu entziehen, und ließ alles geschehen. Nur so glaubte ich, erkennen zu können, was ich wollte.

Nebel war vom Meer auf die Insel gezogen. Die Hummerboote

lagen längst an ihren Liegeplätzen und zerrten ächzend an ihren Leinen, als ob sie entkommen wollten. Wir küssten uns, und er drängte mich in sein Hotel. Kaum war die Tür verschlossen, zog er mich voller Verlangen an sich. Er küsste mich und flüsterte mir Dinge ins Ohr, die ich hören wollte. Ich glaubte mich endlich wieder vollkommen glücklich zu fühlen. Zumindest wollte ich es so gerne glauben und von Neuem beginnen. Doch als er vor mir stand, kam mir plötzlich in den Sinn, wie schön, aber auch eitel er aussah. Stan passte nicht hierher nach Bear Isle. Aidens Bild schob sich zwischen Stan und mich. Aber ich wollte diese Nacht so sehr. Ich schloss die Augen und sah nur noch Aiden mit seinen lockigen Haaren und seinem vertrauten Lächeln.

»Du bist so schön«, stöhnte Stan, schob mich aber dann von sich weg. »Ich ertrage es nicht, wenn du nicht zu mir zurückkommst.«

Ich schaute ihn schweigend an. Im gleichen Augenblick wusste ich, dass er recht hatte. Ich würde nicht mehr zu ihm zurückkehren.

»Ich wollte dich nie wiedersehen«, sagte ich leise.

»Ich weiß.«

Ich drehte mich zum Fenster und schaute auf den schwach beleuchteten Hafen. Aus der Ferne hörte ich das dröhnende Nebelhorn des Leuchtturms, der unweit von hier auf einer Landzunge schon seit Jahrhunderten den Seefahrern bei Nebel den Weg wies.

»Warum bist du dann gekommen?«

»Weil ich nicht glauben konnte, dass ein einziger Fehler unsere Liebe zerstören kann.«

Sein trauriger, unglücklicher Blick brannte auf meiner Haut.

»Es tut mir so leid, Stan.« Tränen rannen mir über die Wangen.

»Ich weiß, Ally«, sagte er und zog mich wieder an sich. Langsam öffnete er meine Bluse und küsste meine nackten Brüste. Erregt ließ ich es geschehen. Noch ein letztes Mal sog ich alles in mich ein. Ich ließ zu, was so vertraut war, wonach ich mich so gesehnt hatte. Er streifte meinen Slip von den Hüften und berührte mich dort, wo er wusste, dass es kein Zurück mehr gab.

* * *

Als ich am frühen Morgen zu Fuß den Weg zur Pearl Avenue ging, fragte ich mich, was ich getan hatte.

In der Morgendämmerung hatte ich mich angezogen und Stan gebeten, endgültig zu gehen. Er hatte noch einmal einen schwachen Versuch gemacht, mich zu überreden, mit ihm nach Los Angeles zurückzukommen, aber schließlich eingesehen, wie ernst es mir war.

Erst durch unser Wiedersehen wusste ich, was ich wirklich wollte. Ich konnte nicht sagen, was in fünf Jahren war oder in zehn, aber das nächste Jahr und das übernächste würde ich hier bleiben. Auf Bear Isle und bei Emma. Wir würden uns arrangieren. Ich musste versuchen, mich ihrem Rhythmus anzupassen, ihrer Routine Raum zu geben.

»Es tut mir leid, aber ich liebe dich nicht mehr«, hatte ich zum Abschied zu Stan gesagt. Es war keine Bestrafung dafür, dass er mich derart verletzt hatte. Es war einfach vorbei. Ich wollte nicht zu Stan zurück. Schrecklich fühlte ich mich nur Aiden gegenüber. Was würde er von mir denken? Er hatte mich auf dem Handy zu erreichen versucht. Wieder und wieder war seine Nummer auf dem Display erschienen. Zum Schluss, als er es schließlich aufgegeben hatte, hatte er mir eine SMS geschickt:

So wie's aussieht, kommst du heute nicht mehr. Bin bei dir zu Hause, bleibe bei Emma. Schlafe auf der Couch. A.

Er war sauer. Und dazu hatte er auch allen Grund.

Ich lief Miss Fairbanks in die Arme, die in ihrem Vorgarten einen Maler herumdirigierte, der ihrem Haus einen neuen Anstrich verpasste.

»Ally«, flötete sie von weitem.

»Guten Morgen, Miss Fairbanks.« Ich hatte gehofft, dass ich ungesehen an ihrem Haus vorbeigehen konnte. »Wie geht es Ihnen?«, fragte ich.

»Hallo, Kindchen. Ach, es geht. Heute ist ein besonderer Jahrestag, an diesem Tag bin ich immer etwas melancholisch.«

»Warum? Was ist passiert?«

»Heute ist der Tag, an dem ich den letzten Brief von meinem Verlobten aus der Normandie bekommen habe. Aus Le Havre. Das ist viele Jahre her. Er war Soldat und ist dort im Krieg gefallen.«

»Das tut mir sehr leid, Miss Fairbanks«, sagte ich.

»Diesen letzten Brief habe ich immer noch und lese ihn jeden Abend, bevor ich schlafen gehe. Dabei müsste ich ihn gar nicht lesen, ich kann ihn auswendig.« Sie lächelte, aber ihre Augen waren feucht geworden.

»Das ist traurig«, antwortete ich.

»Deshalb möchte ich auch nicht Mrs. genannt werden und bestehe auf Miss. Wir wollten heiraten, sobald er Fronturlaub bekommen hätte. Der Termin stand schon fest. Aber er ist nie wieder gekommen. Er gilt als verschollen, seine sterblichen Überreste hat man nie gefunden.« Mit Tränen in den Augen schüttelte sie den Kopf. »Schau dir den Maler an.« Sie sah zu dem Mann hinüber, der begonnen hatte, die Fassade zu streichen. »Ich hatte ihm gesagt, dass er mit der Tür beginnen soll, und nun macht er es grad andersherum. Komm, gib mir einen Kuss, Ally, und grüß mir Emma. Demnächst komme ich wieder. Ich muss immer an ihre *Clam Chowder* denken, manchmal wache ich nachts auf und habe so eine Lust auf diese Suppe.«

»Ich werde es ihr sagen«, erwiderte ich und drückte ihr zum Abschied einen Kuss auf ihre runzelige Wange. Dann lief ich zu unserem Haus, das auch einen neuen Anstrich benötigte.

Der Herbst ist die Zeit des Loslassens. Wir verabschiedeten den Sommer, die Wärme. Die Bäume ließen ihre Blätter fallen. Für mich stand diese Jahreszeit immer für eine Trennung, die mit einem Neuanfang verbunden war. Und das galt gerade heute.
In Gedanken verabschiedete ich mich von Stan. Hier auf Bear Isle war nichts von ihm geblieben. Sein Bild wurde blasser, und ich wusste, dass ich ihn in dem Moment vergessen haben würde, in dem er die Insel über die einzige Straße, die aufs Festland führte, verlassen hatte.

14.
Der Brief in der Wäsche

Dass Aiden beleidigt war, bekam ich deutlich zu spüren. Sol und Bruno hatten sich längst wieder beruhigt, vor allem als ich ihnen gesagt hatte, dass ich nicht mit Stan mitgehen würde. Was für ein Recht hatte Aiden, mich zu verurteilen? Ich hatte keine Verpflichtungen ihm gegenüber. Natürlich tat es mir immer noch leid, dass ich mich an jenem Abend nicht bei ihm gemeldet hatte und einfach davon ausgegangen war, dass er sich um Emma kümmern würde. Dennoch hatte ich eine leise Ahnung, warum es ihm nicht egal sein konnte, da war immer noch die Hoffnung, dass ich ihm nicht gleichgültig war. Wenn das allerdings stimmte, so wollte oder konnte er mir das im Moment nicht zeigen. Es war zum Verzweifeln. Warum musste immer alles so kompliziert sein?

Einige Tage später war ich mit Linda verabredet. Wir wollten gemeinsam ausgehen, nur wir zwei. Ich freute mich darauf. Linda wollte ins *Melville*.

»Ich habe so eine große Lust auf Emmas *Clam Chowder*«, sagte sie und sah mich bittend an.

Widerstrebend stimmte ich zu. Ausgerechnet ins *Melville*. Aiden war immer noch abweisend, beinahe unfreundlich zu mir, und ich wäre lieber woanders hingegangen. Dennoch klopfte mein Herz verdächtig laut, als wir die Main Street entlanggingen.

Sie hatte sich bei mir eingehakt. »Ich habe gehört, dass dein Freund aus Los Angeles auf der Insel war.« Ich wusste, dass sie mich das schon längst hatte fragen wollen.

»Jetzt fängst du auch noch damit an. Sicher haben es dir Sol und Bruno erzählt?«, erwiderte ich und erwartete keine Antwort.

»Nun ja, also ich habe mir Sorgen gemacht, dass er dich überreden könnte, mit ihm an die Westküste zurückzukehren.«

»Wir haben uns endgültig getrennt. Ich bleibe hier«, antwortete ich und lächelte sie an.

Sie blieb stehen und fiel mir um den Hals. Mit Tränen in den Augen rief sie aus: »Du glaubst gar nicht, wie sehr ich mich darüber freue!« Und fügte dann noch schnell hinzu: »Aber nur, wenn es deine Entscheidung war.«

»Keine Sorge, es war meine Entscheidung. Ich liebe Stan nicht mehr. Dabei habe ich doch gedacht, dass ich ihn niemals vergessen könnte. Es ist alles anders gekommen, Linda.« Wenn ich darüber nachdachte, wie sich alles entwickelt hatte, konnte ich es selbst kaum glauben.

Linda schaute mich fragend an. Ich wusste nicht, ob ich ihr von meinen Gefühlen für Aiden erzählen sollte, aber wem konnte ich es sagen, wenn nicht ihr?

»Ich habe mich verliebt«, platzte es da schon aus mir heraus.

Wieder blieb Linda stehen und schaute mich erstaunt an. »Aber in wen denn? In Carter?«, fragte sie perplex.
»In Carter? Wie kommst du denn darauf? Nein, es ist Aiden.«
Nun war Linda sprachlos.
»Leider redet er, seitdem Stan hier war, kaum noch ein Wort mit mir. Er hat mitbekommen, dass ich die Nacht mit Stan verbracht habe. Ich wünschte, ich könnte das rückgängig machen, Linda.« Ich sah sie verzweifelt an.
»Ach, Ally. Sag ihm doch einfach, dass du für Stan nichts mehr empfindest.« Sie legte mir mitfühlend die Hand auf den Arm.
»Wenn es nur so einfach wäre. Mein ganzes Leben ist eine Katastrophe. Carter meinte mal, dass Aiden viel mitgemacht hat, weißt du vielleicht mehr darüber?«
Sie schüttelte den Kopf. »Woher weiß Carter das denn?«
Ich zuckte mit den Schultern. »Vielleicht von Aiden selbst?« Mir fiel ein, dass Carter gerne recherchierte. Es war ihm zuzutrauen, dass er auch über Aiden Nachforschungen angestellt hatte.
»Du hast schon recht, etwas Geheimnisvolles umgibt ihn. Aber du wirst es nur erfahren, wenn du ihn selbst danach fragst.«
Typisch Linda, dachte ich. So weit war ich auch schon gekommen. Aber vielleicht brauchte ich es auch gar nicht mehr zu wissen. Schließlich verhielt er sich mir gegenüber derart zurückhaltend, dass es schon an Unfreundlichkeit grenzte.
Wir waren vor dem *Melville* angekommen.
»Sollen wir lieber woanders essen gehen?«, fragte sie mich nun, schaute aber gleichzeitig sehnsüchtig durch die Tür in den Speiseraum.
»Nicht nötig, ich sehe ihn sowieso beinahe jeden Tag, wenn er Emma mitnimmt beziehungsweise ich sie vom *Melville* abhole.«
Mit großen Schritten kam Aiden auf uns zu, als wir das Restaurant betraten. Er küsste Linda auf die Wange. »Dich habe

ich ja schon ewig nicht mehr gesehen«, sagte er liebevoll zu ihr. Mich begrüßte er mit einem schlichten »Hallo«.
»Hast du für uns einen freien Tisch? Ich weiß, wir hätten reservieren sollen«, sagte Linda und sah sich im Speiseraum um.
»Für euch immer«, antwortete er, und während er sie zu dem einzigen freien Tisch führte, ging ich zu Emma in die Küche.
»Linda und ich essen heute hier«, sagte ich.
»Ja? Du und Linda? Ich habe einen neuen Nachtisch gemacht«, erwiderte sie und widmete sich sofort wieder ihren Töpfen. Also ging ich in Richtung Tür. Von dort schaute ich in den Speiseraum. Aiden stand neben Linda. Sie unterhielten sich. Mein Herz klopfte wild, wie immer, wenn ich ihn sah. Ich atmete tief ein und ging zu Linda, die bereits die Speisekarte studierte. Aiden lief an mir vorbei, ohne mich anzusehen. Das versetzte mir einen tiefen Stich.
Wir bestellten, und kurze Zeit später stand bereits das Essen vor uns. Alles lief wie am Schnürchen. Hier musste niemand warten, Emma, Aiden und Victoria hatten alles im Griff.
»Ich bin immer ganz angetan von dem, was Emma kocht«, sagte Linda, die sich einen weiteren Löffel *Clam Chowder* in den Mund schob.
»Wenn nur unsere Mutter das noch sehen könnte. Sicherlich wäre sie stolz auf Emma«, sagte ich.
»Das wäre sie ganz bestimmt. Aber ich frage mich, wie deine Mutter dieses Talent all die Jahre nicht bemerken konnte?«, fragte Linda.
»Ich weiß es auch nicht. Sie hat Emma auch nie alleine gelassen. Dabei geht das prima. Ich muss mich nur nach ihrem Plan richten.«
»Weißt du, Ally, deine Mutter wäre auch auf dich stolz«, sagte sie und schaute mich liebevoll an.

»Meinst du?«
Linda nickte.
Aiden kam, und sie bestellte die gebackenen Bohnen, die sie noch nicht probiert hatte.
»Und was möchtest du?«, fragte er mich tonlos.
»Emma meinte, dass es einen neuen Nachtisch gibt.«
Mitfühlend sah Linda mich an, als er in die Küche zurückkehrte. »Okay, also, er benimmt sich tatsächlich komisch.«
»Ich hab dir doch gesagt, dass er beleidigt ist.«
Ehe Linda etwas darauf antworten konnte, kam Aiden auch schon wieder an unseren Tisch.
»Hier also Emmas neuestes Gericht: *Indian Pudding.*« Auch Linda hatte er eine Schale mitgebracht.
»Eigentlich hatte ich mich schon auf den *Blueberry Pie* gefreut«, sagte sie enttäuscht.
»Steht nicht mehr auf der Karte. Die Blaubeerzeit ist vorüber.«
Indian Pudding war eine Süßspeise, die außerhalb Neuenglands unbekannt war. Hier war es ein typisches Gericht, das im Herbst und Winter serviert wurde. In mir weckte der *Indian Pudding* Erinnerungen an meine Kindheit. Ich betrachtete den Inhalt der feinen Porzellanschale. Eine Kugel Vanilleeis, die langsam zerfloss, thronte auf dem braunen, noch warmen Pudding.
»Meine Mutter hat ihn früher mit Ahornsirup gemacht, weil ich den starken Geschmack von Molasse nicht mochte«, erzählte ich Linda.
Der erste Bissen war unglaublich. Der Geschmack von Herbst und Heimweh, wenn man denn beides schmecken könnte. Auch Linda war überwältigt. Wir schwelgten in Erinnerungen an früher, die, wie ich vermutete, durch den Nachtisch hervorgerufen wurden.

Aiden schickte Victoria nach Hause, dann setzte er sich neben Linda. Ich blickte mich um und sah, dass nur noch ein Pärchen im Speiseraum saß. Die Zeit war wie im Flug vergangen.

»Und wie schmeckt der Pudding?«, fragte er, obwohl er wusste, dass wir ihm darauf nur eine Antwort geben konnten.

»Sehr lecker«, antwortete Linda und kratzte mit ihrem Löffel die letzten Reste in ihrer Schale zusammen.

»Ich habe übrigens beschlossen, ab nächster Woche das Restaurant nur noch vier Tage die Woche zu öffnen. Die Touristen sind weg, auch wenn wir hier nicht viel davon merken. Es ist immer noch gut besucht. Aber ich denke, es ist auch für Emma gut. Sie hat viel gearbeitet in letzter Zeit. Und außerdem muss ich mein Haus weiter renovieren.«

Ich war verdutzt.

»Das ist eine gute Idee«, kam mir Linda zuvor.

»Die Rechnung bitte!«, rief der Mann zu uns herüber, dessen Frau ein weiteres Mal die Speisekarte studierte.

Aiden stand auf. Im gleichen Augenblick kam Emma aus der Küche.

»Fertig für heute«, sagte sie und setzte sich neben mich. Sie roch stark nach Essen. Eine Mischung aus Hummer und Speck.

»Wie schmeckt der *Indian Pudding?*«, fragte sie uns müde.

»Mag ich, wie ich alles mag, was du kochst«, antwortete ich und küsste sie spontan auf die Wange.

»Ich mag das nicht, Ally!«, gab sie zurück und wischte sich empört über die Wange. Aus dem Augenwinkel sah ich Linda schmunzeln.

»Er schmeckt vorzüglich. Woher hast du das Rezept?«, fragte Linda.

»Mama hat ihn immer so gemacht«, antwortete sie, und ich bemerkte erstaunt, dass sie das erste Mal von Mutter in der Vergangenheit sprach.

Als das Pärchen das Restaurant verließ, schloss Aiden hinter ihnen die Tür ab.
»Wollt ihr noch einen Wein mit mir trinken?«, fragte er und schaute wieder nur Linda an.
Allmählich wurde ich sauer. Zu meinem Leidwesen genoss ich trotzdem seine Gegenwart. Wir saßen im leeren Restaurant und tranken einen unglaublich guten Rotwein. Wir sprachen über alles Mögliche. Linda wusste den neuesten Tratsch, und Aiden schien amüsiert über ihre Ausführungen. Allmählich stieg uns der Wein zu Kopf. Linda erzählte Aiden von unserer Kindheit. Geschichten, die ich längst vergessen hatte. Aiden hörte aufmerksam zu, immer wieder lächelte er, und ich musste mich zwingen, ihn nicht unentwegt anzustarren, was mir schwerfiel, da er direkt vor mir saß. Emma hatte sich zwischenzeitlich auf eine der Bänke gelegt und war eingeschlafen. Ich faltete meine Strickjacke zusammen und legte sie vorsichtig unter ihren Kopf.
»Macht deine Renovierung Fortschritte?«, fragte Linda, die abwechselnd mich und Aiden anschaute und verzweifelt versuchte, zwischen ihm und mir eine Verbindung, einen Kontakt herzustellen. Aber es wollte nicht klappen.
»Na ja, geht so. Ich bin nicht sehr begabt in handwerklichen Dingen. Aber es wird schon.«
»Du hast das schönste Haus auf Bear Isle gekauft«, sagte Linda neidlos. »Die alte Kapitänswitwe wollte es nie verkaufen. Keine Ahnung, wie du es geschafft hast.«
Er zuckte mit den Schultern. »Wahrscheinlich war es mein unwiderstehlicher Charme.« Auf einmal blickte er zu mir, lachte mich an und sah mir einen Moment zu lang in die Augen, was mich komplett aus der Fassung brachte.
Als Linda aufstand und mit schwankendem Schritt zur Toilette ging, hörten wir sie noch durch die geschlossene Tür rufen: »Dein Wein hat es aber in sich!«

Nun waren wir alleine. Ich wartete darauf, dass Aiden etwas sagte, aber er tat es nicht. Da auch ich nicht den ersten Schritt machen wollte, studierte ich die kleine, aber feine Speisekarte, obwohl ich genau wusste, was darauf stand.
»Emma hat sie geschrieben«, brach er als Erster das Schweigen.
»Das sehe ich«, erwiderte ich.
Plötzlich ergriff er meine Hand.
»Ally« war das Einzige, was er sagte.
Ich schaute ihn fragend an, aber in seinen Augen konnte ich erkennen, dass er nichts weiter sagen würde. Er streichelte über meinen Handrücken, und ich war überglücklich über diese kleine zärtliche Geste, gerade so, als wenn er mir gestanden hätte, dass er mich liebte.
»Du warst so abweisend in letzter Zeit«, sagte ich und hätte mir am liebsten auf die Zunge gebissen.
»Es tut mir leid. Ich weiß nicht, was in mich gefahren ist. Meine Nerven sind derzeit nicht die besten. Es gibt Momente, da bin ich nicht ich selbst«, versuchte er zu erklären.
»Aber was habe ich dir getan?«, flüsterte ich.
Er schüttelte den Kopf, immer noch hielt er meine Hand, was bei mir unkontrolliertes Herzrasen verursachte.
Laut polternd kam Linda zurück. Sie war lange auf der Toilette geblieben, und mir war bewusst, dass sie es mir zuliebe getan hatte.
»Ich trinke jedenfalls nichts mehr«, sagte sie lachend. Dann sah sie auf unsere Hände und lächelte. »Habt ihr euch endlich wieder vertragen?«, fragte sie vorwitzig.
»Ich habe nie gestritten«, sagte ich angriffslustig. So einfach würde ich ihn dann doch nicht davonkommen lassen. Ein Fehler, wie sich herausstellte, denn sofort zog er seine Hand zurück. Ich Idiotin, dachte ich und ärgerte mich über mich selbst.

Als wir die zweite Flasche geleert hatten, beschloss Linda, dass es Zeit sei, nach Hause zu laufen.
Aiden, der selbst nicht viel getrunken hatte, bestand darauf, uns zu fahren. Wir löschten das Licht und schlossen das *Melville* hinter uns ab. Im Wagen schlief Emma auf der Rückbank neben mir weiter. Linda saß vorne. Zuerst lieferte Aiden Linda ab, dann fuhr er mich und Emma nach Hause.
»Willst du nach vorne kommen?«, fragte er mich, ehe wir von Linda abfuhren.
Ich verneinte. Ich wollte nicht schon wieder enttäuscht werden. Tränen liefen mir die Wangen hinunter. Sicherlich auch, weil ich betrunken war und einen melancholischen Moment hatte. Aber er sah sie zum Glück nicht, und ich wischte sie verstohlen ab.
»Mach dir keine Mühe, Emma und ich kommen alleine ins Haus«, sagte ich, als wir in der Pearl Avenue angekommen waren.
»Wenn du meinst«, antwortete er, musste dann aber doch aussteigen, da Emma sich weigerte, aufzustehen.
»Soll ich sie ins Haus tragen?«
»Nein, nicht nötig«, sagte ich und zerrte an Emmas Arm, bis sie sich schließlich doch bewegte. An der Tür verabschiedete er sich von mir. Emma trabte bereits die Stufen hinauf in ihr Zimmer. Ich wollte gerade die Tür schließen, als er mein Handgelenk ergriff.
»Ally«, sagte er. »Ich würde mich freuen, wenn du mich besuchen kommst.«
»Meinst du bei dir zu Hause?«
Er nickte. »Ich weiß, ich war in letzter Zeit nicht sehr nett zu dir. Aber ich …« Er unterbrach sich. Er sah so unglücklich aus, was gar nicht zu ihm passen wollte.
»Ist es wegen Stan?«, fragte ich ihn.
»Es ist viel mehr als das«, antwortete er und kam nahe an mich

heran. Es ging eine so unglaubliche Anziehungskraft von ihm aus, dass ich ihm am liebsten um den Hals gefallen wäre, und ich war mir sicher, dass er mein Herz klopfen hörte. Dann küsste er mich. So wie damals, als er mich betrunken nach Hause gebracht hatte. Doch heute hatte ich seinen Kuss noch viel nötiger.

»Schlaf gut, Ally«, sagte er. Er streichelte mir zärtlich über die Wange, dann drehte er sich um und stieg in seinen Wagen. Er ließ mich einfach stehen, und für einen Moment hatte ich das Gefühl zu fliegen.

* * *

»Einen Platz?«, fragte ich in den Hörer und wusste im ersten Moment nicht, wer am anderen Ende der Leitung war.

»Schwester Gioconda hier. Sie erinnern sich doch bestimmt an mich«, erklärte sie. Sie hatte wohl mein Zögern bemerkt. »Wir haben einen freien Platz für Ihre Schwester. Ein Glücksfall sozusagen.«

An St. Agnes hatte ich schon lange nicht mehr gedacht. Als ich mir der Tragweite ihrer Worte bewusst wurde, war mein erster Gedanke: Endlich. Aber dann hörte ich mich im nächsten Moment sagen: »Es tut mir leid, wir brauchen den Platz nun doch nicht mehr.«

»Oh, wie schade. Darf ich fragen, ob Sie einer anderen Einrichtung den Vorzug gegeben haben?«, fragte sie mich interessiert.

»Nein, das habe ich nicht. St. Agnes ist die einzige Einrichtung, die für uns in Frage gekommen wäre, aber ich habe mich anders entschieden. Ich bleibe bei meiner Schwester.«

»Das ist aber schön. Wissen Sie, der Platz, der frei geworden ist, gehörte einem jungen Mann. Seine Eltern haben sich entschieden, doch zu Hause für ihren Sohn zu sorgen. Dabei hatte er schon über zwei Jahre bei uns gewohnt. Sie erinnern sich bestimmt an die Zeichnungen, sie waren von ihm. Ich finde es immer ausgesprochen schön, wenn man plötzlich feststellt, dass man die Trennung von einem lieben Menschen nicht möchte. Ich freue mich für Ihre Schwester.«

»Meine Schwester ist etwas Besonderes«, antwortete ich und widerstand der Versuchung, ihr von ihrer Arbeit im *Melville* zu erzählen.

»Vielleicht kommen Sie uns beide ja mal besuchen. Ich würde mich sehr freuen. Und wenn Sie sich doch anders entscheiden sollten, Sie Fragen haben oder wenn Sie etwas bedrückt, können Sie immer zu mir kommen.«

* * *

Nur wenige Tage waren seit jenem Kuss vergangen, Tage, an denen ich an nichts anderes denken konnte. Die verhangene Landschaft barg eine ganz eigene, mystische Stimmung. Nebelbänke lagen über dem Meer und ließen sich nicht mehr von den mittlerweile schwachen Strahlen der Sonne vertreiben. In den nunmehr kahlen Zweigen der Bäume hielten sich nur noch wenige Blätter. Aber jeder Windzug zerrte an ihnen und würde sie schließlich doch mitreißen. Die letzten *Leaf Peeper* waren längst abgereist. Mit dem Ende des Indian Summers hatte Maine für dieses Jahr seine letzte Attraktion verloren. Die Souvenirläden waren bereits mit langen Brettern zugenagelt worden. Bear Isle machte sich winterfest, und die Bewohner stellten sich wie jedes Jahr darauf ein, wieder unter sich zu sein.

Der geschwungene Weg führte mich immer weiter, und als ich schon glaubte, dass nichts mehr kommen konnte, sah ich sein

Haus. Es stand auf einer Anhöhe, umgeben von kahlen Bäumen. Obwohl ich glaubte, bereits alles auf Bear Isle gesehen zu haben, war ich hier noch nie gewesen. Es war eines dieser herrschaftlichen Häuser mit Türmchen, verspielter Fassade, großen Fenstern und zahlreichen Erkern.

Aiden kam mir entgegen, als ich meinen Pick-up vor der Einfahrt parkte. Er trug eine zerrissene Jeans und einen ausgeleierten Pullover. In der Hand hielt er einen Pinsel. Seine Haare hatte er nach hinten zusammengebunden.

»Hey, Ally. Wie schön, dass du mich besuchen kommst.« Er küsste mich auf die Wange. Anscheinend hatte er mir tatsächlich verziehen.

»Emma ist mit Marth und Linda unterwegs, und du hattest ja gesagt, dass ich mal vorbeikommen soll, um mir dein Haus anzusehen. Hier bin ich also. Und du hast nicht übertrieben. Das Haus ist wirklich schön. Ich liebe diese Türmchen.«

»Ich musste der Vorbesitzerin versprechen, dass ich an der Fassade nichts ändere. Ein Leichtes, oder? Ich muss sogar die gleiche Fassadenfarbe verwenden. Ich liebe Hellblau«, sagte er und lachte mich an. Aiden war ein außergewöhnlicher Mensch. Stolz führte er mich um das Haus herum. Die Seite, die zum Meer zeigte, hatte eine große Fensterfront. Die Sicht war sicherlich einzigartig.

»Wow, was für ein atemberaubender Ausblick.«

»Nicht nur das. Das Haus hat sogar einen eigenen kleinen Privatstrand.« Er ging mit mir zu der steil abfallenden Klippe. Eine schmale Treppe war dort in den Granit gemeißelt worden. Sie führte hinunter ans Meer. Nur durch eine Balustrade aus Stein war die Terrasse von der Steinklippe getrennt.

»Hoppla.« Beinahe wäre ich über eine kleine Katze gestolpert, die um meine Beine strich. »Ist das deine?«, fragte ich und nahm sie vorsichtig hoch.

»Eigentlich nicht. Sie ist vor ein paar Tagen das erste Mal hier aufgetaucht. Keine Ahnung, wo sie herkommt.«
Schweigend standen wir nebeneinander und schauten aufs Meer hinaus. Ein einsames Boot mit weißen Segeln glitzerte in den Sonnenstrahlen, die einen Weg durch den Nebel gefunden hatten.
»Möchtest du an den Strand?«, fragte Aiden mich plötzlich.
Ich setzte die Katze in die Wiese zurück, nickte und folgte ihm die engen Stufen hinunter. Das gelbe Kajak lag dort umgedreht im Sand. Der Nebel, der wie eine flauschige Decke auf dem Meer lag, war greifbar nahe.
»Es ist schön, dass du gekommen bist. Ich habe schon seit Tagen gehofft, dass du kommst«, gab er ehrlich zu.
Ich mochte ihm nicht sagen, dass ich schon viel früher kommen wollte, es mir aber verboten hatte. Keinesfalls sollte er glauben, ich würde ihm hinterherlaufen.
»Ich hatte nicht eher Zeit«, log ich.
Eine unangenehme Stille breitete sich zwischen uns aus. Jetzt oder nie, dachte ich. »Darf ich dich etwas fragen?«
»Nur zu.«
»Was ist der Grund dafür, dass du nach Bear Isle gezogen bist?«
Er blickte auf das Meer hinaus, als würde er dort eine Antwort auf meine Frage suchen.
»Ich wusste, dass du mich das irgendwann fragen würdest. Aber jetzt fällt es mir doch schwer, darüber zu sprechen.« Er betrachtete mich mit einem Blick, den ich nicht deuten konnte. Unsicherheit? Sorge? Wieso sollte er mir etwas so Persönliches erzählen, wenn ich selbst so wenig von mir preisgab?
»Es ist keine schöne Geschichte«, meinte er schließlich, und bevor ich etwas darauf erwidern konnte, begann er zu erzählen.
»Du weißt ja, dass ich in Boston Broker war. Nun, in einem Geschäft, wo es um Millionen geht, gibt es nur zwei Arten von

Menschen: Gewinner oder Verlierer. Du wirst nicht nach dem bewertet, was hier drin ist.« Er legte eine Hand auf sein Herz. »Ich habe einen Bruder, oder besser, hatte einen Bruder. Er war ein Jahr älter als ich. Er war mein bester Freund. Unsere Eltern sind früh gestorben, wir hatten nur uns.« Er holte tief Luft, bevor er weitersprach. »Unser ganzes Leben lang haben wir alles gemeinsam gemacht. Wir sind in die gleiche Schule gegangen, wir haben das Gleiche studiert, wir haben uns in das gleiche Mädchen verliebt. Schließlich haben wir sogar zusammen gearbeitet. Edward, mein Bruder, hat letztes Jahr ein paar Dinge gemacht, die er lieber hätte bleiben lassen. Innerhalb eines Jahres hatte er keinen Penny mehr, schlimmer noch, er hatte sich hoch verschuldet. Verspekuliert, wie man so schön sagt. Er war vom Gewinner zum Verlierer geworden. Das kommt hin und wieder vor in unserer Branche.« Es fiel ihm sichtlich schwer weiterzusprechen. Ich versuchte, etwas in seinen Augen zu erkennen, aber sein Blick war in die Ferne gerichtet. Er war in Gedanken bei dem, was geschehen war. »Edward war zu mir gekommen und hatte mich um Hilfe gebeten, damit er aus seiner finanziellen Misere herauskam. Ich gab ihm etwas Geld. Doch anscheinend hatte es nicht gereicht. Wenn ich nicht zu sehr mit mir selbst beschäftigt gewesen wäre, dann hätte ich die Signale erkennen können. Er hätte alles von mir haben können. An jenem Tag hatte er mir eine SMS geschickt, mit der Bitte, uns zu treffen. Ich habe nicht geantwortet, hatte in dem Moment wichtige Dinge zu erledigen. Als ich dann erst an diesem Abend bei ihm an die Tür klopfte, hatte er mir nicht aufgemacht. In diesem Moment wusste ich, dass etwas passiert war. Er hatte sich eine Kugel in den Kopf gejagt.«

»Aiden, das tut mir schrecklich leid«, sagte ich und legte meine Hand auf seinen Arm, die er augenblicklich ergriff. Ich war schockiert.

»Ich hätte ihn retten können. Edwards Tod hat mich, gelinde gesagt, aus der Bahn geworfen. Zuerst habe ich versucht, einfach weiterzumachen. Habe weitergearbeitet. Mehr als zuvor. Nur, um nicht an ihn denken zu müssen. An das Bild, wie er in sich zusammengesunken in seinem Sessel gesessen hat. Überall war Blut. Seinen Tod kann ich mir niemals verzeihen.«
Er hielt inne und sah mich mit traurigen Augen an. Er hatte sich vor mich gestellt, und wir waren auf Augenhöhe. »Tja, Ally, wie gesagt, keine schöne Geschichte.«
»Nein, das ist sie nicht. Es tut mir leid um deinen Bruder. Aber glaubst du nicht, dass du zu streng mit dir bist? Du hast keine Schuld an seinem Tod.«
Er nahm mein Gesicht in seine Hände und küsste mich auf die Stirn. Diese zärtliche Geste trieb mir die Tränen in die Augen.
»Hätte ich auf seine Nachricht reagiert, wäre alles anders gekommen.«
»Das weißt du nicht. Hattest du denn niemanden, der dir in dieser schweren Zeit zur Seite stand? Keine Freundin?«, fragte ich ihn mit leicht zitternder Stimme.
»Oh doch, die hatte ich. Aber wie das so ist, sie konnte meine Launen und meine Depression auf Dauer nicht ertragen. Niemand will einen Verlierer. Manchmal, Ally, da gibt es noch diese Tage, an denen ich an meinen Bruder denke und mich wie gelähmt fühle.«
Er ließ mich wieder los. »Und dann bist du nach Bear Isle gezogen? Warum ausgerechnet Bear Isle?«
»Ich war krank. Ich war depressiv, bin tagelang nicht mehr aufgestanden, habe nichts gegessen und habe mich gehen lassen. Ein Freund hat mich zu einem Arzt gebracht. Unter einem Stapel von Magazinen und Zeitungen lag dort im Wartezimmer dieser Prospekt. Es war eine einfache Werbebroschüre von irgendeinem Reisebüro. Dort hieß es: *Eine Mischung aus Kiefern, einsamen*

Buchten, Granitformationen, Feldern voller Wildblumen und Blaubeeren, Hummerbooten, Windjammern und glitzerndem Wasser, das alles ist Bear Isle. Ich fühlte mich sofort angesprochen. Noch an diesem Abend habe ich mich in mein Auto gesetzt und bin hierhergefahren. Ich nahm mir ein Hotelzimmer und stellte fest, dass es mir durch diesen räumlichen Abstand täglich ein klein wenig besserging. Hier hatte ich das Gefühl, all das vergessen zu können und nicht an der Vergangenheit verzweifeln zu müssen. Dann habe ich mir das Haus hier gekauft. Hier fühle ich mich wieder lebendig. Was immer es auch ist, hier habe ich gefunden, was das Leben wieder lebenswert macht.«

»Ich weiß, was du meinst. Bear Isle kann man sich nicht entziehen«, erwiderte ich und schaute in seine braunen Augen.

Die Sonne war nun endgültig hinter dunklen Wolken verschwunden. Es war kalt geworden.

»Du frierst ja«, sagte er und nahm mich an der Hand. »Lass uns ins Haus gehen. Ich habe den Kamin an. Zumindest hoffe ich, dass das Feuer in der Zwischenzeit nicht ausgegangen ist. Ich bin noch nicht so fit in diesen Dingen.«

Noch bevor wir die Steinstufen wieder hinaufsteigen konnten, setzte ein starker Platzregen ein, und in wenigen Minuten waren wir durchnässt. Er legte seinen Arm um mich, und wir rannten zum Haus. Vor der Tür maunzte die kleine Katze.

»Wir nehmen sie am besten mit rein«, sagte er und ergriff den kleinen zitternden Körper.

»Was machst du mit ihr?«

Er zuckte mit den Schultern. »Wenn sie schon mal im Haus ist, dann wird sie hier wohl auch bleiben«, meinte er lachend.

Außer einem großen Sofa, das vor dem Kamin stand, gab es in dem großen Raum nur einen langen Holztisch mit modernen Stühlen. Jeder in einer anderen Farbe, die mich an die farbigen Hummerboote in der Bucht von Penobscot erinnerten.

»Die gefallen mir«, sagte ich und strich über die Lehne des gelben Stuhles.
Ich fror und ging zum Kamin, wo ich meine nasse Strickjacke auszog. Auch mein T-Shirt darunter war durchnässt.
»Ich hol dir ein Handtuch und ein trockenes Shirt!«, rief Aiden mir zu und ging die Treppe hoch, wo ich sein Schlafzimmer vermutete.
Kurz darauf kam er zurück. Er hatte sich ein trockenes Hemd angezogen und gab mir das Handtuch. Ich trocknete meine Haare und wusste nicht, was ich mit dem T-Shirt machen sollte.
»Du musst dich umziehen, sonst wirst du dich erkälten«, meinte er.
»Du hast recht«, antwortete ich, machte allerdings keine Anstalten, mein nasses T-Shirt auszuziehen.
»Du kannst ins Bad gehen, oder ich drehe mich um.« Er versuchte ein Lächeln zu unterdrücken, was ihm nicht wirklich gelang. Sicher war ihm meine Verlegenheit nicht entgangen.
Ich drehte mich um und streifte umständlich das nasse, kalte Shirt und den ebenso durchnässten BH ab. Doch ehe ich mich wieder anziehen konnte, spürte ich seine Blicke in meinem Rücken. Dann strich er mit den Fingern über meine nackten Schultern.
»Du hast eine Gänsehaut«, flüsterte er mir zu und drehte mich sanft zu sich herum.
»Du wolltest dich doch umdrehen?«
»Ja, das hatte ich auch ehrlich vor.« Er schaute mich an, dann küsste er mich auf die Schulter. »Du bist wunderschön, Ally.«
Seine Hand streichelte meinen Hals, wanderte weiter zu meinen Brüsten. Ich hoffte, dass er nie damit aufhören würde.
»Ally«, stöhnte er auf und stieß mich plötzlich sanft, aber bestimmt von sich. Er schaute mir in die Augen und sagte erregt:

»Wenn du das nicht willst, dann sag es jetzt.« Sein Atmen ging schnell und unregelmäßig.
Ich antwortete ihm nicht. Stattdessen öffnete ich die Knöpfe seines Hemdes. Ich streichelte seine warme Haut und fühlte, wie er unter meinen Berührungen zusammenzuckte. Als er mich erneut umarmte, brannte sein heißer Körper an meinen Brüsten. Er zog mich zum Sofa. Seine Küsse, seine Zärtlichkeiten überfluteten mich, und in sanften Wellen durchströmte mich eine wohlige Erregung.

Später, als das Feuer im Kamin beinahe erloschen war, lag ich in seinen Armen. Das erste Mal seit langer Zeit war ich glücklich. Überglücklich. Er strich über meine glühende Wange. »Du bist für mich ein Buch mit sieben Siegeln. Ich weiß nichts von dir«, sagte er plötzlich.
»Hast du nicht längst alles von Sol und Bruno erfahren?«
Er schüttelte den Kopf. »Nichts habe ich aus ihnen herausbekommen.« Er lachte mich an.
Ich begann von meiner Mutter zu erzählen und warum ich Bear Isle vor vielen Jahren verlassen hatte. Aiden war ein aufmerksamer Zuhörer. Erst nach einer Weile bemerkte ich, dass er meine Hand hielt.
»Heute weiß ich, dass ich Bear Isle nicht wegen meiner Mutter verlassen habe, sondern wegen Emma. Ich wollte fort von ihr. Sie hat mein ganzes Leben bestimmt. Ich stand immer nur an zweiter Stelle – zumindest habe ich das die ganzen Jahre über geglaubt. Alles hat sich immer nur um Emma gedreht. Nun verstehe ich, dass meine Mutter richtig gehandelt hat und ich egoistisch war. Ich hätte meine Familie nie verlassen dürfen. Die verlorene Zeit kann ich nicht wieder zurückholen. Das bedauere ich sehr.«
»Nein, verlorene Zeit kann man nicht zurückholen, aber man kann sie wiedergutmachen«, versuchte er mich zu trösten.

»Ich hoffe, du hast recht.« Er wischte mir zärtlich die Tränen ab, die ich nicht zurückhalten konnte. »Manchmal denke ich, dass das, was dann folgte, meine gerechte Strafe war. Erst habe ich meinen Job verloren, und dann habe ich Stan in flagranti mit meiner Kollegin erwischt. Alles an einem Tag. Als du mich damals in der Bar getroffen hast, hatte ich einen wirklich schlimmen Tag hinter mir.«

»Was ist nun mit diesem Stan?« Es war ihm anzumerken, dass er die Frage nicht gerne stellte.

»Wie du weißt, ist Stan alleine nach Los Angeles zurückgefahren. Als er hier war, habe ich festgestellt, dass ich ihn nicht mehr liebe. Es ist zu viel passiert in der Zwischenzeit. Ich empfinde nichts mehr für ihn. In der Nacht damals …«

»Das will ich gar nicht wissen«, unterbrach mich Aiden abrupt, »du hast mir gegenüber keine Verpflichtungen.« Er schien gekränkt. Ich hätte es ihm schon viel früher sagen müssen. Wie schlimm musste es für ihn gewesen sein, nicht zu wissen, was in jener Nacht zwischen mir und Stan passiert war?

»Es war ein Abschied«, sagte ich schließlich.

»Ich habe Höllenqualen gelitten, Ally. Immer wieder habe ich euch vor Augen gehabt. Du bist in dieser Nacht nicht nach Hause gekommen. Doch noch viel schlimmer war, dass du dich nicht gemeldet hast.«

Ich strich ihm zärtlich über die Wange. Er schloss die Augen, dann nahm er meine Hand erneut.

»Vielleicht ist es nicht der richtige Zeitpunkt, aber ich will nicht wieder zu spät mit dem sein, was ich sage und tue. Ich möchte dich nicht verlieren. Ich könnte es nicht ertragen, wenn du Bear Isle verlässt.«

Ich lächelte ihn schwach an. »Ich verlasse Bear Isle aber nicht.«

Er gab mir einen weiteren Kuss, der mich erschaudern ließ.

»Meinst du, es ist genug Zeit vergangen für einen Neuanfang?«, fragte er mich, als sich seine Lippen von meinen lösten.
»Ich habe mich längst in dich verliebt. Für mich gibt es kein Zurück.«
»Das ist das, was ich hören wollte.« Er lachte heiser auf.
»Und du? Wie lang wirst du auf Bear Isle bleiben?«, fragte ich ihn, und mein Herz hörte für einen Moment auf zu schlagen.
»Wie kommst du darauf?«
Ich zuckte die Schultern.
»Ich richte mich hier gerade ein, wieso sollte ich die Insel verlassen wollen?« Er hielt inne. Wartete auf eine Antwort, die ich nicht in der Lage war, zu geben, dann sprach er weiter: »Ich werde dich nicht verletzen, Ally.« Zärtlich strich er mit dem Finger über meine Lippen. Dann küsste er mich.
»Ein weiteres Mal würde ich es nicht ertragen, Aiden.«
Er legte seine Hände um meine Taille und zog mich an sich.

Als ich am Abend gehen musste, konnten wir uns kaum voneinander lösen.
»Ich komme ja wieder«, flüsterte ich ihm ins Ohr, als er mich nicht gehen lassen wollte.
»Versprochen?«
»Versprochen.«

Zurück in der Pearl Avenue, sah ich von weitem Emma, Linda und Marth auf der Veranda stehen.
»Hi, Emma«, begrüßte ich meine Schwester, als sie zu mir auf die Straße gelaufen kam.
»Warum lachst du?«, fragte mich Emma und schaute mich ernst an.
»Ich freue mich.«
»Über was freust du dich?«, bohrte sie weiter.

»Über alles. Über Bear Isle, über Linda und über dich, meine Schwester.« In Gedanken fügte ich hinzu: und über Aiden.
»Ach so«, gab sie zur Antwort. Sie stand wippend neben mir und dem alten Pick-up.
»Habe ich dir eigentlich noch etwas versprochen?«, fragte ich sie.
»Ja!«, rief sie sofort und zog ihr Büchlein aus der Jackentasche. »Hier steht es.« Sie zeigte mir die Stelle. Sie kam nahe an mich heran, und ich konnte ihre Haare riechen. Sie roch so herrlich nach Honig, dass ich lächeln musste. Ihre Finger berührten meine Hand, und ich spürte, wie kalt ihr war, und trotzdem hatte sie hier draußen auf mich gewartet. Ich las die Stelle in ihrem Notizbuch. Leider stand dort nicht, warum ich ihr etwas versprochen hatte.
»Komm mit«, sagte ich und öffnete die Beifahrertür des Pick-ups. In einem Korb lag die kleine Katze. Sie schlief. Emma schaute auf die Sitzbank.
»Hier ist das Geschenk.« Ich war so gespannt, wie sie reagieren würde, und war auf alles gefasst.
Sprachlos starrte Emma die schlafende Katze an. »Eine kleine Katze?«, flüsterte sie.
»Du musst sie füttern und dich um sie kümmern. Wenn du das machst, dann ist sie deine Katze«, sagte ich und versuchte, streng zu klingen.
»Mama wollte nie eine Katze. Sie hat es immer wieder gesagt: Nur keine Katze.«
»Aber Mama ist nicht mehr da. Ich bin jetzt da. Und ich schenke dir diese Katze. Sie hat kein Zuhause.«
Behutsam nahm Emma die kleine Katze aus dem Korb. In diesem Moment wusste ich, dass es gut war.
Marth kam auf Emma zu. »Oh, ist die süß.« Und ganz wie es Marths Art war, sagte sie prompt: »Die Katze braucht einen Namen.« Dann gingen sie gemeinsam ins Haus.

Ich sah Linda lächeln. »Du hast dich verändert, Ally.«
»Emma hat mich verändert. Bear Isle verändert mich.«
»Und wie geht es nun weiter?«
»Ich werde erst mal hier bei euch auf Bear Isle bleiben.«

* * *

Als der erste Schnee fiel, wusste ich, dass ich beginnen musste, Mutters Zimmer leer zu räumen, ich hatte es Linda versprochen.
»Du musst die ganzen alten Sachen wegwerfen. Fang mit ihrer Wäsche an, mit ihren Kleidern«, hatte sie auf mich eingeredet, und ich hatte ihr mein Wort gegeben.
Emma saß auf Mutters Bett. Ich stellte das hölzerne Kästchen mit Mutters Schmuck auf meinen Quilt. Ich war noch immer nicht in der Lage, ihn mit in mein Zimmer zu nehmen.
»Wenn du etwas haben möchtest, sag es bitte. Mama hätte sich bestimmt darüber gefreut.«
Vorsichtig öffnete Emma die Schatulle und drehte jedes einzelne Schmuckstück zwischen ihren langen schmalen Fingern. »Das gehört Mama«, sagte sie ernst.
»Mama braucht es nicht mehr. Sie würde sich freuen, wenn dir etwas davon gefällt. Schau, die Kette. Sie steht dir gut.« Ich hielt ihr die Kette hin. Ein feines goldenes Kreuz hing an der filigranen Goldkette.
Ich zog Emma vor den Spiegel, doch sie kniff die Augen zusammen.
»Schau, wie hübsch das aussieht. Wenn du die Augen zuhast, kannst du dich nicht sehen«, forderte ich sie auf. Sie wand sich aus meiner Hand, die ich ihr um den Oberarm gelegt hatte.
»Nein!«, schrie sie mich plötzlich an, die Augen immer noch fest zusammengekniffen. Sie wollte sich partout nicht ansehen.

»Ist schon gut. Tut mir leid«, beruhigte ich sie. »Du musst die Kette nicht nehmen.«

»Ich mag Spiegel nicht«, stieß sie zornig aus. »Ich schaue mich nie an. Nie! Früher habe ich das getan, aber ich mag es nicht.«

Emma hasste Spiegel. Wie hatte mir das entgehen können? Warum war es mir nie zuvor aufgefallen? Die verspiegelte Wand in der Küche im *Melville* fiel mir ein, die sie mit Tüchern abgehängt hatte und die mittlerweile von Aiden entfernt worden war.

»Es tut mir leid. Ich wusste das nicht. Ich wollte nur, dass du siehst, wie schön die Kette ist. Und wie hübsch du damit aussiehst.«

»Ich will die Kette nicht!« Sie riss sie wutentbrannt von ihrem Hals. Die feine Kette zerriss, was mir unendlich leidtat. Ich wusste, dass Emma nichts kaputt machen wollte. Ich gab mir alle Mühe, das Richtige zu tun, und trotzdem waren da immer wieder Emmas Ausraster, die mich zur Weißglut brachten. Ich atmete tief durch und beruhigte mich.

Emma setzte sich auf die Bettkante und senkte den Kopf, bis ihr Kinn den Brustkorb berührte. An ihrem Hals sah ich einen zarten roten Striemen, den die Kette hinterlassen hatte.

»Ich erkenne mich manchmal nicht, dann erschrecke ich. Ich frage mich dann: Wer ist das? Das ist nicht schön, deshalb schaue ich nicht in den Spiegel.«

»Das wusste ich nicht, Emma.« Ich war bestürzt.

»Die Zeichnungen in St. Agnes«, fuhr sie fort und hatte dabei den Blick immer noch auf den Boden gerichtet.

»Was ist mit den Zeichnungen? Ich kann mich gut daran erinnern. Sie waren sehr schön.«

»Du hast gesagt, die Menschen haben keine Gesichter. Für mich sind alle Menschen ohne Gesichter.«

»Wie meinst du das?« Ich verstand nicht, was sie mir sagen wollte.
»Ich erkenne die Gesichter nicht.«
Wie Schuppen fiel es mir von den Augen. Deshalb hatte die Indianerin auf Marths Quilt kein Gesicht. Alles war perfekt getroffen gewesen, sogar die bunten Bänder in den Haaren, nur das Gesicht war leer geblieben.
»Ich kann mich riechen, fühlen, sogar schmecken, wenn ich mich ablecke. Ich kenne meine Stimme, nur mein Gesicht kann ich nicht erkennen.«
»Wie aber kannst du uns erkennen? Woher weißt du, dass es Bruno ist? Ob es Marth oder Linda ist?« Ich sprach leise. »Woher weißt du, dass ich das bin?«
»Deine Haare, sie sind wie Mutters Haare. Miss Fairbanks hat faltige Haut und knorrige Finger. Außerdem riecht sie nach Kampfer. Ich erkenne Menschen am Geruch. Hast du schon an Marth gerochen? Sie riecht wie gezuckertes Popcorn. Die feuchten Hände von Pastor Jaffa kann ich fühlen und sogar riechen. Bruno höre ich von weitem. Seine Armreifen und Ketten klimpern, wenn er geht. Sol ist groß. Marths Vater hat einen besonderen Gang und natürlich den Zopf. Wenn sie sprechen, erkenne ich sie alle.«
Mit einem Schlag bemerkte ich, dass Emma erwachsen geworden war. Sie war so intelligent, dass es mir weh tat, dass sie in einer Welt leben musste, die so viele Hindernisse für sie barg. Sie musste in einer Welt zurechtkommen, die sie nicht verstand.
Ich beobachtete, wie sie Mutters Schmuck achtsam in die Schatulle zurücklegte, dann ging sie aus dem Zimmer.
»Ich gehe zu Honey«, sagte sie. Honey war der Name, den Marth und Emma der kleinen Katze gegeben hatten.
In Gedanken noch bei dem, was eben passiert war, öffnete ich

die oberste Schublade. Dort lagen fein säuberlich sortiert und zusammengelegt Mutters BHs und Schlüpfer. Die nächste Schublade enthielt die warmen Unterhemden, die im Winter auf Bear Isle unentbehrlich waren. Ich legte für mich einige zur Seite. Dann begann ich, alles wahllos in die schwarzen Müllbeutel zu stopfen. Bis ich auf einmal einen Brief fand. Er lag weit hinten unter Mutters Pullovern und Blusen. Ich wusste augenblicklich, dass er wichtig war. Vielleicht das Testament?, dachte ich. Aber warum versteckte sie einen Brief, den ich unweigerlich finden musste? Ich drehte ihn um. *Ally* stand in der kleinen, ebenmäßigen Schrift meiner Mutter auf dem elfenbeinfarbenen Umschlag. Vorsichtig öffnete ich ihn. Mit zitternden Händen entfaltete ich das Papier, als Emma von unten brüllte: »Ally, Honey hat Hunger!«

Ich legte den Brief aufs Bett, ging mit weichen Knien zur Treppe und rief nach unten: »Dann gib ihr etwas zu fressen. Ich komme gleich.«

»Ich kann das nicht.«

»Nimm die Schale aus dem Schrank.« In Gedanken war ich bei dem Brief.

Sie erwiderte nichts. Stattdessen kam sie die Treppen heraufgestampft. »Wo ist die Schale?«, fragte sie zornig.

»Dort, wo sie immer steht.«

»Du machst es«, versuchte Emma es ein weiteres Mal.

»Nein, Emma, ich mache es nicht. Honey ist deine Katze.«

»Sie hat Hunger.«

»Wir haben das besprochen. Du fütterst deine Katze. Du hast es doch schon ein paarmal gemacht. Nimm die Schale aus dem Schrank und gib etwas Futter aus der Dose hinein. Du wirst es tun müssen. Du musst es tun«, korrigierte ich mich.

Emma stampfte die Treppen wieder hinunter. So wie sie es immer tat, wenn sie ihren Kopf nicht durchsetzen konnte.

Langsam ging ich in Mutters Schlafzimmer zurück. Der Brief lag immer noch auf dem Quilt. Es war kein Traum gewesen.

Liebe Ally,

wenn du diesen Brief liest, ist bestimmt etwas mit mir passiert. Vielleicht liege ich im Krankenhaus oder bin gestorben, hoffentlich an Altersschwäche. Auf jeden Fall bist du zurück auf Bear Isle.

So viele Jahre sind vergangen. Ich hinterlasse dir und Emma das Haus, das leider nicht im besten Zustand ist, und dir hinterlasse ich Emma. Ich weiß, dass es eine große Aufgabe ist, vielleicht eine zu große. Aber was auch immer du tun wirst und wie du dich entscheidest, es wird das Richtige sein.

Auf der Rückseite habe ich die Adresse deines Vaters aufgeschrieben. Ich hätte sie dir schon vor Jahren geben müssen, denn heute weiß ich, wenn ich mich früher dazu entschlossen hätte, hätte ich dich nicht verloren.
Pass gut auf euch auf.

In Liebe,
Mama

Tränen schossen mir in die Augen. Vorsichtig drehte ich das Papier um. Kanada, las ich. Mein Vater war nach Kanada gegangen.

* * *

Ich hielt es keine Woche aus.
Der alte Pick-up ließ mich nicht im Stich. Trotz der Kälte sprang er sofort, wenn auch laut knatternd an. *Dreihundertneunundvierzig Meilen* zeigte das Navigationsgerät, das ich mir von Mr. Bryant, dem Antiquitätenhändler, ausgeliehen hatte, als ich die Adresse eingab. Montreal. Er war tatsächlich nach Kanada gegangen. Er war vor der Verantwortung geflohen. Wenn auch nicht weiter als ich, so hatte er doch sogar das Land verlassen.
Ich war aufgewühlt und fieberte der Begegnung entgegen.
Aber was erwartete mich? Würde er mich überhaupt nach all den Jahren erkennen?
In atemberaubender Geschwindigkeit schwanden die Meilen, die mich von meinem Vater trennten, und je näher ich ihm kam, desto mehr verließ mich der Mut.
Dann kam die Grenze zu Kanada, und ich war kurz davor umzukehren. Um mich zu beruhigen, fuhr ich auf einen Parkplatz. Ich musste meinen Vater wenigstens einmal sehen, einmal mit ihm sprechen. Das war er mir schuldig. Ich schaltete den Motor wieder an, verließ den Parkplatz und passierte die kanadische Grenze.
Wie wird er aussehen? Wird er mich erkennen? Die Fragen in meinem Kopf überschlugen sich.
Plötzlich kam ein »Sie haben Ihr Ziel erreicht« aus dem Navigationsgerät. Eigentlich hatte ich die letzten Meter zu Fuß gehen wollen. Nun stand mein Pick-up fast direkt vor seinem Haus. Ich fuhr langsam weiter und parkte in einer engen Seitenstraße, in der der Schnee meterhoch am Straßenrand lag. Es herrschte vollkommene Stille, als ich ausstieg. Zögerlich ging ich den Weg zurück in die Straße, in der mein Vater wohnte. Begleitet nur vom leisen Knirschen meiner Boots im Schnee, das sich mit dem monotonen Kratzen einer Schneeschaufel vermischte.

»Jeden Tag das Gleiche«, hörte ich eine Männerstimme auf der gegenüberliegenden Straßenseite sagen. Sie gehörte dem Mann, der die lange Einfahrt zu einem kleinen Haus freischaufelte. Der Mann trug eine graue Wollmütze, die ihm bis über die Ohren reichte. Ich erkannte ihn, obwohl ich keine Erinnerung an ihn hatte. Nur ein paar wenige Fotografien hatte Mutter mir damals gegeben, aus glücklichen Zeiten, die sie sicher nur wegen mir aufgehoben hatte. Und dennoch wusste ich sofort, dass er es war.
Er war kleiner, als ich es mir als Kind immer ausgemalt hatte. Er sah Emma ähnlich. Als er mich erblickte, hielt er mit dem Schneeschippen inne. Das Blut rauschte in meinen Ohren, als er zu mir herüberstarrte. Auch er erkannte mich. Schlagartig wurde mir bewusst, dass ich ja wie Mutter aussah. Er hob eine Hand und ließ sie im gleichen Augenblick wieder kraftlos sinken. Eine Frau kam aus dem Haus und ging auf ihn zu. Sie folgte seinem Blick. Durch die Stille drang ihre Frage zu mir herüber. »Kennst du sie?«
Er schüttelte den Kopf, und die Frau ging nach kurzem Zögern ins Haus zurück. Ob sie von uns wusste? Von Emma und von mir? Ob er Kinder mit ihr hatte? Mein Blick fiel auf den Schneemann in der Einfahrt. Mein Vater sah zurück zum Haus, in dem die Frau verschwunden war, dann schaute er wieder zu mir. Wir waren keine zehn Meter mehr voneinander entfernt.
Ich hatte mir das Wiedersehen mit ihm immer in den schönsten Varianten vorgestellt, aber das hier war nichts davon. Wie hatte er das meiner Mutter nur antun können? Warum hatte er uns alle im Stich gelassen? Als ob er meine düsteren Gedanken lesen konnte, kam plötzlich Bewegung in seinen erstarrten Körper. Er stellte die Schaufel zur Seite.
»Ally?«, rief er zu mir hinüber. Mein Herz klopfte wie wild.

»Ally, bist du das?«, fragte er und machte einen Schritt auf mich zu.
Meine Ohren waren mittlerweile eiskalt vom frostigen Wind, und meine Zehen taub vor Kälte. Mit einem Mal wurde mir klar, dass Mutter recht gehabt hatte. Ich machte einen Schritt rückwärts. Weg von ihm. Dann rannte ich zurück in die Seitenstraße zu meinem Wagen, fuhr los und blickte nicht einmal mehr in den Rückspiegel.

* * *

Als ich in dieser Nacht über die von Kiefern gesäumte Straße fuhr, die Bear Isle mit dem Festland verband, kroch mit einem Mal ein beklemmendes Gefühl in mir hoch. Mit klopfendem Herzen passierte ich das Ortsschild. Ich sah die ersten Häuser, in denen nur noch vereinzelt Licht brannte, und stellte erleichtert fest, dass es noch da war – Bear Isle.

Epilog

Das Hummel-Paradoxon

Die Hummel hat 0,7 cm^2 Flügelfläche und wiegt 1,2 Gramm.
Nach den Gesetzen der Aerodynamik ist es unmöglich,
bei diesem Verhältnis zu fliegen.
Die Hummel weiß das nicht und fliegt einfach.

Jahrzehntelang hielt sich dieser Mythos aufrecht, dass die Hummel nicht fliegen könne, da ihre Flügel zu klein für ihr Gewicht seien. Die Frage, die sich Wissenschaftler in der ganzen Welt stellten, war, wie die Hummel die Physik überlisten und tun konnte, was eigentlich unmöglich war – nämlich zu fliegen. Lange Zeit kursierte sogar das Gerücht, dass Hummeln in der Lage wären, die Schwerkraft zu überwinden.
Ist das ein Wunder?
Wunder gibt es nicht. Oder nur selten.
Irgendwann, nachdem der Mensch zum Mond geflogen war und es sogar geschafft hatte, die Schallmauer zu durchbrechen,

wurde das Rätsel schließlich doch noch gelöst: Durch den Flügelschlag werden Wirbel erzeugt, die der Hummel den nötigen Auftrieb verschaffen. Auch sind ihre Flügel extrem beweglich, weshalb sie stark rotieren.

Aber heißt das nicht auch, dass wir alle in der Lage sind, über uns hinauszuwachsen? Dass wir Grenzen überwinden können? Wir müssen nach unseren besonderen Fähigkeiten suchen, dann können wir schaffen, was eigentlich unmöglich ist. Etwas erreichen, obwohl alle sagen, dass es nicht geht. Wir können mehr, als wir uns zutrauen, und noch viel mehr, als andere Menschen um uns herum uns zutrauen. Wir müssen nur mit Zuversicht in die Zukunft schauen. Dann wachsen uns Flügel. Das wusste auch schon James Matthew Barrie, der Autor von *Peter Pan*.

Summertime Blueberry Pie – Emmas Blaubeerkuchen-Rezept

Blueberry Pie ist das offizielle »Staatsdessert« von Maine.

Zutaten

Für den Teig:
400 g Mehl
200 g kalte Butter
100 g Kokosfett (z. B. Palmin Soft)
¼ TL Salz
ca. 120 ml eiskaltes Wasser
20 g Zucker

Für die Füllung:
500 g Blaubeeren
140 g brauner Zucker
30 g Speisestärke
½ TL Zimt
20 g Butter
1 EL Zitronensaft

Zubereitung

Für den Teig die kalte Butter und das Kokosfett in kleine Stücke schneiden und in den Gefrierschrank stellen. Unterdessen Mehl, Salz und Zucker abwiegen und vermischen. Nun die kalte Butter und das Kokosfett dazugeben. Mit einem Handrührer verrühren, bis eine böselige Masse entsteht. Das kalte Wasser

dazugeben. Mit einer Gabel oder mit den Händen rasch kneten, bis der Teig fest wird. Wenn nötig, esslöffelweise eiskaltes Wasser dazugeben.
Wichtig: Der Teig darf nur kurz geknetet werden! Wenn noch Butterstückchen sichtbar sind, ist das vollkommen in Ordnung.

Den Teig zu einer Kugel formen und diese in zwei Teile teilen (für den Boden ⅔ und für den Deckel ⅓ des Teiges). Beide Teile tellergroß »platt drücken«, mit Frischhaltefolie umhüllen und für mindestens eine halbe Stunde kalt stellen.

Für die Füllung Zucker, Speisestärke und Zimt mischen und mit dem Zitronensaft unter die Blaubeeren mischen.
Wenn Sie tiefgefrorene Beeren verwenden, sollten diese zuvor aufgetaut und abgetropft werden.

Den Backofen auf 180 °C vorheizen.

Die größere Teighälfte auf einer bemehlten Arbeitsfläche ausrollen und in einer gefetteten Pie- oder Tarteform (Durchmesser ca. 26 cm) auslegen. Die Füllung hineingeben. Die Butter in kleinen Stückchen darübergeben. Die zweite Teighälfte ebenso ausrollen und in etwa 2 cm breite Streifen schneiden, die so lang sein müssen wie die Backform. Mit diesen Streifen ein Gitter über die Blaubeer-Füllung weben.

Im Backofen bei 180 °C für etwa 45 Minuten auf mittlerer Schiene backen. Die Kruste sollte goldbraun sein. Den (warmen) Blueberry Pie mit einer Kugel Vanilleeis oder kalt mit Schlagsahne servieren.